Bretonisches Leuchten

Jean-Luc Bannalec

BRETONISCHES LEUCHTEN

Kommissar Dupins sechster Fall

Kiepenheuer & Witsch

à L.
à Elisa

Verlag Kiepenheuer & Witsch, FSC® N001512

1. Auflage 2017

Umschlaggestaltung Rudolf Linn, Köln
Umschlagmotiv © Getty Images/Colin Mckie
Kartografie Birgit Schroeter, Köln
Gesetzt aus der Aldus und der Franklin Gothic
Satz Buch-Werkstatt GmbH, Bad Aibling
Druck und Bindung CPI books GmbH, Leck
ISBN 978-3-462-05056-1

Evel-se emañ ar bed
A-dreuz hag a-hed.
Kreuz und quer,
so geht's in der Welt her.

BRETONISCHES SPRICHWORT

SONNTAG

Die *Hexe*, die *Schildkröte*, die *Palette des Malers*, das *Chaos*, den *Totenkopf*. Man musste kein Bretone mit einer von Natur aus ungewöhnlich ausgeprägten Einbildungskraft sein, um sie erkennen zu können. Ebenso wie die *Teufelsburg*, den *Haischlund*, die *Flasche*, den *umgedrehten Stiefel*, die *Bastille* oder den *Hut Napoleons*, die sie bereits gestern gesehen hatten. Den *Pilz*, den *Fuß*, den *Hasen*.

Gestern immerhin auf einem Spaziergang.

Heute dagegen lagen sie am Strand. Kommissar Georges Dupin und seine Freundin, die Chefkardiologin Claire Lannoy. Und blickten von ihrem Handtuch auf die fantastischen rosa Granitformationen. Später am Nachmittag und vor allem bei Sonnenuntergang würden die Felsen auf übernatürliche Weise zu glimmen und zu glühen beginnen, als wären sie nicht von dieser Welt. Ein Chaos von gewaltigen, kurios geformten Steinen, riesigen Granitbrocken, einzeln oder in wüsten Ansammlungen, die sich zuweilen hoch auftürmten. Überall um sie herum: im Meer, aus dem Wasser ragend, auf den Inselchen direkt vor ihnen, aber auch auf dem Strand sowie hinter ihnen, auf der einsamen Renote-Halbinsel, zu der der großzügige Sandstreifen gehörte, auf dem sie lagen.

An der gesamten Küste zwischen Trébeurden und Paimpol, der weltbekannten »Côte de Granit Rose«, waren die Felsen zu

7

bewundern. Rosengranit war der poetische Name des Gesteins, das den Küstenabschnitt hier im Norden der Bretagne berühmt gemacht hatte. Prominente Nationalsymbole waren daraus geschaffen worden, das Hôtel de Ville in Paris, das große Charles-de-Gaulle-Monument in Colombey-les-deux-Églises, das berühmte »Croix de Lorraine«. Sogar in Los Angeles, Budapest und Sevilla standen Gebäude aus dem legendären Fels. Bereits die Bewohner der Jungsteinzeit hatten imposante Bauwerke aus dem seltenen Tiefengestein geschaffen, das nur an wenigen Orten der Welt so prominent an die Erdoberfläche kam wie hier, im kanadischen Ontario, auf Korsika, in Ägypten und in China.

Es sah aus, als wären die bizarren Steine buchstäblich vom Himmel gefallen. Als wäre ein Schauer von eigentümlichen Meteoriten wild verteilt niedergegangen. Rosa Wunderbrocken, rätselhafte Zeugnisse und Zeichen. Massig waren sie, aber zugleich wirkten sie beinahe schwerelos, schwebend. Als könnte sie der nächste Windstoß forttragen. Eine magische Szenerie – augenblicklich verstand man, warum große Schriftsteller und Maler, darunter viele Freunde Gauguins, verrückt nach diesem Fleckchen Erde gewesen waren.

Seit jeher trugen die Orte der rosa Küste einen extravaganten Wettstreit aus: Wer verfügt über das außergewöhnlichste Stück Fels, die spektakulärsten Formen und Rosatöne?

Auch der Strand, auf dem sie lagen, war eine Sensation. Der *Grève de Toul Drez* war der nördlichste der zwölf Strände Trégastels, ein »Plage sauvage« in Form einer Sichel, von felsigen Landzungen und skurrilen Steinformationen eingerahmt, im Westen vom *Tête de Mort*, einem Vorsprung in Form eines Totenkopfes, auf dem wiederum eine der amüsantesten Granitformationen der Gegend zu bewundern war: der *Tas de Crêpes*, der Crêpes-Haufen, der dem *Totenkopf* sofort etwas von seinem Schrecken nahm. Die beiden vorgelagerten Inselchen – die Île du Grand Gouffre und Île de Dé – schützten vor allzu tosenden Fluten und bildeten bei Ebbe eine berückende Lagune. Eine Art großes Naturschwimmbecken. Sogar der Sand hier war rosa. Hellrosa und feinkörnig. Nur ganz allmählich fiel der Strand ins Wasser ab. In ein Meer, das nicht bloß durchscheinend war, sondern vollkommen transparent. Ein zartes Türkisgrün zunächst, das in ein strahlendes Türkisblau überging, durch das Rosa des Grundes sondersam verstärkt. Erst weit draußen wurde der Atlantik tiefblau. Dort waren die größeren der sagenumwobenen Sept-Îles zu sehen, fünf Seemeilen betrug die Entfernung zur Küste.

Seit Claire und Dupin vorgestern Abend angekommen waren, herrschte fabelhafter Hochsommer. Tagsüber stetig um die dreißig Grad, dazu ein grandios blauer Himmel. Keine Wolke, kein Dunst. Die Luft war glasklar, was der leichten atlantischen Brise zu verdanken war. Die vorherrschenden Farben ergaben ein exquisites Zusammenspiel: das strahlende Blau des Himmels, das Türkisgrünblau des Meeres und das Rosa des Sandes und der Felsen.

Es war atemberaubend schön. Surreal schön.

»La douceur de vivre«, beschrieb man die Stimmung an leichtfüßigen, unbeschwerten Sommertagen wie diesen, die »milde Süße des Lebens«. Oder wie es auf Bretonisch hieß: »La vie en roz« – das Leben in Rosa.

Für Georges Dupin war es die Hölle.

Sie machten Ferien.

Strandurlaub.

Schlimmer konnte es nicht sein.

»Einfach nur am Strand liegen«, hatte Claire sich erträumt. Keine Verpflichtungen, keine Termine, keine Arbeit. Sie hatte auf einer unbedingten Abmachung bestanden, einem gegenseitigen Schwur: dass sie sich in diesen »paar Tagen« unter keinen Umständen mit irgendwelchen Angelegenheiten des Kommissariats in Concarneau oder der Klinik in Quimper befassen würden. Was immer auch kommen mochte.

»Nur himmlische Ruhe und süßes Nichtstun«, hatte sie glücklich geseufzt.

Tatsächlich ging es gar nicht bloß um ein »paar Tage« – nein, es ging um zwei Wochen. Um volle vierzehn Tage.

Die längsten Ferien, die Dupin in seinem Berufsleben je genommen hatte. Es war in Concarneau zum Stadtgespräch geworden, in der lokalen Ausgabe von *Ouest-France* war – völlig lächerlich und überflüssig – sogar eine kleine Meldung erschienen: »Georges Dupin in Trégastel: Monsieur le Commissaire macht Ferien!«.

Claire hatte sich ein »altmodisches Seebad« gewünscht, »übersichtlich, verträumt, viel Flair«. Wo man kein Auto brauchte, alles zu Fuß erreichen konnte. Ein »kleines, charmantes Hotel«. Und das Wichtigste: mit einem »echten Ferienrhythmus«. Was für sie bedeutete: lange schlafen – Dupin war begeisterter Frühaufsteher –, spät und lange auf der Terrasse frühstücken – ausgedehntes Frühstücken war gar nicht Dupins Sache –, in luftiger Kleidung zum Strand laufen – Dupin konnte kurze Hosen nicht ausstehen –, auf dem Weg ein paar Sandwiches und Getränke besorgen – hier gab es keine Einwände, dafür umso mehr beim letzten Punkt: es sich auf einem großen, weichen Handtuch bequem machen, um es, abgesehen von kurzen Schwimmausflügen, erst am späten Nachmittag wieder zu verlassen.

Die reine Hölle.

Nichts war Dupin unerträglicher als Müßiggang. Nichts vermochte den Kommissar nervöser zu machen als vorsätzliche Entspannung. Dupin musste in Bewegung sein, sich beschäftigen. Die beständige Aktivität war sein Element, alles andere eine Qual. Selbstverständlich war Claire sich dessen bewusst, sie kannte ihn schließlich lange genug. Und nahm es ernst. Sehr ernst. Sie hatte bei ihrer unglückseligen Urlaubsidee keinesfalls nur an sich gedacht, wie sie betonte, sondern »ganz speziell auch an ihn«. Denn Claire hatte eine – wie Dupin fand – fatale Theorie: dass sein »bedenklicher Tätigkeits*zwang*« durch seine permanente Aktivität überhaupt erst hervorgebracht werde, insbesondere durch das »ungesunde Übermaß an innerer und äußerer Unruhe in den letzten Jahren« beziehungsweise, so formulierte sie es noch lieber: »durch all diese verrückten Kriminalfälle«. Und dass nun der Punkt erreicht sei, an dem es »kritisch« wurde und er eine »echte Pause« bräuchte. Eine »Radikalkur – einmal ganz raus«! Das Dumme war, dass Dupins Hausarzt, Docteur Garreg, nachdrücklich dieselbe Meinung vertrat. Auch er hatte »prototypische Symptome eines pathogenen Abgespanntseins« bei Dupin ausgemacht: der angeschlagene Magen, die Schlafstörungen, die Koffeinsucht … In Dupins Augen war das alles abstrus. Als dann auch noch Nolwenn, Dupins unersetzliche Assistentin, von einer »unbedingt notwendigen Auszeit« angefangen hatte – bloß, weil Dupin in letzter Zeit womöglich hin und wieder »bärbeißig« reagiert haben mochte –, hatte er keine Chance mehr gehabt. Dass sie alle drei glaubhaft »nur sein Bestes« wollten, machte es nicht leichter. Er hatte kapituliert.

Dann war alles ganz schnell gegangen. Nolwenn und ihr Mann hatten letzten Sommer in Trégastel-Plage Ferien gemacht, in einem »sehr hübschen Hotel«, sie hatten sich sogar ein wenig mit dem Besitzereheepaar angefreundet. Ehe Dupin sich's versah, war ein Zimmer gebucht. »Double Deluxe«. Mit Meerblick und Balkon.

So hatte das Unglück seinen Lauf genommen und sie – jetzt hier – auf das große fliederfarbene Handtuch gebracht.

Dupin hatte keine Zweifel, dass eine solche »Erholungskur« nur eine Wirkung haben würde: ihn in grässliche innere Zustände zu versetzen. Aber es ging ihm um Claire. Seit Claire die Leitung der Kardiologie in Quimper übernommen hatte, hatte sie quasi durchgearbeitet. *Sie* war *tatsächlich* – anders als er – restlos erschöpft. In den letzten Monaten war es nicht selten vorgekommen, dass Claire noch vor dem gemeinsamen Abendessen auf dem Sofa eingeschlafen war. Sie brauchte Ferien. Und ein Strandurlaub dieser Art, leider wusste Dupin das sicher, war für sie genau das Richtige. Seit sie hier angekommen waren, schien sie sich mit jeder Minute mehr zu erholen.

War die Situation auf dem Handtuch am Strand für Georges Dupin bereits prinzipiell ein Albtraum, so traten weitere Umstände hinzu, die alles noch misslicher werden ließen:

Die Sonne brannte so stark, dass man ohne Kappe oder Sonnenhut nicht auskam. Dupin hasste beides. Und besaß weder das eine noch das andere. Also hatte Claire ihm gestern auf dem Weg zum Strand kurzerhand eine dunkelblaue »I love Brittany«-Kappe gekauft, die er grummelnd aufgesetzt hatte. Was man ebenso ununterbrochen brauchte: Sonnencreme. Und auch mit Sonnencreme stand Dupin auf Kriegsfuß. Sie klebte fürchterlich, egal, was auf der Tube stand. Und hatte zur Folge, dass auch der Sand am Körper kleben blieb. Der auf mysteriöse Weise ständig auf Dupins Seite des Handtuchs gelangte. Auf Claires Seite befand sich nie auch nur ein einziges Körnchen. Das Schlimmste an der Sonnencreme aber war: Egal, wie Dupin es anstellte, wie vorsichtig er auch war, irgendwann, sehr rasch zumeist, hatte er die Creme im Auge. In beiden Augen. Was fürchterlich brannte, sodass er nur noch verschwommen sehen konnte und nicht einmal mehr lesen oder das Strandleben beobachten. Und außer Lesen und Beobachten gab es auf dem Handtuch nichts zu tun.

Der einzige Trost war das Abendessen. Das Restaurant des Hotels war vorzüglich, dabei bodenständig, vorwiegend Spezialitäten des Nordens. Schon bei ihrer Ankunft vorgestern Abend hatten sie Heißhunger gehabt – Dupin liebte es, wie hungrig

Claire sein konnte – und hatten ein paar Minuten später auf der Terrasse mit atemberaubendem Blick gesessen. Sie hatten *Tartelettes de Saint-Jacques* gegessen, die Jakobsmuscheln aus der Rade de Brest, eindeutig die feinsten, danach *Cardinale*-Artischocken mit einer Kräutervinaigrette, eine blasslila Artischockenart der Gegend, mild und etwas süßlich. Auch der Wein war famos gewesen, ein junger Pinot noir aus dem Loire-Tal, den man gekühlt trank, eine neue Vorliebe Dupins an Sommertagen. Er hatte perfekt zum marinierten Salzwiesenlamm mit *Cocos de Paimpol* gepasst, den weißen zarten Bohnen, die Dupin geradezu verehrte.

So fabelhaft das Essen auch war – der zweite Abend im Restaurant hatte den phänomenalen Eindruck bestätigt –, ein Ferientag bestand leider aus mehr als bloß dem Abendessen. Es ging um die sehr, sehr vielen übrigen Stunden der verbleibenden zwölf Tage.

Dupin war bereits sechs Mal schwimmen gewesen. Noch häufiger war er den Strand abgelaufen, vom einen Ende bis zum anderen. Und wieder zurück.

Bevor er zum Strand gekommen war – Claire war vorgegangen, sie hatte »keine Zeit verschwenden« wollen –, hatte er im Presseladen des beschaulichen Zentrums von Trégastel die Wochenendausgaben der Tageszeitungen gekauft. Und sich dabei Zeit gelassen. Mittlerweile hatte er alle weitgehend durchgelesen. *Ouest-France* hatte das große »Sommer-Spezial« gestartet, das Thema war: »Wird man als Bretone geboren oder kann man es werden?«. Eines der – heiteren und doch ganz ernsten – bretonischen Lieblingsthemen. Die Antwort war einfach, sympathisch und pathetisch zugleich (und beruhigte Dupin sehr): »Um bretonisch zu sein, braucht man keine Papiere und Dokumente, es bedarf lediglich der Entscheidung, es sein zu wollen!« Im Kern nämlich, so das leidenschaftliche Plädoyer, handelte es sich um eine Haltung, eine innere Einstellung. Gegenüber dem Leben, der Welt, den Menschen und, besonders wichtig, gegenüber sich selbst. Die nächsten vier Wochen würde in der Zeitung nun das amüsante Spiel inszeniert: »Du erkennst, dass du ein Bretone bist, wenn …« Dann folgten untrügliche Zeichen, unhintergehbare Beweise: »… *für dich die Aperitifzeit offiziell morgens um elf beginnt und ab dann alles erlaubt ist / du, um Selbstmord zu begehen, in einer überfüllten Bar im tiefsten Finistère herausschreist, dass du aus Paris kommst / du den Ton eines Dudelsacks besser erträgst als andere / dir das Datum 1532 etwas sagt, und zwar nichts Gutes*« (das Jahr, an dem die Bretagne von Frankreich »annektiert« wurde).

Claire hatte das Handtuch auf exakt dieselbe Stelle gelegt wie gestern. Womit klar war: Genau dies würde für den Rest der Ferien ihr Terrain sein.

»Ich muss mir die Augen ausspülen«, Dupin verzog das Gesicht, »mit klarem Wasser. Im Hotel.«

Er war bereits aufgestanden.

Etwas Besseres war ihm nicht eingefallen, um das Handtuch noch einmal für eine Weile verlassen zu können. Im Übrigen entsprach es praktischerweise der Wahrheit.

»Dann bring uns jedem doch noch eins dieser *Pans bagnats* mit.«

»Mache ich.«

Dupin hatte nicht weit vom Hotel einen kleinen Laden entdeckt, dessen Inhaber, Rachid, aus Nizza stammte und der die traditionellen südfranzösischen Fladenbrote mit Thunfisch, Tomaten, Oliven und Mayonnaise zubereitete. Er verkaufte zudem Rosé aus der Provence, den man in einem portablen Kühler mit an den Strand nehmen konnte.

Es war halb vier.

Claire lag dösend auf dem Bauch. Sie trug einen schlichten schwarzen Bikini, der ihr äußerst gut stand. Und einen übergroßen Strohhut, den Dupin nicht unbedingt mochte, er war uralt und stammte von ihrer Großmutter.

»Sonst noch etwas? Ich hole es dir gerne.«

»Nein danke, chéri.«

Dupin streifte sich sein ausgewaschenes blaues Polo über. Seine Jeans. Er schlüpfte in die ramponierten Slipper, die erstaunliche Mengen an Sand enthielten. Auch das war eine Spezialität von ihm. Er schaffte es, in und an allem enorme Mengen Sand zu transportieren. Bis ins Auto, ins Hotelzimmer, sogar, trotz der Dusche, bis ins Bett.

Die nächste Handtuchinsel lag etwa zwanzig Meter entfernt. Eine Familie aus dem Hotel. Drei kleine Kinder. Ein Junge, zwei Mädchen. Sehr fröhlich. Sehr freundlich. Leider mit schrecklichen Eltern. Die unentwegt zeterten. »Bleibt doch mal still sitzen!«; »Krümel nicht mit deinem Sandwich rum«; »Wir wollen einmal im Jahr unsere Ruhe haben« … Das ewige Herumnörgeln der Eltern wehte bis zu ihnen herüber. Es war entsetzlich. Beim Frühstück heute waren sie in ihrer unverschämten Lautstärke nur von einem Pärchen überboten worden – er Anfang fünfzig, schätzte Dupin, sie Anfang, Mitte dreißig, eine Wasserstoffblondine –, das sich die ganze Zeit über heftig gestritten hatte.

So war es, – das heitere Hotelleben.

»Bis gleich, Claire.«

»Bleib nicht zu lang«, Claire drehte sich um und griff zu ihrem Buch.

Dupin machte einen großen Bogen um die Familie.

Es war nicht weit bis zum Hotel. Ein schmaler Weg am Meer entlang, an den Seiten hell schimmerndes Dünengras, ein Panoramablick auf die Atlantik-Granit-Landschaften.

Das Hotel – *L'Île Rose* – thronte auf einem flachen Hügel direkt am Meer, zwischen gewaltigen rosa Granitbrocken, die es in fast alle Richtungen abschirmten und aus deren Gewirr hier und dort mächtige windschiefe Pinien hervorstachen. Der Hauptzugang befand sich am Ende der Uferpromenade über dem Plage Coz Pors. Die grob asphaltierte Promenade führte bis zu einem kleinen öffentlichen Parkplatz, von dem die Hoteleinfahrt abging. Hier standen auch die vier schmalen, strahlend weiß gestrichenen Holzhäuschen, an denen man die Bootstickets zu den Sept-Îles kaufen konnte. Was Dupin theoretisch gern getan hätte, wäre sein Widerwille gegen Bootsfahrten nicht unüberwindlich gewesen. Auf den Sept-Îles nämlich lebte der »kleine Pinguin«. Zwar waren die »kleinen Pinguine«, wie Dupin gelernt hatte, keine echten Pinguine, sondern Alkenvögel, dennoch. Sie sahen aus wie Pinguine und bewegten sich auch so. Dupins innige Liebe zu Pinguinen reichte allemal, die »kleinen Pinguine« darin großzügig einzuschließen, auch wenn sie für ihn selbst auf den nahen Sieben Inseln unerreichbar fern blieben.

Dupin war im Garten des *L'Île Rose* angekommen, in den sich Claire bei ihrer Ankunft auf Anhieb verliebt hatte, vor allem wegen zwei prächtigen Hortensieninseln in kräftigen Blau-violetttönen. Inmitten des Granits hatten die Besitzer des Hotels ein kleines botanisches Paradies angelegt. Liebevoll, aber nicht penibel gepflegter Rasen, drei windzerzauste Palmen mit dicken Stämmen, majestätische Eukalypten, buschige Kamelien, Rhododendren, Agaven, duftender Lavendel, riesige Salbei-, Thymian-, Rosmarin- und Minzbüsche, wild durcheinander. Der Höhepunkt war ein alter, verwachsener Olivenbaum. Richtung Meer gaben die mächtigen Steinblöcke und die üppige Vegetation einen grandiosen Blick frei.

Das alte Haus stammte aus dem 19. Jahrhundert – hellgrau getüncht, an den Kanten unter den Fenstern der obligatorische Granit –, eines der privilegierten Häuser nah am Meer, wie sie vereinzelt und erhaben am gesamten Küstenabschnitt zu bewundern waren. Eine verwunschene Villa, mit Fingerspitzengefühl restauriert, geschmackvoll, aber schlicht, in hellen Tönen. In den Zimmern einfache, hübsche Naturholzmöbel, bunte Stoffe. Und, für Dupin das Entscheidende: eine handliche Espressomaschine. Ein Refugium aus der Zeit – wie der gesamte Ortskern des kleinen Seebades –, in der die Sommerfrische erfunden worden war.

Dupin hatte den Garten durchquert und steuerte auf die steilen Steintreppen vor der Eingangstür zu.

»Haben Sie schon gehört, Monsieur le Commissaire?«

Rosmin Bellet, der Besitzer des *L'Île Rose* – eine gemütliche, rundliche Erscheinung –, war hinter einer der Palmen aufgetaucht. Ein sympathischer Mensch, eigentlich. Dupin war er etwas zu redselig, es war offensichtlich, dass Bellet es liebte, Gäste zu beherbergen. Auf eine sehr persönliche Weise.

Dupin war widerwillig stehen geblieben, seine Augen brannten immer noch von der Sonnencreme. Er verspürte keine Lust auf Konversation.

»Nein«, Dupin klang ungewollt mürrisch. »Ich meine – was soll ich gehört haben?«

»Die Statue der heiligen Anne wurde vorgestern aus der Chapelle Sainte-Anne gestohlen. Man hat noch keine Ahnung, wer es war und wie es passiert ist.«

Dupin massierte sich die Schläfe.

»Ich denke, Ihre Gendarmerie wird sich darum kümmern.«

»Ja, Alan und Inès«, Monsieur Bellet lächelte, »ja, das werden sie ...«

So hießen die örtlichen Gendarmen, vermutete Dupin.

Zwei dicke Hummeln – im Garten wimmelte es von Bienen und Hummeln – flogen tief brummend gefährlich nah an Dupins Nase vorbei.

»Die Figur ist sehr alt«, so schnell gab Monsieur Bellet sich nicht geschlagen.

»Immerhin«, murmelte Dupin. Es war ihm gleichgültig.

Er würde sich nicht damit beschäftigen. Nicht mit abhanden-gekommenen sehr alten Gegenständen, zudem auch noch aus Kirchen. Genau darum war es in seinem letzten großen Fall ge-gangen, der ihm bis heute sonderbar nachhing. Wie ein dunkler mysteriöser Schatten. So viel war ungelöst geblieben.

»Und letzte Woche Mittwoch wurde in das Gustave-Eiffel-Haus eingebrochen«, machte Bellet hartnäckig weiter.

Dupin zuckte mit den Achseln.

»Der Architekt des Eiffelturms hat sich hier 1903 ein Haus gebaut. Im schottischen Stil. Es steht zum Verkauf. – Mit ein-einhalb Hektar Land!«

Bellet klang, als wollte er die Immobilie eigenhändig verkau-fen.

»Man hat auf drei Seiten das Meer. Das Haus ist allen Win-den ausgesetzt. Deswegen heißt es Ker Avel. Ganz in der Nähe von *Napoleons Hut*. Albert, Eiffels Sohn, hat zwischen den Granitblöcken ein Labyrinth angelegt.«

»Sehr schön.« Dupin machte Anstalten, sich wieder in Bewe-gung zu setzen.

»Gustave Eiffel hat 1906 eine Reihe von für die damalige Zeit revolutionären Apparaten zur Erfassung des Wetters an seinem Haus installieren lassen. Die Meteorologie verdankt ihm eine Reihe bedeutender Erkenntnisse. – Übrigens«, Monsieur Bellet hob die Stimme, »das Eiffel-Haus war abgeschlossen!«

»Meine – Frau. Sie wartet auf ihr – *Pan bagnat*.«

Seit sie vorgestern angekommen waren, sprachen Monsieur und Madame Bellet konsequent nur von »Ihrer Frau« und »Ih-rem Mann«, zunächst hatten Dupin und Claire sie ein paarmal korrigiert, es dann aber aufgegeben.

Bellet nickte und redete weiter:

»Wissen Sie, dass *Napoleons Hut* eine entscheidende histori-sche Rolle gespielt hat?«

Eine rhetorische Frage. »*Befindet sich* Napoleons Hut *im-mer noch in Perros-Guirec?* lautete der Code, der am 3. April

1943 um achtzehn Uhr von der BBC an die französischen Widerstandskämpfer gesendet wurde. Es war das Signal, dass der Kampf beginnt! Von de Gaulle selbst befehligt!«

Ein pathetischer Tonfall. Auch wenn Dupin keine Lust auf dieses Gespräch hatte, fand er Bellets Pathos angemessen. Da war es wirklich um etwas gegangen.

»Seltsamerweise scheint im Eiffel-Haus gar nichts zu fehlen. – Das Haus ist ohnehin fast leer. Nur noch ein paar alte Möbel. Aber ohne jeden Wert. Ich frage mich wirklich, wer bricht denn in ein solches Haus ein, Monsieur le Commissaire?«

Dupin nahm die Stufen bis zur angelehnten Eingangstür des Hotels.

»Hier passiert ja sonst nicht viel«, ertönte es in seinem Rücken, Dupin zögerte und drehte sich dann noch einmal um. »Außer natürlich vor sieben Jahren, das sollten Sie unbedingt wissen, da wurde in einem unserer Steinbrüche eine Tote gefunden. Eine Angestellte des Steinbruch-Unternehmens, die in der Verwaltung arbeitete. Sie ist fünfzig Meter hinuntergestürzt und auf dem rosa Granit zerschmettert. Wahrscheinlich nicht freiwillig. Bis heute ist unklar, ob es ein Unfall oder Mord war. Es wurde intensiv ermittelt, ohne Ergebnis. – Ein dunkles Rätsel. Wir nennen sie die ›rosa Tote‹.«

Bellet hatte die buschigen Augenbrauen theatralisch hochgezogen, was tiefe Falten auf seiner Stirn verursachte. Er besaß einen erstaunlich gleichmäßig runden Kopf – in perfekter Harmonie zur runden Gesamterscheinung – mit sehr kurzem hellgrauem Haar.

»Ich muss mich beeilen, Monsieur Bellet.« Nun wurde es wirklich Zeit!

»Der letzte Mordfall in Trégastel selbst liegt siebenunddreißig Jahre zurück«, Monsieur Bellet zog offenbar eine Art lokales kriminalistisches Fazit, »ebenfalls ungelöst. Auch eine Frau. Eine Bäckereiverkäuferin. Sie wurde nach einem unserer traditionellen Fest-Noz, dem *gouel an hañv,* erwürgt aufgefunden. Nur zweiundzwanzig Jahre alt. – Bei uns heißt sie die ›Blasse‹.«

»Verstehe.«

»Dieses Jahr feiern wir übrigens das vierzigste Jubiläum unseres äußerst ausgelassenen Festes. Organisiert vom *ALTC,* der *Association de loisirs et culture de Trégastel.* Nächsten Samstag, ein Muss. Es gibt Crêpes mit exzellentem Biogemüse der Region, lokale Biere und Cidre. Aber auch Wein und alles andere. Für den musikalischen Genuss sorgen TiTom, Dom Jo und die Frères Guichen. Sie müssen unbedingt vorbeikommen. Ihrer Frau wird das gefallen.«

Dupin öffnete energisch die Tür.

»Dann bis später, Monsieur le Commissaire«, Bellet lächelte überaus freundlich.

Dupin murmelte einen letzten Abschiedsgruß und verschwand eilig.

In dem alten Haus war es angenehm kühl. Am Ende des schmalen Flures befanden sich die Treppen, links der kleine Salon mit drei gemütlichen, dick gepolsterten Sofas, auf antiken Tischchen Stapel zerlesener Bücher. In einer Ecke ein Sekretär mit einem Computer. Der Salon ging in das kleine Restaurant über, an dessen Ende man auf die außergewöhnliche Terrasse trat. Direkt rechter Hand hinter der Eingangstür lag die Rezeption, daneben die Küche.

Die steilen Treppen zu ihrem Zimmer im dritten Stock waren jedes Mal eine kleine Kletterpartie. Dupin betrat das Zimmer. Großzügig für französische Hotelverhältnisse. Auch hier die schlichten hellen Naturholzmöbel. Eine Chaiselongue, auf der man sich ganz ausstrecken konnte. Das Beste aber war der Balkon. Dort hatten zwei gemütliche Liegen und ein Tischchen Platz, die eine Liege in Verveinegrün, die andere in Paprikarot. Dazwischen ein großer Sonnenschirm. In Honiggelb. Claire war begeistert von der Farbkombination.

Dupin ging ins Bad, um sich die Augen auszuspülen. Anschließend machte er sich einen Espresso und setzte sich auf den Balkon.

Er trank den Kaffee in kleinen Schlucken. Sein Blick verlor sich am dunkelblauen Horizont.

Mit einem Mal brach ein ohrenbetäubender Lärm los. Hohe, durchdringende Töne, die sich allmählich in tiefe, dumpfe verwandelten und verebbten. Um dann wieder gellend laut von Neuem loszubrechen. Begleitet von einem sonoren Motorbrummen.

Dupin brauchte einen Moment, ehe er sie zuzuordnen vermochte.

Traktoren. Es waren Hupen von Traktoren. Nicht eine Hupe, nicht zwei, es musste ein Dutzend sein. Der Lärm kam von links, vermutlich von der Straße direkt hinter dem Hauptstrand, die zum kleinen Parkplatz und zur Einfahrt des Hotels führte.

Dupin stand auf und beugte sich bedenklich weit über das Balkongeländer.

Die Straße war von hier aus nicht zu sehen. Vermutlich handelte es sich um eine Protestaktion von Landwirten, auch wenn in der Zeitung nichts davon gestanden hatte. Solche Proteste gab es in den letzten Jahren im Norden der Bretagne immer häufiger.

Dupin ging wieder ins Zimmer und fingerte in der Hosentasche nach seinem Handy. Auch sie voller Sand. Nolwenn hatte ihm – auch wenn das Telefon ohnehin schon ein »Outdoor-Modell« war – eine neue Schutzhülle besorgt; »Defender« lautete der Name der »unzerstörbaren« und dennoch erstaunlich dünnen Hülle, Militärstandard. »Genau das Richtige für Sie und den Strand«, hatte Nolwenn gesagt.

Er drückte die letzte der gewählten Nummern.

Es klingelte viele Male.

»Monsieur le Commissaire!« Ein äußerst strenger Tonfall.

»Ich wollte nur wissen, ob alles in Ordnung ist.«

»Das ist der fünfte Anruf seit vorgestern Abend, Monsieur le Commissaire. Der fünfte.«

Nolwenn war hörbar pikiert.

»Und selbst wenn in der Zwischenzeit etwas passiert wäre – in den nächsten zwei Wochen wäre es«, der Tonfall war sogar noch rabiater als der Inhalt ihrer Sätze, »unter keinen Umständen Ihre Angelegenheit.«

»Ich wollte ja nur sichergehen.« Eine jämmerliche Antwort.

»Da sehen Sie, wie es um Sie steht! Seien Sie ehrlich, Sie sind so weit, dass Sie sich förmlich wünschen, es würde etwas passieren! Ein hübscher vertrackter Fall. Ein feiner, extravaganter Mord. Am Ende werden Sie sich in einer Art Fieberwahn noch einen Fall ausdenken!«, Nolwenn gab sich keine Mühe, ihren Unmut zurückzuhalten. »Aber das ist völlig normal, so ist es immer in den ersten Tagen«, jetzt klang sie wie ein routinierter Therapeut, »Docteur Garreg hat es vorausgesagt. Sobald Sie Ihrer ›pathologischen Hyperaktivität‹ nicht nachkommen können, werden regelrechte Entzugserscheinungen auftreten. Auch körperliche. – Aber Docteur Garreg hat auch gesagt, dass wir hart bleiben müssen.«

Es war zutiefst absurd. Diese ganze idiotische Idee mit der Zwangsruhe. Natürlich ging es ihm nicht gut, wie auch? Aber das hatte nicht das Mindeste mit den aberwitzigen Hypothesen von Claire, Nolwenn und Docteur Garreg zu tun. Es regte sich ja auch niemand darüber auf, dass ein Konzertpianist nervös und unleidlich wurde, wenn er nicht spielen konnte. Niemand würde daran Anstoß nehmen! Im Gegenteil. Niemand würde von »Abhängigkeit« sprechen, alle bloß bewundernd von seiner »unbedingten Passion«! Dupin hatte einmal gelesen, dass einem berühmten Pianisten sein gewaltiger Flügel mit unfasslichem Aufwand hinterhertransportiert wurde, egal wo er sich befand. Warum sollte es bei seiner Profession anders sein? Durfte er sie nicht lieben? Durfte er nicht nervös und unglücklich werden, wenn er ihr nicht nachgehen konnte?

»Und«, Nolwenns Stimme machte erneut klar, wie ernst es ihr war, »genau das werden wir tun: hart bleiben.«

Wunderbare Aussichten.

»Wir wollen, dass Sie sich erholen! – Ich lege jetzt auf.«

Mit einem tiefen Seufzer verfrachtete Dupin das Handy zurück in die sandige Hosentasche.

Einen Augenblick später trat er aus dem Hotel.

Monsieur Bellet zupfte gerade an einem riesigen Salbeibusch herum. Dupin war sich nicht sicher, ob Bellet ihn bemerkt hatte.

Er zögerte, dann ging er auf ihn zu.

»Diese Statue, die da gestohlen wurde«, Dupin hielt kurz inne – er sollte diese Frage aus vielerlei Gründen nicht stellen und fuhr dann doch fort –, »war sie wertvoll?«

Auf Bellets Gesicht zeigte sich ein zufriedener Ausdruck.

»Trotz ihres Alters besitzt sie keinen bedeutenden materiellen Wert«, er lächelte, »sie ist nicht aus Gold oder so.« Dupin verstand die Anspielung auf seinen letzten Fall. »Sie ist bloß aus bemaltem Holz. Aber doch von ideellem Wert. Es ist nicht in Ordnung«, Bellet machte aus seiner Enttäuschung keinen Hehl, »dass es nicht mal die kleinste Zeitungsmeldung darüber gegeben hat. Auch über den Einbruch ins Eiffel-Haus nicht.«

»Ein ideeller Wert ist doch durchaus bemerkenswert.«

Dupin hatte selbst keine Ahnung, was er damit sagen wollte.

»Vorne an der Rezeption liegt eine Broschüre über die Kirche, darin finden Sie auch ein Foto und …«

»Danke, Monsieur Bellet.«

»Wissen Sie, was wirklich merkwürdig ist?«

Dupin blieb stumm.

»Die Kapelle Sainte-Anne hat im Vergleich zur Kirche Sainte-Anne direkt hier drüben«, Bellet machte eine vage Geste mit dem Kopf, »keinerlei Bedeutung. Ich meine kunsthistorisch. Auch ihre Figuren nicht. Die Kirche Sainte-Anne hingegen stammt aus dem 12. Jahrhundert, eine romanische Kirche, die später gotisch ausgebaut wurde. Sensationell. Dort gibt es viel Wertvolles. Aber nicht in der Kapelle.«

»Ich«, Dupin brach ab. Er atmete tief ein und aus. »Ich glaube, ich muss los.«

»Erschrecken Sie nicht, wenn die Traktoren nachher noch mal Lärm machen«, Monsieur Bellet wandte sich wieder dem Salbeibusch zu. »Die Landwirte versammeln sich auf der Promenade. Sie protestieren gegen das Preisdumping der großen Supermarktketten«, er machte eine effektvolle Pause, »vollkommen zu Recht! – Sie haben heute Mittag vor den Privathäusern der regionalen Abgeordneten Schilder mit der Aufschrift *Zu verkaufen* aufgestellt. – In den nächsten Tagen werden noch einige andere Aktionen folgen.«

Die bretonischen – überhaupt die französischen – Bauern waren traditionell nicht zimperlich. Sie waren schon in der Revolution eine äußerst schlagkräftige Macht gewesen.

Bellet blickte von seinem Salbeibusch auf. »Hier im Norden sprechen alle schon vom ›Sommer der Krise‹. Die Milch, das Fleisch. Dieser Irrsinn mit den niedrigen Preisen muss ein Ende haben!« Es hörte sich an, als würde gleich eine längere Tirade folgen.

Dupin war nicht in der Stimmung – auch wenn Monsieur Bellet ohne Zweifel mit allem recht hatte. Und er selbst schuld war, er war es schließlich gewesen, der diese Konversation begonnen hatte.

»Der Norden der Bretagne lebt von der Landwirtschaft. Alter Vulkanboden, fruchtbare schlickhaltige Erde, der Golfstrom«, Bellet reckte stolz das Kinn. »Zum Beispiel die berühmten *Cocos de Paimpol*: kleine weiße Perlen in wunderschön rötlich marmorierter Schale! Seit 1998 führen sie sogar das Siegel *Appellation d'origine contrôlée!* Als erste Bohne Frankreichs!«

Dupin konnte nicht anders, als verklärt zu nicken. Nicht nur er, die ganze Bretagne war verrückt nach diesen Bohnen. Die neue Ernte wurde jedes Jahr sehnsüchtig erwartet.

Bellet schmunzelte. »Was Sie unbedingt auch probieren müssen: die *petits violets,* eine der drei Artischockenspezialitäten von hier, kleiner, länglicher als die plattnasigen Camus-Artischocken. Nicht zu vergessen: der blütenweiße Blumenkohl, die einzigartigen Kartoffel- und Tomatensorten, die Sandmöhren, der würzige Lauch, die rosa Roscoff-Zwiebeln … Und dann unsere besonderen Schweine, vor allem die aus Saint-Brieuc, die mit Leinsamen gefüttert werden! Die Eintöpfe, Würste, Pâtés …«

»Werden wir probieren, Monsieur Bellet. Alles.«

Genau das hatten sie vor.

Dupin wandte sich entschieden zum Gehen.

»Weiterhin viel Spaß am Strand.«

Monsieur Bellet meinte es nicht ironisch.

Dupin ging an dem blauen Hortensienfeld vorbei und verließ den Garten.

Wieder nestelte er sein Handy hervor.

Seit ein paar Wochen war er mit einer – musste man sagen: gewichtigen – Sache beschäftigt. Die ihm bereits im ganzen letzten Jahr durch den Kopf gegangen war. Ein paar Dinge waren noch zu klären. Dann würde er Claire fragen.

MONTAG

So sehr der Kommissar selbst gewählte Rituale liebte, so sehr gingen ihm verordnete gegen den Strich. Die Ferien würden eine lange Reihung davon. Auch heute waren sie spät aufgestanden. Waren nach dem Frühstück »gemütlich« zum Strand geschlendert und hatten sich unvermeidlicherweise auf dem Handtuch im Sand niedergelassen. Immerhin, auf dem Weg hatten sie sich bei Dupins neuem Freund Rachid großzügig mit Proviant eingedeckt. Delikat aussehende, hausgemachte Minipizzas mit Chorizo und Sardinen, eine halbe Wassermelone, alles in einer kompakten Kühltasche – der Rosé separat in seinem eigenen Kühler –, die Rachid ihnen für die gesamten Ferientage geliehen hatte.

Ungünstigerweise fehlten die Tageszeitungen. Die Bauern hatten – empfindlicher konnten sie Dupin kaum treffen – den Verkehr seit heute früh um fünf vollständig zum Erliegen gebracht. Blockaden an allen Zufahrtsstraßen. So waren die Zeitungen nicht nach Trégastel gelangt. Bellet hatte nur gleichmütig mit den Achseln gezuckt, nachdem Dupin sie vergeblich auf dem Tisch im Hotel gesucht hatte, wo sie für gewöhnlich lagen.

Schon nach einer Viertelstunde war Dupin vom Handtuch aus zu einem Spaziergang auf die vorgelagerte Steininsel Île du Grand Gouffre aufgebrochen. Bei tiefer Ebbe – besonders an diesen Tagen der Grandes marées, an denen sich das Wasser außergewöhnlich weit zurückzog – lief man einfach auf sandigem Boden hinüber. Er hatte Claire gefragt, ob sie ihn begleiten wolle, sie hatte nur gemurmelt, sie seien doch gerade erst angekommen.

Es war ein schöner kleiner Gang gewesen, der Dupins Laune ein wenig aufgehellt hatte. Dupin mochte die Ebbe. Sie war wie für Spaziergänger gemacht. Jedes Mal gab sie neue, verblüffende Landschaften frei. Eine verrückte rosa Szenerie, wie von einem fantastischen Künstler ersonnen; einzelne der Granitbrocken schienen wie Knetmasse bearbeitet, gezogen, verdreht, geplättet worden zu sein. Eine berauschende Kulisse. Dupin war auf die höchste Steinansammlung geklettert und einmal um das Inselchen herumspaziert. Auf der landzugewandten Seite gab es inmitten von Felsen einen kleinen Streifen mit pudrig weißem Sand. Er würde Claire fragen, ob sie nicht zur Abwechslung einmal hier liegen wollten. Es war noch einsamer, wilder – auch wenn er immer noch nicht verstand, warum ausgerechnet dieses so hübsche Inselchen »der Große Abgrund« hieß. Ohne Zweifel gäbe es eine schauerliche Geschichte dazu.

Im Verlauf des langen Strandtages war Dupin heute noch häufiger schwimmen gewesen als gestern, alle fünf Minuten schätzungsweise, ähnlich oft hatte er weitere Spaziergänge über den Strand unternommen. Zweimal hatte er kalte Getränke bei Rachid geholt, Wasser und Cola. Einmal, schon am frühen Mittag, war er wie gestern ins Hotel zurückgegangen. Wieder die brennenden Augen. Und wieder war er Monsieur Bellet begegnet. Der ihm unter anderem von zwei weiteren »Kriminalfällen« in Trégastel erzählt hatte: Auf dem *Festival Moules-lard-frites* war am Vorabend offenbar ein Fotoapparat gestohlen worden und dem örtlichen Bäcker – das allerdings schon vor zwei Wochen – drei Säcke Mehl. In dem scheinbar friedlichen Ort gab es offenbar einige kriminelle Energie.

Am Nachmittag war Dupin dann glücklicherweise noch etwas eingefallen: Auch wenn es keine Zeitungen gab, war der Presseladen trotzdem ein guter Grund, den Strand zu verlassen. Dupin würde sich ein Buch kaufen. Ein Buch würde ihn beschäftigen. Claire hatte schon Wochen zuvor überlegt, welche Bücher sie in den Ferien lesen wollte. Eine abenteuerliche Mischung. Irgendetwas mit *verborgenen Wirklichkeiten und Paralleluniversen*, zwei dicke Bände Proust, einen noch dickeren Band über »interventionelle Herzkathetertechniken«, den neuen Roman von Anna Gavalda, ein Kochbuch über die Bistroküche von Éric Fréchon. Dupin hatte erst am Morgen der Abreise gepackt. Und an kein einziges Buch gedacht.

Er hatte eine wundervolle Stunde im Presseladen verbracht. Und schließlich, nachdem er Dutzende Bücher in der Hand gehabt hatte, einen schmalen Band mit Wandertouren der Gegend gekauft: *Les incontournables – Balades à pied: Trégor – Côte de Granit Rose.* Äußerst willkommene Anregungen. Gleich vier Ausflüge waren für die unmittelbare Umgebung verzeichnet. »La couronne du roi Gradlon«, ein Spaziergang zu den kuriosesten Steinformationen und schönsten Stränden; »Île Renote«, eine Erkundung der Halbinsel hinter ihrem Strand, ein Naturschutzgebiet; »La Vallée des Traouïéro«, ein anscheinend spektakuläres Tal; »GR 34«, der Paradewanderweg der rosa Granitküste zwischen Trégastel und Perros-Guirec. Es klang alles sehr interessant, und jeder Ausflug würde vor allem eines bedeuten: nicht am Strand liegen zu müssen.

Dupin hätte sich außerdem – ein Reflex – beinahe ein kleines rotes Clairefontaine-Notizheft gekauft und ein paar BIC-Kulis dazu, die klassische Ausrüstung während seiner Fälle. Er benutzte die Hefte nicht erst, seit er – wie sein Vater viele Jahre zuvor – in Paris bei der Polizei begonnen hatte, sondern bereits seit seiner Kindheit. Was niemand wusste: Es war sein Vater gewesen, der ihm sein erstes Clairefontaine geschenkt hatte. Dupin hatte es verwendet, um sich komplizierte Kriminalfälle auszudenken. Fantasien, die für ihn ganz und gar den Charakter der Realität besessen und ihn manchmal über Wochen in Beschlag genommen hatten. Erst im letzten Moment hatte Dupin das rote Heft ins Regal zurückgelegt und ein unauffälliges blaues genommen; natürlich wusste Claire, dass die roten Hefte Arbeit bedeuteten.

Vielleicht würde er sich ja am Strand Fälle ausdenken, so wie früher, um eine Beschäftigung zu haben.

Wozu das Heft auf jeden Fall zu gebrauchen war: Er würde eine Liste von Vorwänden erstellen, warum er das Handtuch in den nächsten elf Tagen verlassen musste. Er würde die Gründe geschickt variieren. Schon gestern waren ihm ein paar Möglichkeiten eingefallen – zum Beispiel, dass er dringend zum Friseur musste, es in Concarneau nie schaffte und die Ferien nun eine ausgezeichnete Gelegenheit boten.

Im Gespräch mit der freundlichen, etwas stämmigen Frau an der Kasse des Presseladens war Dupin eine Frage rausgerutscht. Zum Vorfall in der Kapelle. Zur gestohlenen Statue. Eigentlich hatte er gar nicht vorgehabt, nachzufragen. Die – wie sich während des Gesprächs herausstellte – Besitzerin des Ladens hatte gleich mehrere Vermutungen parat. Für die »vielleicht wahrscheinlichste« Täterin hielt sie eine »mysteriöse Kunstsammlerin« aus London, die für ein Auktionshaus arbeitete und ursprünglich aus Paimpol stammte. Anfang des Jahres hatte sie sich in Trégastel ein Haus gekauft; als Zweitwohnsitz. Das Résumé war dann aber doch sehr vage ausgefallen: »Oder sie war es nicht. Wer weiß es schon? Auf alle Fälle kauft sie ihre Zeitungen anscheinend lieber woanders.«

Auch für den Einbruch in das Eiffel-Haus hatte die Besitzerin eine Erklärung gehabt: »perfekt organisierte internationale Banden«. Um sie sofort wieder zu relativieren: »Oder Dummejungen-Streich.« Wie auch immer, die beiden örtlichen Gendarmen, wusste die Besitzerin des Presseladens zu berichten – auch sie sprach nur von »Alan und Inès« –, hatten sich der Vorkommnisse offiziell angenommen.

Die Kapelle Sainte-Anne lag praktischerweise direkt gegenüber dem Presseladen. Dupin war einmal aufmerksam um das Gebäude aus groben hellgraurosa Granitsteinen mit wunderschönem Naturschieferdach herumgelaufen. Er hatte dabei gleich das neue – blaue – Clairefontaine eingeweiht. Die Kapelle samt Anbau besaß drei Zugänge. Dummerweise war sie wegen einer Chorprobe für den »öffentlichen Zugang« gesperrt.

Claire hatte bisher nichts gesagt, wenn Dupin zu seinen kleinen Exkursionen aufbrach, sichtbar kaum Notiz davon genommen, nur minimal genickt oder ein beiläufiges »Aha« hervorgebracht. Dupin hielt es durchaus für möglich, dass ihre Gelassenheit zu einer Art therapeutischen Strategie gehörte: ihn zunächst mit seiner »Unrast« ein Stück weit gewähren zu lassen, um dann so behutsam wie bestimmt zu intervenieren.

»Heute früh«, hatte Claire vorhin aus heiterem Himmel gesagt, »hat die Klinik angerufen. Pierre hat die Grippe.« Pierre war ihr erster Oberarzt in der kardiologischen Chirurgie Quimper. »Er wird ein paar Tage nicht arbeiten können. Sie haben gefragt, ob ich nicht für zwei Tage kommen könne. Sogar Monsieur Lepic, le Directeur höchstpersönlich«, sie hatte das Wort bedeutungsvoll in die Länge gezogen und eine dramaturgische Pause folgen lassen. »Selbstverständlich habe ich Nein gesagt. Jetzt versuchen sie, jemanden aus Rennes zu bekommen. – Es geht auch ohne mich, siehst du.« Claire hatte gegrinst, Dupin leise geseufzt.

Bei Nolwenn hatte Dupin es nach der gestrigen Standpauke nicht mehr versucht. Dafür mehrmals bei Riwal. Und ihn seltsamerweise nur ein einziges Mal erreicht. Sein Inspektor war unnatürlich kurz angebunden gewesen. Es war eindeutig: Nolwenn hatte ihn »instruiert«. Ein spontaner Test hatte es bewiesen. Dupin hatte Riwal nach der Sache mit dem Code und der Résistance gefragt – »Befindet sich *Napoleons Hut* noch in …« –, was für gewöhnlich längere historisch-bretonische

Einlassungen zur Folge gehabt hätte. Heute nicht. Ein definitives Indiz. Mit Mühe hatte Riwal ein »Interessant« hervorgebracht und umgehend auf irgendwelchen Papierkram hingewiesen, der dringend auf Erledigung wartete. Bei Kadeg, seinem zweiten Inspektor, hatte Dupin es gar nicht erst versucht, er würde Nolwenns Anweisung noch willfähriger folgen als Riwal. Und Kadeg war sicher mit den zahlreichen E-Mails des Präfekten beschäftigt, der sich Anfang der vorigen Woche – es klang wie ein Witz, völlig unglaubwürdig, aber so war es – beim Essen eines Schinkensandwiches den Kiefer gebrochen hatte. Und nur knapp einer Operation entgangen war. Der Präfekt hatte die strikte Auflage, drei Wochen lang nicht zu reden, seitdem schrieb er im Minutentakt E-Mails. Dupin hatte einen Teufel getan, sich auch nur eine der E-Mails anzusehen. Und auch in den nächsten zwei Wochen würde er sich nicht über sie ärgern, da Nolwenn Dupins Account für die Ferien auf ihren hatte umleiten lassen. An sich wäre der Umstand einer präfektfreien Zeit Grund zur größeren Freude gewesen – wäre die Feriensituation nicht so misslich.

Acht Uhr. Das Abendessen wurde serviert.

Das Ereignis, auf das Dupin den ganzen langen Tag gewartet hatte.

Von der erhöhten Terrasse aus blickte man über den Garten hinweg, sah die bizarren Felsformationen im Wasser und an Land, die mit rosa Zauberkraft leuchteten, Traumlandschaften im späten Licht, ein paar windzerzauste schwarzgrüne Kiefern, viel Himmel, den nun schwarzblauen Atlantik und die Sept-Îles, die sich stolz aus dem Meer erhoben. An der meerabgewandten Seite der Terrasse führte eine kleine Treppe in den Garten hinunter.

Vierzehn Tische waren es auf der Terrasse, Dupin hatte sie gezählt, so viele wie im Restaurant. Die nicht von den Hotelgästen belegten waren äußerst begehrt, es gab regelrechte Wartelisten. Der Chefkoch – weißgrauer Dreitagebart, leidenschaftlich funkelnde Augen –, mit dem Claire und Dupin bereits am ersten Abend ein paar Worte gewechselt hatten, erwies sich als ein wahrer Künstler. Seine Frau Nathalie, ein warmes Lächeln und ein sonniges Wesen, besorgte den Service mit großer Energie, zwei junge, freundliche Kellnerinnen standen ihr zur Seite. Der Koch dachte sich jeden Tag aufs Neue ein inspiriertes Menü aus. Vier Gänge. Stets eine famose Komposition. Nathalie kündigte es morgens zwischen zehn und elf Uhr auf einer großen Schiefertafel an, die im Flur nahe der Tür hing. Wenn sie Glück hatten, konnten sie es schon lesen, wenn sie zum Strand aufbrachen, und sich den ganzen Tag darauf freuen. Für Dupin eine entscheidende Motivation.

Die Bellets hatten ihnen bereits am ersten Abend einen der privilegiertesten Tische gegeben – mit dem schönsten Blick –, unmittelbar an der Brüstung Richtung Meer, in der »ersten Reihe«. Dupin saß so, dass er die Steinmauer des Hauses im Rücken hatte.

Am Tisch neben ihnen eine uneingeschränkt sympathische Familie mit einer Tochter, sechzehn, schätzte Dupin, Elisa. Den letzten Tisch der ersten Reihe in ihrer Ecke der Terrasse hatte das permanent streitende Pärchen ergattert. Deren Nachbartisch, sie hatten es nicht anders verdient, gehörte der Familie mit den schrecklichen Eltern und den netten Kindern. Seitlich neben Claire und Dupin saß ein schickes, aber irgendwie gelangweiltes junges Pärchen, das ein teures rotes Cabrio fuhr. Aus der Menge der weiteren Gäste stach ein stetig grimmig aussehender Mann hervor, vermutlich Ende dreißig, der alleine an einem winzigen Tisch in der äußersten rechten Ecke der Terrasse saß.

»Ist es nicht ein Traum?«, unterbrach Claire seine Gedanken.

Sie saß ihm gegenüber an dem großzügigen Zweiertisch. Sie trug ein dunkelblaues Kleid, das leger und elegant zugleich aussah. Ihre schulterlangen dunkelblonden Haare hatte sie locker hochgesteckt. Ein Glas kalten Sancerre in der rechten Hand, genau wie Dupin. Die Hitze des Tages war gewichen, geblieben war ein traumhaft lauer Sommerabend.

Claires Blick ruhte auf der Bucht.

»Perfekt. Das Hotel, das Zimmer, das Restaurant, das Meer, der feine Sand. Unser Handtuchplatz. Das Wetter. – Schöner können Sommerferientage nicht sein. Meinst du nicht auch?«

»Ich sollte«, Dupin zögerte, »vielleicht zum Friseur gehen. Wenn es so heiß ist wie heute, ist es viel angenehmer mit kürzeren Haaren. – Und in Concarneau schaffe ich es doch nie.«

Claire schien den Satz nicht gehört zu haben. Nathalie war mit der Vorspeise gekommen.

Millefeuille de tomates saveurs d'antan, gelbe, grüne und rote Tomaten, alte Züchtungen, die eine Sensation waren. »Frisch aus unserem Hotelgarten. In diesen Wochen sind die *Cœur de bœuf* auf dem Höhepunkt ihres Geschmacks.« Mit dieser stolzen Bemerkung hatte sie die Teller vor Claire und Dupin abgestellt. Und war umgehend wieder verschwunden. Zum Plaudern war heute Abend keine Zeit.

Claire hatte die Gabel schon in der Hand, Dupin ebenso.

»Ich gehe morgen einfach mal bei dem kleinen Friseursalon vorbei.« Dupin hatte es auf eine gewisse Beiläufigkeit angelegt.

»Wundervoll«, Claire aß langsam und bedächtig, »ja, mach das. – Und der Friseurladen liegt …«

Jäh wurde Claire von einer wütenden, tiefen Stimme unterbrochen: »Mir reicht's«, gefolgt von einem hohen, aggressiven »Nein! *Mir* reicht's! Du Idiot!«

Das dauerstreitende Paar. Der Wortwechsel beschallte die gesamte Terrasse, am heutigen Abend waren sie bislang ungewöhnlich leise gewesen. Dupin hatte sie jedenfalls noch nicht gehört.

Claire fasste sich schnell wieder:

»Der Friseurladen liegt nicht weit von der Kapelle entfernt, oder?« Hatte ihr Satz einen seltsamen Beiklang besessen? »Wo jemand die Sainte-Anne-Statue gestohlen hat.«

Der Unterton war jetzt stärker gewesen.

Woher wusste Claire von dem Vorkommnis? Womöglich auch von Monsieur Bellet. Es hatte ein wenig wie eine Warnung geklungen, aber vielleicht täuschte Dupin sich.

»Eine Bagatelle, wenn du mich fragst.«

»Zu merkwürdig, dieser Vorfall.« Claire tunkte ein Stück Tomate in das fruchtige Olivenöl und aß es mit Baguette.

Ihr Blick wanderte wieder zur Bucht.

»Ein Walross, eindeutig!«

Dupin sah sofort die Felsformation, die sie meinte.

Sie hatten schon am ersten Tag auf dem Spaziergang einen spielerischen Wettbewerb für die Dauer ihrer Ferien entwickelt: über die »offiziell« bekannten und benannten Formationen und Figuren hinaus neue Figuren, Tiere und Dinge im Granit auszumachen. Dabei erfand sich dieses Spiel eigentlich von selbst: Die Kuriosität der Formen regte die Fantasie der Betrachter automatisch an. Verstärkt durch die permanenten Wandlungen der Perspektiven während des Laufens und, noch entscheidender, durch den sich verändernden Stand der Sonne und die sich mit verändernden Schatten entdeckte man immer neue Formen. Plötzlich sah man eine Ente, ein Nasenloch, einen Champignon, eine Pfanne, einen Toaster, einen Karpfen, eine Zwergenmütze und, Dupin war es selbstverständlich, der ihn entdeckt hatte, sogar einen Pinguin!

»Punkt für dich. – Ich hatte heute die Muschel, die Riesennase und den Dinosaurier«, Dupin sprach ernst.

»Ich will sie alle sehen«, Claire lachte, »erst dann kriegst du die Punkte.«

»Das war's«, gellte es harsch über die Tische hinweg. Dieselbe aggressive Frauenstimme wie eben. Begleitet von heftigem, polterndem Lärm.

Alle Köpfe – auch der Dupins – hatten sich erneut unwillkürlich dem Pärchen zugewandt.

Die Wasserstoffblondine war aufgesprungen, der Stuhl dabei umgefallen.

Sie griff nach ihrer Handtasche, blieb einen kurzen Augenblick stehen und stürmte dann los. An den Tischen der perplexen Zuschauer vorbei bis zur Treppe in den Garten. Ohne sich noch einmal umzudrehen, nahm sie die Stufen und war im nächsten Moment verschwunden. Ein dramatischer Abgang.

Ihr Mann war sitzen geblieben und schien weniger verlegen als resigniert. Demonstrativ zuckte er mit den Schultern und beschäftigte sich dann – ebenso demonstrativ – wieder mit seinem Essen. Als alle unangenehm berührt die Blicke wieder abgewandt hatten, war ein halblautes, knurrendes »Die kommt schon wieder« zu vernehmen.

Dupin hatte den restlichen Wein in seinem Glas mit einem großen Schluck getrunken und füllte die Gläser nach. Für viel reichte es nicht mehr. Die Flasche war leer.

Erst langsam setzte die Konversation an den Tischen wieder ein. Doch bald schon waren erneut fröhliche Stimmen zu hören.

Auch Claire kehrte zum Gespräch zurück: »Monsieur Bellet hat vom sommerlichen Veranstaltungsprogramm in Trégastel für diese und nächste Woche erzählt. Und vom traditionellen Fest-Noz am Samstag. Vielleicht interessiert uns ja das eine oder andere.«

Eigentlich hielt Dupin nicht viel von touristischen Veranstaltungsprogrammen. Aber vielleicht fand eines ja auch tagsüber statt. Zur Strandzeit.

»Morgen beginnt ein *Salon des vins* im *Centre de Congrès*. Bis Sonntag.«

Das klang schon mal nicht schlecht.

Eine der jungen Kellnerinnen brachte den Zwischengang, Languste mit *Kari Gosse*, eine bretonische Version des Currys.

»Er hat mir diese kleine Broschüre gegeben«, Claire zog sie aus ihrer Handtasche, »zwanzig preisgekrönte Weinbauern aus ganz Frankreich präsentieren ihre Weine. Auch ein paar von der Loire.«

Es klang immer besser.

»Zudem gibt es Stände mit *Terrine de foie gras*, Käse, Wurst und Schokolade. Einen Stand allein nur mit Pâtés der Gegend, so groß wie Wäschekörbe, mit Pilzen, Algen, Speck. Vorzügliche Produkte, hat Monsieur Bellet gesagt.«

Jetzt klang es perfekt. Diese Ferien, das war bereits klar, würden immerhin eines: ein Fest des Essens.

»Da könnten wir abends hin. Oder wir holen uns dort Proviant für den Strand.«

»Ich … abends ist es hier so schön. Ich will kein Menü verpassen.«

»Zumindest ein anderes Restaurant müssen wir unbedingt ausprobieren, hat Nolwenn gesagt.«

Dupin stand ernsthafte Bestürzung ins Gesicht geschrieben.

»In Ploumanac'h. *La Table de Mon Père*, direkt am Strand. Die Bucht soll eine der hübschesten der rosa Küste sein. Und Ploumanac'h wurde von den Franzosen zum schönsten Ort Frankreichs gewählt. In dieser Fernsehshow.«

Dupin kannte sie natürlich. *Village préféré des Français.* Aus allen Regionen trat jedes Jahr nach einer Vorauswahl eine Stadt oder ein Ort im Wettbewerb an, Millionen stimmten ab. Selbstredend, wie sollte es anders sein, führte die Bretagne in der Gesamtbewertung seit Bestehen der Show.

»Vielleicht einmal mittags?« Unter diesen Umständen würde Dupin das Restaurant ungemein reizen.

Claire quittierte den Vorschlag mit einem abschlägigen Blick.

»Aber nach Ploumanac'h«, es war der ideale Punkt, das Thema anzubringen, »müssen wir, du hast vollkommen recht.«

Dupin hatte das Bändchen aus dem Presseladen eben extra eingesteckt und legte es jetzt auf den Tisch. »Ich habe dieses großartige Buch mit Tipps für Wanderungen und Spaziergänge in der Gegend gefunden. Es gibt spektakuläre Dinge zu sehen.«

Claire nahm es mit unübersehbarer Skepsis in die Hand. »Nicht während unserer Strandzeit, aber«, sie endete versöhnlicher, »ansonsten gerne. Zunächst sollten wir uns auf Trégastel selbst konzentrieren, schon hier kann man eine Menge erleben.«

Worin sollte der Zeitraum »ansonsten gerne« bestehen? Morgens statt Frühstück?

»Am Donnerstag«, machte Claire weiter, »werden an den Stränden frühmorgens Hai-Eier gesammelt. Im Aquarium wird danach alles über Haie erklärt. Wäre das nicht was?«

Schon Nolwenn hatte ihnen den Besuch des »ungewöhnlichen« Aquariums besonders ans Herz gelegt. Es war hinter dem Plage Coz Pors direkt in die rosa Granitfelsen hineingebaut. Ein Raum, der früher als Kapelle, während des Zweiten Weltkriegs dann als Munitionslager, nach dem Krieg als Unterkunft und schließlich als historisches Museum gedient hatte. Die gesamte lokale maritime Flora und Fauna war zu bestaunen, ein Schwerpunkt war das vielgestaltige Phänomen der Gezeiten.

»Hai-Eier von wem? Von Haien *hier*?«

Der Nachfrage Dupins war eine gewisse Beunruhigung anzumerken. Von der Tierwelt im Norden der Bretagne hatte er keinen blassen Schimmer. Im Süden hatte er mit Haien bislang nur eine Begegnung gehabt, nämlich mit dem Riesenhai »Kiki«, der sich allerdings, wissenschaftlich verbürgt, ausschließlich von Plankton ernährte.

»Blauhaie, Katzenhaie, Dornhaie, Heringshaie. Und wohl noch einige andere, hat Monsieur Bellet gesagt.«

Der Ausdruck auf Dupins Gesicht veranlasste Claire hinzuzufügen:

»Alle einigermaßen harmlos.«

»Kleine Haie?«

Dupin war in diesen Tagen sehr oft im Wasser. Und schwamm auch gern weit aus der Bucht hinaus.

»Ein Blauhai wird wohl bis zu 3 Meter 50 lang.«

»Also nicht klein.«

»Der Blauhai ist zwar der verbreitetste Hai im Atlantik, er kommt aber nicht so häufig bis ans Ufer. Ich habe es extra nachgeschaut. Und – wir stehen nicht auf seinem Speiseplan.« Claire lachte.

Dupin fiel der alte Witz ein – *ob der Hai das auch weiß?*

»Angriffe von Blauhaien auf Menschen sind nicht bekannt?«

»Sie kommen äußerst selten vor. Und dann irrtümlich. – Da dich das alles so interessiert, sollten wir am Donnerstag unbedingt dorthin gehen.«

»Welche Veranstaltungen gibt es noch?«, versuchte Dupin abzulenken.

»Das *Breizh Tattoo Studio* bietet die ganze Woche lang in den Abendstunden kleine Tattoos gratis an.«

Dupin reagierte nicht.

»Die Inhaber des Restaurants *Les Triagoz*«, Claire hatte ihre Broschüre nun auf das Büchlein von Dupin gelegt und las vor, »machen diese Woche eine Boutique aus ihrem Restaurant. Mit den großen bretonischen Marken: Armor Lux, Saint James, Guy Cotten, Hoalen. Man kann essen und zwischen den Gängen shoppen.«

Dupin war unsicher, ob es sich um einen ernst gemeinten Vorschlag handelte. Vorsichtshalber würde er auch darauf nicht eingehen.

»Dann gibt es Samstagabend einen Langstreckenlauf. Nach Perros-Guirec und zurück, auf dem berühmten Küstenweg. Aber das ist wahrscheinlich nichts für die Ferien!« Dupin atmete erleichtert auf.

»Die Gemeinde hat zudem eine Reihe von Vorträgen organisiert. Zur klassischen chinesischen Medizin zum Beispiel. Im großen Gemeindesaal mit dreihundert Plätzen, nicht schlecht«, echte Anerkennung schwang mit. »Vor allem aber zu den historischen und kulturellen Attraktionen des Ortes. Zur Geologie des rosa Granits. Zur Église Sainte-Anne oder zu diesem neugotischen Märchenschloss auf der kleinen Insel. – Auch zum Haus von Gustave Eiffel.«

»Sollten wir uns das Eiffel-Haus nicht lieber allein anschauen? Wie gesagt, eine der Wanderungen führt dahin. Ich würde es gerne sehen«, Dupin hielt inne, »und das Schloss auch.«

»Wurde in das Eiffel-Haus nicht kürzlich eingebrochen?«

Dupin hatte schon am Ende seines letzten Satzes befürchtet, dass es ein Fehler gewesen war, sein Interesse am Eiffel-Haus so offensichtlich werden zu lassen. Claire war erstaunlich gut informiert. Aber er hätte es sich denken können, sie wusste eigentlich immer über alles Bescheid.

Er überging ihre Frage

»Ich würde gerne auch ein paar richtige Ausflüge machen«, versuchte Dupin es erneut, »ich meine, zum Beispiel zu dem Nachbau des weltbekannten kleinen gallischen Dorfes in Pleumeur-Bodou.«

Riwal hatte ihm letztens erst davon erzählt. Er war mit seinem kleinen Sohn dort gewesen, der gerade laufen konnte. Ein wenig früh für eine solche Exkursion, war Dupins Gefühl gewesen, aber Riwal hatte diesen Einwand prompt abgetan: »Es ist nie zu früh, seine keltischen Wurzeln kennenzulernen.«

Claire lächelte ihn an: »Ich möchte unbedingt einen der Steinbrüche sehen, wo der rosa Granit abgebaut wird. Er ist Milliarden Jahre alt und kam erst vor 300 000 Jahren aus der Erde hervor.«

Claire, die neugierige Wissenschaftlerin. Die gleichzeitig Boutiquen liebte. Und alles rund ums Essen.

»Ich denke«, fuhr Claire fort, »wir sollten mit der unmittelbaren Umgebung beginnen. Die sich in kleinen Exkursionen zwischendurch erkunden lässt. Zwischen Frühstück und

Strand. Und zwischen Strand und Abendessen. – Und dann schauen wir weiter«, ihre Konzession klang nach taktischer Milde, »wir haben ja noch nicht einmal alle Strände von Trégastel gesehen, wir müssen unbedingt zum berühmten Grève Rose und Grève Blanche. – Und alle kuriosen Steine ansehen, hier ist eine Tour dazu eingezeichnet. Irgendwie«, sie schmunzelte, »erinnern mich manche dieser eigentümlichen Felsformationen an dich.«

Offensichtlich war es nett gemeint. Dupin war trotzdem irritiert.

»Ich meine, du …«

Der plötzliche Lärm von Sirenen unterbrach Claire. Ein Polizeiwagen und eine Ambulanz. Die schnell näher kamen. Aus der Richtung des Plage Coz Pors.

Mit einem Mal stoppten die Sirenen.

Die Gespräche an den Tischen waren augenblicklich verebbt. Beunruhigte Blicke wanderten hin und her.

Dupins Muskeln hatten sich reflexartig angespannt.

Claire hatte es natürlich bemerkt, sie warf ihm einen strengen Blick zu.

Im nächsten Moment erschien Madame Bellet auf der Terrasse. Mit kräftiger Stimme, die im Kontrast zu ihrer kleinen, zierlichen Statur stand, erklärte sie:

»Jemand hat einen Stein ins Fenster der Abgeordneten Rabier geworfen. Madame Rabier saß direkt dahinter an ihrem Schreibtisch. Sie wurde von den Glasscherben ernsthaft verletzt. Dabei ist sie so eine wundervolle Person«, sie atmete einmal tief durch. »Für Sie«, sie schaute in die Runde, »besteht jedoch kein Anlass zur Sorge. Das Haus der Abgeordneten liegt zwar an der Straße, die zum Hotel führt, aber fast hundert Meter entfernt.«

Die Verstörung auf den Gesichtern der Gäste ließ sie hinzufügen:

»Ich bin sicher, es steht im Zusammenhang mit den Protestaktionen der Landwirte. Und bei aller Sympathie, das ist völlig inakzeptabel!« Ihr Blick ging nun von Gast zu Gast, so als würde sie prüfen wollen, ob es sich bei einem der Gäste um den Übeltäter handeln könnte.

»Aber jetzt genießen Sie weiterhin Ihr Abendessen«, schloss sie abrupt. »Der Hauptgang kommt sofort.«

Mit diesen Worten drängten sich Nathalie und zwei Kellnerinnen an ihr vorbei, große Teller geschickt balancierend. In Cidre geschmorter Schweinebraten.

Ein Anblick, der die Stimmung auf der Terrasse umgehend wieder heiter werden ließ. Nur Sekunden später verbreitete sich der verlockende Duft auch direkt vor Claire und Dupin.

»Das ist ja furchtbar.« Claire bemühte sich um Mitleid in ihrer Stimme, was ihr angesichts des Schweinebratens schwerfiel. »Ein unglücklicher Unfall. Oder womöglich Absicht?«

»Absicht? Wie kommst du denn darauf?«

»Politiker haben Feinde. Das weißt du doch am besten. Wie auch immer. Die Gendarmerie wird es bald herausfinden. – Allerhand los hier für so ein kleines, beschauliches Seebad.«

Mit diesen Worten widmete sie sich dem unendlich zarten Schweinefleisch. Leinsamen, musste man zugeben, schienen wahre Geschmackswunder an Schweinen zu bewirken.

Dupin überlegte kurz, ob er noch etwas sagen sollte, ließ es dann aber.

Auch er wendete sich wieder seinem Schweinebraten zu.

Mittlerweile stand die Sonne tief. Das glühende Rosa, das auf manchen Steinen zu einem grellen Violett geworden war, färbte jetzt auch das Meer. Die Kiefern, den Himmel. Die ganze Welt schien rosa. Die Natur kannte keine Angst vor Kitsch.

DIENSTAG

Dupin hatte an diesem glühend heißen Nachmittag auf dem Handtuch bereits zum vierten Mal dringend ein kaltes Getränk gebraucht. Eine Cola, *Breizh Cola*, selbstverständlich. Auch Claire war nicht abgeneigt gewesen. Sie trank sonst nie Cola. 34 schwer zu glaubende Grad hatte das hochmoderne Display am *Tabac-Presse* schon um elf Uhr angezeigt.

In den Zeitungen – glücklicherweise war die Versorgung wieder intakt, Dupin hätte sich sonst die Bauern persönlich vorgeknöpft – hatte noch nichts von dem eingeworfenen Fenster gestanden. Dafür hatten Monsieur und Madame Bellet Dupin schon heute früh bei seinem ersten *café* auf der Terrasse à jour gebracht, als Claire noch geschlafen hatte. Die Abgeordnete hatte zwei schwere Schnittwunden erlitten, eine am linken Handgelenk, eine an der linken Schulter. Und viel Blut verloren. Ein »hypovolämischer Schock«. Es war wohl knapp gewesen, eine große Scherbe hatte die Ader am Handgelenk schwer verletzt. Ob eine Verletzung beabsichtigt gewesen war oder nicht, der Steinwurf war de facto eine Attacke auf eine Abgeordnete des bretonischen Regionalparlamentes in Rennes, eine bedeutende öffentliche Person. »Ein halber Mord, unmittelbar in unserer Nachbarschaft«, hatte Madame Bellet mit entsetztem Blick mehrere Male wiederholt.

Wenig überraschend war, dass sich niemand zu der Attacke

42

bekannte. Die Landwirte, die das Haus der Abgeordneten ausdrücklich zum »Zielobjekt« ihres Protestes gemacht hatten – auch hier hatte das *Zu-verkaufen*-Schild gestanden, außerdem hatten sie den ganzen Tag und die Nacht über zwei Traktoren vor der Einfahrt als »Blockade« postiert –, hatten sich entrüstet von dem Vorfall distanziert. Sie hatten, die Bellets waren gut informiert, sofort eine Konspiration gewittert, die ihren Protest verunglimpfen sollte. Augenzeugen gab es keine. Schon in der Frühe war mit der kriminalistischen Rekonstruktion vor Ort begonnen worden, um unter anderem zu ermitteln, wo genau der Steinwerfer gestanden hatte. Auf dem trockenen Kies waren bisher aber keine Fußabdrücke zu finden gewesen. Der Commissaire aus Lannion hatte sich selbstverständlich persönlich der Sache angenommen. »Ein blasierter Affe«, hatte Monsieur Bellet bemerkt.

Schon gestern Nacht war das Wurfgeschoss sichergestellt worden: rund neun Zentimeter lang, vier Zentimeter breit, Granit, allerdings: nicht rosa, sondern grau. Eine Farbe, die in der Gegend ebenso vorkam, wenn auch nicht so häufig. Der Stein war uneben, in kleinen Löchern steckte trockene Erde. An einer glatten Stelle hatte die Spurensicherung einen verwischten Teilabdruck gefunden. Sonst nichts. Dupin wusste, dass damit nicht viel anzufangen wäre. Und selbst wenn, jedes Kind konnte den Stein in der Hand gehabt haben. Sie würden nicht das gesamte Dorf und alle Touristen zur Abgabe von Fingerabdrücken herbeizitieren können. Der Stein war heute Morgen nach Rennes gebracht worden, man würde dort genauere Untersuchungen vornehmen.

»Amazonit.«

Claire hatte das Wort beziehungslos vor sich hergesagt. Ohne den Kopf zu bewegen, sie lag schon seit Stunden mehr oder weniger in derselben Position auf dem Bauch.

»Was meinst du?«

»Die Farbe des Meeres, da ganz vorne. Wo es so flach ist. Wie

Amazonit. Meine Kette, die neue. Ein schwer zu definierendes Blaugrün, ein Mineral. Die Kette, von der die Verkäuferin behauptete, sie helfe bei Bandscheibenbeschwerden, Nackenproblemen, Osteoporose, Prellungen, Verstauchungen und Überbein.« Dupin erinnerte sich jetzt, sie hatten sie in Concarneau gekauft. »Ach ja, und bei Herzproblemen.«

Die Verkäuferin hatte eigentlich ziemlich seriös gewirkt. Gar nicht esoterisch.

»Und auch bei übermäßiger Nervosität, innerer Unruhe, Schlafstörungen, Stimmungsschwankungen und Hyperaktivität. Eigentlich ja *dein* Stein.«

Nach einigen Momenten folgte ein ebenso neutral betonter Nachtrag: »Amazonit schirmt die Aura ab und stabilisiert den Ätherkörper.«

Claire war nachdrücklich eine Frau der Wissenschaft. Aber ab und an zeigte sie verblüffend irrationale Momente. Die Dupin – zumeist – wunderbar fand.

»Was hältst *du* eigentlich von diesem Anschlag auf die Abgeordnete?« Claires Themenwechsel kam abrupt.

Dupin war verunsichert, ihm war nicht klar, was Claire mit der Frage bezweckte. Am besten antwortete er zurückhaltend.

»Vielleicht war es nur ein Unfall. Vielleicht hat jemand zwar vorsätzlich die Scheibe einwerfen wollen, aber nicht gewusst, dass die Abgeordnete dahinter saß.«

»Aber er hätte sie doch sehen müssen.« Claires Stimme klang sonderbar. Wollte sie ihn testen? »Ich habe eben ein Interview mit einem der protestierenden Bauern gelesen, zu den Aktionen in diesen Tagen. Sehr reflektiert, sehr analytisch. Er hat in allen Punkten recht«, Claire formulierte mit Nachdruck. »Die Welt ist aus den Fugen geraten! Im Großen wie im Kleinen.« Sie wirkte nicht resigniert, im Gegenteil, kämpferisch: »Man muss Widerstand leisten!« Jetzt klang sie wie Nolwenn.

»Scheiben einzuwerfen«, wandte Dupin ein, »ist und bleibt ein Gewaltdelikt.«

Ein unwirsches »Hm« war zu hören.

»Übrigens lag da heute Morgen ein Umschlag für dich an der Rezeption, DIN A4.« Monsieur Bellet hatte Dupin darauf aufmerksam gemacht, er hatte es dann wieder vergessen.

»Ja, danke, den habe ich bekommen.« Ein äußerst sachlicher Ton. »Hast du schon bemerkt«, Claire klang jetzt mit einem Mal sanft, regelrecht versonnen, »dass das Rosa hier in allen Tönen und Nuancen vorkommt? Zartrosa, tiefrosa, korallenrosa, pinkrosa, rosé, beerenrosa, rosarot, rosaorange, magenta, anthrazitrosa. Je nachdem, ob die Felsen nass oder trocken, glatt oder bewachsen sind.«

Sie ließ die Worte verhallen.

»Ach, übrigens, deine Mutter hat eben angerufen. Bei dir war besetzt«, Claire machte eine Pause, die als direkte Frage gedacht war. Dupin hatte auf dem Weg zum Getränkeholen – ganz kurz – mit Nolwenn telefoniert. Und es bei Riwal versucht, der nicht rangegangen war und auch nicht auf eine SMS mit der »Anweisung«, ihn zurückzurufen, reagiert hatte. Auf dem Rückweg vom Getränkeholen hatte Dupin zudem noch zwei Anrufe in der »Claire-und-er-Sache« führen müssen. Es sah gut aus. Was er bisher nicht bemerkt hatte, aber doch interessant war: dass Claire ihr Handy mit zum Strand nahm.

»Mein Vermieter«, etwas Besseres war Dupin nicht eingefallen. »Du weißt, der Warmwasserboiler streikt manchmal. Ich wollte, dass er in den Ferien repariert wird.«

»Das ist mir noch nie aufgefallen.«

»Seit zwei, drei Wochen.«

»Wie auch immer: Deine Mutter ist in Kingston angekommen, soll ich dir ausrichten.«

Dupin seufzte hörbar. Die Geschichte war aberwitzig. Unvorstellbar eigentlich, wenn man seine Mutter kannte. Deswegen gab er sich meist alle Mühe, nicht daran zu denken. Seine Mutter, die hochnäsige Pariser Großbürgerin, auf Jamaica, der Insel der Hippies und Rastafaris. Ausgerechnet bei den Feierlichkeiten zu ihrem fünfundsiebzigsten Geburtstag hatte sie einen knapp siebzigjährigen Herren kennengelernt – aus einem Kaff in der Nähe von Cognac, dem äußersten Gegensatz zur Hauptstadt also –, der nach langen Jahren im Cognac-Handel nun sehr erfolgreich im Rum-Geschäft tätig war und seinen Wohnsitz vor fünf Jahren nach Jamaica verlegt hatte. Rum! Er war ein Freund ihres engsten Freundes, der ihn zu ihrem Geburtstag kurzerhand mitgebracht hatte, was Anna Dupin zunächst gar nicht recht gewesen war. Doch in verblüffendem Tempo war eine offizielle Liaison entstanden. Monsieur Jacques war in der Folge sehr häufig nach Paris gekommen und hatte ihr irgendwann vorgeschlagen, »ein paar Monate« mit ihm in »seinem karibischen Paradies« zu verbringen. Sie hatte auf der Stelle zugesagt. Eigentlich eine völlig unglaubwürdige Geschichte – gleichsam eine dieser Geschichten, die das Leben ausmachten. Alles im Leben von Anna Dupin war innerhalb kürzester Zeit auf den Kopf gestellt worden – und sie war glücklich.

»Soll ich sie zurückrufen?«

»Nein. Und du sollst dir auch keine Sorgen machen, wenn du in den nächsten Wochen nichts von ihr hörst.«

Dupin rieb sich den Hinterkopf.

»Ich bin etwas müde.«

Claires Satz teilte das vorläufige Ende der Konversation mit.

Dupin versuchte, es sich ebenfalls im Sand bequem zu machen. Auch wenn es weicher Sand war, so richtig bequem wurde es nie.

Er blätterte mechanisch in der Zeitung.

Der »*Ouest-France*-Bist-du-ein-Bretone?«-Selbsttest des Tages lautete: »Du erkennst, dass du ein Bretone bist, wenn: *du weißt, dass das Bretonische kein Dialekt ist, sondern eine Sprache, die 1500 Jahre älter und weiser ist als das Französische / du seit deiner Geburt Gummistiefel besitzt / du Wasser nur brauchst, um Kartoffeln zu waschen / du dich zwischen*

Hénaff (der urbretonischen Kultmarke für eine Pâté aus köst-
lichen bretonischen Schweinen) *und Foie gras zum Aperitif
nicht zu entscheiden wüsstest.«*

Dupin merkte, dass er auch etwas matt war. Vielleicht sollte
er ein wenig dösen. Und dann schwimmen gehen.

Monsieur Bellet kam eiligen Schrittes auf sie zu.

Doch nicht allein. Er hatte zwei uniformierte Gendarmen im
Schlepptau.

Dupin richtete sich abrupt auf. Er war tief und fest eingeschlafen. Und gerade erst wach geworden. Rasch streifte er
sein Polo über. Gerade rechtzeitig, bevor sie vor dem Handtuch
standen.

Claire und er hatten Rücken an Rücken gelegen.

»Was ist, Georges?«

Claire drehte sich um.

»Oh.«

Sie fuhr hoch. Und griff nach ihrem Strandkleid.

»Monsieur le Commissaire«, Bellet war sichtlich aufgeregt.
»Unsere beiden Gendarmen wollen Sie sprechen.«

Dupin war aufgestanden. Und kam sich in seiner Badehose
lächerlich vor.

Die beiden Gendarmen – ein ungefähr dreißigjähriger Mann
und eine kaum ältere Frau – hatten sich rechts und links von
Monsieur Bellet aufgestellt.

»Commissaire Dupin!«, es sollte wohl ein Gruß sein, die
Gendarmin schien den Ton im Team anzugeben. »Mein Name
ist Inès Marchesi, und das«, sie zeigte in Richtung ihres Kollegen, »ist Alan Lambert. Gendarmerie de Trégastel. Bitte entschuldigen Sie, dass wir Sie in den Ferien stören«, es mutete wie
eine Höflichkeitsfloskel an, »aber wir brauchen Sie.«

Dupin blickte die Gendarmin ratlos an.

»Als Zeugen.«

»Als Zeugen?«

»Jawohl, als Zeugen.«

»Und wozu – ich meine, in welcher Angelegenheit?«

»Ein Gast des Hotels *L'Île Rose,* in dem Sie logieren, ist heute Mittag vermisst gemeldet worden. Alizée Durand. Die Frau von Gilbert Durand. Ein Ehepaar aus Paris.«

Die Gendarmin ließ eine Pause entstehen. Dupin verstand immer noch nicht, wovon sie sprach.

»Monsieur und Madame Durand verbringen ihre Ferien im selben Hotel wie Sie. Sie sitzen abends nur zwei Tische von Ihnen entfernt. Gestern Abend ist es zu einem heftigen Streit zwischen den beiden gekommen, in dessen Verlauf Alizée Durand aufgebracht die Terrasse verlassen hat und nicht mehr zurückgekommen ist. Sie ist seitdem nicht mehr gesehen worden. Weder hier in Trégastel noch in Paris in ihrer Wohnung.«

»Sie ist nicht wieder aufgetaucht?«

Dupin war davon ausgegangen, dass die Dame irgendwann in der Nacht zurückgekommen war. Um sich munter weiter zu streiten. Es gab Paare, die sich unentwegt und unermüdlich stritten, rituell sozusagen.

»Nein, und das ist in ihrer Ehe bisher noch nie vorgekommen, sagt Monsieur Durand. Er wurde im Laufe der Nacht immer unruhiger und ist heute um elf Uhr auf der Gendarmerie erschienen. Zunächst, um sich zu erkundigen, ob irgendwo in der Gegend etwas passiert sei. Später hat er dann eine offizielle Vermisstenanzeige aufgegeben.«

»Und jetzt wollen Sie wissen, ob wir als Tischnachbarn Details des Streits mitbekommen haben?«

»Das auch«, die Gendarmin sah ihn ungerührt an, »vor allem aber wollen wir wissen, ob Monsieur Durand den Tisch direkt nach dem Vorkommnis verlassen hat. Wie lange er danach noch auf der Terrasse saß. Die dreiköpfige Familie zwischen Ihnen und den Durands ist schon einigermaßen früh gegangen.«

»Haben Sie eine bestimmte Vermutung?« Dupin war nichts aufgefallen, er konnte sich an nichts Spezielles erinnern.

Der junge Polizist, der bisher kein Wort gesagt hatte, blickte auch weiterhin angestrengt auf den Sand.

»Reine Routine. Sie kennen das Vorgehen.«

Dupin hätte nicht sagen können, ob sie es ironisch meinte.

»Monsieur Durand«, schaltete Claire sich ein, sie hatte sich – mittlerweile im Strandkleid – neben Dupin gestellt und, in resoluter Haltung, aufmerksam zugehört, »bis eben war uns nicht einmal bekannt, wie er heißt. Monsieur Durand also hat den Tisch bis zum Ende des Menüs nicht verlassen. Er ist nach der Szene mit seiner Frau sitzen geblieben und hat geflucht, dass ›sie ohnehin bald zurückkäme‹. Er saß dort bis ungefähr dreiundzwanzig Uhr. Zu der Eskalation ist es gegen zwanzig nach acht gekommen, vermute ich.« Claire strich sich die Haare aus dem Gesicht. »Er hat nach dem Dessert sogar noch einen Kaffee getrunken und einen Digestif«, sie diktierte die Sätze wie bei einer Anamnese. »Er schien zu diesem Zeitpunkt in keiner Weise beunruhigt, nicht einmal getroffen oder, zumindest, was jeder von uns gewesen wäre, peinlich berührt. Lediglich ein wenig aufgebracht. – Wir haben mit dem Ehepaar kein einziges Wort gewechselt, und wir haben auch nicht mitbekommen, worum es an dem Abend ging. Bei diesem Streit. Ich nicht. Und auch mein Mann nicht.«

Claire hatte »mein Mann« gesagt.

»Oder hast du etwas gehört, Georges?« Eine rhetorische Frage.

»Nein, ich habe gar nichts mitbekommen«, gab Dupin widerwillig zu.

»Wir hören prinzipiell nicht zu«, schloss Claire. Ein Satz, der sich, so formuliert, sonderbar ausnahm. »Ich meine, wir sind nicht die Art Menschen, die die Gespräche anderer mithören.«

»Haben Sie gesehen, ob Madame Durand ihre Handtasche mitgenommen hat? Monsieur Durand behauptet dies«, hakte die Gendarmin nach.

Claire antwortete, ohne zu zögern:

»Das hat sie. Ich habe es gesehen.«

»Und Monsieur Durand hat den Tisch während des restlichen Essens kein einziges Mal verlassen? Nicht einmal kurz?«

»Nein.«

»Sind Sie sicher?«

»Sind wir.«

Dupin war beeindruckt, wie bestimmt Claire antwortete. Er hätte nachdenken müssen und dennoch nichts Genaues dazu sagen können. Aber es würde mit Sicherheit stimmen.

»Völlig sicher?«

»Völlig.«

Die Gendarmin trat einen Schritt zurück und musterte Claire.

»Na gut, Monsieur le Commissaire«, sie sprach nicht zu Claire, sondern zu Dupin, der keine Gelegenheit mehr gehabt hatte, noch ein Wort zu sagen. »Das war es schon. Wir sind fertig.«

Monsieur Bellet war überraschend stumm geblieben, vielleicht aus Respekt vor dem – trotz Strand, trotz Badehose – offiziellen Charakter einer polizeilichen Befragung. Nun konnte er sich einen Kommentar aber doch nicht verkneifen:

»Ich hab es dir gesagt, Inès. Dem Commissaire wäre es aufgefallen, wenn da etwas – Ungewöhnliches vor sich gegangen wäre.«

»Auch ein Commissaire Dupin besitzt keine übernatürlichen Fähigkeiten, Rosmin.«

Wieder zu Claire und Dupin gewandt verabschiedete sich die Gendarmin. »Dann besten Dank, Monsieur le Commissaire, Madame.« Schon machte sie kehrt.

»Au revoir, messieurs, dames.« Es waren die allerersten – heiser geflüsterten – Worte des jungen Polizisten gewesen, Dupin hoffte für ihn, dass er für gewöhnlich gesprächiger war.

»Ich komme sofort nach, Inès, nur einen Moment«, kündigte Monsieur Bellet an.

Er trat nahe an Dupin heran und sprach möglichst leise. »Sie kann manchmal ein wenig ruppig sein. Aber das heißt nichts. Eigentlich ist Inès eine reizende Person.«

»Haben die beiden auch mit anderen Gästen gesprochen?«

»Bisher nur mit meiner Frau, Nathalie, den Kellnerinnen und mir. Aber sie werden auch noch mit den anderen Gästen sprechen. – Inès wollte Sie zuerst sehen.«

Es sollte wie eine Auszeichnung klingen.

»Machen die Durands das erste Mal bei Ihnen Ferien?«

»Das erste Mal.«

»Und Monsieur Durand, was wird er jetzt tun? Wird er hierbleiben?«

»Erst einmal schon, hat er gesagt. Verständlicherweise ist er im Moment sehr aufgelöst. Meine Frau ist sich sicher, dass Madame bald wieder auftauchen wird. Dass sie ihrem Mann nur eins auswischen will. Das glaube ich auch. Sie ist bestimmt in einem anderen Hotel abgestiegen. Vielleicht nicht in Trégastel, aber irgendwo in der Gegend. Inès und Alan werden sich mit allen Hotels und Chambres d'hôtes in Verbindung setzen. – Was Inès schon überpüft hat: Die Kliniken der Umgebung verzeichnen keine neue Patientin, auf die die Beschreibung zutrifft.«

»So wird es sein«, schritt Claire ein, der Klang ihrer Stimme resolut wie eben. »Ich stimme Madame Bellet zu. – Und nun erholen wir uns weiter.«

Sie blickte Monsieur Bellet auffordernd an.

»Und ich muss natürlich los«, Monsieur Bellet wandte sich ab.

Claire ließ sich auf dem Handtuch nieder und kramte in ihrer rot-weiß gestreiften Leinentasche.

»Nur eines noch, Monsieur Bellet«, Dupin ging ein Stück neben ihm her und sprach möglichst leise, »wissen Sie, ob Madame Durand nach der Szene noch auf ihr Zimmer gegangen ist? Ein paar Sachen geholt hat, bevor sie verschwunden ist? Sie hätte durch den Garten zum Haupteingang gelangen können und von dort unbemerkt ...«

»Georges!« Claire schaute stirnrunzelnd in ihre Richtung.

»Nein«, Bellet sprach jetzt ebenso leise, »Inès und Alan haben es überprüft. Sie haben nicht feststellen können, dass irgendetwas fehlt. Monsieur Durand hatte in der Nacht schon selbst nachgesehen. Soweit er das sagen konnte, war das gesamte Gepäck noch da. Und das Zimmer sah so aus, wie sie es vor dem Essen verlassen hatten. Auch ihre vielen Cremes im Bad waren noch da. Und ohne ihre Cremes geht sie wohl nirgendwohin.«

Bellet hatte das Schritttempo angezogen, Dupin hielt sich immer noch dicht an seiner Seite.

»Hat sich der Commissaire aus Lannion«, Dupin bemühte sich, nicht abfällig zu klingen, »auch dieser Sache angenommen?«

»Nein. Das ist ihm offenbar zu banal. Ein Streit, eine weggelaufene Ehefrau. Es gebe keinen Hinweis auf ein Verbrechen, hat er gesagt. Er hat es der Gendarmerie überlassen.«

»Das hat er gesagt? Dass ...«

»Monsieur Dupin macht Ferien«, Claire war mit einem Mal auf der anderen Seite von Bellet aufgetaucht. »Er befindet sich nicht im Dienst, Monsieur. – Ferien, nichts als Ferien.«

Sie lächelte. Ein Lächeln, das klarmachte: Es ist mir ernst.

»Selbstverständlich, Madame.«

Monsieur Bellet hatte Claires Bemerkung nicht als Zurechtweisung verstanden.

»Madame, Monsieur. Ich sehe Sie dann spätestens heute Abend. Monsieur ja vielleicht schon, wenn er sich die Augen ausspülen kommt.« Er warf Dupin einen verschwörerischen Blick zu, den Claire bemerkte. Was nicht hilfreich war.

Dann machte er sich eiligen Schrittes davon.

Claire und Dupin kehrten um.

»Das ist nichts als ein triviales Ehedrama, Georges«, der erste Satz klang noch neutral, der zweite nicht: »Du kennst die Regeln für diese Ferien. Unsere Abmachung. Keine Arbeit, unter keinen Umständen. Nicht einmal ansatzweise.«

Dupin wäre beinahe herausgerutscht, dass die »Abmachung« sich streng genommen auf Concarneau und das Kommissariat beziehungsweise mögliche Vorkommnisse dort bezogen hatte. Aber er wusste: Es wäre Haarspalterei.

»Und ich befolge sie ganz und gar.« Dupin hatte sich angestrengt, unangestrengt zu klingen.

Sie waren wieder am Handtuch angekommen.

Claire beugte sich zu Dupin und küsste ihn.

Natürlich hatte Dupin gewusst, dass es ratsam war, nun erst einmal eine Zeit lang bei Claire auf dem Handtuch zu verweilen. Er hatte sich gefragt, wie lange. Und eine Stunde für eine gute, wenngleich großzügige Frist befunden. Irgendwann hatte er wie zufällig sein blaues Clairefontaine zur Hand genommen und begonnen, sich Notizen zu machen.

Wenn man es sich genau überlegte, waren es sonderbare »Vorfälle«. Alle vier.

Auch der, um den es gerade gegangen war: die verschwundene Madame Durand. – Vor allem aus einem Grund: Wenn es sich bei den Durands um den Typus des sich rituell streitenden Paares handelte, dann passte das Verschwinden nicht zum »Muster«. Es war nach den Aussagen von Monsieur Durand noch nie vorgekommen, kein einziges Mal. Es durchbrach das Rituelle grundlegend. Andererseits war es gut möglich, dass tatsächlich eine Grenze übertreten worden und die Situation »irregulär« geworden war. Zu dumm, dass Dupin nichts von den Gesprächen zwischen ihnen mitbekommen

53

hatte. Wie auch immer, es stand fest, dass Durand bis zum Ende des Abendessens auf der Terrasse gesessen hatte. Dupin hatte den Sinn dieser Frage der Polizistin sofort verstanden. Es kam – rein statistisch – nicht selten vor, dass ein Mensch verschwand und – wenn dann tatsächlich ein Verbrechen vorlag – derjenige, der die Vermisstenmeldung aufgab, selbst der Täter war.

Auch die Sache mit der Abgeordneten war seltsam. Gewiss war es möglich, dass eine der Protestaktionen der Landwirte aus dem Ruder gelaufen war. Wobei derjenige, der den Stein geworfen hatte, einfach nicht gesehen hatte, dass die Abgeordnete direkt hinter dem Fenster saß. Möglicherweise, weil die Scheibe stark gespiegelt hatte. Oder jemand hatte die Protestaktionen bloß ausgenutzt. Jemand, der vielleicht gar kein Landwirt war. Um aus anderen, vielleicht persönlichen – oder politischen – Gründen eine Attacke auf die Abgeordnete auszuführen. Ganz gezielt. Auch wenn Dupin bei seiner kleinen Internetrecherche heute Morgen nur positive Kommentare zu Madame Rabier gefunden hatte – sie würde Feinde haben.

Dupin spürte, dass sich seine Laune bei diesen kriminalistischen Grübeleien deutlich aufheiterte. Nicht bloß, weil sie Ablenkung bedeuteten – es entsprach nun einmal seinem Wesen, er konnte nicht anders.

Zum nächsten Vorfall: Der Diebstahl der Holzstatue Sainte-Anne aus der Kapelle in Trégastel. Ungefähr einen Meter groß, er hatte sie sich im Internet auf ein paar Fotos genauestens angesehen. Sie stammte aus dem 17. Jahrhundert. Dennoch war es unwahrscheinlich, dass jemand, der auf schnelles Geld aus war, eine solche Statue stahl. Man würde also tatsächlich an eine – aus welchen Motiven auch immer – »speziell interessierte« Person denken müssen. An diese Kunstsammlerin zum Beispiel, von der die Besitzerin des *Tabac-Presse* gesprochen hatte. Die – schon war es vorbei mit dieser Möglichkeit – als unmittelbar Verdächtige selbst allerdings ausschied. Dupin hatte sich heute Morgen bei den Bellets nach ihr erkundigt. Selbstverständlich kannten die Bellets sie und hatten auch gewusst, dass sie sich für zwei Wochen in New York aufhielt.

Monsieur Bellet konnte – auch danach hatte Dupin beiläufig gefragt – mittlerweile genauere Details über die Umstände des Diebstahls berichten, Dupin hatte sich alles minutiös notiert. Die Kapelle war am Freitag – wie jeden Abend – um neunzehn Uhr abgeschlossen worden, von einer der Gemeindeangestellten. Ihr war an diesem Abend nichts aufgefallen, sie hatte die Kapelle allerdings auch nicht betreten. Am nächsten Morgen hatte sie das Fehlen der Sainte-Anne sofort bemerkt. Da keine Einbruchsspuren zu sehen gewesen waren, die Gendarmen sowie die extra herbeigerufene Spurensicherung ebenfalls keine gefunden hatten und es nur drei Schlüssel bei drei Personen gab, die als über alle Zweifel erhaben eingestuft wurden, lag die Vermutung nahe, dass es bereits am Vortag passiert sein musste. Irgendwann am späten Nachmittag. Eine Krankenschwester hatte um Viertel nach vier eine Kerze für ihren erkrankten Cousin aufgestellt, sie war – so der aktuelle Stand – die letzte Person, die die Figur noch gesehen hatte. Ohne Zweifel war es ein äußerst kurioses Vorkommnis.

Blieb der letzte Vorfall: der Einbruch in das leer stehende Eiffel-Haus, bei dem nichts entwendet worden war. Dupin hatte erfahren, dass es zwar verschlossen gewesen war, aber nicht zusätzlich gesichert.

Dupin ließ den Stift aufs Handtuch fallen und schloss das Notizheft.

Er zupfte sich am Ohr. Die kleine Euphorie war plötzlich verflogen. Er wusste selbst nicht, warum.

Vielleicht übertrieb er doch ein wenig. Fing er an zu fantasieren? Nur, um irgendeine Beschäftigung zu haben? Vielleicht sah er wirklich überall Gespenster.

»Gehen wir schwimmen, Georges?«

Claire war schon aufgestanden.

Sie schien den Besuch der Gendarmen bereits vergessen zu haben.

»Los, komm!«

Dupin hatte nichts einzuwenden. Im Gegenteil. Es wäre eine willkommene Erfrischung. Und Zerstreuung.

MITTWOCH

Der gestrige Abend war besonders lang geworden; Dupin und Claire hatten die Terrasse erst sehr spät verlassen. Eine traumhafte Nacht. Stunde für Stunde war es abgekühlt, aber mild genug geblieben, um draußen sitzen zu können. Sie hatten zwei Flaschen eines famosen Rosés aus Saint-Tropez getrunken. Gegen halb eins hatten sie einen bretonischen Whisky aus Lannion probiert. Und für sehr gut befunden. Einen weiteren gegen eins auf dem Balkon ihres Zimmers.

Sie hatten geredet, gelacht, zusammen in die Nacht hinausgeschaut, den phänomenalen Sternenhimmel bestaunt. Sterne und vor allem: spektakuläre Sternschnuppen, Dutzende. In den Medien wurde seit Tagen darüber berichtet: Wie in jedem Sommer würde der Himmel auch dieses Jahr »weinen«; beim Weg um die Sonne kreuzte die Erde die Bahn eines Kometen, und über Tage fielen Myriaden von Steinbrocken in die Erdatmosphäre und verglühten.

Sie hatten die wundervoll frische Luft eingeatmet, die vom Meer kam. Ein wenig hatte man das Salz geschmeckt. Das leichte Sommermeer. Manchmal hatten sie eine Weile glücklich miteinander geschwiegen. Um drei erst waren sie im Bett gewesen.

Dennoch hatte sich Dupin äußerst frisch gefühlt, als er heute um halb neun aufgewacht war und eine Viertelstunde später leise das Zimmer verlassen hatte. Zunächst war er in den Salon gegangen, zum Computer – der eine erstaunlich schnelle Internetverbindung besaß, viel schneller als sein Handy, dessen kleines Display er ohnehin hasste –, um sich dann zum »Vorfrühstück« mit den bretonischen Zeitungen, die im Hotel auslagen, auf die Terrasse zu setzen. Dupin hatte sich kurz mit Monsieur Bellet unterhalten, der äußerst beschäftigt gewesen war: Eine besonders umfangreiche Weinlieferung war angekommen, einen Tag zu früh. Monsieur Bellet wusste zu berichten, dass auch das forensische Labor keine weiteren Fingeradrücke am Stein hatte rekonstruieren können. Und den halben verwischten Abdruck ebenso wenig für aussagekräftig hielt.

Was im Internet und in der Zeitung zum Stand der Dinge zu finden gewesen war, hatte Dupin genauestens studiert. Der Gesundheitszustand der Abgeordneten Rabier war immer noch labil, die Wunde an der Schulter hatte sich ernstlich entzündet, sodass sie mit hoch dosierten Antibiotika behandelt werden musste. Die vermisste Ehefrau war in *Ouest-France* und *Télégramme* ein erstes Mal erwähnt worden, als knappe Notiz. Vom Einbruch ins Eiffel-Haus und dem Verschwinden der Sainte-Anne war weiterhin nichts zu lesen.

Die anschließenden – kritisch knappen – Anrufe bei Nolwenn und Riwal waren ganz und gar ergebnislos geblieben, Dupin hatte den Fall der verletzten Abgeordneten – sehr beiläufig, wie er fand – zum Thema gemacht. Beide hatten jedes Gespräch darüber boykottiert, auch wenn sie natürlich davon gehört hatten. Auch von der verschwundenen Madame Durand. Dupin hatte in diesem Zusammenhang lediglich wissen wollen, ob schon eine landesweite Vermisstenmeldung abgesetzt worden war, doch auch darauf hatten sich weder Nolwenn noch Riwal eingelassen.

Der tägliche »Bist du ein Bretone«-Selbsttest in *Ouest-France* ging heute so: »Du erkennst, dass du ein Bretone bist, wenn du dich im Falle einer Verspätung mit einem dieser Sätze entschuldigst: *Ich bin mit dem Traktor gekommen / Ich wurde von Möwen angegriffen / Ich habe mir beide Hände an einer Sardinenbüchse verletzt / Mein Lieblingsschwein ist gestorben.*«

Einfache, aber präzise Wahrheiten.

Claire war um kurz vor zehn heruntergekommen und nach dem gemeinsamen Frühstück direkt von der Terrasse zum Strand gegangen.

Dupin hatte sich zum Presseladen aufgemacht.

Jetzt, nach dem regen Betrieb am Morgen und vor dem kommenden Andrang am Mittag, war dort nicht viel los. Die Luft roch nach frisch gedrucktem Papier.

Dupin begrüßte Madame Riou mit einem Nicken. Seit gestern kannte er die Besitzerin des *Tabac-Presse* mit Namen. Élodie Riou. Kurzes, lockiges braunes Haar, eine kompakte Figur, ein hübsches und sehr entspanntes Gesicht. So überaus freundlich sie auch wirkte, so energisch konnte sie im nächsten Moment sein.

Madame Riou schien sichtlich erfreut, ihn zu sehen, sie stürmte auf ihn zu.

»Gestern Nacht ist es mir eingefallen: Sie sind doch dieser bekannte Pariser Kommissar aus Concarneau!«

»Ich …« Was sollte er sagen? »Georges Dupin. Ja. Ich mache hier Ferien.«

»Ich habe Sie im letzten Jahr im Fernsehen gesehen. Wegen diesem Fall mit dem verschwundenen Kreuz.«

Sie hatte es immerhin neutral formuliert.

»Wenn Sie schon einmal da sind, werden Sie ja wohl bei der Aufklärung des Mordanschlages auf Viviane Rabier helfen. Sie sind doch Experte für Mord!«

»Unter keinen Umständen, Madame Riou. Wie gesagt, ich mache Ferien. – Nichts als Ferien. Herrlich.« Er hatte schon wie Claire geklungen. »Außerdem liegen keinerlei Hinweise darauf vor, dass es sich um einen Anschlag handelt.«

»Sie wollen den Fall tatsächlich diesem lahmen Desespringalle überlassen? Einem Commissaire aus Lannion?«

Beliebt schien er hier nicht, der Kommissar aus Lannion.

»Genau das, Madame Riou. Und zwar voll und ganz. Das ist ausschließlich seine Angelegenheit. Ich habe nicht im Geringsten etwas damit zu tun. Schon rein formal nicht. Ich bekäme handfesten Ärger, wenn ich hier ermittelte.« Es stimmte, und er dachte dabei nicht nur an den Präfekten. »Die Sache wird bei ihm in guten Händen liegen, ich habe keinerlei Zweifel.« Dupin merkte, dass er rhetorisch ein wenig übertrieb.

»Dieser Steinwurf«, Madame Riou schüttelte empört den Kopf, »hat mit den Protesten der Landwirte nichts zu tun. Darauf wette ich. Da hat jemand mit der Abgeordneten eine Rechnung offen!«

Dupin hatte begonnen, die Regale abzulaufen und die Liste abzuarbeiten, die Claire ihm mitgegeben hatte. Riou blieb dicht neben ihm.

»Wie kommen Sie darauf?«

Nun hatte er doch nachgefragt, ein Reflex. Zudem deckte es sich mit seinen – zugegeben gänzlich spekulativen – Gedanken.

»Sie hat sich mit ihrem entschiedenen Handeln in den letzten Jahren nicht nur Freunde gemacht. Dennoch hat sie vollkommen recht mit allem, was sie tut!«

»Denken Sie an jemand bestimmtes?«

»O ja, an Jérôme Chastagner. Ein fürchterlicher Aufschneider«, Madame Riou war nicht gerade zurückhaltend in ihren Urteilen. »Stinkreich. Er hat einen der Steinbrüche geerbt, den *Carrière Rose.* Macht aber keinen Finger dafür krumm. Die Arbeit lässt er einen cleveren Geschäftsführer erledigen. Zudem betreibt er eine größere Fabrik zur Herstellung von landwirtschaftlichen Maschinen. Hoch spezialisiert. Exportiert sie in die ganze Welt. Wie den Granit. Eingefleischter Junggeselle.«

Madame Riou besaß die amüsante Angewohnheit, abgehackte Sätze schwungvoll aneinanderzureihen.

»Ein lächerlicher Schürzenjäger. Ständig neue Frauen. Nie länger als ein paar Wochen. Und nie älter als dreißig! Die Fabrik liegt bei Saint-Brieuc. Er wohnt aber hier in Trégastel. In diesem Märchenschloss auf der Insel zwischen Trégastel und Ploumanac'h. Sie haben es ja sicher schon gesehen, eine unserer Hauptattraktionen! Chastagner wollte die alte Post in Trégastel kaufen. Vor ein paar Monaten erst. Um daraus einen hochmodernen Verwaltungssitz für seine beiden Firmen zu machen. Damit er nicht immer so weit fahren muss!« Madame Riou geriet immer mehr in Rage. »Nur deswegen. Und Viviane Rabier war dagegen, sie hat sich sehr dafür eingesetzt, dass der Bürgermeister mit der Mairie dort hinziehen kann. Ein exzellenter Bürgermeister! Da ging es hart zur Sache, das kann ich Ihnen sagen.«

»Ich verstehe.«

Dupin holte mechanisch sein blaues Clairefontaine aus der hinteren Jeanstasche. Auf Madame Rious Gesicht war eine Mischung aus Verwunderung und Vergnügen zu sehen.

»Keine Ermittlungen, aber Notizen, ja?«

»Monsieur Chastagner, ja?«

Dupin notierte den Namen.

»Jérôme Chastagner, genau. Er bleibt für gewöhnlich von Montag bis zum späten Donnerstagabend in Saint-Brieuc. Zu mir kommt er samstags gegen zehn Uhr. Regelmäßig. Da können Sie ihn abpassen. Er holt sich Magazine. Über Autos, Angeln, Computer, Häuser, Schwimmbäder und vor allem über Boote.«

»Ich werde Monsieur Chastagner nicht abpassen.«

Dupin steckte das Notizbuch zurück. Und wandte sich Richtung Kasse, er hatte alles beisammen, was er brauchte.

»Wie Sie meinen. Und nun zu der verschwundenen Blondine. Zu Ihren Ermittlungen in dieser Sache.«

Dupin wollte protestieren, er ließ es.

»Dieser Durand ist ein Immobilienhai aus Paris«, Madame

Riou schien bestens informiert. »Er hat viel Geld gemacht in den letzten Jahren. Sie besitzen eine prächtige Wohnung im Fünfzehnten und fahren einen dicken Mercedes. – Sie sind das erste Mal hier in der Gegend. Seine Frau ist wohl ziemlich ordinär, ein naives Püppchen, keine fünfunddreißig. Er ist zwanzig Jahre älter.«

Dupin war Monsieur Durand gestern am frühen Abend zufällig im Hotelflur begegnet. Dupin hatte freundlich gegrüßt, Monsieur Durand – hochgeschossen, großer Kopf, Glatze, markante Wangenknochen, in blauen Stoffhosen und lila Lacoste-Polo – ebenso. Er wirkte in sich gekehrt, in tiefer Sorge. Dupin hatte eine freundliche Konversation versucht – »Es tut uns außerordentlich leid, was passiert ist, Monsieur«, aber Durand hatte bloß »Ja, ja« gemurmelt und war weitergegangen. Verständlich. So bedrückend die Situation für ihn auch sein musste und so leid er Dupin auch tat, er blieb ihm trotzdem zutiefst unsympathisch.

»Und woher beziehen Sie all diese Informationen, Madame Riou?«

»Von Raphaël. Unserem Friseur. Da war Madame zweimal in den Tagen, bevor sie verschwunden ist.«

Perfekt. Ein weiterer Grund, zum Friseur zu gehen. Friseure waren natürliche kommunikative Zentren, Psychologen, Therapeuten, Beichtväter in einem.

»Was«, die Frage formte sich ohne Dupins Zutun, »hat der Friseur noch erzählt?«

Er hatte das Notizbuch wieder in der Hand und stand mittlerweile vor der Kasse, Élodie Riou dahinter, sie scannte die Magazine, während sie sprach.

»Sie hat mehrfach wie eine Furie auf ihren Mann geschimpft. Dass er manchmal ein ›fürchterlicher Idiot‹ sei. Ein ›unglaublicher Egoist‹.«

»Das hat sie gesagt? ›Manchmal‹?«

»Ich …«

Dupins Handy unterbrach Madame Riou.

»Entschuldigen Sie mich.« Dupin hatte die Nummer gesehen, er musste rangehen. Ohne eine Reaktion abzuwarten, ging er vor die Tür und kam nach weniger als einer Minute zurück. Mit einem Lächeln auf den Lippen.

Madame Riou hatte die Zeitschriften in eine knallrote Papiertüte gepackt. Neben der Tüte lag das Wechselgeld.

»Wir waren bei dem ›manchmal‹«, nahm Dupin das Gespräch wieder auf.

»Ich kann nur sagen, was Raphaël gesagt hat. – Sie haben sich am Morgen vor dem zweiten Friseurbesuch offenbar heftig gestritten.«

Alles, was Dupin hörte, passte zu seiner Vorstellung von einem Paar, bei dem ständige, auch heftigere Streitereien zur Beziehung dazugehörten. Und nicht unbedingt etwas über den Zustand der Beziehung an sich aussagten. Es war ihre Art, zusammen unglücklich zu sein – immerhin zusammen –, und wer wusste es schon: Auf verquere Weise waren sie ja vielleicht sogar glücklich dabei.

»Hat Madame Durand irgendetwas von einem besonderen Vorfall oder Ereignis erzählt? Das den Streit ungewöhnlich schlimm hat werden lassen?«

»Nicht, dass ich wüsste. Aber besuchen Sie Raphaël doch einmal selbst. Er hat sicher noch einen Termin frei.«

»Ich müsste tatsächlich dringend zum Friseur.«

Élodie Riou musterte skeptisch Dupins kurze Haare.

»Wie Sie meinen, Monsieur le Commissaire. Wie Sie meinen.«

Sie zuckte gleichmütig mit den Schultern.

»Zum Einbruch in das Eiffel-Haus kann ich Ihnen leider nichts Neues sagen. Ich habe nichts mehr darüber gehört. Vielleicht wirklich bloß ein Dummejungen-Streich. – Ich denke ja, Sie sollten offiziell mit der Gendarmerie zusammenarbeiten, das würde sicher helfen. Und Ihre Ermittlungen beschleunigen.«

»Gespräche, Madame Riou. Ich führe nur ein paar Gespräche«, eine äußerst wacklige Aussage, das wusste Dupin. »Es handelt sich in keiner Weise um eine Ermittlung. – Die reine Neugier. Ein professioneller Tick. Berufskrankheit.«

»Ich verstehe.« Ihre Betonung machte klar: Sie glaubte ihm kein Wort.

»Also dann, Madame Riou, noch einen schönen Tag«, Dupin strengte sich an, urlaublich beschwingt zu klingen, »bis morgen.«

Er orientierte sich Richtung Tür, die Tüte fest unter den Arm geklemmt.

»Bis morgen, Monsieur le Commissaire. Bis morgen.« Madame Riou sprach für Dupins Empfinden unnötig laut, nicht weit entfernt – an einem Ständer mit Gratulationskarten – standen jetzt zwei ältere Damen. Bei dem Wort »Commissaire« waren ihre Blicke neugierig zu Dupin gewandert.

»Ach – und eine Sache noch.« Mit einer schwer zu deutenden Geste verließ Madame Riou die Kasse und gesellte sich noch einmal zu ihm.

»Es gibt – ich verstehe gar nicht, warum es mir nicht direkt eingefallen ist – auch noch«, jetzt senkte sie endlich die Stimme, »eine Landwirtin, die unter Umständen äußerst verdächtig sein könnte.«

Dupin machte eine abwehrende Handbewegung, aber Madame Riou fuhr unbeeindruckt fort: »Madame Guichard. – Maïwenn Guichard. Sie baut Gemüse an. Alles bio, und sie hat eine kleine Schweinezucht. Bretonische Wollschweine. Ach ja«, sie hatte offenbar etwas Wichtiges vergessen, »und Hühner. Coucou de Rennes, das perfekte Sonntagshähnchen, saftig und zart, ein leicht nussiger Geschmack«, sie strahlte bei dem Gedanken. »Sie hat in der Tat eine Rechnung offen mit der Abgeordneten, wenn auch persönlich.« Madame Riou flüsterte jetzt: »Angeblich soll Madame Rabier eine Affäre mit Maïwenns Mann gehabt haben, letztes Jahr. Obwohl«, die Mitteilung war ihr wichtig, »Maïwenn selbst eine hochattraktive Frau ist!« Sie stockte. »Streng genommen sind es Gerüchte. Aber sehr viele. Da Sie ohnehin Auskünfte bei Raphaël einholen, fragen Sie ihn doch auch gleich nach dieser Sache.«

»Das werde ich bestimmt nicht tun, Madame Riou.«

»Und es kommt eine weitere verdächtige Verwicklung hinzu«, sie holte tief Luft, »Madame Guichard kennt auch die mysteriöse Kunstsammlerin, von der ich Ihnen erzählt habe. Die Landwirtin hat ihr das Haus verkauft, in dem sie wohnt. An einem der sieben Zugänge zum Traouïéro-Tal. Maïwenn wohnt nur ein paar Hundert Meter entfernt.«

Ein Zusammenhang, der erst einmal völlig beliebig schien. Den Madame Riou jedoch mit dunkler Bedeutung auflud.

»Die Kunstsammlerin hält sich seit über einer Woche in New York auf. Sie kann mit dem Verschwinden der Figur nichts zu tun haben.«

»Womöglich hat sie Helfer. – Kennen Sie das Tal?«

Dupin schüttelte den Kopf.

»Ein Zaubertal. Besonders wilde Granitfelsen. Wie auf der Île Renote, ein dichter, dunkler Wald. Meterhohe Farne. Da geht es nicht mit rechten Dingen zu. Das weiß jeder. Ein säuselnder Bach fließt hindurch. Das Tal besitzt sogar ein eigenes Klima. Immer feucht, immer warm«, sie schaute sich kurz um. »Elfen, Feen und Gnome, früher auch Schmuggler, Piraten und Banditen. Da wohnt sie. – – – Werden Sie sie auch verhören?«

»Nein. Ganz bestimmt nicht. Wie gesagt, sie kommt als Täterin gar nicht in Betracht. Und selbst wenn – welche Zusammenhänge sähen Sie?«

Er hätte gar nicht fragen sollen.

»Na, die Kunstsammlerin ist eine Verdächtige für den Raub der Sainte-Anne und Maïwenn Guichard eine Verdächtige für die Attacke auf die Abgeordnete. – Und die eine hat der anderen ein Haus verkauft. – Das kann doch kein Zufall sein. Und darum geht es doch bei Ihrer Ermittlungsarbeit: verborgene Zusammenhänge aufzudecken«, sie ließ sich von Dupins ratlosem Gesichtsausdruck in keiner Weise irritieren. »Auch, wenn sie im ersten Moment noch unklar und rätselhaft sind.«

Mit dieser Methode, lag Dupin auf der Zunge, wären jedweder beliebigen Spekulation, jedem noch so abstrusen Gedanken, prinzipiell Tür und Tor geöffnet. Man ertränke in einem Meer aus unendlichen Möglichkeiten.

»Danke, Madame Riou. Jetzt muss ich wirklich los, meine Frau …«

»Ja, ein bisschen Ferien sollten Sie auch machen. Das täte Ihnen sicher gut, Sie sehen abgespannt aus. – Die Landwirtin kommt übrigens jeden Morgen gegen halb neun her, um ihre Zeitungen zu kaufen.«

Lächelnd entschwand Élodie Riou zurück zur Kasse, an der die beiden älteren Damen mitterweile standen, jede eine Karte in der Hand.

Eilig verließ Dupin den Presseladen.

Es war ein längerer Besuch geworden. Aber aufschlussreich. Und kurios.

Jetzt sollte er sich beeilen. Schnell bei Rachid vorbei, Claire hatte sich heute wieder für die *Pans bagnats* entschieden, im Stehen noch einen *petit café* trinken. Er würde zusätzlich zum Rosé auch eine große Flasche Wasser und zwei *Breizh Cola* mitnehmen.

Und: den Friseurtermin vereinbaren. Direkt für morgen früh.

Eine halbe Stunde später hatte Dupin die fliederfarbene Handtuchinsel erreicht. Kurz nur hatte er in die Kapelle geschaut und sich ein paar Notizen gemacht. Er hatte die Stelle gesehen, wo die Figur gestanden haben musste, etwas Außergewöhnliches war ihm nicht aufgefallen.

Auf seiner Stirn standen Schweißperlen, als er bei Claire ankam. Es ging nicht das geringste Lüftchen.

»Das hat ja gedauert«, Claire lag auf dem Rücken und war in ihr Buch vertieft. Sie hatte nur flüchtig zu Dupin aufgeblickt.

Er kniete sich aufs Handtuch und leerte die knallrote Papiertüte: »Voilà.«

Philomag, Beaux Arts, Journal de la Science, Saveurs – eine von Claires Lieblingskochzeitschriften –, *Côté Ouest*. Claires Wünsche, eine wilde Auswahl. Dazu die obligatorische *Le Monde* und der *Nouvel Observateur*.

»Und *Pans bagnats*«, er stellte die Kühltasche aufs Handtuch, »außerdem Wein, Wasser und Cola. Alles gekühlt.«

»Herrlich!«, sie strahlte ihn an.

»Hast du denn endlich ein Buch für dich gefunden? Hat es so lange gedauert, weil du jedes einzeln angelesen hast, um dir ein genaues Bild zu machen?« Claire grinste.

»Ich habe eines gefunden, ja.«

»Und was?« Ein offen investigativer Ton.

Dupin antwortete, ohne zu zögern.

»Einen Sherlock-Holmes-Fall, *Das Zeichen der Vier.*«

»Und wo ist es?«

»Ich kaufe es morgen.«

Er hoffte nur, dass Élodie Riou den Band auch führte.

»Aber ich habe dir alle Magazine mitgebracht, die du wolltest«, er deutete auf den Stapel. »Und den Friseurtermin gemacht. – Ich hatte Schwierigkeiten, durchzukommen.«

»Hier auf dem Handtuch haben wir exzellenten Empfang.«

»Das vergesse ich immer.«

»Georges«, Claire machte eine effektvolle Pause und blickte Dupin direkt in die Augen. »Keine verborgenen Ermittlungen?«

»Was sollte ich denn ermitteln?«

Er fand, er hatte sich überzeugend angehört. Es war für einen Polizisten wichtig, souverän zu klingen, wenn es brenzlig wurde.

»Eben. Es gibt nichts zu ermitteln.«

In aller Seelenruhe drehte Claire sich auf den Bauch.

Dupin machte es sich auf einem der bunten Liegestühle inmitten der grünen Oase gemütlich.

Er würde den Abend von nun an mit einem »Voraperitif« im Garten des *L'Île Rose* beginnen, vor dem »Hauptaperitif« mit Claire, die sich in der Zwischenzeit für das Abendessen fertig machte. Die Dreiviertelstunde hatte er ganz für sich.

Dupin saß noch keine Minute, als das Handy klingelte. Eine unbekannte Nummer.

»Ja? Hallo?«

»Hier Commissaire Desespringalle, Commissariat de Police de Lannion.«

Das war unerwartet.

»Guten Abend.«

»Sie haben gewisse Ermittlungen aufgenommen, ist mir zu Ohren gekommen. In zwei grotesken Fällen, die gar keine sind, sowie in einem Fall, der in *meinen* Händen liegt: der Eskalation gewaltsamer Proteste gegen die Abgeordnete Viviane Rabier. Ich muss Sie sicher nicht daran erinnern, dass dies hier mein Revier ist. Meine alleinige Zuständigkeit. Sie befinden sich in einem fremden Département und unter einer anderen Präfektur. Zudem sind Sie gar nicht im Dienst!«

Der Kommissar aus Lannion sprach scharf und schneidend, sarkastisch, aber nicht cholerisch.

»In keiner Weise habe ich Ermittlungen aufgenommen, Monsieur … lieber Kollege«, diese Art bretonischer Namen führten trotz Dupins weit fortgeschrittener »Bretonisierung« weiterhin jedes Mal zu einem Debakel für ihn. »Da muss ein Missverständnis vorliegen.«

»Kein Missverständnis«, schnaubte Desespringalle. »Ich habe volles Vertrauen in meine Quellen.«

»Quellen?«

Wer sollte das sein? Die Bellets schloss Dupine aus, Madame Riou ebenso. Sie hatte unmissverständlich zu verstehen gegeben, was sie von dem Kommissar hielt. Aber natürlich waren sie bei ihren Gesprächen nicht allein im Presseladen gewesen. Eine Reihe von Leuten hatte sie gesehen. Er war vielleicht einfach zu unvorsichtig gewesen.

»Mir ist ebenso zu Ohren gekommen, dass Sie beabsichtigen, morgen früh ein weiteres Ermittlungsgespräch zu führen.«

»Mein Friseurtermin, wenn Sie den meinen? – Ein Haarschnitt, weiter nichts. Selbstredend nur, wenn Sie keine polizeilichen Bedenken haben.«

Eine der freundlichen Bedienungen war mit dem *Americano* erschienen, den Dupin bestellt hatte; roter Wermut, Campari, Gin, sehr beliebt in der Bretagne. Dupin hielt die linke Hand vor das Mikrofon.

»Vielen Dank. Und ein paar Chips, bitte.« *Brets*, bretonische Chips, aus bretonischen Kartoffeln, mit Salz der Guérande.

»Hallo? Sind Sie noch da, Dupin?«

»Offenbar schon.«

»Sie machen sich gleich mehrerer Vergehen schuldig«, die minimale Irritation Desespringalles war sofort wieder gewichen, »das wird Ihnen riesengroßen Ärger bescheren.«

Dupin seufzte tief und vernehmlich: »Ich befinde mich in den Ferien, Monsieur. Sonst nichts. Und jedem steht es in diesem Land frei, sich mit jedem zu unterhalten. Über jedes Thema, jederzeit.« Dupin würde sich von diesem aufgeblasenen Kerl nicht in die Enge treiben lassen.

Die Chips wurden gebracht.

»Ich habe«, Desespringalle wurde kurz von Dupins deutlich hörbarem Knuspergeräusch unterbrochen, »ich habe ein Auge auf Sie, Dupin. Ich beobachte jeden Ihrer Schritte, sehe, was Sie tun, und höre, was Sie sagen. Und wenn Sie auch nur noch einmal in einem Gespräch irgendein Sujet meiner Ermittlungen streifen, dann setze ich mich augenblicklich mit der Dienstaufsichtsbehörde und meiner Präfektur in Verbindung.«

Das könnte allerdings ein Problem werden. Bei der Dienstaufsichtsbehörde lagen aus den letzten sieben Jahren eine Reihe von Beschwerden vor. Die Dupin – zum großen Ärger der unausstehlichen Behördenchefin – nur deswegen nicht gefährlich hatten werden können, weil es zu den meisten dieser Beschwerden während der Ermittlungsarbeit von Fällen gekommen war, die er letztlich mit Bravour gelöst hatte.

»Und die wird sich unmittelbar an Ihren Präfekten wenden.«

Auch das verspräche, heikel zu werden.

Locmariaquer war ohnehin ganz und gar nicht damit einverstanden gewesen, dass Dupin den – vor Wochen genehmigten – Urlaub trotz der »extremen Umstände für das gesamte Finistère« genommen hatte: Jetzt, da er, der Präfekt, der oberste aller obersten Hüter der Sicherheit und öffentlichen Ordnung, »schwer verletzt« war, sollten »alle anderen ein einziges Mal doppelt anpacken«.

»Auch Ihnen, Monsieur … Auch Ihnen steht es selbstverständlich frei, mit jedem Menschen zu sprechen, mit dem zu sprechen Ihnen Vergnügen bereitet.«

Dupin lauschte in den Hörer. Der Kommissar aus Lannion hatte aufgelegt.

Dupin griff nach seinem *Americano* und lehnte sich zurück.

Ein vollkommen lächerlicher Anruf. Auch wenn es vernünftig wäre, genau zu überlegen, wie und ob er seine »privaten Ermittlungen« fortführen sollte.

Dupin nahm einen großen Schluck.

Er würde sich noch einen Aperitif bestellen. Während er sich nach der Bedienung umsah, klingelte sein Handy erneut.

Eine unterdrückte Nummer.

»Einen Moment bitte«, sagte er in den Hörer und wandte sich mit einem Lächeln an die junge Frau: »Noch einen bitte«, er deutete auf das leere Glas.

»Da bin ich«, sagte er barsch.

»Bonsoir, Monsieur le Commissaire«, eine leise Frauenstimme, »hier spricht Viviane Rabier.«

Im nächsten Moment saß Dupin aufrecht. Die verletzte Abgeordnete.

»Entschuldigen Sie, wenn ich störe«, der Abgeordneten war die Mühe anzuhören, die das Sprechen ihr bereitete.

»Ich sitze gerade beim Aperitif, Madame«, Dupin war noch immer perplex.

»Ich brauche Ihren Rat.«

»Meinen Rat?«

»Heute Nachmittag habe ich einen anonymen Brief im Krankenhaus erhalten«, sie sprach jetzt noch langsamer, »eine Drohung. – Dieser Steinschlag war kein Unfall, Monsieur Dupin.« Ihre Stimme zitterte.

»Eine Drohung?«, Dupin musste aufpassen, dass er nicht zu laut sprach. »Was stand da genau?«

»Ich lese es Ihnen vor: *Abgeordnete Rabier, seien Sie vorsichtig. Ich weiß alles. Lassen Sie die Finger davon. Und gehen Sie nicht zur Polizei.*«

Das war deutlich. Und zugleich restlos vage.

»Der Brief war nicht handschriftlich verfasst, nehme ich an?« Eine überflüssige Frage.

»Nein.«

»Kam er mit der Post?«

»Er wurde in den allgemeinen Briefkasten am Haupteingang des Krankenhauses eingeworfen.«

»Worauf bezieht sich diese Drohung? Wovon sollen Sie die Finger lassen?«

»Ich habe keine Ahnung.«

»Wer könnte der Absender sein? Haben Sie eine Idee?«

Sie zögerte.

»Mein Beruf bringt Konflikte mit sich. Aber ich denke eigentlich nicht, dass einer meiner Kontrahenten dazu fähig wäre.«

»Haben Sie Feinde, Madame? Veritable Feinde?«

»Ein hartes Wort.«

Eine Pause entstand.

Dupin musste behutsam sein. Und vernünftig.

»Warum rufen Sie *mich* an?«

»Ich weiß nicht, was ich tun soll. Ich habe Angst, mich offiziell bei der Polizei zu melden. Meine Schwester lebt in Concarneau, sie hat mir gesagt, dass Sie sich gerade in Trégastel aufhalten, sie hat es in der Zeitung gelesen. – Meine Schwester hat nur das Beste von Ihnen erzählt.«

»Und woher haben Sie meine Nummer?«

»Ihre Präfektur. Ich habe meine Quellen.«

»Madame Rabier, es ist mir schlicht unmöglich, eine Untersuchung in Ihrer Sache aufzunehmen oder mich auch nur in irgendeiner Weise daran zu beteiligen. – Ich befinde mich in den Ferien.«

Es würde der meistgesagte Satz dieser vierzehn Tage.

»Ich weiß. – Aber was soll ich Ihrer Meinung nach tun?«

»An Ihrer Stelle würde ich mich trotz der Drohung an die Polizei wenden. Und zwar auf der Stelle.«

Es war Dupins volle Überzeugung.

»Meinen Sie?«

»Unbedingt. Die Polizei weiß mit solchen Situationen umzugehen.«

»Tatsächlich?« Sie klang skeptisch. »Beginnt die Polizei dann nicht sofort mit Ermittlungen, von denen der anonyme Täter früher oder später erfahren wird?«

»Sie werden unauffällig vorgehen. Niemand wird etwas mitbekommen.«

Sie schwieg.

»Ich versichere es Ihnen.«

Dupin hoffte, dass er recht behielte. Auch die Polizei machte Fehler. Es hing alles vom Kommissar ab.

»Na gut«, richtig überzeugt klang sie nicht, »ich werde Ihrem Rat folgen.«

»Damit machen Sie alles richtig. – Nur eine Frage, Madame Rabier. Wer sind diese Kontrahenten, von denen Sie sprachen? Mit wem gibt es Konflikte?«

»Ich habe darüber nachgedacht. Ich sage Ihnen, wer mir eingefallen ist: ein Abgeordneter der anderen großen Partei. Hugues Ellec. Er sitzt ebenso im bretonischen Regionalparlament. – – – Wir führen seit Langem einen harten Kampf«, die Ausführungen kosteten sie hörbar Kraft, sie machte immer wieder Pausen, »gerade jetzt wegen ein paar aktueller Entscheidungen. Ein skrupelloser Mann. – – – Dann Jérôme Chastagner«, Dupin wurde hellhörig, der Steinbrucherbe und Maschinenhersteller, von dem die Besitzerin des Presseladens erzählt hatte, »ihm gehört der größte Steinbruch der Gegend. Er weitet ihn illegal aus. Und will sich das im Nachhinein bewilligen lassen. Mein Büro hat gerade begonnen, alles zu dokumentieren. – – – Zuletzt …« Sie brach ab. »Nein, das war es schon.«

»Sie waren dabei, eine weitere Person zu nennen.«

»Nein, nein.«

Dupin glaubte ihr nicht. Aber es war unangemessen, ihr weiter zuzusetzen.

»Ich danke Ihnen, Monsieur Dupin. Gerade kommt die Visite.«

»Ich verstehe. – Nur eine Sache noch: Sie sollten niemandem etwas von unserem Gespräch erzählen, Madame.«

»Ich hätte Sie um dasselbe gebeten.«

»Vor allem nicht dem Kommissar aus Lannion.«

»Wir haben ein Geheimnis.«

Es klang seltsam. Aber so war es.

»Vielleicht melde ich mich später noch einmal bei Ihnen – wenn ich darf.«

»Selbstverständlich.«

»Au revoir, Monsieur Dupin.«

Sie hatte aufgelegt, bevor Dupin die Verabschiedung erwidern konnte. Und gute Besserung hatte wünschen können.

Er lehnte sich zurück. Und griff zum zweiten *Americano*, den die Bedienung diskret auf den kleinen Tisch neben ihn gestellt hatte. Wieder nahm er einen großen Schluck. Und fuhr sich mit der anderen Hand durch die Haare.

»Ich habe mich extra beeilt«, Dupin schreckte zusammen, Claire war wie aus dem Nichts aufgetaucht und machte es sich auf der Liege neben ihm bequem. »Der Gartenaperitif ist eine großartige Idee. Ich hab mir einen *Kir Breton* bestellt.«

Ihre Haare waren noch nass von der Dusche.

Dupin bemühte sich, einen aufgeräumten Eindruck zu machen und sich nichts anmerken zu lassen. Es waren gleich zwei interessante Anrufe gewesen.

Claire lehnte sich behaglich zurück.

»Herrlich, welch fabelhafter Ort. Hier kommen wir wieder hin, Georges.«

Bevor Dupin etwas antworten konnte, erschien die Bedienung mit dem *Kir Breton*. Cidre mit Cassis.

»Der Kurier war übrigens eben da, Madame Lannoy. Es ist unterwegs!«

»Danke.«

Claire nahm ihr Glas und ignorierte Dupins fragenden Blick.

»Yec'hed mat, Georges. Auf unbeschwerte Ferien!«

»Yec'hed mat«, Dupin hob sein Glas, mechanisch, die Eiswürfel schlugen gegeneinander.

In Gedanken war er noch bei der – spektakulären – Neuigkeit.

Das war ein *echter* Fall. Er bildete ihn sich nicht ein.

Zwanzig Minuten später saßen sie an ihrem Tisch auf der Terrasse.

Die Sonne stand noch sommerlich hoch, sie überflutete die rosa Welt mit ihrer Helligkeit, alles schien wie überbelichtet, das Blau des Himmels und das des Meeres – eine vollendet glatte Fläche – wurden nicht etwa hellblau, sondern fast weiß und hatten sich einander angeglichen; nur wenn man die blasse Linie des Horizonts verfolgte, sah man die Nuance, die sie unterschied. Selbst das Rosa war weißlich geworden. Es gab diese Abende, an denen das Licht die Farben tilgte. Nichts verstärkte, nichts zum Leuchten brachte. Die größeren Quarze in den Granitriesen schimmerten wie ätherische Lichtquellen.

Dupins Gedanken kreisten um das Gespräch mit Madame Rabier.

Warum war der Drohbrief erst heute eingetroffen? Vielleicht weil der Absender sichergehen wollte, dass die Abgeordnete ihn auch selbst lesen würde, in der Lage dazu wäre. Es gab eine große Zahl offener Fragen.

Dupin bemerkte, dass sich ein – im Grunde unpassendes – Hochgefühl einstellte. Einen Fall gab es mindestens. Damit besaß er eine echte Beschäftigung. Andererseits war die Situation nun auch deutlich komplizierter. Auf einmal war es ernst. War er der Abgeordneten nun nicht ein Stück weit persönlich verpflichtet? Weil sie ihn derart ins Vertrauen gezogen hatte und er ihr den entschiedenen Rat gegeben hatte, sich trotz ihrer Zweifel »offiziell« an die Polizei zu wenden? Damit trug er eine gewisse Verantwortung. Was auch hieße: Er musste Tempo und Eindringlichkeit seiner Untersuchungen beschleunigen.

Dupin zwang sich zurück in den Moment.

Es war unfasslich, wie entspannt und gelöst Claire bereits aussah. Einige Haarsträhnen hatten sich durch die Sonne hellblond gefärbt, ihr Gesicht war gebräunt, die Arme, die Schultern – sie trug ein schwarzes Leinenkleid.

Sie hatten den obligatorischen Weißwein bestellt, heute einen frischen Saumur. Das Menü versprach Fabelhaftes. Noch einmal die *Cocos de Paimpol*, diesmal mit gratinierten Austern, Quiche mit karamellisierten Roscoff-Zwiebeln und lila Artischocken, als Hauptgang Hummer à l'Armoricaine. Schließlich ein Erdbeersorbet aus den süß-aromatischen *Fraises de Plougastel*, einem kleinen Ort, der für die »besten Erdbeeren der Welt« gerühmt wurde, und Dupin rühmte kräftig mit.

Eigentlich könnte es auch ein guter Abend für Dupins Vorhaben sein. Was sollte dagegensprechen? Die letzten Dinge waren heute in zwei abschließenden Telefonaten geklärt worden.

Da fiel ihm wieder ein, was er Claire eben, im Garten, noch hatte fragen wollen:

»Was war das eigentlich für ein Kurier?«

»Ich musste Lydia unbedingt etwas schicken.«

Eine ihrer Freundinnen, die sie beim Schwimmen in Beig Meil kennengelernt hatte.

»Offenbar etwas Dringendes?«

»Sie brauchte ein Rezept. Ihr Hausarzt ist im Urlaub.«

»Verstehe.«

Es war ein ziemlich großer Umschlag gewesen für ein Rezept.

Claire trank noch einen Schluck, dann strahlte sie ihn an. »Für mich kann es gar nicht genug Strandtage geben. Aber vielleicht ist es allmählich an der Zeit, ein paar Ausflüge zu unternehmen. Was meinst du, Georges?«

Er sollte nicht zu euphorisch antworten. Aber versuchen, die Überlegungen sanft in die richtige Richtung zu bewegen.

»Warum nicht? Von mir aus gerne. Wir könnten uns doch dieses verwunschene Tal ansehen, von dem alle schwärmen. Das wäre ein netter Ausflug. Vom Eingang des Tals am Meer den wildromantischen Bach hochspazieren.«

»Oder zum *Roi de Gradlon*. Da haben wir einen exquisiten

Überblick über die gesamte Gegend. Und wären auch direkt beim Aquarium. – Und dann zum Abschluss über die Île Renote zu dem Märchenschloss. Morgen Nachmittag?«

Am Nachmittag, immerhin! Ein stark verkürzter Strandtag.

»Das Eiffel-Haus liegt auch in der Nähe.«

Natürlich lagen die Ermittlungsprioritäten nach dem Anruf der Abgeordneten nun ganz anders, aber Dupin wäre gut beraten, die kleinen, scheinbar unbedeutenden Vorkommnisse nicht aus den Augen zu verlieren. Und wer weiß – vielleicht gab es Zusammenhänge?

»So weit werden wir es morgen nicht schaffen. Aber nach Ploumanac'h müssen wir ja ohnehin noch mal. In das Restaurant.«

Claire trank den letzten Schluck des Saumur und genoss ihn sichtlich.

»Claire«, es war der richtige Augenblick, »ich wollte etwas mit dir besprechen«, ein viel zu sachlicher Einstieg – vielleicht hätte er kurz nachdenken sollen, es ging immerhin um eine gewaltige Entscheidung. »Ich wollte dir etwas sagen, dich etwas fragen«, so war es besser, »ich …«

»Monsieur Dupin«, Monsieur Bellet war rechts neben Dupin erschienen, sichtlich aufgelöst, er rang nach Luft und versuchte, sich für einen halbwegs verständlichen Satz unter Kontrolle zu bringen: »Sie müssen mit mir kommen. Sofort.« Bellet hatte sich trotz seiner Aufregung bemüht, leise zu sprechen.

»Was ist passiert?«

Dupin schnellte von seinem Stuhl hoch. Claire ebenso.

»Kommen Sie!«

Bellet verschwand im Haus – Claire und Dupin an seinen Fersen – und lief mit schnellen Schritten zur Rezeption. Er schloss die Tür hinter ihnen.

»Sie haben«, Bellets Stimme zitterte jetzt, »eine Tote gefunden. Eine tote Frau. Im Steinbruch. Im *Carrière Rose*. Dem größten der drei, die es noch gibt. – Wo vor sieben Jahren die andere Tote gefunden wurde – die rosa Tote«, er war kreidebleich geworden. »Damals hatten sie …«

»Wer ist es?«, fuhr Dupin dazwischen.

»Der Körper«, stammelte Bellet, »befindet sich wohl in einem ziemlich … unschönen Zustand. Es geht fünfzig Meter in die Tiefe hinab«, sein Blick war starr. »Genau wie vor sieben Jahren.«

»Könnte es sich um Madame Durand handeln?« Claires ruhige, aber direkte Frage war die dringlichste, die im Raum stand.

»Die Polizei aus Lannion hat Monsieur Durand zu einer möglichen Identifikation mitgenommen. Sie sind eben gerade los. Es ist nur ein Katzensprung. – Sie haben ihn gewarnt, dass es ein schrecklicher Anblick sein wird. Aber er wollte es. Inès und Alan sind auch aufgebrochen.«

»Wann ist es passiert?« Dupin wäre am liebsten mitgefahren.

»Das wissen sie noch nicht. Mitarbeiter vom Steinbruch haben die Tote zufällig gefunden, in einem Abschnitt, in dem gerade nicht gearbeitet wird. Sie könnte schon eine Weile dort gelegen haben. Es sah auf den ersten Blick wohl nicht so aus, als wäre es gerade erst passiert.«

»Madame Durand«, Claire sprach sachlich, ganz die routinierte Ärztin, »ist Montagabend verschwunden. Zeitlich würde das passen.«

»Ein Gendarm aus Perros-Guirec, der schon vor Ort ist«, Bellets Stimme senkte sich, »meint, Madame Durand erkannt zu haben. Er hat das polizeiliche Vermisstenfoto gesehen«.

»Wäre das nicht ein zu merkwürdiger Zufall? Wenn sie es nicht wäre, meine ich?«, fragte Claire.

»Haben sie etwas zur Todesursache gesagt?«, schaltete Dupin sich wieder ein.

Monsieur Bellet zog fragend die Augenbrauen hoch.

»Sie ist fünfzig Meter tief gestürzt.«

»Sie hätte schon vor dem Sturz tot gewesen sein können.«

Bellets Mimik war anzumerken, dass er daran nicht gedacht hatte.

»Dazu haben sie nichts gesagt. Der Gerichtsmediziner ist gerade erst eingetroffen.«

Eine Weile herrschte bedrücktes Schweigen.

»So ein Scheiß«, murmelte Dupin.

Er ging zum Fenster des schmalen Raums.

Monsieur Bellets Blick folgte ihm.

Das durfte nicht wahr sein. Eine grausame Wendung.

Jetzt waren es, wie es aussah, sogar zwei Fälle. Zwei gravierende Fälle. Dupins Gedanken rasten. Wenn es sich tatsächlich um Madame Durand handelte, hatten sie es vermutlich mit Mord zu tun. Ein Unfall schien unwahrscheinlich. Und auf Selbstmord gab es vorerst keine Hinweise.

»Handelt es sich um den Steinbruch, den dieser Maschinenhersteller geerbt hat?«

»Chastagner«, Bellet nickte, »ja.«

Schon wieder Chastagner.

Dupin holte sein Handy hervor. Drückte umgehend Nolwenns Nummer.

»Was hast du vor?«

Dupin hatte nicht bemerkt, dass Claire neben ihn getreten war. Sie schaute ihn eindringlich an.

»Ich dachte, ich …«

Er brach den Anruf ab.

»War nur ein Reflex.« Es stimmte sogar.

»Es ist nicht dein Fall, Georges«, Claire sprach nicht einmal besonders streng, eher verständnisvoll. »Selbst wenn es sich um Madame Durand handeln sollte, ist es nicht dein Fall.«

Sie hatte recht.

»Du hast nichts, aber auch gar nichts damit zu tun. So dramatisch das alles auch ist.«

Dupin wandte sich an Monsieur Bellet:

»Ist der Commissaire aus Lannion schon vor Ort?«

»Mittlerweile sicher.«

»Siehst du, Georges, sie sind dran. Der Fall ist in guten Händen.« Sie schaute ihn noch einmal prüfend an. »Und wir werden jetzt weiteressen«, fügte sie bestimmt hinzu. Sie ging zur Tür und öffnete sie energisch.

Bellet nutzte die Gelegenheit und trat nahe an Dupin heran.

Er flüsterte so leise, dass Dupin ihn beinahe nicht verstehen konnte. »Sie werden ja wohl weiter ermitteln. Ich meine, jetzt erst recht. Und die Sache nicht Lannion überlassen. Nicht einer so durchschnittlichen Figur wie Desespringalle! Wir zählen auf unsere Gendarmen in Trégastel – und auf Sie! Sie sind der Beste, hat Nolwenn gesagt, und Sie spielen jetzt in unserem Team. *Sie* sind unser Kommissar!« In seinem Ausdruck lag etwas Beschwörendes.

Natürlich, Dupin hätte es sich denken können: Trégastel trat hier gegen Lannion an. Es ging um den Lokalgeist der Bretonen. Die benachbarten Orte waren vom Gefühl her mitunter weiter entfernt als wirklich ferne Orte. Der wirklich Fremde war dann näher als der unmittelbare Nachbar. Hinzu kam, Bellet bemühte sich erst gar nicht, es zu verbergen, die Sensationslust, einen kriminalistischen Fall hautnah miterleben zu können.

Claire stand mit gerunzelter Stirn im Türrahmen.

Dupin löste sich von Bellet.

Eine Minute später saßen sie wieder an ihrem Tisch.

Die Stimmung auf der Terrasse war heiter. Niemand schien Notiz von ihrem jähen Aufstehen genommen zu haben. Nur die schrecklichen Eltern der netten Kinder drehten sich kurz zu ihnen um und tuschelten.

»Du ziehst das Verbrechen an wie das Licht die Motten, Georges«, Claire beschäftigte sich mit der letzten gratinierten Auster. »Überall, wo du auftauchst, passiert etwas.«

Es war im Moment schwer zu leugnen.

»Was hast du mir eben sagen wollen, bevor wir unterbrochen wurden?«

»Ich erzähle es dir ein anderes Mal.«

Claire insistierte nicht.

»Der arme Monsieur Durand. Das muss schrecklich für ihn sein.« Claire war, genau wie Dupin, mit der fürchterlichen Wendung beschäftigt. Und jetzt waren auch ihr deutliche Emotionen anzumerken.

»Vor zwei Tagen hat sie noch hier auf der Terrasse gesessen und ihr Essen genossen.« Sie ließ den Blick über das Meer schweifen. »Auf einen Ausflug in einen Steinbruch habe ich jedenfalls keine Lust mehr.«

Claire hatte die Fähigkeit, solche Sätze zu sagen, ohne dass sie makaber wirkten.

Dupin war verstummt.

Er versuchte immer noch, das Geschehene zu ordnen. Obwohl es müßig war. Er wusste zu wenig. Was ihn grundlegend umtrieb: Spielten sich hier zwei Verbrechen unabhängig voneinander ab? Es wäre ein irrer Zufall. Aber das besagte gar nichts. Dupin besaß – von Berufs wegen – ein intimes Verhältnis zum Zufall. Exakt das absolut Unvorhersehbare war sein innerstes Wesen, und zwar in jeder Spielart. Eine Regel gab es nicht, also auch keine Methode, um mit ihm umzugehen. Im besten Fall eine Art Intuition.

»Wir sollten …« Dupins Handy unterbrach ihn.

Er kontrollierte die Nummer.

»Nolwenn. Ich gehe kurz ran.« Mit diesen Worten stand er auf und verschwand.

Claire schien einen Moment zu perplex, um etwas zu entgegnen.

Dupin lief zur Treppe, die in den Garten führte.

»Ja?«

»Ich habe das mit der Toten im Steinbruch gerade gehört. Selbst wenn es sich um Madame Durand handeln sollte, ermitteln Sie nicht in diesem Fall, Monsieur le Commissaire. Ich habe allen hier noch einmal verschärfte Anweisungen gegeben, weder

Riwal noch Kadeg werden Ihnen irgendetwas sagen. – Sie würden sich in Teufels Küche bringen, das wissen Sie.«

»Ich weiß.«

»Dann ist ja alles gut.«

Und schon hatte sie aufgelegt.

Dupin stand auf der untersten Stufe der Treppe. Er machte kehrt und saß einen Augenblick später wieder bei Claire am Tisch.

»Alles in Ordnung?«

»Alles in Ordnung.«

Seltsamerweise fragte Claire nicht weiter nach.

Wie hatte Nolwenn das so schnell wissen können? Um diese Uhrzeit? Sie befand sich sicher nicht mehr im Kommissariat.

»Diese Zwiebelquiche, du musst sie sofort probier…«

»Monsieur le Commissaire«, wieder Bellet; wieder stand er rechts am Tisch, und wieder war er höchst aufgeregt. »Ich brauche Sie noch einmal.«

Dupin und Claire bemühten sich, dieses Mal diskreter aufzustehen. Schon folgten sie Monsieur Bellet, der eilig vorausgelaufen war.

»Der Friseur hat angerufen, Raphaël Julien«, Bellet baute sich für die nächste Mitteilung pathetisch auf: »Sie ist es nicht. – – – *Es ist nicht Madame Durand.* Definitiv nicht. Monsieur Durand hat es eindeutig formuliert.«

Sie waren, wie bei der ersten Unterbrechung, in den Rezeptionsraum gegangen, schon im Türrahmen war Bellet mit der Nachricht herausgeplatzt.

»Sie werden zwar noch zusätzlich Zahnarztunterlagen von Madame Durand aus Paris anfordern, aber das ist reine Formsache. – Ist das nicht wunderbar?«

Die neue Nachricht schlug genauso ein wie die vorherige.

»Ja, das ist wunderbar«, Claire stand große Erleichterung ins Gesicht geschrieben.

»Wunderbar« war nicht gerade das Wort, auf das Dupin gekommen wäre – immerhin gab es eine tote Frau, die ein grausames Schicksal erlitten hatte –, aber auch Dupin war froh, musste er zugeben. Jedoch war die Verwirrung jetzt noch größer als zuvor.

»Wer ist es dann?«

»Das wissen sie noch nicht, hat Raphaël gesagt. Sie schätzen sie auf Mitte, Ende dreißig. Eins siebzig groß. Dunklere längere Haare, auch wenn es wegen dem vielen Blut schwer zu sagen ist. – Madame Durand ist ja doch sehr blond«, Bellet schien glücklich um diesen gewichtigen Zusatzbeweis. »Das Gesicht ist wohl einigermaßen unversehrt. Eine Armani-Jeans, ein Ralph-Lauren-T-Shirt, beides unauffällig.«

Dupin hatte keine genaue Vorstellung davon, was »unauffällig« in diesem Zusammenhang heißen sollte.

»Ohne Portemonnaie, Ausweis oder Handy, nehme ich an.«

»Genau.«

Aus irgendeinem Grund ließ ihn Claire mit seinen eindeutig ermittlerischen Fragen gewähren, wahrscheinlich weil sie sich diese Fragen selbst stellte und neugierig war.

»Nichts, das sie identifizieren könnte?«

»Nein. Aber einer ersten Aussage des Gerichtsmediziners zufolge ist die Frau tatsächlich nicht erst seit ein paar Stunden tot. Er vermutet, mindestens schon einen Tag. Oder zwei. Aber auch nicht länger.«

»Wissen Sie etwas über die Todesursache?«

»Nein. Und der Gerichtsmediziner sagt, das wird dauern.«

»Sie werden die Leiche bald ins Labor bringen«, Dupin sprach wie abwesend. Es fühlte sich sonderbar an. Er war so nah dran, aber zugleich ganz fern, er kannte jeden Vorgang, jede Abfolge des polizeilichen Geschehens, das nun vonstattengehen würde – es spielte sich unmittelbar vor seiner Nase ab –, und er war dennoch kein Teil davon.

»Ein echter Kriminalfall.« Ein unverhohlen zufriedenes Lächeln umspielte Bellets Lippen. »So was hatten wir hier schon lange nicht mehr.«

Er sagte es, als begrüße er eine neue touristische Attraktion.

»Wird Monsieur Durand gleich zurück ins Hotel kommen?«

»Davon gehe ich aus.«

»Ich würde gern kurz mit ihm sprechen, immerhin waren wir fast Tischnachbarn.«

Claire musterte Dupin. Sie schien etwas einwenden zu wollen, entschied sich dann aber anders.

»Ein bisschen Zuspruch wird ihm sicher guttun.«

Bellet schaute unwillkürlich zum Fenster. »Wie gesagt, mit dem Wagen sind es nur ein paar Minuten bis zum Steinbruch.«

Er ging zum Schreibtisch und setzte sich vor seinen Computer. Er machte einen beschwingten Eindruck, fehlte nur noch, dass er fröhlich zu pfeifen begänne. Als Bellet Dupins Blick bemerkte, beeilte er sich hinzuzufügen: »Ich bin so erleichtert, dass es nicht Madame Durand ist. Können Sie sich vorstellen, was das für unser Hotel bedeutet hätte?«, er setzte kurz ab, Dupin verstand ihn. Gewissermaßen. »Ich schaue kurz nach, ob im Internet schon etwas über den Vorfall im Steinbruch steht. Vielleicht sollten wir unsere Gäste informieren. Nur um möglicher Unruhe vorzubauen.«

»Es ist wirklich glimpflich ausgegangen.« Claire hatte sich neben Bellet gestellt und schaute auf den Bildschirm.

Dupin musste nun doch einhaken, »Madame Durand ist immer noch verschwunden. Seit zwei Tagen. Wie vom Erdboden verschluckt. Und für eine andere Frau ist es keinesfalls glimpflich ausgegangen.«

Es schien, als hätten Claire und Monsieur Bellet die Sätze nicht gehört.

»Nichts«, teilte Bellet mit einer gewissen Enttäuschung mit, »aber«, er klang sofort wieder munter, »das liegt nur daran, dass wir so exklusive Informationen haben.«

»Unsere Zwiebelquiche steht noch auf dem Tisch, Georges. Wir setzen uns jetzt wieder und essen weiter, Monsieur Bellet wird uns Bescheid geben, falls es noch weitere bedeutsame Nachrichten geben sollte.«

Dupin wandte sich um.

»Da! Da kommen sie schon«, Monsieur Bellet war aufgesprungen und zeigte aus dem Fenster, von dem aus man ein Stück des Parkplatzes überblickte.

Die vordere Hälfte eines Polizeiwagens war zu sehen. Wenig später waren Türen zu hören. Aufgehend, dann zuschlagend.

»Am besten, wir empfangen Monsieur Durand an der Tür.«

Claire und Dupin nickten zustimmend und folgten Bellet.

Sie waren gerade an der Eingangstür, als diese aufgerissen wurde.

Monsieur Durand stürmte in den Flur.

Dupin hatte bisher nicht bemerkt, welch durchdringend braune Augen Durand besaß, ein nahezu stechender Blick, der ihn streng wirken ließ, obwohl tiefe Ringe unter seinen Augen lagen.

»Wir wollten kurz persönlich zum Ausdruck bringen, wie erleichtert wir sind, Monsieur Durand. Es muss schwer auszuhalten gewesen sein«, Claire fand wie immer die richtigen Worte.

Monsieur Durand blieb unsicher stehen.

»Wir haben Sie überrumpelt, entschuldigen Sie«, ging Claire souverän auf ihn ein.

»Ich danke Ihnen«, nacheinander fixierte Durand Claire, Bellet und zuletzt Dupin, »für Ihre Anteilnahme. Das ist ungemein freundlich. Bitte entschuldigen Sie, wenn ich mich nicht in der Lage fühle, Konversation zu betreiben. Ich muss meine Gedanken ordnen.«

Claire, Bellet und Dupin traten zur Seite, Monsieur Durand

ging an ihnen vorbei Richtung Treppe. Symptahischer wurde er Dupin trotz seiner bedauerlichen Lage nicht.

»Das verstehen wir sehr gut, Monsieur. Aber vielleicht«, Dupin kannte diesen Tonfall, er gehörte zu Claires ausgeprägter Fähigkeit, beharrlich zu sein, ohne vor den Kopf zu stoßen, »täte es ja ganz gut, etwas zu reden.«

Durand drehte sich noch mal um, er lächelte verhalten: »Wie gesagt, das ist sehr mitfühlend, aber ich brauche jetzt Ruhe.«

»Werden Sie weiterhin hier in Trégastel auf Ihre Frau warten?«, Dupin hatte die Frage betont freundlich formuliert.

Durand seufzte.

»Erst einmal schon, denke ich.«

Er wandte sich ab und hatte im nächsten Moment die Treppe erreicht.

»Monsieur Durand, ich bin Ärztin, wenn etwas sein sollte – Sie können sich jederzeit an mich wenden«, bot Claire an.

»Vielen Dank.«

Durand hatte sich nicht mehr umgedreht.

Bellet, Claire und Dupin durchquerten den Speisesaal Richtung Terrasse.

»In solchen Situationen geht jeder«, Claire sprach voller Empathie, »anders mit seinen Gefühlen um.« Nach einer kurzen Pause fügte sie mit beinahe fröhlicher Stimme hinzu: »Und Georges, am wichtigsten ist: Du hast weder mit der Toten im Steinbruch noch mit dem Verschwinden von Madame Durand etwas zu tun.«

DONNERSTAG

Der einzige Termin im »Salon Raphaël« bei Raphaël Julien höchstpersönlich, den man ihm hatte anbieten können, war um neun Uhr morgens. Dupin wäre der erste Kunde des Tages.

Dupin hatte wenig geschlafen, obwohl sie bereits um Mitternacht im Bett gewesen waren, so früh wie noch an keinem Abend der Ferien. Claire war sofort eingeschlafen, Dupin waren zu viele Gedanken durch den Kopf gegangen, um Ruhe zu finden. Er war um Viertel vor zwei wieder aufgestanden und hatte sich für eine Weile auf den Balkon gesetzt.

Trotz des wenigen Schlafes fühlte er sich an diesem Morgen wach und aufgeräumt. Tatkräftig. In hervorragender Form, körperlich wie psychisch. Es war im Hotel um 6 Uhr 30 noch zu früh gewesen für einen *café,* daher war er direkt ins Dorf gegangen, hatte sich in der sehr guten Boulangerie schräg gegenüber der Kapelle und des *Tabac-Presse* an einen der drei Stehtische gestellt und dort seine ersten beiden *cafés* getrunken. Er hatte sein blaues Clairefontaine hervorgeholt, die Nachrichten von gestern Abend so systematisch wie möglich notiert, vor allem aber, das war das Wichtigste, einen Plan für das weitere Vorgehen entworfen. Es ging um die Abgeordnete, in diesem Zusammenhang – so die aktuelle Liste – um den Maschinenhersteller, die Landwirtin und den Abgeordneten der anderen Partei. Im Fall von Madame Durand unverändert um ihr mys-

teriöses Verschwinden. Die ungeheure Wendung mit der Toten im Steinbruch – ein Mord höchstwahrscheinlich – wirkte
erst einmal völlig beziehungslos, auf den ersten Blick war keine
Verbindung mit der Stein-Attacke oder dem Drohbrief zu erkennen, auch nicht mit einem der anderen Geschehen. Lediglich der Fundort der Leiche stellte – womöglich – einen Bezug
her: dies aber lediglich zu einem ungelösten Fall sieben Jahre
zuvor, bei dem es sich zudem vielleicht bloß um einen Unfall
gehandelt hatte. Was feststand: Wieder war es Chastagners
Steinbruch.

Ein klein wenig trübte Dupins Laune, dass er nicht gleichzeitig beim Friseur und im Presseladen sein konnte. Er würde
die Landwirtin erst morgen früh persönlich antreffen können,
Chastagner, wenn er das wollte, gar erst Samstag; bedauerlicherweise konnte er beide ja nicht einfach irgendwohin zitie-
ren. Aber da er sowieso keine richtigen Ermittlungsgespräche
mit ihnen führen konnte, ging die Beschaffung von Informationen über sie ohnehin erst einmal vor.

Von der Boulangerie war Dupin ein paar Häuser weiter zum
Office de Tourisme gegangen, es war ab 7 Uhr 30 geöffnet. Dupin hatte sich einen kleinteiligen Plan des Dorfs und der Umgebung besorgt. Trégastel, Ploumanac'h, Perros-Guirec. Auf
dem Plan war alles genau eingezeichnet: das Schloss, das Tal,
auch die Steinbrüche, das Eiffel-Haus, die Kapelle und die Kirche Sainte-Anne, natürlich die berühmten rosa Steinformationen … Dupin würde sich alles Relevante markieren. Auch die
Wohnorte der Personen, die eventuell in die Vorkommnisse
verwickelt waren.

Dann war er langsam zurückgeschlendert. Weiterhin, es ließ
sich nicht anders sagen, bester Laune.

Es war ein herrlicher Morgen, die Luft noch frisch und klar.
Nur ein paar Einheimische waren schon unterwegs. Auf dem
Rückweg hatte sich Dupin etwas länger vor dem Haus der Ab-
geordneten umgesehen.

Jetzt war es acht. Und Dupin saß auf der Terrasse des *L'Île Rose*.

Es war noch kein anderer Gast zu sehen, auch wenn das Frühstück jeden Morgen ab acht Uhr bereitstand. Madame Bellet und Nathalie waren es, die sich liebevoll darum kümmerten. Exzellente Croissants, außergewöhnlich gute Baguettes – außen knusprig, innen weich –, ein besonderer Frühstückskuchen, ähnlich wie der *Quatre-quarts* im *Amiral*, ein cremiger *Miel toutes fleurs*, hausgemachte Marmeladen, Brombeere, Mirabelle und goldenes Quittengelee. Außerdem Dupins Lieblingskäsesorten, alle aus dem Norden, nur ein paar Kilometer von hier hergestellt: der Darley, ein milder Val-Doré, der Grand-Madeuc mit den blumigen Aromen und der Tomme-du-Vaumadeuc. Ein kleines Schlaraffenland.

Nathalie hatte ihm einen perfekt gemischten Milchkaffee gebracht.

Er saß auf »seinem Platz«, mit dem Rücken zur Hauswand, Claire würde sicher noch schlafen. Er schaute über den wilden Garten und die in der Morgensonne zartrosa schimmernden Felsen, über das Meer, das friedlich und majestätisch dalag, ohne die geringsten Bewegungen auf der silbernen Oberfläche.

»Noch keine Neuigkeiten zur Identität der Toten, Monsieur le Commissaire!« Bellet war wie aus dem Nichts neben Dupins Tisch erschienen. Ein leutseliger Ton. Komplizenhaft, fast schon verschwörerisch. »Sie wurde bisher in keiner Vermisstendatenbank der Polizei gefunden.«

Es war erstaunlich, was Bellet alles wusste. Aber Dupin kannte das: Je kleiner das Dorf, die Gemeinde, desto schneller verbreiteten sich die Nachrichten. So rasant, dass selbst das Internet stets hinterherhinkte.

»Desespringalle«, fuhr Bellet fort, »hat Himmel und Hölle in Bewegung gesetzt, um etwas über die Tote herauszubekommen. Bisher vergeblich, sagt Raphaël.«

»Was hat der Friseur eigentlich immer mit allem zu tun? Woher hat er diese Informationen?«

»Inès.«

»Die Gendarmin?«

»Ja.«

»Und?« Dupin blickte verständnislos.

»Hat Ihnen denn noch niemand erzählt, dass Inès Raphaëls Nichte ist? Inès Marchesi, die Tochter seiner Lieblingsschwester.«

»Die Gendarmin ist die Nichte des Friseurs? Und auf diese Weise erhält er alle polizeilichen Informationen?«

»Vermutlich nicht alle, aber ja, genau so ist es.«

Das erklärte einiges. Und machte den Friseurbesuch noch attraktiver. Hätte er das gewusst, wäre Dupin schon viel früher zum Haareschneiden gegangen. Es war zu kurios. Und: Warum hatten die Bellets das nicht gleich gesagt? Oder Madame Riou? Wie auch immer: Auf eigenwillige Weise hatte sich eine Informationskette gebildet, von der er profitierte.

»Umgekehrt selbstverständlich auch: Raphaël hat ihr schon häufig entscheidende Hinweise bei vertrackten lokalen Fällen gegeben.«

»Gibt es Neuigkeiten zur Todesursache?«

»Nein. Ich habe Raphaël ausdrücklich danach gefragt«, Bellet hatte es formuliert, als erwarte er ein Lob, »das wird noch dauern, hat er gesagt – hat Inès gesagt. Dafür legt sich der Gerichtsmediziner mittlerweile auf den Todeszeitpunkt fest: Dienstagnacht, 22 Uhr 30, plus minus eine Stunde.«

Dupin war in Gedanken versunken.

»Wie geht es nun weiter mit Ihren Ermittlungen, Monsieur le Commissaire?«

»Sie wissen doch, ich …«

»Ich weiß, ich weiß«, Bellet lachte verschmitzt. »Sie ermitteln nicht, Sie machen Urlaub. Ich halte mich in allen Äußerungen streng an diese Formulierung, Sie können sich darauf verlassen. Das gilt auch für meine Frau.«

Dupin fühlte sich unbehaglich, aber was sollte er tun? Eigentlich brauchte er genau das, einen Komplizen. Es würde die Dinge vereinfachen.

Mit Schrecken fiel ihm in dieser Sekunde ein, dass Nolwenn die Bellets kannte.

»Was ist mit Nolwenn, sie …«

»Nolwenn ist eine Freundin, Monsieur le Commissaire, allerdings, aber diese Situation beurteilen wir unterschiedlich. Und: Meine Frau und ich, wir können Geheimnisse bewahren. Das gehört im Wesentlichen zu unserem Beruf. Wenn Sie wüssten, von wie vielen Geheimnissen wir wissen.«

»Gut.«

Dupin hatte es möglichst verbindlich betont.

»Also, wie werden Sie nun vorgehen, ich …«

»Monsieur le Commissaire!«, Madame Bellet kam hektisch auf sie zu, das Telefon in der Hand, das sie Dupin direkt vors Gesicht hielt. »Für Sie! Madame Riou!«

»Es ist gerade schlecht, ich …«

»Ganz dringend!«

Zögerlich nahm Dupin an.

»Ja?«

»Diese verschwundene Frau, diese Blondine. Wissen Sie, mit wem sie am Abend vor ihrem Verschwinden gesehen wurde? In Paimpol? In einer Bar? *Les Valseuses*«, die typischen, sachlich vorgetragenen kurzen Sätze der Besitzerin des *Tabac-Presse*, die es für ihre Verhältnisse dieses Mal sehr spannend machte.

»Mit Monsieur Chastagner.«

»Madame Durand aus unserem Hotel?«

Dupin saß augenblicklich kerzengerade.

Eine kurze verblüffte Pause, dann: »Wen könnte ich sonst meinen?«

»Mit diesem Maschinenhersteller?«

»Und Steinbruchbesitzer! Wo sie jetzt die Tote gefunden haben! Genau der!«

»Madame Durand war Sonntagabend in einer Bar in Paimpol?«

»Sonntag*nacht*. Sie kam um kurz nach Mitternacht an.«

Das war eine spektakuläre Nachricht. Auch wenn Dupin noch nicht wusste, was sie bedeutete. Auf alle Fälle aber eines: Chastagner wurde zu einer Schlüsselfigur, gleich in zwei Fällen.

»Madame Durand hat wohl einiges getrunken. Irgendwann sind Chastagner und sie dann verschwunden. So gegen halb zwei.«

Monsieur und Madame Bellet standen mit gespannter Miene vor Dupin. Sie machten keinerlei Anstalten, dies zu verbergen.

»Woher wissen Sie das, Madame Riou?«

»Heute war das Bild von Madame Durand in den lokalen Ausgaben von *Ouest-France* und *Télégramme*. Mit der Aufforderung, sich zu melden, wenn man sie gesehen hat.«

Die Zeitungen lagen neben ihm, Dupin hatte noch nicht hineingeschaut.

»Einer meiner Stammkunden«, fuhr sie fort, »war eben hier. Er hat Freunde in Paimpol. Mit denen er gerne in diese nette Bar geht. So auch Sonntag. Da hat er sie gesehen. Sie ist ja doch eine – auffällige Person. Er hat sie wiedererkannt. Und Chastagner ist eh bekannt wie ein bunter Hund.«

»Und er ist sich ganz sicher?«

»Ganz sicher.«

»Hat er sich schon bei der Polizei gemeldet?«

»Ich werde natürlich gleich Inès anrufen. Aber ich wollte es Ihnen zuerst sagen.«

»Madame Riou, tun Sie mir einen Gefallen? Lassen Sie sich von Ihrem Kunden noch einmal alles genauestens erzählen. Ob er gehört hat, worüber die beiden gesprochen haben. Wie sie sich verhalten haben. Und …«, er musste unbedingt sensibler vorgehen, »und wenn Sie ihm sagen könnten, die Informationen seien nur für Sie. Sie wären furchtbar neugierig.«

Ein kurzes Schweigen.

»Kein Problem. Aber wollen Sie ihn nicht selbst sprechen? Inès wird sicher nichts dagegen haben.«

»Er sollte sich umgehend an die Gendarmerie wenden. Sie wissen, dass ich Ferien mache und keine Ermittlungen leite«, es war zu grotesk, Dupin fügte schnell hinzu, »keine offiziellen Ermittlungen.«

»Dann sprechen Sie doch ganz inoffiziell mit ihm.«

»Wenn Sie helfen wollen, Madame Riou, dann sorgen Sie dafür, dass die Polizei alles so rasch wie möglich erfährt. Ich muss jetzt leider los.«

»Ich verstehe. Eine Frage der Prioritäten. Sie können dann ja später mit meinem Kunden sprechen. Ich …«

»Bis bald, Madame Riou.«

Dupin beendete das Gespräch.

Offizielle Ermittlungen oder nicht: Es war wie immer. Man musste sie kennen: die Bäckereiverkäuferinnen, die Metzger, den Hafenchef, den Friseur, den Arzt, den Hausmeister, die Besitzer der *Tabac-Presse*-Läden … Man musste mit ihnen sprechen, sie schätzen, verstehen, auf natürliche Weise. Ohne sie war Polizeiarbeit nicht denkbar. Das war der Kern. Und würde es immer bleiben. Gleichgültig, welche technologischen Errungenschaften hinzukamen. Dupin war, er stand dazu, in dieser Hinsicht entschieden altmodisch.

Monsieur und Madame Bellet hatten alles mitbekommen. Sie waren beide so nahe an ihn herangetreten, dass sie vermutlich jedes einzelne Wort von Madame Riou gehört hatten.

Madame Bellets Gesicht zeigte eine Mischung aus Aufregung, Neugier und Sorge. Das von Monsieur Bellet Bestürzung.

»Na, dann handelt es sich auch bei dem Verschwinden von Madame Durand um einen richtigen Fall! Selbst wenn sie nicht die Tote im Steinbruch war. Die Dame ist mit jemand anderem durchgebrannt! So ist es!« Madame Bellet schien nun ganz und gar aufgeregt.

»Wenn sich dies bestätigen sollte, Madame Bellet«, Dupin sprach demonstrativ besonnen, er sollte die Erregung im Keim ersticken, »wenn es wirklich Madame Durand gewesen ist, die da mit Monsieur Chastagner in der Bar saß, dann hieße das noch lange nicht, dass sie mit ihm durchgebrannt ist. Und, nur einmal angenommen«, auch das musste gesagt werden, »selbst wenn es wahr wäre, und das ist im Moment eine wilde Spekulation, wäre es kein Fall für die Polizei. Es wäre eine reine Privatangelegenheit der Durands.«

Tiefe Enttäuschung stand der Hotelbesitzerin ins Gesicht geschrieben.

Monsieur Bellet schwieg. Was eigentlich nicht zu ihm passte.

Dupin stand auf.

»Haben Sie«, er wandte sich ausdrücklich an beide Bellets, »Monsieur Durand heute Morgen schon gesehen?«

»Ja. Er hat das Hotel bereits verlassen«, erwiderte Monsieur Bellet. »Er musste zur Gendarmerie. Irgendwelche Unterschriften. Er hat bestätigt, dass er erst einmal hierbleiben wird. Er geht unverändert davon aus, dass seine Frau bald zurückkommt. – Heute sah er ausgesprochen mitgenommen aus.«

»Was tut er eigentlich den ganzen Tag?«

»Er informiert sich mehrmals täglich bei Inès. Er geht spazieren. Und er arbeitet, hat er gesagt, um sich abzulenken, das sei das Beste. Er könne in dieser Situation keine Ferien machen. Sie hatten sich Freitag, als das Wetter schön wurde, ein Boot gemietet, für die komplette Woche. Er ist passionierter Angler. Das Boot hat er nach dem Verschwinden seiner Frau zurückgegeben. Er ist die meiste Zeit des Tages auf seinem Zimmer. Sie haben unsere einzige Suite gemietet. Da frühstückt er mittlerweile auch und nimmt sein Abendessen ein. Alleine. Ihm ist nicht nach Gesellschaft zumute«, Bellet war großes Mitgefühl anzuhören.

Dupin hatte sein Clairefontaine hervorgeholt. Und sich ein paar Dinge aufgeschrieben.

»Es wird immer berichtet, Sie hätten ein rotes Notizheft«, wandte Bellet ein.

Dupin ging nicht darauf ein.

»Und der große Mercedes der Durands, der steht – die ganze Zeit über hier?«

Madame Bellet schaute ihn stirnrunzelnd an.

»Natürlich. Auf dem Hotelparkplatz, zwischen den Felsen.«

»Haben Sie gesehen, ob Madame Durand das Hotel je spätabends oder -nachts noch verlassen hat? Ob sie allein mit dem Wagen weggefahren ist?«

»Nein. Aber das heißt nichts. Wir sind jede Nacht bis halb zwei beschäftigt, da bekommen wir wenig mit. Und die Suite hat ja eine schmale Wendeltreppe außen, um direkt in den Garten zu gelangen. Die könnte sie jederzeit genommen haben.«

»Das heißt, Madame Durands Chancen, nachts unbemerkt aus dem Hotel zu gelangen, standen nicht schlecht.«

»Absolut. Aber Monsieur müsste es doch bemerkt haben.«

Dupin machte Anstalten zu gehen.

»Ich muss mich beeilen. Mein Friseurtermin.«

Erst jetzt traten die beiden ein paar Schritte vom Tisch zurück.

»Dann viel Erfolg, Monsieur le Commissaire.«

Dupin eilte davon.

Der Friseursalon lag neben dem Bäcker und einer gemütlich aussehenden Dorfbar namens *Ty Breizh* am kleinen Platz mit der Kapelle. Ein hübsches Steinhaus, zwei Etagen mit spitzem dunklem Schieferdach.

»Ah, Monsieur le Commissaire«, ein deutlich fülliger Mann kam Dupin entgegen, als er den Salon betrat, dichte Haare, elegant ergraut, in einem schwarzen weiten Hemd und dunkelblauen Jeans. »Élodie Riou hat mich gerade angerufen. Es ist mir eine Ehre, Ihnen bei Ihren Ermittlungen behilflich sein zu können«, es klang nicht einmal ironisch.

»Ich ermittele nicht.«

»Ich weiß«, er zwinkerte Dupin vielsagend zu. Das ganze Gesicht, die ausgeprägten Wangen ebenso wie das Kinn, und der Hals legten Zeugnis davon ab, dass er gerne aß. Und dazu ein Glas guten Weins trank.

»Inès hat allerhand um die Ohren«, tiefe, nachdenkliche Falten waren auf seine Stirn getreten, »das gute Mädchen. Tja, Sie sehen, in Trégastel wird es nie langweilig. – Apropos, ist Monsieur Quilcuff schon bei Ihnen gewesen?«

»Nein, wer ist das? »

»Es hat sich im Dorf herumgesprochen, dass Sie hier sind. – Sie dürfen den alten Herren nicht zu ernst nehmen, er ist etwas verwirrt, aber gutmütig, vierundneunzig. Seit Jahren beobachtet er, dass die Baguettes von Monsieur Nolff immer kleiner werden, während die Preise steigen. Monsieur Nolff bestreitet es heftig. Die Boulangerie an der Feuerwache. Monsieur Quilcuff wollte bei Ihnen im Hotel vorbeischauen.«

Dupin würde nicht darauf eingehen.

»Wie auch immer. An Ihren Haaren«, der Friseur ging einmal um Dupin herum, »ist ja nichts zu tun. Aber es muss natürlich einen offiziellen Grund geben, um zu mir zu kommen, die Bellets haben es mir erklärt«, wieder das Zwinkern. »Also werden wir Ihre Haare erst einmal ausgiebig waschen und anschließend mit einer exzellenten Kur versorgen. Zum Schutz vor der hochaggressiven UV-Strahlung und dem Meersalz. Ein paar Tage Urlaub am Meer reichen, um die Haare gründlich zu ruinieren. Zudem wird Ihnen meine Kollegin«, er nickte einer jungen Frau zu, die an der Kasse stand, »eine entspannende Kopfmassage verpassen.«

Dupin hatte in seinem Leben noch nie eine Haarkur benutzt, er wusste ehrlich gesagt nicht einmal, worum es sich dabei genau handelte. Vor allem konnte er eines nicht ausstehen: Massagen. Und noch weniger: Kopfmassagen.

»Nur schneiden, bitte. Keine Kur, keine Massage, nichts.« Er fügte schnell hinzu: »Bei den Temperaturen ist man um jeden Zentimeter froh, den man nicht besitzt.«

Monsieur Julien zog die Augenbrauen hoch.

»Im Ernst?«, er hielt einen Moment inne und lächelte dann verständig. »Klar«, seine Augen leuchteten geradezu. »Die Tarnung muss echt wirken.«

Dupin erwiderte nichts.

»Ihnen ist bewusst, dass es, wie soll ich sagen, *ziemlich* kurz sein wird?«

»Kein Problem.«

»Na dann«, er holte einen dünnen schwarzen Umhang hervor, »fangen wir direkt an.«

Geschickt hängte er ihn Dupin um und zückte auch schon Schere und Kamm.

»Lehnen Sie sich entspannt zurück.«

Es war einer der alten, dick gepolsterten Friseursessel. Ein abgesessenes, verblichenes braunes Leder. Dupin tat, wie ihm geheißen. Der Sessel war bequem.

»Jetzt aber zur Sache: Was möchten Sie wissen? Von Madame Durand und Chastagner in der Bar haben Sie ja bereits gehört. Zur Toten im Steinbruch gibt es keine weiteren Neuigkeiten. Nur von einer ganz aktuellen Meldung wissen Sie wahrscheinlich noch nichts«, der Friseur machte eine dramaturgische Pause. »Einer der beiden Traktoren, die am Tag des Protestes die Einfahrt zum Haus der Abgeordneten blockiert haben, gehört einer Landwirtin aus Trégastel. Maïwenn Guichard. Eine bildhübsche Frau.«

»Ich habe von ihr gehört.«

Dupin hatte wie auf ein Signal hin sein Notizheft aus der Hosentasche genestelt und unter dem Umhang hervorgezogen.

»Dann sicher auch, dass ihr Mann eine Affäre mit der Abgeordneten hatte. Madame Rabier ist alleinstehend. Ebenfalls sehr attraktiv.«

»Das Gerücht ist mir zu Ohren gekommen.«

»Ich sage Ihnen: Es ist mehr als ein Gerücht.«

»Woher wissen Sie das?«

»Ich weiß es eben. Und meine Vermutung ist: Es dauert noch an.«

Die Sache hatte Dupin gestern Abend schon beschäftigt. Maïwenn Guichard besaß, falls das mit der Affäre stimmte, durchaus ein Motiv für den Anschlag.

»Und wie sicher wissen Sie das?«

»Einigermaßen.«

Dem Friseur schien die Vagheit seiner Antwort nichts auszumachen.

»Das mit dem Traktor von Madame Guichard – weiß das der Commissaire aus Lannion?«

»Seit gestern Abend erst. Einer der Hoteliers vorne am Plage Coz Pors hatte es bemerkt. Aber es erst gestern gemeldet. – Pierrick Desespringalle hat sich für heute früh bei Maïwenn Guichard angemeldet.« Monsieur Julien wiegte sorgenvoll den Kopf.

»Die Polizei ist sich immer noch nicht sicher, ob es wirklich ein Anschlag war oder nicht doch ein tragischer Unfall. Commissaire Desespringalle war gestern Abend noch einmal mit Experten der Spurensicherung vor Ort. Sie haben überprüft, ob man hätte erkennen können, dass sich jemand im Zimmer befand, direkt hinter der Scheibe.«

»Und? Was kam dabei heraus?«, unterbrach Dupin ungeduldig. Auch das war eine Neuigkeit, Monsieur Bellet hatte es nicht erwähnt, was höchstwahrscheinlich hieße: Er hatte es selbst nicht gewusst.

»Die ähnlich wie Madame Rabier gekleidete Testperson war nur mit Mühe zu sehen. Sie haben alles genau nachgestellt. – Also eher ein Indiz für einen Unfall.«

Dupin glaubte nicht daran.

»Aber völlig eindeutig war das Ergebnis wohl auch nicht«, relativierte der Friseur.

Dupin hätte zu gerne gewusst, wann die Abgeordnete den Kommissar in Lannion angerufen hatte. Vermutlich dann doch erst heute Morgen. Ansonsten hätte Desespringalle keinen Grund mehr gehabt, diese Aktion durchzuführen.

»Hat im Dorf irgendjemand einen konkreten Verdacht zu dem Steinwurf geäußert?«

»Die meisten denken, dass es ein Versehen war. Dass einer der Landwirte einen Stein geworfen hat. Ohne gezielt Madame Rabier treffen zu wollen.«

Der Friseur arbeitete jetzt an Dupins Hinterkopf. Dupin sah überraschend viele Haare auf dem Boden.

»Gibt es weitere Konflikte zwischen der Landwirtin und der Abgeordneten?«

»Dutzende, schon lange. Die Landwirtschaft ist für die bretonische Politik ein heißes Sujet. Es eskaliert überall, die Bauern zetteln eine neue Revolution an, wenn es so weitergeht. Sie kämpfen um ihre Existenz. Sie haben die Proteste ja mitbekommen. Dabei sind die regionalen Politiker eigentlich die falsche Adresse. – Heute blockieren die Landwirte die Parkplätze der großen Supermärkte.«

»Was heißt das konkret? Worum geht es genau?«

»Es geht um die Milchmengen und -preise. Auf europäischer Ebene. Fragen Sie Monsieur Bellet, der kennt sich da besser aus. Auf alle Fälle ist Madame Guichard eine Wortführerin der Proteste. Und nicht auf den Mund gefallen.«

»Was denken Sie, Monsieur Julien – würden Sie ihr so etwas zutrauen? Rein hypothetisch. Einen gezielten Angriff auf die Abgeordnete?«

»Eines steht fest: Sie kann äußerst rabiat werden. Sie bewirtschaftet ihren Hof mit nur zwei Angestellten. Das Gemüse, die Schweine, die Hühner, all das macht viel Arbeit. Ihr Mann ist bei der Firma angestellt, die die Studie zu dem geplanten gigantischen Offshorewindpark in der Bucht von Saint-Brieuc durchführt, er ist der leitende Wissenschaftler. So hat er abgesehen von den«, er machte eine kurze Pause, »privaten Dingen ab und an auch beruflich mit Madame Rabier zu tun, die engagiert für den Windpark eintritt. Maïwenn Guichard ist übrigens strikt gegen den Park, auch wenn ihr Mann führend beteiligt ist. Wegen der desaströsen Auswirkungen auf die Unterwasserwelt. Monsieur Guichard ist häufig in Rennes, wo die Firma ihren Sitz hat.«

Dupin machte sich ausführliche Notizen. Das Heft war voller kleiner Haare.

»Und – trauen Sie ihr den Anschlag zu?«

»Nein.«

Ein entschiedenes Nein.

»Ich habe das Gefühl«, der Friseur trat einen Schritt zurück und musterte Dupin, »dass der Steinwurf in Ihren Augen kein Unfall war. Sie gehen von einem Anschlag aus, stimmt's?«

»Ich gehe von gar nichts aus, ich versuche lediglich, mir ein Bild zu machen.«

Der Friseur trat wieder zu Dupin und beschäftigte sich mit den Seiten.

»Dieser Chastagner. Welche Konflikte hat er mit der Abgeordneten?«

»Da geht es um viel. Das Geschäft mit dem rosa Granit ist kompliziert geworden, China liefert ihn zu einem Fünftel des Preises, frei Haus, überall hin. Chastagner müsste die Produktion ausweiten, um rentabel bleiben zu können. Eine Ausweitung aber kollidiert mit dem Umweltschutz, das ewige Dilemma«, Raphaël Julien referierte möglichst neutral. »Und ist für die Steinbruchinhaber existenziell. Madame Rabier hat sich gegen die Ausweitung ausgesprochen. Sie hat in einem Interview gesagt, dass, wenn alle Branchen alles ausweiten dürften, wir den Planeten in ein paar Jahren vollständig konsumiert hätten. – Der Streit hat sich in den letzten Monaten dramatisch zugespitzt.«

»Gab es Drohungen?«

»Von Drohungen weiß ich nichts. Aber sehr scharfe Auseinandersetzungen. Beleidigungen, Herabwürdigungen. Chastagner teilt hart aus. Aber wie gesagt, Madame Rabier ist auch nicht zartbesaitet.«

»Manche sagen, Chastagner habe den Steinbruch bereits illegal vergrößert?«

»Das wissen doch alle. Aber niemand hat es bisher nachgewiesen und zur Anzeige gebracht.«

»Haben sich die Behörden je damit befasst?«

»Nicht, dass ich wüsste. – Der andere aktuelle Konflikt zwischen Chastagner und Rabier dreht sich um den Verwaltungssitz seiner Firma.«

»Davon habe ich gehört.«

»Dann kennen Sie die beiden heißen Themen der letzten Monate.«

»Und auch da ging es hoch her?«

»O ja. Chastagner hat ein Interview gegeben. Und bei öffentlichen Anlässen gegen Madame Rabier gewettert. Für ihn ist das eine höchst emotionale Angelegenheit, er nimmt es sehr persönlich.«

»Hat Madame Rabier zurückgeschlagen?«

»Sie hat andere Mittel.«

»Was meinen Sie?«

»Je aggressiver Chastagner wurde, desto entschiedener hat sie dafür gesorgt, dass all seine Bemühungen restlos scheiterten.«

Monsieur Julien stellte sich vor Dupin, fixierte seinen Schädel und ging dann schweigend um ihn herum.

»Nur noch ein paar Feinheiten«, ließ er ihn wissen.

»Ist die Abgeordnete eigentlich auch Ihre Kundin, Monsieur Julien?«

Der Friseur blickte Dupin überrascht an.

»Natürlich.«

»Und Madame Guichard, die Landwirtin?«

»Ja.«

»Monsieur Chastagner ebenfalls?«

»Wo denken Sie hin? Er würde niemals einen Fuß in einen so ›einfachen‹ Salon setzen.«

»Was ist das für ein Typ, dieser Chastagner?«

»Er will, koste es, was es wolle, bei den Großen mitpinkeln, man darf ihn nicht unterschätzen. Er ist äußerst erfolgreich mit seiner Firma für landwirtschaftliche Maschinen, vor allem Vollerntemaschinen und Düngerstreuer. Er exportiert sie mittlerweile in viele Länder. Er hat seine Methoden. Wenn es sein muss, geht er über Leichen. Auch wenn er sich am liebsten leutselig gibt und auf Kumpel oder Gönner macht.«

»Das heißt, ihm würden Sie einen Anschlag auf die Abgeordnete zutrauen?«

Monsieur Julien ließ sich Zeit mit der Antwort, es schien, als wollte er sich selbst noch einmal gründlich prüfen.

»Ich denke schon. – Wen Sie unbedingt auch im Blick haben sollten, ist der Abgeordnete der anderen Partei, Hugues Ellec.«

Madame Rabier hatte gestern kurz von ihm gesprochen.

»Auch er hat seit vielen Jahren schwere Auseinandersetzungen mit Madame Rabier. Sie widersprechen einander in nahezu jedem Punkt, haben immer die jeweils gegenteilige Meinung, und zwar nicht bloß, weil sie verschiedenen Parteien angehören. Auch wenn ich durchweg auf Madame Rabiers Seite stehe«, es klang beinahe stolz, »in manchem sind sie sich durchaus ähnlich. Politiker eben. Wenn es sein muss, äußerst kalkuliert. Nur dass Ellec das Menschenzugewandte fehlt. Und die richtigen Positionen.« Ein schroffes Fazit. »Falls Sie ihn treffen wollen: Élodie wird Ihnen sagen können, wann er für gewöhnlich seine Zeitungen bei ihr holt.«

»Was sind die konkreten Streitpunkte zwischen Madame Rabier und diesem Ellec?«

Es wäre nicht verkehrt, einmal alle Themen auf den Tisch zu bekommen, um die es potenziell gehen könnte. Manchmal half ein wenig Systematik.

»Wie die tiefe Krise der Landwirtschaft grundlegend bewältigt werden kann. Durch gezielte europäische und nationale Regulationen oder durch das möglichst freie Spiel von Angebot und Nachfrage. Ganz konkret, als politische Maßnahmen. Oder das Thema der Subventionen. – Oder der Windpark: sie dafür, er dagegen. Oder das große Projekt in der Bucht von Lannion im letzten Jahr. Wo trotz massiver Proteste und Warnungen vonseiten der Wissenschaft die Genehmigung erteilt wurde, eine ökologisch unersetzbare Unterwassersandbank abzubauen. Da war er dafür und sie entschieden dagegen.«

Dupin fuhr zusammen. Das war das Projekt, gegen das Nolwenn mächtig protestiert hatte. Über Monate war es im Kommissariat *das* Thema gewesen; während des letzten großen, besonders aufreibenden Falles hatte Nolwenn an diversen Demonstrationen teilgenommen. Bis heute war das Thema ein tiefrotes Tuch für sie. Eine bittere Niederlage, Nolwenn hatte es sehr persönlich genommen.

»Und Ellec war dafür?«

»Ja, er hat sich mit aller Kraft dafür eingesetzt. Und sich damit in Paris sehr beliebt gemacht. Madame Rabier hat ihm unterstellt, dass er sich kaufen lässt. Wie gesagt: Es ist ein Kampf mit harten Bandagen.«

»Von wem kaufen lässt?«

»Von Firmen, von mächtigen Personen, von der Regierung in Paris. Nicht unbedingt durch Geld, aber durch ›Gegengeschäfte‹ und Vergünstigungen. Auch für ihn persönlich. Vorteilhafte Deals, Sie wissen, was ich meine.«

»Zum Beispiel?«

»Er hat letztes Jahr plötzlich eine Ausnahmegenehmigung vorgelegt, um ein Haus auf einem Grundstück direkt am Meer zu bauen. In Ploumanac'h, oben auf der Spitze, obwohl das strenge Küstengesetz es verbietet und seit zehn Jahren keine Genehmigungen mehr erteilt werden. – Das Grundstück gehörte seit Generationen seiner Familie, und auf einmal hatte es geheißen, dass es schon seit vielen Jahren eine gültige Sondererlaubnis von höchster Stelle gegeben habe, die die Familie bisher bloß nicht in Anspruch genommen habe.«

»Ich verstehe.«

»Selbstverständlich streiten Rabier und Ellec sich auch über die Ausweitung von Chastagners Steinbruch.«

Die Systematik hatte den Nachteil, dass es dann sehr viele Themen wurden. Aber es half nichts: Dupin schrieb weiter in sein Notizbuch.

»Ich …«

»Monsieur Julien, Telefon, für Sie persönlich.«

Die Frau von der Kasse kam mit dem Apparat in der Hand auf ihn zu.

»Einen Moment, Monsieur le Commissaire. Ich bin gleich wieder da.«

Er verschwand durch einen wehenden Vorhang am Ende des Raums.

Das waren sehr viele, sehr interessante Informationen, Dupin war jetzt schon hochzufrieden mit seinem Friseurbesuch – aber ein paar Fragen hatte er noch.

Dupin wischte sich Schweißperlen von der Stirn. Die Sonnenstrahlen fielen ungehindert durch die große Fensterscheibe in den Salon. Eine Klimaanlage gab es selbstverständlich nicht. Über Mittag würden in dem Laden kaum auszuhaltende Verhältnisse herrschen. Stehende Hitze und hohe Luftfeuchtigkeit, die sich mit Haarspraygeruch und Shampoodüften vermengten.

»Meine Nichte«, der Friseur war zurück. »Der Fall der verschwundenen Madame Durand liegt wieder ausschließlich in ihren Händen, Desespringalle hat ihn offiziell abgegeben. Er sieht auch keinen möglichen Zusammenhang mit der Toten im Steinbruch.«

Dupin hatte eine bissige Bemerkung auf der Zunge gelegen, er hätte einen Teufel getan, zu diesem Zeitpunkt bestimmte Zusammenhänge auszuschließen. Aber die Tote im Steinbruch war das wichtigere Thema.

»Haben Sie irgendeine Idee, was da passiert ist? Die tote Frau im Steinbruch?«

»Nicht die geringste, ehrlich gesagt. Das Telefon hat gestern Abend und heute Morgen nicht stillgestanden, doch niemand weiß etwas. Auch Inès hat gesagt, es gebe bisher keinerlei Ansätze, Desespringalle tappe völlig im Dunkeln. Er komme schon auf die abstrusesten Ideen. Zum Beispiel, dass das Verbrechen mit dem ungeklärten Todesfall der Angestellten von Chastagner vor sieben Jahren zu tun habe. Mit der ›rosa Toten‹.«

»Sie halten einen solchen Zusammenhang für abwegig?«

»Wenn Sie mich fragen, ist das vollkommener Blödsinn. Die Untersuchungen erstreckten sich über zwei Jahre, und nichts deutete auf irgendetwas anderes als auf einen Unfall hin. Was für die meisten eine große Enttäuschung war, sie hätten es lieber mit einem aufregenden Fall zu tun gehabt. Dabei war es ganz banal: Die Frau, die in der Verwaltung arbeitete, hatte ihren Mann an diesem Tag abholen wollen, das ist verbürgt. Er war einer der Arbeiter im Steinbruch, sie hatten sich auf einer Betriebsfeier kennengelernt und ein halbes Jahr vor dem Vorfall geheiratet. Es wurde vermutet, dass er ihr verbotenerweise den Steinbruch gezeigt hatte und es dabei zum tragischen Unfall gekommen war. Was er heftig bestreiten musste, sonst wäre er wegen schwerer Fahrlässigkeit bestraft worden. – Wie auch immer, alle Zeugen haben ausgesagt, dass die beiden ein glückliches Paar gewesen seien. Letztendlich ist es nicht zu einer Anklage gekommen. Der Mann hat die Gegend verlassen.«

Es war also nichts nachzuweisen gewesen. Ein Fazit, das Dupin für gewöhnlich besonders skeptisch stimmte. Aber freilich hätte es sich genau so abspielen können.

»Wie auch immer«, resümierte der Friseur, »wie sollte ein solcher Zusammenhang aussehen? Wenn, dann wäre es ein besonders finsterer.«

»Nämlich?«

Monsieur Julien sollte ruhig frei assoziieren.

»Rein spekulativ – vielleicht hat Chastagner damals seine Angestellte, die irgendetwas von irgendwelchen seiner ›Deals‹ wusste, durch den ›Unfall‹ entsorgt. Und die Tote von gestern gehört auf irgendeine Weise zu diesem Szenario. Vielleicht hat sie etwas aufgedeckt – diesen alten Fall selbst? Vielleicht hat sie gewusst, dass es Mord war?«

»Aber müsste die Frau dann nicht hier in der Gegend bekannt sein?«

»Eben. Das ist nach meinem Empfinden alles absurd.«

Jetzt war es Dupins Handy, das sie unterbrach. Er zögerte, dann kramte er es umständlich hervor.

»Madame Riou«, erklärte er.

Raphaël Julien nickte verständnisvoll und verschwand noch einmal hinter dem Vorhang.

Dupin nahm an.

»Monsieur le Commissaire, ich weiß, Sie haben Ihre wichtige Besprechung«, Dupin drückte das Telefon fest gegen das rechte Ohr, aufstehen konnte er nicht. »Ich habe wie verabredet noch einmal mit meinem Kunden gesprochen: Er hat nur wenige Bruchstücke des Gesprächs mitbekommen, aber er meint, sie hätten heftig geflirtet, Chastagner und Madame

Durand. Vor allem sie. – Er wird es gleich auch Inès berichten.«

»Heftig geflirtet?«

»Ja. Nicht sehr subtil, wenn Sie wissen, was ich meine. Sie wollte ihn, ich zitiere nur, ›eindeutig abschleppen‹.«

»Das war sein Eindruck?«

»Genau das. – Und das war es auch schon. – – – Gerade bekomme ich eine Warenlieferung. Auch neue Clairefontaines. Ich muss auflegen.«

Das Gespräch war beendet.

Kurze Zeit später kam Monsieur Julien frohgemut zurück.

»Eigentlich bin ich fertig. Aber ich werde so tun, als würde ich hier und dort nachschneiden. So können wir noch etwas weiterreden. Was wollte Élodie?«

Dupin fasste den knappen Anruf entsprechend knapp zusammen. Eigentlich hatte er keine Lust, eine Art Gemeinschaftsermittlung zu führen, aber der Friseur würde ohnehin alles von seiner Nichte erfahren.

»Madame Durand«, Dupin wollte noch zu seinen anderen Punkten kommen, »sie war zweimal zum …«, er hatte keinen blassen Schimmer, warum man so kurz hintereinander einen Friseur besuchte, »sie war zweimal wegen ihrer Frisur bei Ihnen?«

»Genau, aber immer nur waschen, pflegen und stylen.«

»Erzählen Sie mir von ihr.«

»Sie kommt aus einfachen Verhältnissen und bildet sich etwas darauf ein, eine gute Partie gemacht zu haben. Ziemlich naiv, wenn Sie mich fragen. Sie versucht auf schick zu machen. – Manchmal kann sie richtig vulgär sein und merkt es nicht mal. Aber ich glaube, ihr Herz sitzt trotz all dem albernen Getue am rechten Fleck«, Monsieur Julien hatte den letzten Satz mit geradezu rührender Anteilnahme gesprochen. Ein differenziertes Urteil.

»Diese Streitereien, von denen sie Ihnen erzählt hat – hat sie erwähnt, worum es genau ging?«

»Ums Geld. Zumindest bei dem einen Streit. Völlig trivial. Ihr Mann hatte gedroht, ihre Kreditkarten sperren zu lassen. Sie hat sich fürchterlich echauffiert«, Monsieur Julien war mit der Schere hinter Dupins Ohren zugange, »da fielen ein paar deftige Flüche.« Er schien zu überlegen, ob er sie zum Besten geben sollte. »Ich erspare sie Ihnen. Sie hat am Ende gesagt: Er wird es sowieso nicht tun. Er hat schon tausendmal damit gedroht.«

»War das während ihres ersten Besuches?«

»Während des zweiten. Der erste Termin war am Donnerstagvormittag, am Tag nach ihrer Anreise, der zweite am Samstagmorgen. Ich habe extra noch einmal im Kalender nachgeguckt«, sein Kopf machte eine vage Geste Richtung Kasse. »Sie war in großer Sorge um ihre Frisur – wegen dem Salz, der Sonne und so.«

»Was hat sie da noch erzählt? Ging es um irgendein besonderes Vorkommnis?«

»Eigentlich nicht. Sie hat nur gesagt, dass es in den Ferien fast genauso unerträglich mit den Streitereien sei wie zu Hause. Schon wegen des kleinen Zimmers. Womit sie die Suite meinte. Und sie konnte das Angeln nicht ausstehen, ihr Mann und sie waren Freitag am späten Nachmittag mit einem geliehenen Boot unterwegs gewesen. Als nach zwei Tagen schlechtem Wetter die Sonne endlich wieder rausgekommen war. Sie hatte befürchtet, dass nun jeden Tag Angeln angesagt sei.«

Dupin sollte Bellet bei Gelegenheit fragen, ob sie in der Suite getrennte Betten hatten.

»Wenn es nach ihr ginge, hat sie gesagt, könnten sie auch sofort wieder abreisen. Das sei für sie kein Urlaub. ›Mit diesem Idioten‹. Aber es klang eher wie dahergesagt. In der Wut, meine ich. Nicht wie ein konkreter Plan, abzuhauen.«

Ob Dupin wollte oder nicht, es hatte sich ein bestimmtes Gefühl der Verbundenheit mit Madame Durand eingestellt. Was sicherlich auch an seiner spontanen Abneigung gegen Monsieur Durand lag.

»Sie halten es nicht für wahrscheinlich, dass sie alleine weg ist?«

»Eigentlich nicht. Aber wer weiß, vielleicht ist sie zu ihrer besten Freundin? Um ihrem Mann eins auszuwischen. Sie hat eine ›beste Freundin‹ erwähnt.«

»Schienen Ihnen die Streitereien etwas Ungewöhnliches für die beiden zu sein?«

»Ehrlich gesagt nicht. Ich würde das nicht aushalten, aber ich kenne einige Paare, die das brauchen.«

Monsieur Julien schien über eine gute Menschenkenntnis zu verfügen.

»Was ist mit Affären – halten Sie das für denkbar?«

»Dazu kann ich Ihnen nichts sagen, das weiß man nie. Manchmal sind die scheinbar Freizügigsten ja am zurückhaltendsten und die scheinbar Korrektesten, die die Moral am lautesten fordern, die Allerschlimmsten. Hab ich alles schon erlebt. – – – Nur Madame Durand selbst kennt die Wahrheit. – Andererseits«, er schüttelte den Kopf, »sie fuhr anscheinend abends noch mit anderen Männern in Bars. Zumindest mit Chastagner. Eigentlich …«, er zögerte und brach ab.

»Ja?«

»Irgendwie passt es nicht richtig.«

Das war auch Dupins Gefühl, aber in Wahrheit verhielt es sich, wie der Friseur gesagt hatte: Man konnte es nicht wissen. Menschen taten ständig Dinge, von denen andere sagen würden, dass sie keinesfalls zu ihrer »Persönlichkeit« passten.

»Wie auch immer«, Monsieur Julien zupfte an den Haaren über Dupins linker Schläfe herum, »Chastagner liebt die Frauen. Er ist zu jedem Abenteuer bereit. Da hat er keine Skrupel.«

»Den Namen ihrer Freundin, hat sie den erwähnt? Und wo sie wohnt?«

»Nein.«

»Hm«, Dupin fuhr sich durch die Haare. Sie fühlten sich ganz anders an.

»Inès war darüber genauso enttäuscht wie Sie. – – – Meine Nichte fand Sie übrigens sehr sympathisch.«

»Mich? Sympathisch?« Das war für Dupin bei ihrem Gespräch am Strand nicht zu erkennen gewesen. Dennoch wäre es, wenn es stimmte, von Vorteil.

»Und Sie müssen sich bei ihr keine Sorgen machen. Sie weiß um den, sagen wir, ›Status‹ Ihrer Ermittlungen.«

Dupin war unwillkürlich zusammengezuckt. Jetzt waren schon mindestens vier Personen eingeweiht – die Bellets, Madame Riou, Monsieur Julien – und zudem noch eine Gendarmin. Die Dinge drohten, aus dem Ruder zu laufen. Claire, Nolwenn, der Kommissar aus Lannion, die Dienstaufsicht, sein Präfekt – Dupin wusste gar nicht, was das Schlimmste wäre, würden seine klandestinen Ermittlungen auffliegen.

»Inès kann Desespringalle nicht ausstehen. Sie findet ihn wichtigtuerisch und arrogant. Und natürlich empfindet sie Trégastel als ihr Revier. Womit sie absolut recht hat: Wir sollten sehen, dass wir die Dinge hier unter uns klären, da hat ein *Lannionnais* nichts verloren. Ich habe Inès dringend empfohlen, eng mit Ihnen zusammenzuarbeiten!«, ein unmissverständlicher Appell. »Die Bellets lieben Nolwenn und somit auch Sie – Sie sind zwar nicht von hier, gehören aber quasi zur Familie.«

Eine perfekte bretonische Logik. Und, immer und überall: Nolwenn!

»Und wie gesagt, meine Nichte findet Sie sehr sympathisch. Genauso wie auch Madame Riou!«

»Madame Riou und Sie sind sehr gut befreundet, vermute ich.«

»Wir sind schon zusammen zur Schule gegangen. Hier in Trégastel.«

»Und mit den Bellets ebenso?«

»Sogar in dieselbe Klasse.«

Wie sollte es auch anders sein?

Raphaël Julien stellte sich mit einem Spiegel vor Dupin: »So,

110

dann schauen Sie auch mal von der Seite und von hinten. – Auch hier: ein ganzes Stück kürzer, damit man die Veränderung sieht. Wie Sie gewünscht haben.«

Dupin fuhr ein Schreck in die Glieder. Er war so mit dem Gespräch beschäftigt gewesen, dass er bis zu diesem Moment keinen richtigen Blick in den Spiegel geworfen hatte.

Die Haare waren jetzt sehr kurz. Ein akkurater, beinahe militärischer Schnitt. Es war entsetzlich.

»Sieht dynamisch aus«, der Friseur legte den Kopf schief und betrachtete Dupin – aus welchem Grund auch immer – nun aus dieser Perspektive, »eine Kurzhaarfrisur ist immer eine mutige Entscheidung.«

Er ging ein weiteres Mal um Dupin herum.

Dupin musste fair bleiben, er war es schließlich, der den Schnitt statt einer Kopfmassage gewollt hatte.

»Ich schlage Gel vor, dann stehen sie zumindest vorne nicht mehr so ab.«

Dupin hatte noch nie Gel benutzt und hatte auch nicht vor, damit anzufangen.

Monsieur Julien hatte nicht auf Dupins Antwort gewartet, er hatte das Gel schon auf den Fingerspitzen.

»So – schauen Sie mal, das sieht doch schon deutlich besser aus.«

Dupin konnte höchstens eine minimale Veränderung erkennen.

»Ich empfehle Ihnen, eine Tube davon mitzunehmen.«

Monsieur Julien fuhr Dupin mit einem breiten Pinsel über den Nacken und entfernte dann den Umhang.

Dupin erhob sich.

»Ich …«

Noch einmal sein Handy.

Er holte es hervor.

Claire.

Er trat ein paar Schritte zur Seite und nahm an.

»Georges, wo bist du?«

»Ich zahle gerade beim Friseur.«

»Du bist immer noch beim Friseur? Was macht er? Strähnchen?«

»Er hat die Haare gekurt.«

Er sah das Grinsen auf Monsieur Juliens Gesicht.

»Und gegelt.«

Das würde sie ja gleich sehen.

»Eine Kur? Und Gel?«

Es hatte nicht amüsiert geklungen.

Er sprach, so leise es ging: »Nur eine leichte Kur, und das Gel ist nur vorn drin.«

»Ich war heute etwas früher wach. Und habe gerade schon gefrühstückt. Ich möchte jetzt zum Strand. – Hast du unseren Proviant?«

»Habe ich. Ich komme sofort, Claire.«

Dupin hatte den Strand in den letzten glücklichen Stunden beinahe vergessen. Die Abmachung für heute war folgende: bis 14 Uhr 30 am Strand liegen, dann der »kleine Ausflug«.

Er würde sich sehr beeilen müssen. Er hatte auch die Zeitungen noch nicht. Kein Wasser, keinen Rosé, keine Sandwiches, gar nichts.

»Wir treffen uns am Handtuch, Claire.«

»Gut, Georges. Bis gleich!«

Sie hatte wieder ganz versöhnt geklungen.

»Ich muss jetzt los, Monsieur Julien. – Haben Sie vielen Dank. Für alles.«

»Haben Sie die wichtigsten Informationen? Wissen Sie, was Sie wissen wollten?«

»Ich denke schon.«

»Wenn Ihnen noch etwas einfällt, kommen Sie einfach wieder. Ich sage meiner Mitarbeiterin, dass Sie jederzeit sofort einen Termin bekommen. Offiziell schneide ich dann eben ein bisschen nach.«

Er sah Dupins erschreckten Blick.

»Ich kann ja auch nur so tun, als ob. – Und ich gebe Ihnen Inès' Telefonnummer, vielleicht wollen Sie ja auch etwas mit ihr direkt besprechen.«

Das war eine gute Idee.

Der Friseur ging in Richtung Kasse.

»Das macht zwanzig Euro für den Schnitt und zehn für das Gel. Ein äußerst hochwertiges Pflegegel mit Aloe vera. Ihre Frau wird wissen, was das ist.«

Dupin zückte das Portemonnaie. Monsieur Julien legte eine Visitenkarte neben die Kasse.

»Und das Verschwinden der Sainte-Anne aus der Kapelle? In dieser Sache wollen Sie gar nicht mehr ermitteln, Monsieur le Commissaire?«

Der Friseur hatte die Stimme gedämpft.

»Doch, doch. Es ist nur an den Rand geraten. Aber ich habe gestern noch mit Monsieur Bellet darüber gesprochen.«

»Leider gibt es auch keine neuen Entwicklungen. – Bis auf eine zweite Aussage der Krankenschwester, die die Kerze aufgestellt hat.«

»Ja?«

»Beim Verlassen der Kapelle, ist ihr gestern wieder eingefallen, habe sie einen älteren Mann gesehen, um die siebzig, schätzt sie, aber noch mit dunklen Haaren, der sich der Statue genähert habe. Er habe nicht so gewirkt, als wolle er sich die Kapelle ansehen. Mehr hat sie leider nicht berichten können. Sie hat ihn auch nicht genauer beschreiben können. – Inès hat ihr Bericht nicht allzu sehr geholfen. Aber vielleicht ja Ihnen.«

Dupin hatte sein Clairefontaine ein weiteres Mal hervorgeholt. Und sofort gefunden, was er dazu aufgeschrieben hatte.

»Das war dann gegen Viertel nach vier«, murmelte er.

»Genau. – Ach ja«, Monsieur Julien war noch etwas eingefallen. »Élodie hat mit einem renommierten Kunsthändler in

Rennes gesprochen. Wegen einer genaueren Einschätzung des materiellen Wertes der Sainte-Anne. Er sagte, man bekäme vielleicht 700, 800 Euro dafür, mehr nicht. Dass es aber eine alte Geschichte gebe, nach der in einer der Statuen der Kapelle der legendäre Rubin *Côte de Bretagne* versteckt sei. Ein drachenförmiger Edelstein, Teil des Goldenen Vlieses, einst im Besitz von Anne de Bretagne und bis heute spurlos verschwunden.«

Dupin würde sich nicht mit dieser Art von Geschichten beschäftigen.

»Und was Sie auch wissen sollten«, es wirkte, als wäre es Monsieur Julien gerade erst wieder eingefallen, »gestern und vorgestern kam es in der Gegend zu zwei weiteren Diebstahlanzeigen.«

»Nämlich?«

»Die sechsundneunzigjährige Witwe des ehemaligen Hafenmeisters vermisst einen vergoldeten Kerzenständer, sie schwört, dass er immer auf dem Esstisch stand«, Monsieur Julien trug es ganz ernst vor. »Und ein schmieriger Versicherungsagent seinen altersschwachen Motorroller. Allerdings in Perros-Guirec.«

Dupin kannte das Phänomen. Nach dem Bekanntwerden eines Diebstahls »verschwanden« in den nächsten Wochen gern alle möglichen Gegenstände.

Er hatte Heft und Stift noch in der Hand. »Und zum Eiffel-Haus-Vorfall, gibt es da Neuigkeiten?«

»Hat Ihnen denn niemand Bescheid gesagt? Ich habe den Bellets und Élodie doch schon gestern Nachmittag davon berichtet.«

»Und *was* haben Sie berichtet?«

Dupin war hellwach.

»Gestern hat der Bürgermeister einen Brief bekommen. Von vier Wanderfreunden aus den Pyrenäen!«

»Und?«

»Sie haben sich entschuldigt und einen Scheck beigelegt.«
Dupin schaute den Friseur fragend an.

»Letzte Woche Mittwoch ist hier nachmittags ein gewaltiges Unwetter niedergegangen, mit einem Temperatursturz von zehn Grad, überall sind Blitze eingeschlagen. Das Gewitter kam urplötzlich, es ging rasend schnell. Und hat sich für zwei Tage festgesetzt.«

»Ja?« Dupin wurde hörbar ungeduldig.

»Sie waren auf dem GR 34 unterwegs, dem legendären Wanderweg einmal um die Bretagne, und sind vom Unwetter überrascht worden. Mit einer Kreditkarte haben sie die Tür geöffnet. Um Schutz zu suchen. Die aus dem Süden kennen keine echten Wetterumschwünge. Als sie ein paar Stunden später weitergezogen sind, weil es sich ein wenig aufhellte, mussten sie sich beeilen, um ihr geplantes Tagesziel zu erreichen. So haben sie nicht einmal eine Notiz hinterlassen. Aber als sie wieder zu Hause waren, haben sie gleich an den Bürgermeister geschrieben. Immerhin.«

»Das war's? Das ist die Lösung des Eiffel-Haus-Falls?«

Dupin massierte sich die Schläfe. So war es wohl. Das war die Lösung. Und dieser Fall eine reine Einbildung gewesen. Der Friseur machte keine Anstalten, noch etwas hinzuzufügen. Dupin steckte sein Clairefontaine zurück in die Hosentasche.

»Dann mache ich mich jetzt auf den Weg.«

Dupin griff nach der Türklinke.

»Weiterhin schöne Ferien, Monsieur le Commissaire«, rief der Friseur ihm fröhlich hinterher.

Dummerweise war bei Rachid einiges los, als Dupin ankam. Die *Pans bagnats* waren aus. Ebenso die Minipizzas. Er musste improvisieren.

Im Presseladen war es dafür leer, Dupin war froh, dass Élodie Riou nicht da war, er hatte wirklich keine Zeit. Ein blässlicher junger Mann stand an der Kasse.

Obwohl er sich beeilte, dauerte es, bis Dupin endlich am Strand ankam.

»Da bin ich.«

Er schnaufte hörbar.

Claire lag mit geschlossenen Augen auf dem Bauch, den Kopf Richtung Meer. Sie rührte sich nicht. Vielleicht schlief sie.

Es würde nicht leicht, nach diesem Morgen wieder auf dem geruhsamen Handtuch anzukommen. In den Ferien. Die letzten Stunden hatten sich endlich wieder völlig normal angefühlt: ein Fall, Ermittlungen.

»Wo warst du noch?«

Sie schlief also nicht. Aber sie hatte sich immer noch nicht gerührt.

»Nur im Presseladen«, das war das Einzige, von dem er eben nicht behauptet hatte, es schon erledigt zu haben. »Da war die Hölle los. Keine Ahnung, warum. Sonst ist es um diese Uhrzeit immer leer.«

Es war nicht auszuschließen, dass Claire doch einmal um diese Uhrzeit mitkäme.

»Wann bist du heute eigentlich aufgestanden?«

»Ich weiß es gar nicht genau. Die Luft war wunderbar, ich bin spazieren gegangen und habe dann gefrühstückt.«

Claire entgegnete nichts.

Dafür drehte sie sich um.

Und fuhr augenblicklich hoch.

»Was ist denn mit deinen Haaren passiert?«

Dupin hatte es fast schon wieder vergessen. Verdrängt.

»Es ist bei dieser Hitze viel angenehmer so, glaub mir.«

Er hatte sich angestrengt, überzeugend zu klingen. Was nicht leicht war.

Schon auf dem Weg vom Friseursalon zum Strand hatte er schmerzlich gemerkt, dass er mit so kurzen Haaren nun noch weniger Schutz gegen die stechende Sonne besaß. Was hieße: Er würde die verhasste Kappe noch konsequenter tragen müssen.

»Es ist kurz. Sehr, sehr kurz.« Der Tonfall machte klar, was Claire von seiner neuen Frisur hielt.

Sie hatte sich mittlerweile in einer Art Schneidersitz auf das Handtuch gesetzt, eine Haltung, die sie gern einnahm. Reine Artistik für Dupin.

»Ich habe«, Dupin setzte sich zu ihr, »feine Sachen dabei. Salade niçoise und Fladenbrote mit Oliventapenade. *Pans bagnats* gab es keine.«

Claire starrte immer noch entsetzt auf Dupins Kopf.

»Heute habe ich den Holmes-Fall gekauft«, er hatte Glück gehabt, Rious Laden war gut sortiert. »Und noch zwei weitere. – Und dir eine Sonderausgabe vom *Journal de la Science* mitgebracht, gerade eben erschienen. Mit dem Titel: ›Und wenn die Gesetze der Schwerkraft gar nicht universell wären?‹« Dupin fand die Frage, als Laie, etwas beunruhigend. Das andere Titelthema des Heftes löste noch größeres Unbehagen in ihm aus: »Das Gedächtnis, eine Sensation: zehn Mal mehr Kapazitäten als bisher angenommen!«, eine höchst brisante Entdeckung, konnte Dupin sich doch, so sein Eindruck, maximal ein Zehntel von dem merken, was andere Menschen behielten …

»Und *Bretagne Cuisine*. Das aktuelle Heft. – Kultprodukte. Die Bretagne neu interpretiert.«

Claire ließ sich Zeit für eine Reaktion.

Dann lächelte sie. Ohne ein Wort zu sagen. Strahlte plötzlich förmlich.

Dupin fühlte sich seltsam unwohl. Rasch schlug er die Zeitung auf. Eine Gesprächspause wäre das Beste.

Auf der aufgeschlagenen Seite prangte der »Bretonen-Selbsttest« des Tages. »Du erkennst, dass du ein Bretone bist, wenn: *du dich mit Engländern prinzipiell etwas schwertust / du nicht findest, dass Andouille nach Hintern riecht / du ausschließlich trockenen Cidre trinkst und den milden den Normannen überlässt / du noch im Schlaf fehlerfrei Angaben darüber machen kannst, wie viel mehr Regen es in südlichen Regionen Frank-*

reichs gibt als in der Bretagne: in Biarritz beispielsweise 1450 Millimeter im Jahr, in Nizza 769, in Rennes dagegen lediglich 694 Millimeter.«

Es war tatsächlich spektakulär, wie das Aquarium in und um den Haufen gewaltiger rosa Granitblöcke gebaut worden war. Eine kühne Idee. Auch wenn es die Natur war, die die Anlage geschaffen hatte, wirkte sie doch zugleich wie das imposante Werk eines waghalsigen Architekten oder Künstlers. Mäandernde Wege, Treppen, Gänge zu den einzelnen Räumen und Becken führten unüberblickbar hindurch. Ein perfektes Labyrinth. Stetig neue Perspektiven, die weißen Häuser des Örtchens, Dächer, das Meer, immer nur Teile davon, man fühlte sich wie in einem kubistischen Bild. Vom obersten Felsen aus konnte man die ganze Gegend überblicken: Trégastel, die Küste, den Atlantik, die Sept-Îles. Die flachen Becken waren draußen zwischen den rosa Riesen angelegt, die größeren in die Granithöhlen hineingebaut.

Dupin liebte Aquarien.

Das *Océnarium* bei Brest natürlich – dort lebten schließlich seine Lieblingspinguine –, aber auch jedes andere. Wann immer er unterwegs war, etwas Zeit hatte und eines in der Nähe war, besuchte er es. Häufig auch das von Concarneau, direkt gegenüber seiner Wohnung. Er bekam nicht genug von den schier unendlichen, wahrhaft witzigen und aberwitzigen Formen und Farben der Meeresbewohner, die sich die Natur hatte einfallen lassen. Kleine und große Monster, die die Einbildungskraft aus Science-Fiction- und Fantasyfilmen um ein Vielfaches überboten, Aliens waren dagegen öde Schöpfungen. Man musste sich nur einen ausgewachsenen Seehasen ansehen – den es in den unterschiedlichsten Farben gab –, die sagenhaften Rippen- und

Ohrenquallen oder die Schlangensterne. Wunderschön, aber auch bedrohlich, unheimlich, angsteinflößend. Vor allem: völlig wild.

»Das ist fantastisch«, Claire war außer sich, »1624 geboren und noch immer am Leben! Er schwimmt seit fast vierhundert Jahren durch unsere Weltmeere! Da befand sich Europa mitten im Gemetzel des Dreißigjährigen Kriegs. Seitdem hat er alles mitbekommen. Und könnte uns davon erzählen. Von Louis XVI., der Revolution, Napoleon … Die Art selbst ist über hundert Millionen Jahre alt, vermutet man.«

»Eishaie – Meeresräuber der Superlative« hieß die Sonderausstellung. Es war neben vielen Schautafeln eine lebensechte Nachbildung zu sehen von »Eishai Nummer 28«. Auch »Mandy« genannt. Fünf Meter. Ein torpedoförmiger Körper. Graubraun, olivgrün.

Dupin stand direkt vor ihm. Claire auf der anderen Seite bei den Tafeln mit den Erklärungen. Sie waren die Einzigen im Raum, das Aquarium war bei diesem Wetter so gut wie leer, die Leute kosteten die hochsommerlichen Temperaturen an den Stränden aus.

»Somniosus microcephalus! Kein anderes Wirbeltier wird so groß und so alt. Weit älter als Schildkröten. Wenn sie nicht fressen, streifen sie auffällig langsam durch die Meere, man nennt sie auch Sleeper Shark. Aber man darf sich nicht täuschen, es sind flinke Jäger, deren »Speiseplan« sich nicht wesentlich von ihrem Familienmitglied, dem Weißen Hai, unterscheidet.« Claire stand vor der Hauptschautafel. »In den Mägen finden sich große Knochenfische, alle möglichen marinen Säugetiere, Robben, Delfine und auch Pinguine.«

Das machte den Eishai in Dupins Augen nicht unbedingt sympathischer.

»Und er lebt in arktischen Gewässern?«

»Nicht nur, die Verbreitungsgebiete reichen im Westatlantik bis nach Cape Cod, im Osten bis zur portugiesischen Nordküste, einmal wurde sogar einer vor der Küste South Carolinas gesehen.«

Der Name »Eishai«, fand Dupin, war somit etwas missverständlich. South Carolina lag ein deutliches Stück südlicher als die Bretagne.

»Aber sie leben weit draußen, nehme ich an.«

Dupin hatte die Haie seit dem Gespräch vorgestern glücklicherweise beim Schwimmen wieder vergessen gehabt.

»Auch das ist ganz unterschiedlich. Einige tummeln sich sogar im Flachwasser«, Claires Augen hafteten immer noch auf der Tafel, »aber die allermeisten leben nach dem jetzigen Kenntnisstand weit draußen im Nordatlantik.«

Einer im bretonischen Flachwasser würde genügen, überlegte Dupin. Er sollte in Erwägung ziehen, das Schwimmen zu reduzieren.

»Lass uns mit dem Rundgang beginnen, Claire. – Wir wollen ja auch noch zum Schloss spazieren.«

Sie waren zwar wie geplant losgekommen, aber endlos war die Zeit bis zum Abendessen nicht.

»Ich würde mir gerne noch die anderen Tafeln ansehen, geh ruhig schon vor.«

Auch wenn Dupin wirklich noch zum Schloss wollte, war Claires Wunsch natürlich eine glückliche Fügung. Er musste ein paar Telefonate führen, es gab viel zu tun.

»Dann sehen wir uns in einer der Höhlen.«

Dupin orientierte sich. Ein unauffälliges Schild zeigte den Rundweg des Aquariums an.

Wenig später schon stand er vor einem der ersten Becken, die großartig inszeniert waren. Die Räume des Aquariums waren Grotten im nackten Granit, es war dunkel, nur die Becken leuchteten in grünlich gelbem Licht. Und verwandelten das Rosa des Granits in sphärisch violette Töne.

Dupins Nase berührte fast die Scheibe. Vor ihm schwebten Seepferdchen-Babys, flüchtige durchsichtige Wasserfäden.

Bereits in der typischen Seepferdchen-Haltung. So etwas hatte er noch nie gesehen, wie außerirdische Erscheinungen.

Es wäre ausreichend, um mit Claire ein Gespräch über das Aquarium führen zu können. Dupin suchte den Ausgang. Er ging um einen großen Felsen herum. Schon von hier aus war von den Becken nichts mehr zu sehen.

Dupin zog sein Handy aus der hinteren Hosentasche.

Er hatte eine – hoffentlich – gute Idee, sie war ihm heute Morgen bereits in den Sinn gekommen.

Sie sahen sich nicht mehr häufig, aber immerhin ein-, zweimal im Jahr. Sie mochten sich schon seit der Polizeischule. Nur aus einem Zufall heraus waren sie nie engere Freunde geworden. Jean Odinot. Der es – trotz seines unkonformistischen Charakters – anders als Dupin weit gebracht hatte in der *Police Nationale* in Paris, bis zum Inspecteur général. Sie hatten mehrere brenzlige Fälle zusammen durchgestanden. Was sie eng verbunden hatte.

»Salut Jean!«

»Salut – Georges, bist du es?«

Es hatte ein wenig unwirsch geklungen. Laute, lebendige Stimmen waren im Hintergrund zu hören.

»Es ist gerade schlecht. Ich sitze in der *Brasserie Dauphine*, heute gibt es den geschmorten Hasen in Senfsoße.« Das war auch eine von Dupins Stammbrasserien gewesen. »Hier ist die Hölle los, und ich habe nur noch eine Viertelstunde.«

Jean hatte ungefähr Dupins Körpergröße, war aber unverschämt dünn dabei.

»Ganz kurz nur. Du musst für mich eine Person recherchieren. Nur ein paar Informationen.«

»Inoffiziell, meinst du?«

Er lachte. Er kannte Dupin.

»Genau.«

»Du ermittelst im Alleingang? In einem Fall, der gar nicht deiner ist?«

Jean wirkte kein bisschen überrascht. Er wusste von den vielen Vermerken in Dupins Personalakte.

»Eigentlich darf ich dir nicht helfen, das weißt du ja«, er setzte kurz ab. »Also gut, gib mir den Namen.« Er war wie üblich neugierig.

»Gilbert Durand. Immobilienhai in Paris. Verheiratet mit Alizée Durand. Wenn du über sie auch etwas in Erfahrung bringst, dann ...«

»Dann wirst du das auch hören. Alles klar. – Mein Hase ruft.«

»Melde dich bitte nur auf meinem Handy. Du kannst auch auf die Mailbox sprechen. Vielleicht kann ich manchmal nicht ran.«

»Ich verstehe. Du hast nicht mal deine famose Assistentin eingeweiht.«

»Danke, Jean.«

»Ich melde mich.« Mit der letzten Silbe hatte er aufgelegt.

Sehr gut. Dupin war zufrieden. Und es war schnell gegangen. Es bliebe Zeit für die nächste Operation, auch wenn sie ungleich schwieriger würde.

Dupin hatte das Telefon schon wieder am Ohr.

Es dauerte, bis Nolwenn abnahm.

»Monsieur le Commissaire, steht heute Nachmittag nicht das Aquarium auf dem Programm?«

Die Lokalisierungsfunktion des Handys hatte Dupin für die Dauer der Ferien deaktiviert. Was hieß: Nolwenn konnte es eigentlich nur von Claire oder den Bellets wissen, beides waren beunruhigende Szenarien. Aber es gab Wichtigeres. Und Nolwenn gab ihre Quellen ohnehin nie preis.

»Ich war heute Morgen beim Friseur«, Dupin war auf dem Rückweg von Monsieur Julien auf diesen – grandiosen – Einfall gekommen, ein durchaus perfider Plan, musste er zugeben. »Eine richtige Strandferienfrisur«, er sollte sich nicht lange damit aufhalten. »Die Nichte des Friseurs«, diesen Teil musste er leider offenlegen, auch wenn es ihm alles andere als recht war, »ist die Gendarmin des Ortes und …«

»Sie wissen, dass Sie gegen alle Regeln verstoßen und …«

»Es heißt, dass der Abgeordnete«, Dupin hatte sein Heft herausgeholt, »Hugues Ellec, bestimmte politische Entscheidungen zugunsten großzügiger Geber lenkt, für gewisse ihm eingeräumte Vorteile. Bis hin zur Bestechung«, er musste es deutlich, sogar überdeutlich formulieren. »Und wissen Sie, um welche Angelegenheit es da unter anderem ging?«

Ein kurzes Schweigen. Nolwenn schien unsicher, wie sie sich verhalten sollte; eine seltene Situation.

»Um die Genehmigung des Abbaus der Unterwasserdüne in der Bucht von Lannion.«

Ein längeres Schweigen, dann:

»Ist das wahr?«, eine Art Zischen. »Hat *er* da mit drin-gesteckt?«

Dupin konnte ihre Rage durch den Apparat spüren.

»Es sieht so aus.«

»Infam.«

Sie war außer sich. Perfekt. Der erste Teil des Plans ging auf.

»Und die Gendarmerie von Trégastel hat belastbare Hinweise darauf? Einen begründeten Verdacht? Dass Ellec seine Finger bei dieser Entscheidung im Spiel hatte?«

»Ich weiß nicht, wie belastbar sie wirklich sind. Aber ich habe es so verstanden.«

Ein ausgedehntes Schweigen.

»Sie wissen«, führte er ruhig aus, »dass wir in keiner Weise ermitteln dürfen. Aber«, jetzt kam Dupin zum Kern des Manövers, »natürlich könnten Sie im Hintergrund ein wenig recherchieren.«

Die Antwort kam im Bruchteil einer Sekunde:

»Monsieur le Commissaire! Ihnen ist doch klar«, Nolwenns Stimme war mit einem Mal wieder ganz gefasst – gefasst und unnachgiebig streng, »dass das nicht infrage kommt.«

Dupin traute seinen Ohren nicht. »Sie wollen der Sache nicht nachgehen?«

Er hatte seinen Plan für schlicht unfehlbar gehalten.

»Selbstverständlich nicht. Die Kollegen sind ja schon damit befasst. – Also – noch einen schönen restlichen Ferientag, Monsieur le Commissaire. *Fe-ri-en-tag!*«

Das Gespräch war vorbei.

Es war nicht zu fassen.

Er hörte hallende Schritte, die sich schnell näherten.

Rasch ging er zurück auf den Rundweg, der zu der Grotte mit den nächsten Becken führte.

Aber es war ein Fehlalarm: Statt auf Claire traf er auf eine blasse Dame in einem bunten Sommerkleid, die ihm einen indignierten Blick zuwarf.

So ausführlich wie Claire sich Ausstellungen anschaute – Dupin erinnerte sich an lange Besuche im *Louvre, Musée d'Orsay* oder *Centre Pompidou* –, war sie wahrscheinlich eben erst bei den Seepferdchen angekommen.

Dupin ging in die zweite Höhle, blieb kurz vor einem Becken stehen und verließ sie wieder; auf diese Weise würde er einen sicheren Vorsprung vor Claire besitzen und ohne Probleme noch die beiden anderen Telefonate führen können. Aus dem Augenwinkel hatte er im sandigen Boden des Beckens ein Petermännchen gesehen. Einer seiner schlimmsten Feinde, im letzten Jahr war er an seinem Lieblingsstrand, am Plage Tahiti, auf einen dieser heimtückischen Fische mit giftigem Stachel getreten. Selten in seinem Leben hatte er solche Schmerzen verspürt. Sein Freund Henri hatte ihn glücklicherweise sofort routiniert behandelt: Mit einer Zigarette hatte er die Stelle ausgebrannt, Dupin hatte nicht protestiert, bloß gewollt, dass die Schmerzen nachließen.

Wieder verließ er den Rundweg und lief zwischen zwei besonders lang gezogenen, großen Felsen hindurch.

Eilig griff er nach seinem Handy. Er hatte es gerade in der

Hand, als es klingelte. Viel zu laut. Eine anonyme Nummer. Er nahm an.

»Monsieur Dupin«, er erkannte die Stimme sofort, »ich hoffe, ich störe Sie nicht.« Die Abgeordnete, Madame Rabier.

»Nein, keinesfalls.«

»Ich habe das mit der Toten im Steinbruch gehört. Fürchterlich.« Ein kurzes Schweigen. »Meinen Sie, hier geht etwas«, sie stockte, »Größeres vor sich?« Sie klang immer noch matt.

»Wir tappen derzeit leider völlig im Dunkeln. Haben Sie Anlass, einen Zusammenhang zwischen diesem Ereignis und dem Anschlag auf Sie zu vermuten?«

»Ich wüsste nicht, welchen.«

»Haben Sie mit dem Kommissar aus Lannion gesprochen?«

»Ja, heute Morgen um acht. Ich habe es gestern nicht geschafft. Dass es sich augenscheinlich um einen Anschlag handelt, hat ihn äußerst bestürzt. – Wie Sie gesagt haben, hat er mir höchste Sensibilität im Vorgehen der Polizei zugesagt. Dass er es erst einmal für sich behalten werde. Aber einen Polizisten in Zivil hier auf der Station postieren wird.«

»Hat er irgendeine Vermutung geäußert?«

Sie zögerte, bevor sie mit unsicherer Stimme antwortete.

»Er hält eine Landwirtin von hier für verdächtig. *Sehr verdächtig*, hat er mir anvertraut. Maïwenn Guichard. Er ist heute Morgen bei ihr gewesen. Zu einem offiziellen Verhör. Ihm sei es dank seiner intensiven Ermittlungen gelungen, herauszufinden, dass einer der beiden Traktoren, die am Tag der Proteste vor meinem Haus standen, Madame Guichard gehört.«

Ein abstruses Vorgehen, fand Dupin: dem Opfer ganz und gar luftige Spekulationen mitzuteilen. Zudem schmückte sich der Kommissar aus Lannion mit fremden Federn.

»Und was denken Sie darüber?«

»Ich …« Sie brach ab. Sie schien sich zu sammeln. »Sie wissen es, habe ich recht?«

»Ja.«

»Die Beziehung dauert immer noch an«, sie setzte noch einmal ab. »Ihr Mann wird sie verlassen. Er hat es ihr gesagt.«

Madame Rabier wirkte traurig. Auch wenn sie vielleicht die Siegerin in dieser Geschichte war.

»Um mit Ihnen zusammen zu sein?«

»Ich weiß es nicht. Ich glaube, er weiß es nicht einmal selbst. Er will vorläufig in Rennes bleiben, dort ist die Firma, die die Studien für den großen Windpark im Meer vornimmt. – Es ist sicher richtig. Der Abstand wird ihm guttun.«

Sie klang noch niedergeschlagener.

»Sie haben es sich anders vorgestellt.«

»Ja. Ganz anders.«

»Und Madame Guichard macht Sie für alles verantwortlich, nicht ihren Mann?«

»Ja. Dabei habe ich mich äußerst, wie soll ich sagen, zurückhaltend verhalten, gerade am Anfang«, ihrem Tonfall war anzumerken, dass sie froh war, darüber reden zu können. »Die Ehe war längst kaputt, als ich ihn traf, hat er gesagt.«

»Hat Madame Guichard Sie je bedroht?«

»Nein. Nie. – Aber sie wird mich tausendmal verwünscht haben. Wir sehen uns ja zwangsläufig ab und an, es lässt sich nicht vermeiden. Sie wirft mir vernichtende Blicke zu. Manchmal streiten wir uns öffentlich über Fragen der Landwirtschaft, gerade vor zwei Wochen auf einer größeren Veranstaltung mit den Bauern des Trégor.«

»Was hat sie gesagt?«

»Dass ich sie und alle anderen Bauern ruiniere. *Zerstöre.* Dabei steht sie«, Madame Rabier klang unendlich erschöpft, »eigentlich für die gleichen Ideen wie ich.«

»Haben Sie je über«, es war unmöglich, das richtige Wort zu finden, »die Angelegenheit miteinander gesprochen?«

»Nein, nie«, sie sprach immer schleppender. »Ich hätte es gern getan, um ihr zu sagen, dass es nicht allein meine Schuld ist, ich …« Sie brach ab. »Ich muss mich wieder hinlegen, Monsieur Dupin.«

»Sie haben gesagt«, das musste er unbedingt noch fragen, »dass Sie begonnen haben, die illegalen Ausweitungen des Steinbruchs von Monsieur Chastagner zu dokumentieren?«

»Ja. Zusammen mit meinem Assistenten.«

»Meinen Sie, ich dürfte mir das mal ansehen?«

»Hat sich die Lage verändert – ermitteln Sie doch?«

In der Frage schwang Hoffnung mit.

»In keiner Weise, Madame Rabier. Ich habe mit nichts etwas zu tun«, diese Position war wichtig, egal, wie grotesk es klang.

»Ich verstehe. – Und ja, selbstverständlich. Gehen Sie bei meinem Assistenten vorbei. Aiméric Janvier. Bellet hat die Nummer.«

Dupin notierte sich den Namen.

»Diese ›Deals‹ des Abgeordneten Ellec zu seinem eigenen Vorteil, können Sie darüber etwas sagen? Über die Sache mit dem Baugrundstück?«

Es dauerte, bis sie antwortete: »Sie sind gut informiert. – Wir haben auch dazu ein wenig … recherchiert, Janvier und ich.«

»Umso besser«, Dupin hatte in einem unangemessen fröhlichen Tonfall gesprochen.

»Vielen Dank, Madame Rabier, erholen Sie sich weiterhin.«

»Ich versuche es, au revoir, Monsieur Dupin.«

Sie hatte aufgelegt.

Dupin hatte sie eigentlich noch nach ihrer Telefonnummer fragen wollen. Aber immerhin würde er mit ihrem Assistenten sprechen können.

Es war ein – unverhofft – fruchtbares Gespräch gewesen.

Dupin hatte fast vergessen, wo er war. Ohne es zu merken, war er während des Telefonierens immer weiter durch das Labyrinth der Granitblöcke gewandelt. Irgendwie sahen die rosa Brocken plötzlich alle gleich aus. Seltsam auch, es war kein Geräusch zu hören. Totenstille. Die Steine schluckten allen Schall. Er wendete sich nach links, dann nach rechts und wieder nach links. Und stand plötzlich vor einer massiven rosa Wand. Er sah eine schmale Spalte. Mit Mühe konnte er sich hindurchzwängen. Dahinter ein langer Gang mit hohen Wänden an beiden Seiten.

»Das kann doch gar nicht sein«, fluchte Dupin.

Wie groß war das Gelände des Aquariums? Er musste doch zwangsläufig irgendwann wieder auf den Rundweg treffen.

Er lief bis zum Ende des Gangs. Erneut eine schmale Spalte, er wandte sich scharf nach rechts und gelangte in eine Art Höhle: Über mehreren merkwürdig ebenmäßigen ovalen Steinen – wie übergroße, perfekt geschliffene Kiesel – lag ein sicher zehn Meter langer flacher Stein. Wie ein Deckel. Natürlich schlossen die Steine die Höhle nicht vollständig ab, sie gaben in den Zwischenräumen grellblaue Flächen frei, die sondersam zweidimensional wirkten, ohne Tiefe, man hätte nicht an den Himmel gedacht, auch wenn er es sein musste. Dupin suchte die Höhle ab. Eine Sackgasse.

Er hatte jegliches Gefühl für seine Position und die Himmelsrichtungen verloren.

Ein eigentümliches Unbehagen beschlich ihn.

Am besten würde er genau so zurückgehen, wie er gekommen war.

Dupin drehte um und gelangte nach ein paar Sekunden wieder in den langen Gang, aber dieses Mal lag der einzige Spalt – durch den er glaubte, gekommen zu sein – auf der linken Seite, nicht geradeaus. Erzeugte das Labyrinth auf hinterlistige Weise Wahrnehmungstäuschungen? Er drängte sich hindurch. Und stand auf einem sicher zehn mal zehn Meter großen Platz. Wo kam plötzlich so viel freier Raum her?

Er holte sein Handy heraus, es war lächerlich, aber er würde auf der Landkarte den Ausschnitt heranzoomen, wo er sich befand. Und sofort die Orientierung zurückgewinnen.

Kein Empfang, nicht der kleinste Balken, nichts.

Plötzlich hörte er etwas. Einzelne leise Worte. Geflüstert.

Eine Frauenstimme.

»… würde ich sagen, ja, unbedingt … Ja …«

Dupin hatte sie sofort erkannt. Es war Claires Stimme. Sie war es, die da sprach, wahrscheinlich telefonierte, und sie konnte nicht weit entfernt sein. Vermutlich auf der anderen Seite der Steinwand. Wie kam es, dass sie Empfang hatte?

»… die linke Aorta, dort … aber ganz vorsichtig … und einen Stent, ja, das geht nicht anders … leider keine Zeit mehr … muss wirklich los.«

Es bestand kein Zweifel. Claire telefonierte mit der Klinik!

Und nun fiel der Groschen. Dupin begriff. Der Umschlag und der Kurier. Die Anrufe. Das Handy auf dem Handtuch. Sie hatte Unterlagen von der Klinik bekommen! Und nun operierte sie fernmündlich.

»… bis heute so um sechs … ja, sobald es geht, ich versuche pünktlich zu sein … Salut.«

Es war nicht zu glauben. Er war gespannt auf ihre Erklärungen.

Aber immerhin – er war doch nicht im Labyrinth verloren gegangen.

Eine Minute später – tatsächlich hatte er nur zweimal scharf rechts abbiegen müssen und war zurück auf dem offiziellen Rundpfad gewesen – stand Dupin in der letzten Höhle. Von Claire war auf dem Weg komischerweise nichts zu sehen gewesen.

Dupin war immer noch fassungslos. Schon in dieser einen Minute waren ihm Dutzende Möglichkeiten durch den Kopf gegangen, wie er Claire auf die Sache ansprechen würde.

Er stand vor einem der Becken der »flachen und küstennahen Zone«. Ein großes Becken, in dem so gut wie alles schwamm, was er liebte. Unwillkürlich – auch wenn er nur halb hinsah – war ihm das Wasser im Munde zusammengelaufen: Barsche, Rotbarben, unten am Boden ein Steinbutt und ein Glattbutt. Dazu ein großer Hummer.

»So einen haben wir letztens im *Amiral* gegessen«, hörte Dupin in seinem Rücken, Claire stand direkt hinter ihm, sie deutete begeistert auf den Glattbutt, *barbue*, den, wie die Bretonen ihn nannten, »kleinen Cousin« des *turbots*, dessen Geschmack sogar noch feiner war.

Claire schien bester Laune.

»Wusstest du, was eine Jakobsmuschel alles kann? Sie ist eines der wertvollsten Instrumente der Wissenschaft. Mit ihr kann man den Klimawandel Jahr für Jahr, Monat für Monat genau beobachten. Bei versteinerten Bäumen oder im Eis eingeschlossenen Luftbläschen vermag man das bloß auf Skalen von Tausenden Jahren zu sagen – Jakobsmuscheln sind da ungleich genauer!«

»Ich habe«, Dupin hatte sich dafür entschieden, die Sache direkt anzusprechen, »hinter einem der Steine …«

Plötzlich brach er doch ab.

Er war in der Sekunde auf eine bessere Idee gekommen. Er konnte sich ein Grinsen nicht verkneifen.

Claire schaute verblüfft.

»Was hast du?«

»Ach, nichts.«

Der Einfall war genial.

Er würde nichts sagen. Nicht ein Wort. Nicht einmal andeutungsweise zu verstehen geben, dass er etwas gehört hatte. Von ihren »Aktivitäten« wusste.

Er würde sie einfach weitermachen lassen. Gleich aus mehreren Gründen. Wenn Claire fortführe mit ihrer »Arbeit«, wäre auch sie daran interessiert, immer wieder Zeit für sich zu haben. Und er selbst brauchte fortan keinerlei schlechtes Gewissen mehr zu haben, wenn er seinen Ermittlungen nachging.

Zudem: So hätte er etwas in der Hand für den Fall, dass er aufflog. Er hatte ein Ass im Ärmel.

»Aber du hattest doch …«

Der sanfte, relativ leise Ton ihres Telefons. Sie holte es aus ihrer Handtasche. Routiniert.

»Irgendeine Nummer von hier.« Sie klang erleichtert.

Sie trat ein paar Schritte zur Seite.

»Hallo?«

Dupin blieb unschlüssig stehen.

Einen Moment lang hörte Claire nur zu.

Dann winkte sie ihn heran.

»Sie wollen meinen Mann sprechen?«

Dupin schaute sie prüfend an.

»Nein – ja, gewiss, er ist bei mir, ich«, sie zögerte, »reiche Sie an ihn weiter.«

Sichtbar widerwillig gab sie Dupin das Handy.

»Ja?«

Bellet klang atemlos: »Die Tote hat im Hotel *Castel Beau Site* gewohnt. In Ploumanac'h. Quasi nebenan. Raphaël Julien hat gerade bei mir angerufen, er hatte es bei Ihnen versucht vor ein paar Minuten und ist nicht durchgekommen, ich auch nicht …«

»Wer ist es?«

»Ihr Name ist Virginie Inard.«

»Und woher kommt sie?«

»Sie hat eine Adresse in Bordeaux angegeben.«

»Bordeaux?«

»Genau.«

»War sie alleine?«

»Ja. Sie hat vor drei Monaten online ein Zimmer gebucht für eine Woche.«

»Was weiß man noch über sie?«

Claire war jetzt ganz nahe an ihn herangerückt.

»Bisher noch nichts. Sie haben die Polizei in Bordeaux informiert. Und Desespringalle ist im Hotel und führt dort Befragungen durch.«

Dupin wäre fast »Ich bin in ein paar Minuten da« herausgerutscht. In solchen Momenten war seine Ermittlungslage restlos deprimierend. Er konnte nichts tun. Bloß indirekt agieren.

»Weiß man schon etwas über den Dienstagabend? Wann sie das Hotel verlassen hat? Was sie vorhatte? Was …«

»Ich muss jetzt leider einkaufen fahren, Monsieur le Commissaire. Bisher weiß ich nur genau das, was ich Ihnen gerade gesagt habe. Und dass Virgnie Inard an dem Abend nicht mehr in ihr Hotel zurückgekehrt ist. – Ich melde mich, wenn es Neuigkeiten gibt. Oder Raphaël selbst.«

»Dann bis später.«

Claire blickte Dupin durchdringend an, nachdem sie das Handy wieder eingesteckt hatte.

»Es ist nicht deine Tote. Du wirst dich mit keinem der Vorkommnisse beschäftigen«, die Sätze – Dupin musste an sich halten, nicht doch etwas zu erwidern – hatten interessanterweise ein wenig mechanischer geklungen als sonst, sie war dabei zum Becken zurückgegangen.

»Die arme Frau«, Claire schüttelte den Kopf, »schlimme Sache.«

Es hörte sich irgendwie seltsam an, wie sie das sagte.

»Aber jetzt«, schon war ihre Stimme wieder heiter, »widmen wir uns wieder der hervorragenden Ausstellung!«

»Ich muss kurz verschwinden, bin gleich wieder da, Claire.«

Dupin lächelte in sich hinein. Es fühlte sich großartig an, kein schlechtes Gewissen haben zu müssen.

»In Ordnung. Dann treffen wir uns einfach draußen vor dem Aquarium.«

Dupin war klar, was das hieß. Sie würde das Telefonat von eben zu Ende führen. Der Plan ging auf! Die Strategie funktionierte. So schwer es ihm auch fiel, nichts zu sagen – es war den Preis wert.

132

Er verließ die Höhle und lief – genauestens dem ausgeschilderten Pfad folgend – bis zum Eingang zurück. Er holte sich aus dem Kaffee-Automaten, den er schon beim Hineingehen registriert hatte, einen doppelten Espresso und positionierte sich kurzerhand auf der anderen Straßenseite, so würde er Claire früh genug sehen, wenn sie herauskam.

Er trank den *café* in zwei entschiedenen Schlucken und hatte umgehend das Telefon am Ohr.

Die Gendarmin war sofort am Apparat:

»Hallo?«

»Georges Dupin hier.«

»Verstehe.«

»Ich habe gerade von der Identifizierung der Toten gehört.«

»Mehr kann ich Ihnen im Moment dazu nicht sagen. Der Fall liegt ja auch gar nicht bei uns.«

Dass sie – wie ihr Onkel betont hatte – Dupin sympathisch fand, war nicht wirklich zu spüren.

»Meinen Sie, wir könnten uns einmal treffen? Ich könnte bei Ihnen auf der Gendarmerie vorbeikommen.«

»Von mir aus. Meinem Onkel ist sehr daran gelegen, dass ich mit Ihnen zusammenarbeite.«

Es hatte sich einigermaßen neutral angehört.

»Ich versuche es noch heute, am späten Nachmittag. Sonst morgen früh.«

Das mit den Terminen war trotz der »veränderten Lage« immer noch ein Problem.

»Gut. Eine Neuigkeit gibt es noch. Zur verschwundenen Frau.«

Ein – tatsächlich – kooperativer Zug.

»Welche?«

»Ich habe mit Chastagner gesprochen. Er hat ohne Weiteres zugegeben, mit Madame Durand Sonntagnacht in Paimpol in der Bar gewesen zu sein. Auch, dass er dann mit ihr weggefahren ist. Mehr allerdings wollte er nicht sagen.«

»Wie und wann hat er sie kennengelernt?«

»Am Sonntag so gegen halb drei, in einem Café am Plage Coz Pors. Madame Durand hat am Nachbartisch gesessen, und sie sind ins Gespräch gekommen.«

»Einfach so?«

»Wie sonst? Und dann haben sie sich für den späten Abend verabredet.«

»So mir nichts, dir nichts, nachdem sie sich zufällig gerade beim Kaffeetrinken kennengelernt hatten? Und obwohl sie sich mit ihrem Mann in den Ferien befunden hat? Spätabends?« Dupin ging es nicht um Chastagner, sondern um Madame Durand. »Da verabredet sie sich mit einem fremden Mann in einer Bar und fährt später auch noch mit ihm weg?«

»Chastagner sagt, sie hätten eine Dreiviertelstunde zusammen im Café gesessen.«

Dupin hatte nicht richtig zugehört. Hier stimmte etwas nicht. Objektiv war das alles denkbar, so etwas kam ständig vor, die Welt war voll solcher Geschichten. Aber es passte nicht zu dem Bild, das er von Madame Durand besaß, irgendetwas in ihm sträubte sich. Aber natürlich kannte er sie nicht.

»Hat Madame Durand«, Dupin versuchte sich zu konzentrieren, »Monsieur Chastagner irgendetwas gesagt, das auf ihr Verschwinden hindeuten könnte?«

»Nicht das Geringste, behauptet er.«

»Hat sie von einem besonders schlimmen Streit mit ihrem Mann erzählt? Irgendeinem Vorfall?«

»Nein. Sie hat wohl nur erwähnt, dass sie verheiratet ist, es aber ›okay sei, wenn sie dort so säßen‹.«

»Es ›sei okay‹, hat sie gesagt?«

»Genau. Laut Chastagner.«

»Chastagner ist dann außer ihrem Mann der Letzte, von dem wir wissen, dass er vor ihrem Verschwinden mit ihr gesprochen hat?«

»Sie hat am Montag vor dem Abendessen noch mit Monsieur Bellet gesprochen. Ungefähr zehn Minuten, hat er gesagt, an der Bar im Restaurant.«

»Sie hat sich mit Monsieur Bellet unterhalten? Zehn Minuten? An dem Abend, an dem sie verschwunden ist?«

Bellet hatte dieses Gespräch nicht erwähnt.

»Aber lediglich über das Wetter, den Strand, Belangloses, sagte Bellet. Über nichts, das irgendwie in einem Zusammenhang mit ihrem Verschwinden stehen könnte.«

Er würde Bellet trotzdem darauf ansprechen. Warum hatte er es Dupin gegenüber verschwiegen?

»Haben Sie«, eine wichtige Frage, die Dupin bereits im Gespräch mit Madame Riou durch den Kopf gegangen war, »schon mit Monsieur Durand über den Ausflug seiner Frau nach Paimpol gesprochen, wusste er davon?«

»Er hat bloß gesagt, dass sie so etwas manchmal gemacht hat. Sie liebt das Nachtleben, er nicht. Sie ist zwanzig Jahre jünger. Er hatte nichts dagegen. Er wirkte ganz cool.«

»Wirklich?«

»Ja.«

»Na gut.« Auch so etwas gab es, die beiden führten ohnehin eine sehr spezielle Beziehung. »Ich komme dann später vorbei.«

»Tun Sie das.« Vollkommener Gleichmut lag in ihrer Stimme.

»Nur noch eine Frage: die Akte zu dem Todesfall der Frau von vor sieben Jahren – die liegt wahrscheinlich im Kommissariat in Lannion?«

»Ich habe mir eine Kopie kommen lassen. – Über meine Kontakte.«

»Warum?«

»Ich weiß nicht. Mir kommt das alles merkwürdig vor. Aber vielleicht ist es ja auch purer Zufall. Dennoch. – Vor sieben Jahren habe ich noch nicht in der Gendarmerie gearbeitet.«

Es war nicht einmal ihr Fall, aber: Sie hatte die gleiche Idee gehabt wie Dupin.

»Und haben Sie etwas Ungewöhnliches entdeckt?«

»Nein.«

»Die Version des Unfalls scheint Ihnen plausibel?«

»Im Moment schon, aber das heißt ja nichts.«

Sie hatte recht.

»Ich würde mir die Akte auch gerne ansehen.«

»In Ordnung.«

Es ging alles viel einfacher, als Dupin erwartet hatte. Irgendwie schien sie ihn im »Team Trégastel« aufgenommen zu haben. Obwohl es ihr ordentlich Ärger einbringen konnte, falls es rauskam. Schon allein die Tatsache, dass sie sich mit ihm über diese Dinge unterhielt. Aber sie schien nicht der ängstliche Typ zu sein.

»Und dann«, Dupin hatte das Gefühl, die gute Stimmung – die Gelegenheit – beim Schopfe packen zu müssen, »würde ich mich mit Ihnen gern über die Landwirtin Guichard und den Abgeordneten Hugues Ellec unterhalten.«

»Gut.«

Erstaunlich. Ihr Onkel hatte wirklich ganze Arbeit geleistet.

Die Gendarmin legte ohne Vorwarnung auf.

Dupin war während des Gesprächs hin und her gelaufen, ohne die großen Fenster des Eingangspavillons mit dem Museumsshop aus den Augen zu verlieren. Von Claire war noch immer nichts zu sehen. Sie würde irgendwo verborgen im Labyrinth stehen und mit der Klinik telefonieren.

Dupin war höchst zufrieden.

Er holte sein Heft hervor und stellte gut gelaunt fest, dass er die meisten Aufträge und Initiativen lanciert hatte. Die Netze, die er spann, wurden größer und größer, zugleich stabiler. Irgendwann würde irgendetwas hängen bleiben. Aber er durfte auch nicht übermütig werden. Prinzipiell blieb die indirekte Ermittlungsarbeit schwierig, und es gab blinde Flecken.

Er machte sich ein paar Notizen über das Gespräch.

Mit einem Mal erblickte er Claire. Sie blätterte im Museumsshop in einem Buch. Dann orientierte sie sich Richtung Ausgang. Gerade in dem Moment meldete sich Dupins Telefon. Eigentlich sollte er nicht mehr rangehen. Aber natürlich könnte es etwas Dringendes sein.

Dupin nahm rasch an und bewegte sich dabei langsam über die Straße, wobei er Claire nicht aus den Augen ließ. Sie hatte ihn noch nicht bemerkt.

»Ja?«

»Commissaire Desespringalle hier. Ich hatte Sie gewarnt. Ich werde jetzt meinen Präfekten, Ihren Präfekten und die Dienstaufsichtsbehörde in Kenntnis setzen.«

Der Kommissar aus Lannion.

»Warum?«, brach es aus Dupin heraus, auch wenn er sich die Antwort denken konnte.

»Ich wollte es Ihnen nur ankündigen.«

Jetzt hatte Claire ihn gesehen.

»Gut.«

»Mehr haben Sie dazu nicht zu sagen?«, Desespringalle schien kurz davor, endgültig die Fassung zu verlieren.

Claire kam schnellen Schrittes auf Dupin zu.

»Prima. Dann funktioniert ja alles wieder. Wunderbar. Haben Sie vielen Dank.«

Dupin legte auf.

Schon stand Claire vor ihm.

»Der Warmwasserboiler ist repariert.«

Er bemühte sich um ein erleichtertes Lächeln. Das Potenzial dieser Ausrede war damit endgültig ausgeschöpft.

»Ein grandioses Aquarium, oder? Das hat doch großen Spaß gemacht«, sie strahlte Dupin an. »Und – hast du noch Lust, zum Schloss zu spazieren?«

»Unbedingt.«

Die Ankündigung des Kommissars aus Lannion beschäftigte ihn mehr, als es ihm recht war. Andererseits: Vielleicht bluffte er nur. Außerdem würde es schwer sein, ihm veritable Ermittlungen nachzuweisen, und Dupin würde alles energisch dementieren.

Sie waren bei tiefster Ebbe unterhalb der Île Renote über den Meeresboden der *Baie de Sainte-Anne* gelaufen – die Schuhe in der Hand –, immer auf das Märchenschloss zu, das von hohen Bäumen verdeckt wurde, nur ein Teil des Daches schaute hervor. Claire hatte einen kurzen Zwischenstopp im Hotel machen wollen, es lag auf dem Weg; Dupin hatte draußen gewartet.

Die Landschaft hatte Dupin trotz all der Gedanken, die ihm durch den Kopf gingen, in ihren Bann gezogen. Sie machte einen regelrecht trunken. Eine berückende rosa Steinlandschaft. Hunderte, Tausende, Abertausende Steine. Ein Felsenmeer. Bis zum Horizont. Der Meeresboden selbst aus grobem rosa Granitsand. Darauf neongrüne weiche, fast flaumige Algenteppiche, auf denen wiederum lose dunkle, nahezu schwarze Algen lagen. Überall kleine silberhellblaue Wasserflächen, blendend weiße Bojen hier und dort. Manchmal auch größere Priele. Dann wieder ausgedehnte Schlickflächen, die sphärisch metallisch im Sonnenlicht glänzten und die sie weiträumig umliefen. An Stellen, wo der Sand vollständig getrocknet war, schimmerte er grell hellrosa. Großzügig verteilt, wie absichtlich platziert: schläfrig auf der Seite liegende Boote, Segelboote zumeist, aber auch Fischerboote. Darüber der gewaltige leuchtend blaue Himmel. Ein herber, würziger Geruch nach Algen und Tang, Salz und Jod.

Dupin liebte es, bei Ebbe über den Meeresboden zu spazieren.

»Das *Mauseohr* – dort!«

Claire hatte es zuerst entdeckt. Ein Punkt für sie.

138

»Der *traurige Eidechsenkopf.*«

Dupin deutete auf eine Felsformation vor ihnen.

»Mit sehr viel Fantasie«, räumte Claire generös ein. »Du siehst immer mehr, als es gibt.«

Nach einem größeren Bogen um einen flachen Meeresarm näherten sie sich dem Schloss jetzt von vorn.

Im Grunde war die Insel nichts als eine besonders große Ansammlung und Auftürmung von Granitfelsen. Bis auf den kleinen, sich genau in der Mitte der Insel erhebenden dichten Kiefernwald, der aus dem Granit hervorwuchs. Aus dem Wald wiederum, so musste es der Schöpfer des Schlosses ersonnen haben, stieg das Schloss empor. Eine wohldurchdachte Komposition. Von hier war es unverdeckt zu sehen.

Märchenschloss war exakt die passende Bezeichnung, eine hingezauberte, kuriose wildromantische Fantasie. Natürlich ganz und gar aus dem rosa Wunderstein. Zwei hohe runde Türme mit Kegeldächern aus Schiefer und vielen Fenstern, ein herrschaftliches Hauptgebäude mit Bogenfenstern, die durch helleren Stein hervorgehoben wurden. Das Schloss schien selbst ein wenig labyrinthisch angelegt. Ein kleines steinernes Türmchen mit Rundbogen diente als Eingang zur Schlossanlage. Die gesamte Insel war durch Steinmauern abgeschirmt, die dem Schloss etwas Burgartiges verliehen. Ein sich aus dem schlammigen Meeresboden hervorwindendes Sträßchen lief auf das Schloss zu, am Türmchen vorbei und verschwand hinter den Mauern.

»Das Schloss Costaérès, bretonisch: Kastell Kostaerez, ist ein neugotisches Schloss«, Claire hatte das schmale Buch mitgenommen – in ihrer Handtasche, die eine unbegreifliche Menge an Dingen fasste, es war mit den physikalisch-räumlichen Gesetzen eigentlich nicht zu vereinbaren – und las während des Gehens vor. Sie bewegten sich auf das Sträßchen zu.

»Der repräsentative Bau wurde von 1892 bis 1896 als Wohnsitz des litauisch-polnischen Mathematikers, Elektroingenieurs und Erfinders Bruno Abdank-Abakanowicz im neugotischen Stil des Historismus nach dem Vorbild mittelalterlicher Burgen errichtet. Das Schloss war Treffpunkt vieler polnischer Emigranten, auch der polnische Literaturnobelpreisträger Henryk Sienkiewicz war dort. Sein 1895 erschienener Roman *Quo Vadis* entstand auf Schloss Costaérès«, sie drehte sich zu Dupin um. »Hörst du? – Was man nicht weiß, sieht man nicht!«, dann fuhr sie fort:»1988 wurde es Zweitwohnsitz eines sehr berühmten deutschen Schauspielers, der es liebevoll und originalgetreu restaurieren ließ, ehe es 2008 von Jérôme Chastagner erworben wurde. – Nicht schlecht, oder?«

Eigentlich war es schöner, fand Dupin, neue Landschaften und Orte durch das reine Erleben kennenzulernen.

»Faszinierend.«

»Wir können doch …«

Motorenlärm unterbrach sie. Unwillkürlich drehten sie sich um: Ein Auto kam auf sie zu. Mit unangemessener Geschwindigkeit. Ein dicker SUV. Perlmuttweiß, schlammbespritzt. Dunkel getönte Scheiben.

Claire hatte das Sträßchen verlassen und war auf einen Fels gestiegen.

»So ein Spinner.«

Dupin lief betont gemächlich weiter.

Im letzten Moment trat der Fahrer auf die Bremse. Und hupte ohrenbetäubend.

Ungefähr einen halben Meter hinter Dupin kam der Wagen zum Stehen. Erst jetzt wandte sich Dupin um, und auch das nur langsam.

Die Scheibe an der Fahrerseite fuhr hinunter und gab ein braun gebranntes Gesicht mit längeren strohblonden Haaren frei. Ein lässiges Lächeln. Dupin hatte einen hochroten Choleriker-Kopf erwartet.

»Kann ich Ihnen behilflich sein?«, fragte der Fahrer ausgesprochen freundlich.

Obwohl es Dupin war, der vor ihm stand, blickte der Mann ausschließlich zu Claire. Er schien Dupin überhaupt nicht wahrzunehmen.

Auch Claire war perplex. »Wir wollten uns die Insel anschauen. – Mit dem wunderbaren Schloss.«

»Ich bin der Besitzer von beidem. Jérôme Chastagner. Bedauerlicherweise, Madame«, er hatte Dupin immer noch keines Blickes gewürdigt, »ist das eine Privatinsel. Sie ist nicht zu besichtigen.«

Chastagner, der Maschinenhersteller. Und Steinbruchbesitzer. Eine völlig unerwartete Begegnung. Madame Riou hatte, wenn Dupin sich richtig erinnerte, gesagt, er komme donnerstags immer erst spätabends aus Saint-Brieuc zurück.

»In diesem Fall, Monsieur Chastagner«, Dupin verbarg nicht, dass er gereizt war, »spazieren wir einfach um die Insel herum. Das wird ja nicht verboten sein.«

»Solange Sie das Schlossgelände nicht betreten, ist alles in bester Ordnung.«

Zum ersten Mal schaute er zu Dupin, wenn auch nur flüchtig.

»Viel Vergnügen. Und«, sein Blick war wieder bei Claire, »au revoir, Madame. Ich freue mich ausnehmend, Ihre Bekanntschaft gemacht zu haben.«

Er ließ den Motor aufheulen. Die Scheibe fuhr wieder hoch. Dupin trat zur Seite.

Chastagner gab Gas. Der Wagen schoss auf dem ansteigenden Sträßchen zwischen den Granitbrocken entlang, dann bog er um einen besonders großen Felsen und war nicht mehr zu sehen.

Dupin stand wie erstarrt.

»Da war noch jemand im Wagen. – Hast du sie auch gesehen?«

»Sie? – Wen?«, Claire war irritiert.

»Eine Kontur. Eine Frau. Lange Haare. Hinten auf der Rückbank. Eine … – Für den Bruchteil einer Sekunde konnte ich sie durch die dunklen Scheiben sehen, als er losgefahren ist. Ich bin mir«, er zögerte, »fast sicher.«

»Ich habe niemanden gesehen. Und das, obwohl ich vom Felsen aus den besseren Blickwinkel hatte.«

»Sie saß auf der Rückbank links. Sie hatte den Kopf gesenkt.«

»Du siehst Gespenster, Georges. Das waren sicher bloß Spiegelungen.«

»Glaub mir.«

Dupins Gedanken rasten. Natürlich – das wäre eine Erklärung. Eine Möglichkeit.

»Und wenn schon? Warum interessiert dich das? Darf er denn nicht mit seiner Frau oder Freundin unterwegs sein?«

»Er ist nicht liiert.«

»Woher weißt du das?«

»Bellet«, improvisierte Dupin souverän, »hat mir heute früh erzählt, dass das Schloss einem eingefleischten Junggesellen gehört. Einem echten Playboy.«

»Dann war es eben eine seiner Geliebten.«

»Warum sitzt sie hinten im Wagen?«

»Da war niemand, Georges.«

Das Beste wäre, klein beizugeben. »Wahrscheinlich habe ich mich wirklich getäuscht. Und es war bloß die Kopfstütze.«

Claire konnte nicht wissen, was die eventuelle Begebenheit so brisant machte. Was, wenn Madame Durand tatsächlich auf der Rückbank gesessen hatte? Wenn sie sich bei Chastagner – ihrem neuen Liebhaber – verbarg? Aber – wäre diese Geschichte plausibel? Irgendwie bezweifelte Dupin es. Und – vielleicht hatten ihm seine Sinne wirklich einen Streich gespielt. Die gleißende Sonne, die stark spiegelnden, getönten Scheiben, die Sonnenbrille …

Claire warf ihm einen misstrauischen Blick zu.

»Wie auch immer«, Dupin ergriff die Flucht nach vorn. »Also, spazieren wir einmal um die Insel?«

»Mir ist die Lust vergangen, Georges. – Wollen wir nicht lieber irgendwo etwas Kaltes trinken?«

Dupin war hin- und hergerissen. Vielleicht bekämen sie beim Gang um die Insel noch etwas Interessantes zu sehen.

»Monsieur Bellet hat mir eben von einem Café erzählt, eigentlich einem Hotel, direkt am Strand von Ploumanac'h, es müsste da vorne sein«, Claire hatte sich, ohne Dupins Antwort abzuwarten, umgedreht und in Bewegung gesetzt.

Dupin verstand sofort. Bellet war ein schlauer Komplize: Das »Café«, das er Claire empfohlen hatte, war ohne Zweifel das Hotel, in dem die Tote gewohnt hatte. Und wohin Dupin selbstverständlich sowieso gewollt hatte. Er hatte bislang bloß nicht den Ansatz einer Idee gehabt, wie er das hätte begründen sollen. Fabelhaft! Und es konnte nicht weit sein. Trégastel, Ploumanac'h und Perros-Guirec gingen – alle auf einem großen zerklüfteten Vorsprung im Meere gelegen – fließend ineinander über, das Schloss gehörte noch zu Trégastel, das dem Schloss nächste Ufer, das östliche Ende der Bucht, bereits zu Ploumanac'h.

»Ich hätte Lust auf etwas Süßes, ein Stück *Gâteau breton*. Was meinst du?«

»Sehr einverstanden.« Dupin war zwei Schritte hinter ihr.

»Ach, was ich vergessen hatte«, Claire drehte sich zu ihm um, »alle schwärmen so von dem Thalasso-Zentrum am Hauptstrand, dort soll es wunderbare Massagen geben. Das *Forum*. Ich habe angerufen, heute um sechs ist zufällig ein Termin frei geworden.«

»Natürlich, eine großartige Idee. Das wird dir guttun.«

Er konnte sein Glück kaum fassen. Er hatte sich in der letzten Stunde verzweifelt den Kopf zerbrochen, mit welcher Ausrede er später noch einmal länger wegkäme. Denn gleich zwei wichtige Besuche standen an: in der Gendarmerie und beim Assistenten der Abgeordneten. Einen Termin würde er so auf alle Fälle schaffen, vielleicht ja sogar beide.

»Wir können uns«, Claires Gesicht zeigte einen zufriedenen Ausdruck, »dann ja zum Aperitif treffen, im …«

Dupins Handy unterbrach sie.

Der Friseur. Was wahrscheinlich bedeutete, dass es wichtig war.

Ungünstiger konnte der Moment nicht sein.

Er nahm trotzdem an.

»Ja?«

Monsieur Julien legte sofort los:

»Sie ist erwürgt worden. Diese Tote aus Bordeaux. Mit einem weichen Band oder Tuch oder etwas in der Art. Das heißt, sie wurde schon tot da runtergeworfen.«

Der Friseur machte eine Pause, er wartete offensichtlich auf eine Reaktion Dupins. Die etwas Zeit in Anspruch nahm, immerhin war das eine bedeutende Nachricht. Nicht, dass er ernsthaft an einen Unfall geglaubt hatte, aber nun war es bewiesen: Sie hatten es eindeutig mit Mord zu tun.

»Danke, Monsieur Julien, sehr freundlich, dass Sie anrufen. Wie dumm von mir. Meine Kreditkarte. Ich werde sie später abholen kommen. Wie lange haben Sie geöffnet?«

Es dauerte einen Augenblick, bis Monsieur Julien begriff.

»Ah, Sie können gerade nicht reden«, der Friseur hatte die Stimme klugerweise deutlich gesenkt. »Aus Bordeaux liegt keine Vermisstenmeldung einer Frau vor, deren Beschreibung auf die Tote passen würde. Und noch merkwürdiger«, Dupin hatte die Umrundung eines flachen Wasserbeckens genutzt, um sich zumindest zwei Meter von Claire abzusetzen, das Telefon immer noch fest ans Ohr gedrückt, es tat schon weh, »unter der Adresse, die sie bei der Online-Reservierung hinterlassen hat, ist sie in Bordeaux nicht gemeldet. Es gibt dort keine Virginie Inard. In dem Haus wohnen nur drei Familien. Und da fehlt niemand. Keiner hat den Namen je gehört.«

»Nein, nein, ich habe genügend Bargeld dabei, kein Problem«, er sollte jetzt auflegen, es wurde langsam unglaubwürdig. »Ich komme dann später kurz vorbei«, eine Pause, dann: »Um sieben, bevor Sie schließen, nein, nein, das ist kein Problem für mich.«

Ihm war eingefallen, dass er diese kleine Schummelei nutzen konnte, um noch etwas Zeit zusätzlich herauszuschlagen.

»Bis dann, Monsieur Julien. Und danke noch mal.«

Er legte auf.

Claire sah ihn fragend an.

»Ich Trottel habe meine Kreditkarte beim Friseur vergessen.«

»Verstehe.«

»Ich sollte sie abholen, bevor er schließt.«

Claire hakte – aus welchem Grund auch immer – nicht weiter nach.

Schon während sie sich näherten, war Dupin – obgleich er immer noch mit der Nachricht von gerade beschäftigt war – rasch klar geworden, dass Ploumanac'h und die Terrasse des *Castel Beau Site* auf der Liste seiner »Lieblingsorte« landen würden.

Ploumanac'h war ein überaus charmantes, selbst in der Hochsaison entspannt wirkendes Dörfchen aus hübschen windschiefen Steinhäusern und unregelmäßig angelegten bunten Wildblumenbeeten. Kleiner noch als Trégastel. Kein wilder, langer, einsamer Strand wie dort, nur ein kleiner, aber dafür sehr einladender Dorfstrand. Man verstand augenblicklich, warum die Wahl zum »schönsten Ort Frankreichs« auf Ploumanac'h gefallen war. Und hier, erinnerte sich Dupin, wohnte auch der Abgeordnete Hugues Ellec.

Hing der Mord – die Frage blieb dieselbe – an dieser Frau aus Bordeaux mit der Attacke auf die Abgeordnete zusammen? Irgendeine sehr ernste Geschichte ging vor sich. Natürlich konnte es durchaus sein, dass es gar keinen Zusammenhang gab, auch wenn die zeitliche Ballung der Geschehnisse ein sehr großer Zufall wäre. Das waren die Gedanken, die Dupin seit dem Anruf des Friseurs durch den Kopf flirrten.

Claire hatte die Viertelstunde bis zum Plage von Ploumanac'h aus dem Büchlein mit den Spaziergängen vorgelesen, sodass Dupin abgesehen von einem »Spannend« oder »Hochinteressant« kaum etwas hatte von sich geben müssen.

Zuletzt war er ein paar Schritte vorausgegangen, in der Sorge, dass am Hotel ein Polizeiwagen stehen könnte. Zu seiner Erleichterung hatte er keinen entdeckt – wahrscheinlich würden sie in der Hochsaison einigermaßen diskret vorgehen. Er hatte Claire dennoch vorsichtshalber unmittelbar zur Terrasse gelotst, weg von der Seite des Hauses, wo sich der Haupteingang und der Parkplatz befanden.

Das *Castel Beau Site* lag – nur ein wenig erhöht – direkt am Strand, schöner ging es nicht. Ein altes, elegantes lang gezogenes Steinhaus aus, wie sollte es anders sein, rosa Granit, der ab und an ins Graue und Braune changierte, was dem Gebäude einen besonderen Reiz verlieh. Hochgebaut, vier Etagen, ein geschwungenes Schieferdach. Schmale Balkone vor jedem Zimmer, filigrane mattschwarze Geländer, ebensolche umrahmten auch die Terrasse aus verwitterten Holzbohlen.

Sie setzten sich an einen der niedrigen beigen Tische in der ersten Reihe. Bequeme dunkle Sessel. Kübel mit prächtigen Oleandern. Eine entspannte Atmosphäre, wie in einer Lounge.

»Dieser Ausblick übertrifft ja alles.«

Claire hatte recht. Es war umwerfend.

Eine kleine, sichelförmige Bucht innerhalb der großen. Weißer, nur ganz leicht rosa gefärbter Sand, der nach vierzig, fünfzig Metern in nassen Meeresboden überging, einzelne pinke, gelbe, weiße Bojen. Wirkungsvoll verstreute rosa Felsmassen in allen erdenklichen Formen und Größen im während der Ebbe so zartblauen Wasser.

Was das Panorama darüber hinaus so außerordentlich pittoresk machte: Die Bucht war von wilden Landvorsprüngen eingerahmt, die sich an beiden Seiten sanft absenkten, so als hätte man die Bucht auf die schönstmögliche Weise einfassen wollen. Einzelne mächtige, zerzauste Pinien und Kiefern waren auf den Vorsprüngen perfekt platziert. Genau in der Mitte, auch das ein meisterliches landschaftliches Arrangement: die Île de Costaérès. Möwen, die effektvoll unter einem makellos blauen Himmel kreisten.

Dupins Blicke wanderten vom Strand zum Hotel und zur Terrasse. Sie war ideal ausgerichtet, wie geschaffen, um die Szenerie aus der bestmöglichen Perspektive bestaunen zu können.

»Bonjour«, ein sehr junger Mann, fast noch ein Junge, stand vor ihnen, in weißem Hemd und schwarzer Stoffhose, beinahe übertrieben adrett, »was darf ich Ihnen bringen?«

»Ein großes Wasser, bitte«, Claire übernahm das Bestellen, »zwei *Breizh Cola*, für mich einen *Gâteau breton*, mit Karamell«, sie sah fragend zu Dupin.

»Für mich bitte einen mit Himbeeren. Und einen *petit café*.«

»Trotzdem die *Breizh Cola?*« Eine beflissen-freundliche Nachfrage.

»Trotzdem die *Breizh Cola*. Eiskalt, wenn möglich.«

Der junge Mann verschwand.

Im Hotel, zumindest hier auf der Terrasse, schien alles seinen gewohnten Gang zu gehen.

»Ich bin gleich wieder da.«

Mit exakt demselben Satz in exakt demselben Moment waren beide aufgestanden.

Sie mussten lachen.

»Geh du zuerst, Georges.«

Claire setzte sich wieder.

Es war eine kuriose Situation. Aber unterm Strich profitierte Dupin erheblich von Claires geheimen Aktionen. Und sie ja auch von seinen.

Dupin steuerte auf den Terrasseneingang des Hotels zu.

Zuerst gelangte man in eine Bar. Mit dem gleichen prächtigen Ausblick. Zwischen einer imposanten Whisky-Sammlung hindurch konnte er Claire am Tisch sitzen sehen. Die Haltung war eindeutig: Sie telefonierte. Es war unglaublich, sie hatte nur ein paar Sekunden gewartet.

Dupin verließ die Bar. Von hier gelangte man zur Rezeption, die am Haupteingang seitlich des Gebäudes lag.

Er grüßte die beiden Hotelmitarbeiterinnen überaus höflich und vor allem so selbstverständlich, dass sie nicht auf die Idee kamen, ihm Fragen zu stellen. Ebenso selbstverständlich lief er zur Treppe ein paar Meter weiter. Energisch, aber nicht zu schnell nahm er die Stufen, verließ das Treppenhaus auf der ersten Etage und warf einen Blick in den langen Flur.

Niemand zu sehen.

Er stieg die Treppe hinauf zur zweiten Etage. Am linken Ende des Flurs stand ein Wagen mit frischen Handtüchern und Putzmitteln.

Danach hatte er gesucht.

Er musste sich beeilen, viel Zeit hatte er nicht.

»Hallo?«

Er näherte sich einem Zimmer mit offener Tür.

Das Zimmermädchen kam auf ihn zu. Zierlich, klein, Mitte zwanzig vielleicht, die schwarzen Haare hochgesteckt, ein offenes Lächeln.

»Kann ich Ihnen helfen?«

»Ich …«

Es war so selbstverständlich, dass er während einer Untersuchung jederzeit überall auftauchen und jeden befragen konnte, dass er nicht daran gedacht hatte, wie hier am besten vorzugehen wäre.

»Ich ermittle im Fall Virginie Inard.« So wäre es am wirkungsvollsten, wenn auch riskant. Aber ihm blieb keine andere Wahl, er musste vorankommen. Er machte eine Geste, als wollte er seinen Ausweis aus der Tasche ziehen, sprach dann aber einfach weiter, als hätte er ihn schon gezeigt. »Ich habe ein paar Fragen.«

»An diesem Fall arbeiten aber eine Menge Polizisten«, erwiderte sie kokett. »Sie waren schon überall im Haus. Zwei sind ja immer noch da. Meine Kollegin ist schon dreimal befragt worden!«

»Und Sie?«

»Ich bin eben erst gekommen, heute habe ich die Abendschicht. Aber ich wurde schon von einem Ihrer Kollegen zu Hause angerufen«, die Mitteilung schien ihr wichtig. »Wenn auch nur kurz.«

»Ich weiß«, schwindelte Dupin, er hoffte, er käme damit durch. »Können Sie mir Ihren Eindruck von Madame Inard schildern?«

Zimmermädchen gehörten prinzipiell zu den besten Informanten.

»Sie sehen gar nicht aus wie ein Polizist.«

Dupin hörte den Satz häufig, selbst wenn er offiziell im Dienst war.

»Da bin ich erleichtert. – Also, was können Sie mir über Madame Inard sagen?«

»Eine sehr ruhige Person, nicht unfreundlich, aber gesprochen hat sie wenig, mit Mühe gegrüßt. Sie war irgendwie nie ganz da.«

»Was heißt das?«

»Keine Ahnung. So wie ich es gesagt habe. Ihr Kollege hat mich auch schon danach gefragt.«

»Haben Sie sie je mit jemand anderem gesehen?«

Dupin hatte sein Notizheft hervorgeholt.

»Nein, nie. Sie war immer alleine. Es machte nicht wirklich den Eindruck, als sei sie im Urlaub. Aber sie wirkte auch nicht wie eine Geschäftsfrau.«

»Wie kommen Sie darauf, dass sie nicht zum Urlaubmachen hier war?«

»Ich weiß es nicht. Nur so. Ein Gefühl.« Sie verdrehte die
Augen.

»Wann hat sie eingecheckt?«

»Sie ist letzte Woche Dienstag angekommen. Am Abend. Sie
war die ersten Tage viel auf ihrem Zimmer und lag auf dem
Balkon. Ich hatte letzte Woche morgens Dienst, da habe ich
sie meistens gesehen. Genau wie meine Kolleginnen nachmittags.«

»Was hat sie auf ihrem Zimmer gemacht?«

»Keine Ahnung.«

»Ist Ihnen etwas Merkwürdiges an ihr aufgefallen?«

»Eigentlich sind doch alle Menschen merkwürdig, oder?«

Das war auch Dupins tiefste Überzeugung. Aber er antwortete nicht. Das Zimmermädchen fuhr fort:

»Sie schien nicht ängstlich oder so, wenn Sie das meinen.
Nicht aufgeregt. Eher gleichmütig. Nicht so, als würde sie etwas Besonderes beschäftigen. Oder«, sie verzog das Gesicht,
»als würde sie denken, dass sie umgebracht werden könnte. Ich
meine, dass sie sich in Gefahr befand. – Sie hatte ziemlich schi-
cke Klamotten.«

»Was für eine Art Zimmer hatte sie?«

»Eine Suite.«

»Wie teuer ist die?«

»280 Euro die Nacht.«

Geld schien für Virginie Inard kein Problem gewesen zu sein.

»Sie hatte für eine Woche gebucht. Dann hätte sie Dienstag
abreisen müssen?«

»Da müssen Sie an der Rezeption fragen.«

»Aber sie hatte Montagabend oder Dienstagmorgen noch
nicht gepackt?«

»Nein. Gar nichts.«

»Befanden sich Madame Inards Sachen am Mittwochmor-
gen noch alle im Zimmer? Fehlte etwas? War das Zimmer verändert?«

Viel Zeit blieb ihm nicht mehr. Dupin hatte sein ohnehin forciertes Sprechtempo noch weiter erhöht.

»Es war alles da. Und wie am Tag zuvor. – Sie stellen wirklich alle dieselben Fragen, Sie haben sich nicht gerade gut mit Ihren Kollegen abgesprochen!«, sie grinste, es war nicht schnippisch gemeint.

»Wir stellen unsere Fragen unabhängig voneinander. Um völlig unbefangen zu sein. Und beginnen immer wieder von vorne.«

Er hatte den unsinnigen Satz mit professioneller Bestimmtheit gesprochen.

»Hatte Madame Inard irgendwelche ungewöhnlichen Dinge bei sich?«

»Nein. Nur das Übliche.«

»Wissen Sie«, Dupin war die Frage gerade wieder eingefallen, »wann Madame Inard das Hotel am Dienstagabend verlassen hat?«

»So um zweiundzwanzig Uhr, haben die von der Rezeption gesagt.«

»Gut. Danach hat man sie ganz sicher nicht mehr gesehen?«

»Nein. Gestern Morgen haben wir dann bemerkt, dass das Bett noch so war, wie ich es Dienstag am frühen Abend arrangiert hatte. Das hat die Kollegin bei der Rezeption gemeldet. Und als sie sich gegen Mittag noch nicht gezeigt hatte, haben die es dem Hotelbesitzer gesagt. – Es hatten ja alle gehört, dass eine Tote im Steinbruch gefunden worden war.«

Dupin schrieb alles mit. Das hieß, dass Virginie Inard schon sehr bald nach dem Verlassen des Hotels ihren Mörder getroffen hatte.

»War sie am Dienstag im Zimmer, als Sie alles für die Nacht gerichtet haben?« Dupin musste aufpassen, dass er sich nicht verhaspelte beim Sprechen, so sehr beeilte er sich, seine Frage zu stellen.

»Nein.«

»Haben Sie mit ihr in den Tagen zuvor gesprochen?«

»Nur ein paar Worte. Wir haben uns gegrüßt. Und über das Wetter geredet, mehr nicht.«

»Hatte sie einen Akzent? – Südwest? Bordeaux?«

»Keine Ahnung. Eher Paris.«

»Paris?«

»Ja. Aber ich würde nicht drauf schwören. Nicht sehr elegant auf alle Fälle. Wir haben nur ein paar belanglose Worte miteinander gewechselt.«

»Danke, Mademoiselle …«, Dupin lächelte das Zimmermädchen an.

»Mademoiselle Fleur.«

»Danke, Mademoiselle Fleur. Das waren sehr aufschlussreiche Informationen. Sie waren mir eine große Hilfe.«

Er wandte sich zum Gehen.

»Soll ich Ihnen etwas sagen?«

Dupin drehte sich wieder um.

»Ich glaube, sie hat ein paar Nächte gar nicht hier geschlafen.«

»Wie kommen Sie darauf?«

»Sonntagmorgen habe ich ihr Bett gemacht. Und das sah genau so aus wie ein Bett, das aussehen sollte, als hätte jemand darin geschlafen, der es in Wirklichkeit gar nicht getan hat.«

»Das können Sie mit Sicherheit sagen?«

Sie warf Dupin einen entrüsteten Blick zu.

»Sie sprachen von mehreren Nächten.«

»Von Samstag bis Montag.«

»Zwei Nächte?«

»Ja.«

»Aber sie hat an der Rezeption nichts davon gesagt?«

»Nein. An der Rezeption wusste das niemand. – Ist das wichtig? Dass sie die beiden Nächte nicht hier geschlafen hat?«

»Ich habe keine Ahnung.«

Das war die Wahrheit.

Dupin hatte alles kleinteilig festgehalten.

»Haben Sie dem Polizisten, der Sie angerufen hat, auch von Ihrer Vermutung erzählt?«

»Nein«, es war ihr offenkundig unangenehm. »Aber ich hätte es noch getan. Ich musste mir zuerst sicher sein, dachte ich. Ich bin meine Erinnerungen noch einmal genau durchgegangen.«

»Jetzt weiß es die Polizei ja, machen Sie sich keine Gedanken. – Also noch einmal vielen Dank, Mademoiselle Fleur.«

Wenn Dupin Glück hatte – an die andere Möglichkeit mochte er jetzt nicht denken –, würden sie das Zimmermädchen kein weiteres Mal befragen. Und nie etwas von ihrem Gespräch mit ihm erfahren.

Eine Minute später trat er aus der Bar auf die Terrasse. Er hatte im Treppenhaus noch rasch Bellet angerufen, um ihn zu bitten, Rabiers Assistenten seinen Besuch anzukündigen; warum Bellet ihm nicht von der Unterhaltung mit Madame Durand erzählt hatte, wollte Dupin ansprechen, wenn er ihn persönlich sah.

An der Rezeption hatte er einen Schreck bekommen, weil er draußen zwei Polizeiwagen entdeckt hatte. Und zwei Männer, einen in Uniform, einen in Zivil, die eiligen Schrittes auf das Hotel zugekommen waren. Bei dem in Zivil – hochgeschossen, lockige dunkle Haare, ein wenig rötlich, ein schmales Gesicht mit einer auffälligen Narbe auf der linken Wange – konnte es sich ohne Weiteres um den Kommissar aus Lannion handeln. Dafür sprach auch, dass der eine der beiden Wagen ein großer Renault Talisman war.

Dupin war hastig in die Bar geflüchtet. Die eben noch arglosen Damen an der Rezeption hatten ihn nun mit gerunzelter Stirn gemustert, Dupin hatte betont freundlich gegrüßt.

Schon durch das Fenster der Bar hatte er gesehen, dass Claire nicht mehr telefonierte. Sie hatte den Stuhl nach hinten gerückt und es sich bequem gemacht. Sie sah restlos entspannt aus – oder mimte es vollendet –, den Blick gen Horizont gerichtet. Es wirkte, als hätte sie schon ewig so gesessen.

»Ein bemerkenswerter Ort, nicht wahr?«, Dupin wählte einen zwanglosen Ton. »Ich habe mich noch ein bisschen umgeschaut«, das würde einigermaßen glaubhaft klingen, es war eine Angewohnheit von ihm, »das Hotel wäre auch etwas für uns.«

Er setzte sich.

Claire hatte ihr Wasser und ihre *Breizh Cola* bereits getrunken und stach die Gabel in das letzte Stück *Gâteau breton*. Dupin griff nach seinem *petit café*, der nur noch lauwarm war. Egal.

»Ich hatte eben denselben Gedanken! Der Ort hat ein ungeheures Flair. – Wir sollten uns vielleicht noch das Denkmal für den heiligen Guirec ansehen, es heißt, er sei im 6. Jahrhundert nach seiner Überfahrt von den Britischen Inseln hier an Land gegangen«, Claire gab sich ausgesprochen heiter. »Im Buch stehen zwei lustige Bräuche: Die heiratswilligen Mädchen der Gegend haben über Jahrhunderte eine Nadel in die Nase der Statue gestochen, manche tun das heute noch. Und wenn die Nadel der Nase nichts anhaben konnte, bedeutete es, man würde noch vor Ende des Jahres einen Mann finden. Der andere Brauch ist, dass junge Mütter die Füße des Heiligen küssen, damit die Kinder früher zu laufen beginnen.«

»Ich … ich befürchte, wir müssen leider los«, Dupin schaute auf die Uhr. »Es ist fünf. In einer Stunde ist dein Massagetermin, und du willst ja sicher davor noch ins Hotel.«

»Ja, unbedingt.«

Dupin steckte ein großes Stück Kuchen in den Mund, spülte es mit einem Schluck Cola hinunter und holte sein Portemonnaie heraus.

»Ich habe schon bezahlt.« Claire erhob sich.

»Wolltest du nicht noch …«

Dupin brach ab.

Von rechts näherten sich der Uniformierte und der Mann in Zivil.

Es war zu spät, die Flucht anzutreten und rasch die Terrasse zu verlassen. Er musste improvisieren.

»Ich«, er stockte kurz, sprach dann aber entschieden weiter, ihm fiel nichts anderes ein, um Claires volle Aufmerksamkeit zu erlangen, bis die Luft wieder rein wäre: »Ich wollte dich noch etwas fragen: Setz dich doch noch einmal.«

Claire runzelte die Stirn.

»Wollten wir nicht gerade aufbrechen? Wir können uns doch im Gehen unterhalten.«

»Es handelt sich um ein Thema, das man im Sitzen besprechen sollte.«

Was redete er da?

»Können wir es nicht beim Abendessen besprechen?«

»Das ist hier jetzt der richtige Moment.«

Seine Worte wurden immer aberwitziger. Claires Gesichtszüge zeigten ernste Irritation. Und Sorge.

»Na gut.«

Sie setzte sich wieder. Dupin wechselte den Stuhl – sie hatten fast nebeneinandergesessen –, sodass er ihr nun genau gegenübersaß. Beugte sich zu ihr, mit dem Rücken zur Terrasse. So würden die Polizisten ihn auf keinen Fall erkennen können.

»Und?«

»Paul«, der Besitzer des *Amiral*, längst ein Freund, »hat mir von einem Haus in Concarneau erzählt, an der Corniche, direkt am Plage Mine, weißt du, dieser nette kleine Strand. Wenn man aus meinem Appartement kommt, dann rechts, vierhundert Meter vielleicht. Boulevard Katherine Wylie, eines dieser traumhaften Häuser. Zehn Meter nur vom Meer entfernt«, er merkte, wie umständlich er formulierte. »Eines der Häuser, die du so schön findest. Das hellblaue mit den riesigen Hortensienbüschen davor.«

Dupin verstummte und drehte den Kopf, so unauffällig es ging, zur Seite. Die beiden Männer waren vielleicht fünf Meter von ihnen entfernt auf der Terrasse stehen geblieben.

»… muss doch irgendwo passiert sein …«, schnappte Dupin auf, der hochgewachsene Mann mit der Narbe hatte gesprochen, er konnte nicht mit Sicherheit sagen, ob es die Stimme des Kommissars aus Lannion war, die er am Telefon gehört hatte. Es waren zu wenige Worte gewesen, und am Telefon klangen Stimmen zuweilen anders. »… haben untersucht … Nichts …«

»Du willst umziehen?« Claire wirkte erstaunt.

»Weißt du, welches Haus ich meine?«

»Ich denke schon.«

»Es ist ein großes Haus.«

Sie hatten es auf vielen Spaziergängen zusammen bestaunt.

»Worauf willst du hinaus?« Claires Verwunderung war eben noch mit Neugier gepaart gewesen, jetzt mit sanfter Ungeduld.

»Ich mag meine Wohnung, aber ich habe mir gedacht, wenn man schon am Meer wohnt, dann richtig. Dort kann man morgens nach dem Aufstehen gleich schwimmen gehen. – Fändest du das nicht wunderbar?«

Dupin bewohnte seit sechs Jahren dasselbe Appartement in Concarneau, gegenüber dem *Aquarium*, Claire war vorletztes Jahr von Paris nach Quimper gezogen, ein großer Schritt für sie beide.

»Natürlich. Ist es zu vermieten? Dann mach es, ich finde es super.«

»Ich habe es schon gemacht.«

»Was?«

»Ich habe in den letzten Tagen noch ein paar Details geklärt und endgültig zugesagt.«

»Das ist ja fantastisch«, Claire strahlte, ihr Gesicht zeigte echte Freude, wenngleich auch immer noch ein wenig Verwirrung. »Großartig. Ich gratuliere dir.«

»Das Haus ist komplett renoviert. Sehr stilvoll, du wirst es mögen.«

»Du warst schon drin?«

»Zweimal. Und die Agentur hat mir einen Grundriss geschickt, ich kann ihn dir zeigen. Aber auf dem Handy ist alles sehr klein.«

Claire ging nicht darauf ein.

Dupin vernahm erneut die Stimmen der Polizisten. Sie schienen sogar noch etwas näher gekommen zu sein. »Nichts, gar nichts! Verdammt!«, der Lange schien aufgebracht.

Wenn es sich um eine Art Résumé ihrer Ermittlungslage handelte, tappten sie also noch vollständig im Dunkeln. Dupin musste den Anflug eines Lächelns unterdrücken. Und sich nun ganz und gar auf das Gespräch mit Claire konzentrieren. Er würde es sonst vermasseln.

»Ich dachte«, jetzt erst kam der eigentliche Punkt, der ihn schon länger beschäftigte, »ich dachte, es könnte unser Haus werden.«

»Unser Haus?«

»Wenn du willst, Claire, wird es unser gemeinsames Haus.«

»Ich …« Claire brach ab.

Gesichtsausdruck und Körperhaltung waren schwer zu deuten.

Sie blickte Dupin eine Weile tief in die Augen.

Dann kam ein Lächeln. Ein typisches Claire-Lächeln, ja, aber es enthielt noch etwas anderes, spürte Dupin. Auch wenn er nicht hätte sagen können, was es war.

»… völlig verrückt. Aber eine große Sache … Madame Guichard hat es …« Die beiden Männer liefen jetzt genau hinter Dupins Rücken entlang.

»Wir sollten jetzt wirklich los, Georges.«

Claire hatte es liebevoll gesagt. Und war dabei aufgestanden.

»Wir reden später in Ruhe weiter. Vielleicht beim Abendessen.«

So viel war klar: Im Moment würde sie nichts weiter dazu sagen.

Dupin konnte es ihr nicht verdenken. Besonders glücklich

war es nicht gelaufen. Er hatte sich nicht gerade geschickt angestellt. Und natürlich hatte er eine solche Frage nicht so zwischen Tür und Angel und unter derart verzwickten Umständen stellen wollen. Er hatte so lange über diese Idee nachgedacht. Und war sich seinerseits immer sicherer geworden.

»Ja. Das tun wir. Wir reden später in Ruhe weiter.«

Dupin wagte einen Blick zur Seite, dieses Mal nach rechts.

Die beiden Männer liefen schnurstracks auf den Eingang der Bar zu.

Gleich wären sie im Hotel verschwunden und die Gefahr gebannt.

Er stand auf.

Claire tat ein paar Schritte. Dann drehte sie sich um und kam auf Dupin zu.

Küsste ihn.

Vielleicht war es doch gar nicht so schlecht gelaufen. Und immerhin, davor hatte es ihm nämlich gegraut, war es auf diese Art nicht zu einem pathetischen Moment geworden.

»Das sind ja spektakuläre Neuigkeiten, Monsieur le Commissaire. Können Sie sich schon einen Reim darauf machen? Erwürgt! Und dann den Steinbruch runtergeworfen. Wer tut denn so was?«

Sie waren um zehn Minuten vor sechs im Hotel angekommen, Claire war kurz darauf zu ihrer Massage aufgebrochen, Dupin hatte sich auf den Balkon gesetzt, »offiziell« musste er ja erst um kurz vor sieben beim Friseur sein, um seine Kreditkarte abzuholen. Fünf Minuten hatte er gewartet, nachdem Claire das Zimmer verlassen hatte. Bis die Luft garantiert rein war. Dann war er eilig runter zur Rezeption, um Bellet zu suchen.

»Monsieur Bellet, Sie hatten am Montagabend eine Unterhaltung mit Madame Durand. An dem Abend, an dem sie verschwunden ist.«

Dupin ließ die nachdrücklich betonten Sätze einfach so stehen. Er war gespannt, was Bellet sagen würde.

»Ich … es war keine Unterhaltung. Nur ein paar Minuten …«
Bellet sah ihn so verdutzt wie verunsichert an. »In den Tagen zuvor habe ich Madame Durand nur ganz selten gesehen. Und nie mit ihr gesprochen. Nur ›Guten Tag‹ und ›Auf Wiedersehen‹.«

»Ungefähr zehn Minuten, haben Sie ausgesagt. – Worum ging es? Und warum haben Sie mir nichts davon erzählt?«

»An dem Abend saß ich kurz an der Bar. Alleine. Und habe einen *Pastis Marin* getrunken, wie jeden Abend gegen sechs; bevor es losgeht. Da hat sie sich plötzlich neben mich gesetzt und einen V*odka Martini* bestellt. Und angefangen zu reden.«

Dupin hatte sein Clairefontaine herausgeholt und notierte alles akribisch.

»Worüber?«

Bellets Augen weiteten sich, etwas schien ihm unangenehm zu sein.

»Über das Wetter. Dass wir einen formidablen Sommer haben. Was man eben so redet …«

Die Antwort erklärte sein Unbehagen in keiner Weise.

»Was noch?«

»Wie schön es hier ist.«

»Und weiter? Bellet, Sie verschweigen mir etwas.«

Dupin wurde unwirsch. Er hatte nicht viel Zeit. Rund eineinhalb Stunden. Er musste mit dieser freien Zeit äußerst ökonomisch umgehen.

Bellet zögerte, dann sagte er:

»Sie war sehr – zugetan. Wissen Sie, was ich meine?«

»Sehr zugetan?«

»Ja. Sie hat«, Bellet druckste herum, »gewissermaßen mit mir geflirtet.«

»Madame Durand? Mit Ihnen?«

Es klang missverständlich.

»Ich meine, sind Sie sich sicher, Monsieur Bellet?«

»Also«, es war Bellet immer noch äußerst unangenehm, »sie hat mir während der Unterhaltung manchmal schöne Augen gemacht«, er hatte sich bei diesem Satz vorsichtig umgesehen – nach seiner Frau, vermutete Dupin –, »und gefragt, ob ich nicht eine nette Bar kenne.«

»Eine Bar? In die sie mit Ihnen gemeinsam gehen wollte?«

»So ausdrücklich hat sie es nicht gesagt.«

»Wie hat sie es denn gesagt?«

»Es war der Tonfall«, Bellet klang jetzt beinahe empört. »Ich bin vielleicht nicht mehr der Jüngste, aber auch nicht blöd – das beherrsche ich immer noch, Monsieur le Commissaire, es sollte so viel heißen wie ›eine Bar, in der wir unsere Plaudereien fortsetzen können‹.«

»Ich verstehe. – Haben Sie ihr eine genannt?«

»Nein. Ich habe das Thema gewechselt.«

»Und hat sie noch einmal gefragt?«

»Nein.«

Dupin hatte keinen blassen Schimmer, was er mit dieser Information anfangen sollte.

»Ich habe ihr dann gesagt, dass ich arbeiten muss, habe mich entschuldigt und bin gegangen.«

»In den Tagen zuvor haben Sie sie nie alleine angetroffen?«

»Nein.«

Es war eigentümlich.

»Ist sie Ihnen an diesem Abend in irgendeiner Weise anders vorgekommen?«

Bellet schaute ein wenig ängstlich.

»Nein. Nur das. – Ich meine, nur das, was ich Ihnen gerade gesagt habe.«

»Gut«, Dupin musste sich beeilen. »Haben Sie den Assistenten von Madame Rabier erreicht?«

»Habe ich«, Bellet schien froh über Dupins Themenwechsel. »Er erwartet Sie. Rue du Roi Arthur, Nummer 47. Direkt hinter dem Grève Blanche. Unserem berühmtesten Strand. Feinster weißer Sand, wenn Sie sich mal ein wenig vom Rosa erholen wollen! Ich habe Ihnen alles markiert«, er gab Dupin eine kleine Straßenkarte, Dupin würde die Markierungen später auf seine eigene Karte übertragen, »und Ihnen die vollständigen Namen und Kontaktdaten notiert. Die Gendarmerie befindet sich mitten im Zentrum. – Für Ihr Gespräch danach«, er zwinkerte Dupin zu. »Place Sainte-Anne, schräg gegenüber der Kapelle, auf der anderen Seite vom Presseladen, direkt neben der Bar *Ty Breizh*. Ein Katzensprung. Der Vorteil kleiner Orte.«

Seltsam, dass Dupin an dem Platz alle möglichen Gebäude aufgefallen waren, nur nicht die Gendarmerie.

»Woher wissen Sie, dass ich in die Gendarmerie …« Dupin führte den Satz nicht zu Ende. Selbstverständlich würden die Informationen in beide Richtungen weitergegeben.

Bellet lächelte.

»Können Sie mir sagen, wo genau dieser Ellec in Ploumanac'h sein Haus hat? Der Abgeordnete.«

»Chemin de la Pointe. Das große, moderne ›Architektenhaus‹ rechts am Ende der Sackgasse, nigelnagelneu«, Bellet machte eine abfällige Handbewegung. »Nicht zu verfehlen. Direkt am Wasser.«

Dupin notierte es.

»Kennen Sie die Inhaber des *Castel Beau Site?*«

»Christelle und Pierre? Natürlich, Christelle ist die beste Freundin der Schwester meiner Frau …«

Hervorragend.

»Könnten Sie herausfinden, von wann bis wann Virginie Inard ihr Zimmer genau gebucht hatte? Sieben Tage? Dann wäre sie Dienstag bereits abgefahren. Hatte sie das Zimmer verlängert?«

In Bellets Augen war ein Funkeln zu sehen. Ein Auftrag. Er schien sich geschmeichelt zu fühlen.

»Aber sicher! Die Information besorge ich umgehend. Noch etwas?«

»Fragen Sie zudem, ob ihnen irgendetwas Ungewöhnliches aufgefallen ist an Madame Inard. Ob sie Kontakt zu irgendjemandem hatte. Und ob der Abgeordnete Ellec, die Landwirtin«, Dupin warf einen Blick in sein Heft, »Maïwenn Guichard oder Jérôme Chastagner irgendwann in den letzten Tagen im Hotel waren. Im Restaurant, an der Bar, wo auch immer.«

»Wird erledigt.«

»Oder Madame Rabier. Vor dem – Vorfall.«

Dupin wählte bewusst ein neutrales Wort.

»Die Abgeordnete? Wirklich?«

»Und wenn Sie nicht erwähnen würden, dass …«

»… ich mich für Sie erkundige. – Das versteht sich von selbst«, Bellet klang empört. »Sie wissen doch, dass …«

»Hat die Suite der Durands«, Dupin senkte die Stimme, auch wenn es unsinnig war, sie waren ja unter sich, »zwei Betten? Wissen Sie, ob sie getrennt geschlafen haben?«

»Ja«, er zog die Augenbrauen zusammen, »aber eigentlich darf ich über so etwas nicht reden. Ich erzähle es nur Ihnen. – Und übrigens: Ihre neue Frisur ist richtig flott!«

»Bis später, Monsieur Bellet.«

Dupin schaute auf die Uhr.

Es war neun Minuten nach sechs.

Dupin war in zügigem Tempo den grandiosen Weg am Meer entlanggelaufen; am Thalasso-Zentrum vorbei, wo Claire gerade ihre Massage genoss, über den wilden, zerklüfteten Vorsprung, der zwischen den Stränden lag, bis zum Plage Grève Blanche.

Hinter dem Strand erhoben sich mächtige, von buschigem, schillerndem Gras bewachsene Dünen, die steil zum Strand abfielen. Halb weggespült. Mächtige Steine, die wie eilig hingekarrt aussahen, um Schlimmeres zu vermeiden. Es war Anfang des Jahres auf den Titelseiten von *Ouest-France* und *Télégramme* zu sehen gewesen, spektakuläre Aufnahmen: Ein kolossaler Wintersturm hatte im Zusammenspiel mit einer außergewöhnlich hohen Flut das Land angegriffen, gigantische Sandmengen und auch einige Boote mitgerissen. Ohne die hohe Düne war dieser Teil Trégastels dem tobenden Ozean schutzlos ausgeliefert. Unvorstellbar an einem hochsommerlich freundlichen Tag wie heute, an dem das Meer entspannt dahinplätscherte.

Der Sand war tatsächlich blendend weiß, der Strand, deutlich größer als der, an dem Dupin und Claire immer lagen, machte seinem Namen alle Ehre. Eine sanfte Krümmung, die sich zu einer sandig-steinigen Landzunge formte und sich mit dem von Süden kommenden Grève Rose verband. Das i-Tüpfelchen war eine bizarre rosa Granitinsel am äußersten Ende der Landzunge. Der »Weiße Strand« galt, und das völlig zu Recht, als einer der schönsten Strände der Bretagne. An beiden Seiten des Zipfels flaches, klares, helles Meer in karibischen Farbabstufungen: kristallines Hellblau zunächst, dann Smaragdgrün, später Türkis, allmählich Grünblau und dann Tiefblau. Die Insel, vielleicht hundert Meter lang und umgeben von vielen kleinen Nachbarinseln, lag wie ein gigantischer Fisch im Wasser. Zwischen dem rosa Granit war grellgrünes Gras zu sehen, ein verrückter Kontrast.

Auch wenn es die gleichen Grundfarben waren wie in der geschützten Bucht von Ploumanac'h, die Stimmung war eine völlig andere. Der Strand, die Landschaft, die ganze Welt hier war dem offenen Meer ausgesetzt, alles war rauer, wilder. Sogar die Farbtöne wirkten kein bisschen warm und lieblich, sondern klar und scharf, als würden auch sie vom Seewind permanent gepeitscht.

Dupin suchte die Düne nach einem Zugang zum Strand ab, fand ihn, blieb kurz stehen und warf einen Blick auf die Karte.

Die Rue du Roi Arthur musste gleich um die Ecke sein.

Zwei Minuten später stand er vor der Nummer 47. Ein Neubau. Eckig, drei Stockwerke, Flachdach, ohne Schnörkel.

»Viviane Rabier. Élue Conseil régional de la Bretagne«. Ein diskretes Schild. Dritte Etage. Die oberste.

Ein junger Mann, höchstens dreißig, kam ihm auf dem Flur entgegen, Dupin hatte die Treppe, nicht den Aufzug genommen. Verwuschelte dunkelblonde Haare, sie standen in alle Richtungen ab, ein zerknittertes hellblaues Hemd, es wirkte, als hätte Dupin ihn geweckt.

»Bonjour, Monsieur le Commissaire. Ich bin Aiméric Janvier.«

Er sprach mit gedämpfter, beinahe konspirativer Stimme und schaute sich unruhig im kahlen Flur um.

»Kommen Sie.«

Er ging durch die geöffnete Tür voran in das Büro.

»Madame Rabier hat mich, wie Sie wissen, informiert, dass ...«

Dupins Telefon. Es war erstaunlich lange ruhig geblieben.

»Entschuldigen Sie mich bitte einen Moment.« Dupin ging in den Flur zurück.

Eine unterdrückte Nummer.

»Hallo?«

»Nun gehen Sie zu weit, Dupin! Eindeutig zu weit!«

Dupin erkannte die Stimme sofort. Der Kommissar aus Lannion war außer sich. Und so wie er sprach, schien er sich auf etwas Konkretes zu beziehen.

Dupin blieb demonstrativ ruhig: »Ich bestaune gerade den Grève Blanche, ein wirklich außerordentlicher ...«

»Kommen Sie mir nicht so!«, unterbrach ihn Desespringalle schroff. »Ich ...«

»Was meinen Sie, werter Kollege?« Auch Dupin hatte keine Mühe, laut zu werden. Und dem anderen ins Wort zu fallen.

»Was ich meine? Sie lassen Ihre Sekretärin herumschnüffeln! Und Sie selbst spielen den Urlauber und denken, ich sei so dumm, es nicht zu bemerken.«

Es wurde immer abstruser.

»Wovon reden Sie? Wen lasse ich herumschnüffeln?«

»Eine gewisse Nolwenn. Ihre Sekretärin, tun Sie nicht so, als wüssten Sie von nichts!«

Dupin wusste von nichts.

»Sie stellt in Ihrem Auftrag Nachforschungen über Hugues Ellec an. – Die Mitarbeiterin, mit der Ihre Sekretärin im Katasteramt gesprochen hat, ist zur Leiterin gegangen, weil sie sich unsicher war, ob es angemessen ist, dem Commissariat de Concarneau Informationen zu übermitteln. Zufälligerweise ist die Leiterin des Amtes eine gute Freundin von mir!«

Nolwenn ermittelte? Hinter seinem Rücken? Im Fall des Abgeordneten? Wegen der Sanddüne und der möglichen »vorteilhaften Deals«? Dass Nolwenn direkt mit der zuständigen Mitarbeiterin gesprochen hatte, war typisch für ihr Vorgehen, sie wandte sich bei ihren Recherchen in der Regel nie an irgendwelche Vorgesetzte.

»Ich – ich danke Ihnen. Sehr freundlich.« Dupin legte auf.

Er konnte es nicht fassen. Claire und Nolwenn hatten ihn zum strikten »Feriemachen« verdammt, zur totalen Arbeitsabstinenz, und ihm jedes Interesse an den Vorgängen in Trégastel untersagt. – Und nun arbeitete die eine fast so, als wäre es ihr regulärer Klinikalltag, und die andere recherchierte hinter seinem Rücken in genau jenen Angelegenheiten emsig vor sich hin, von denen sie behauptet hatte, sie gingen ihn nichts an.

Er hatte keine schlechte Lust, sofort zum Hörer zu greifen, aber zum einen wartete ein dringliches Gespräch auf ihn, zum anderen wäre es schlauer, in Ruhe nachzudenken, ob er hieraus nicht ebenso – wie bei Claire – einen Vorteil ziehen könnte.

Doch jetzt war keine Zeit, er würde sich später damit beschäftigen.

Schnellen Schrittes – und immer noch empört – trat er durch die offene Tür in ein weiträumiges Büro, elegant, modern eingerichtet, aber nicht übertrieben; helle Möbel aus Holz, Regale, Sideboards. Ein lang gezogenes Panorama-Fenster, vor dem ein flacher Tisch und vier gemütliche Sessel standen. Imposant aussehende Schwarz-Weiß-Fotografien an der Wand, bretonische Landschaften.

»Hier empfangen wir Gäste. In dem Zimmer nebenan befinden sich zwei Schreibtische und in einem weiteren noch ein kleiner Besprechungsraum.«

Eine ordentliche Ausstattung.

»Madame Rabier«, Dupin musste unmittelbar auf den Punkt kommen, »hat mir anvertraut, dass Sie einige heikle Dinge dokumentieren.«

Er beließ es absichtlich bei dieser allgemeinen Formulierung.

»Ich weiß nicht«, die Stimme des jungen Mannes war brüchig, er wirkte ängstlich, »ob ›heikel‹ das richtige Wort ist. Es wirkt so gefährlich.«

»Zeigen Sie mir, was Sie haben.«

Aiméric Janvier griff zu einer blauen Plastikmappe, die auf dem langen Sideboard lag.

»Das sind Kopien von Dokumenten im Zusammenhang mit der Baugenehmigung der Familie Ellec. Und solche zu Chastagners illegalen Ausweitungen des Steinbruchs.«

Er reichte sie Dupin. Janvier hatte alles gut vorbereitet.

»Das sind Kopien von Ihren Kopien?«

»Ja.«

»Haben Sie auch die Originale?«

Der junge Mann schaute verunsichert.

»Nein. – Und Madame Rabier hat gesagt«, er druckste herum, »dass die Dokumente den Raum nicht verlassen dürfen«, seine Augen fixierten den Boden. »Sie bittet darum, sie hier zu lesen.«

»Haben Sie noch andere Dinge im Zusammenhang mit Monsieur Ellec dokumentiert?«

»Systematisch nur dies.«

»Was heißt das?«

»Es gibt von vielen Seiten Vorwürfe, seit Langem. Aber immer nur vager Natur. Wir wollten zunächst eine konkrete Sache systematisch ansehen.«

»Wann sind die nächsten Wahlen?«

»Nächstes Jahr. Aber es geht um mehr als die Wahlen.«

Dupin nahm die blaue Mappe, ging zu einem der Sessel und ließ sich nieder. In der Mappe befanden sich zwei mit Aufklebern versehene Plastikhüllen, eine pink, eine grün: »Chastagner« und »Ellec«.

Dupin begann mit dem Abgeordneten. Und musste immer wieder an Nolwenn denken. Wieso bloß hatte sie ihn nicht eingeweiht?

Dupin legte das erste Blatt auf den Tisch.

Der Assistent Rabiers hatte sich neben ihn gesetzt.

»Was ist Ihre Vermutung: Wer hat den Anschlag auf Ihre Chefin verübt?«

»Ellec.« Es kam ohne Zögern.

Dupins Augen wanderten über das erste Dokument.

»Haben Sie irgendwelche Indizien?«

»Nein. Aber er hasst Madame Rabier.«

»Anscheinend ist er damit nicht alleine. Zumindest gesellt er sich zu Chastagner und Maïwenn Guichard.« Dupin hatte wie nebenbei gesprochen.

Er betrachtete den Maßstabsplan eines Grundstücks direkt am Meer. Auf dem Landvorsprung von Ploumanac'h, nur rund dreihundert Meter von dem Strand entfernt, wo sie vorhin gesessen hatten. Oben auf dem Dokument in krakeliger Handschrift: »Terrain B 7102/12 – Famille Ellec«. 5 300 Quadratmeter. Dutzende technische Auszeichnungen, Abkürzungen, die Dupin nicht verstand. Eine Toplage, zweifellos.

»Wer hat die ganzen Dokumente gefunden und kopiert?«

»Ich.«

»Unbemerkt?«

Ein Zögern.

»Ich denke schon.«

»Dann sind Sie sich nicht sicher.«

»Eigentlich schon.«

Es war dennoch nicht auszuschließen, dass jemand Janvier beobachtet und daraufhin etwas gegen Rabier unternommen hatte.

Dupin nahm weitere Blätter in Augenschein. Vielleicht fünfzehn. Bis hin zum Plan eines Architekten.

»Das entscheidende Dokument ist das letzte.«

Dupin blätterte.

»Genau das. – Die Sondergenehmigung, von der die Familie Ellec behauptet, sie schon vor zwölf Jahren erhalten zu haben. Vom ehemaligen Bürgermeister, der längst tot ist. Der schreibt, hier sehen Sie«, er deutete auf das Blatt, »dass *die Sondergenehmigung in Absprache mit dem Präfekten* erfolgt sei.«

Dupin las sich den kurzen Text durch. Alles wirkte auf den ersten Blick glaubwürdig.

»Es ist raffiniert gemacht. Der Bürgermeister ist tot, der Präfekt im Ruhestand. Und behauptet, sich nicht mehr an diesen Vorgang zu erinnern, hält es aber andererseits durchaus für möglich. Ich habe persönlich mit ihm gesprochen. Er hat angemerkt, dass die Gemeinde der Familie viel zu verdanken habe. – Alles ziemlich vage. Aber wir wissen, dass der Bürgermeister damals eine sehr strenge Linie verfolgt hat, was den Schutz der unbebauten Küstenflächen anbelangt. Eine solche Erlaubnis hätte ihm gar nicht ähnlich gesehen.«

»Sie halten das Dokument also für eine Fälschung?«

»Ich bin mir sicher.«

»Der ehemalige Präfekt, mit dem Sie gesprochen haben, wird sich fragen, warum Sie sich für diese Sache interessieren. Vor allem natürlich, wenn er selbst darin verstrickt gewesen sein sollte. Aber auch, wenn nicht. Mindestens weiß er also, dass Sie Nachforschungen anstellen.«

Das war bereits der zweite Vorgang, der ausgelöst haben könnte, dass jemand von Rabiers Recherche wusste und sie zu seinen Zwecken nutzte. Und es würde mehr davon geben, so war es eigentlich immer, wenn jemand dachte, er könne etwas heimlich herausfinden.

Aiméric Janvier schwieg, er hielt den Kopf gesenkt.

»Ich vermute, das Originaldokument liegt im Katasteramt?«

»Ja. Und das befindet sich in der Mairie. – Leider konnte ich das Original nicht mitnehmen. Aber genau das bräuchten wir«, der junge Mann wirkte verzweifelt. »Ich glaube sogar, dass das Papier des Dokumentes echt war. Es sah älter aus. Aber das ist kein Problem, in den Akten finden sich manchmal leere Seiten, die man verwenden kann. Wenn man dann noch eine alte Schreibmaschine hat, sieht es völlig überzeugend aus. Und natürlich kann man Unterschriften hervorragend fälschen. Aber auch das wäre nur durch eine Analyse des Originals zu beweisen.«

»Und das Dokument ist erst letztes Jahr aufgetaucht?«

»Im März, ganz plötzlich.«

»Und was hat der amtierende Bürgermeister dazu gesagt?«

»Er war wohl äußerst überrascht, heißt es. Aber hat sich auch nicht groß damit befasst.«

»Haben Sie selbst mit ihm gesprochen?«

»Nein. Das war mir zu riskant.«

Immerhin.

Dupin schaute auf die Uhr. Zwanzig vor sieben.

»Und die anderen Recherchen? Zu Chastagner?«

»Hier liegt das Brisante nicht in einem Dokument, sondern im Fehlen eines Dokuments. Des Dokuments nämlich, das die

Ausweitung des Steinbruchs genehmigt. Die er Stück für Stück vorgenommen hat. Auf einem Maßstabsplan können Sie die letzte vorhandene offizielle Genehmigung einer Ausweitung aus dem Jahr 2000 sehen. Aber es gibt keine Genehmigung für eine erneute Ausweitung, die die jetzigen, tatsächlichen Grenzen des Steinbruchs abdecken würde.«

»Und wie sind Sie an diese Dokumente gekommen?«

»Sie liegen im Gewerbeamt. Madame Rabier hatte dort angegeben, dass wir uns mit der Option einer Ausweitung der drei Steinbrüche befassen. Und den aktuellen Status kennen wollen. Sie war persönlich dort.«

Keine allzu starke Tarnung. Selbstverständlich konnte es auch hier sein, dass es jemand mitbekommen hatte. Die drei Besitzer der Steinbrüche. Der Bürgermeister, der Gemeinderat.

»Wir haben dann im April Aufnahmen mit einer Drohne gemacht, die zeigen, dass Chastagner an manchen Stellen bis zu hundert Meter weiter westlich abbaut, als es im Jahr 2000 festgelegt wurde. Er behauptet, dass er alle Genehmigungen besäße, aber keinen Grund sehe, ›Firmengeheimnisse‹ zu offenbaren. Wir wollten bald eine offizielle Eingabe beim Gemeinderat machen.«

»Sie haben eine Drohne über den Steinbruch fliegen lassen?«

Dupin hatte die Blätter aus der Hülle geholt. Er suchte die Fotos. – Tatsächlich.

»Das ist keine große Sache. Die kriegen Sie heutzutage in einer passablen Qualität für gerade mal hundert Euro.«

»Jemand könnte Zeuge dieser Aktion geworden sein. Vielleicht sogar Chastagner höchstpersönlich.«

»Wir haben es in der Dämmerung ausgeführt«, sagte Janvier stolz. »Es ging ja nicht um irgendwelche Details, sondern nur um die reale Ausdehnung. Und die ist genau zu erkennen.«

Auch die Dämmerung war kein verlässlicher Schutz.

»Haben Sie irgendwo angekündigt, dass Sie diese Eingabe machen werden?«

Madame Rabier hatte Dupin gegenüber nichts davon erwähnt.

»Natürlich nicht. Dann könnten sich andere ja darauf vorbereiten. Es soll ein Überraschungscoup sein.«

»Wann wollen Sie es tun?«

»Nach der Rentrée, wenn die Sommerferien zu Ende sind. Mitte, Ende September.«

Es war ingesamt alles weitaus konkreter, als es für Dupin zunächst den Anschein gemacht hatte.

»Gut.«

Dupin stand abrupt auf.

»Ich nehme die Mappe mit.«

Er setzte sich in Bewegung.

Der junge Mann folgte ihm hektisch.

»Aber Madame Rabier hat ausdrücklich gesagt, dass das nicht geht …«

»Ich werde es ihr erklären.«

Dupin war schon an der Tür. Und drehte sich noch einmal um.

»Machen Sie sich keine Sorgen«, auf Janviers Gesicht war deutlicher Stress zu erkennen, »ich übernehme die volle Verantwortung.«

Mit diesen Worten öffnete Dupin die Tür und trat in den Flur.

Er hatte, was er brauchte.

Die Gendarmerie entpuppte sich als ein kümmerlich schmales, unscheinbares Steinhaus, schmutzig rötlich brauner Granit, ein wenig zurückgesetzt, eingekeilt zwischen der Bar und einer hervorragend aussehenden Boulangerie-Pâtisserie. Das matte graue Schild am Gebäude »Gendarmerie de Trégastel«

171

war äußerst unauffällig. Die Scheiben der unteren Fenster waren verdunkelt, sodass man von der Straße aus nicht hineinsehen konnte.

Dupin hatte auf dem Weg hierher vor allem über die Frage gegrübelt, was er mit der Information über Nolwenns »verdeckte Ermittlungen« anfangen sollte. Und hatte sich endgültig für das Kalkül entschieden: Er würde versuchen, aus der Lage den größtmöglichen Gewinn für sich und seine Operationen zu schlagen.

Beim Verlassen des Hauses hinter dem Grève Blanche war es zu einem sonderbaren Moment gekommen. In einem weißen Peugeot, der schräg gegenüber vom Büro der Abgeordneten parkte, hatte ein Mann gesessen, der telefonierte; Dupin hatte ihn nicht richtig sehen können, aber den Eindruck gehabt, dass der Mann ihn beobachtete. Eigentlich besaß Dupin ein exzellentes Gespür für solche Situationen, trotzdem war er sich nicht sicher. Vielleicht hatte er es sich auch nur eingebildet.

Dupin drückte die längliche Amtsklingel, das gleiche Modell wie bei ihm in Concarneau. Hob den Kopf zur robusten Kamera über der Tür, ebenfalls das gleiche Modell.

Es dauerte eine Weile, bis ein lautes Summen ertönte.

Er drückte gegen die schwere Eingangstür. Ein schmaler Flur. Direkt gegenüber eine Tür mit der Aufschrift »Mesdames / Messieurs«. Man stand unmittelbar vor den Toiletten.

Rechts eine offene Tür, die zu dem Amtsraum führen musste, dessen abgedunkelte Fenster auf die Straße hinausgingen. Ein nicht zu übersehender auf Papier gedruckter oranger Pfeil neben der Tür – eine eindeutige Aufforderung für den Bürger.

Dupin betrat den Raum, der so bescheiden war wie das gesamte Haus. Und dessen Einrichtung jahrzehntealt sein musste. Sie stammte aus einer Zeit, als das Resopal seine Blütezeit gehabt hatte. Die Luft war abgestanden, staubig, Dupin meinte zudem, den Geruch der gleichen unerträglich scharfen Putzmittel wahrzunehmen wie bei ihnen im Kommissariat – ein Standardputzmittel der französischen Verwaltung, war seine Überzeugung, vielleicht aber auch bloß ein Wahn, außer ihm roch es niemand in Concarneau. Er würde es hier keine fünf Minuten aushalten.

An beiden Seiten des Raums beige Schreibtische, dahinter jeweils ein Bürostuhl und gegenüber zwei Besucherstühle. Die rechte Wand ganz mit Regalen bedeckt, auch diese aus dem tristen beigen Resopal, voller Aktenordner und Papierstapel.

Links eine große Pinnwand – sicher aus derselben Zeit wie das Resopal – und eine längere Bank, die alles andere als einladend aussah.

Die Gendarmin, Inès Marchesi, saß am linken Schreibtisch, unweit der Pinnwand, und tippte. Ein überdimensionaler Bildschirm, ein Gewirr an Kabeln. Auch auf dem Schreibtisch türmten sich abenteuerliche Papierberge, die untersten bereits am Rand vergilbt.

Marchesi machte keine Anstalten, aufzustehen. Sie grüßte, ein kurzes, ihrem Ausdruck nach zu urteilen, lästiges Nicken, als Dupin auf sie zukam. Von der Sympathie, die sie angeblich für ihn hegte, war weiterhin konsequent nichts zu merken.

Dupin nahm auf einem der Besucherstühle Platz.

»Danke, dass Sie sich Zeit für mich nehmen.«

Es war sicherlich gut, betont freundlich zu beginnen.

»Ich wollte …«, Dupins Handy.

Schon wieder eine unterdrückte Nummer. Schon wieder ein ungünstiger Moment.

»Ich bitte um Verzeihung, aber ich denke, ich sollte rangehen.«

Kein guter Anfang.

Marchesi zuckte gleichgültig mit den Schultern und tippte weiter auf der Tastatur ihres Computers.

Dupin war aufgestanden und in den kleinen Flur vor der Toilette zurückgelaufen, er hatte das Gespräch schon im Gehen angenommen.

»Ja?«

»Ich habe eine neue Drohung erhalten«, wisperte eine Stimme, Dupin erkannte sie sofort, Madame Rabier. »Wieder ein Brief, vor einer halben Stunde. Ich …«

»Was steht drin?«

»Wieder nur ein paar Worte: ›Wir wissen, dass Sie mit der Polizei gesprochen haben. Sagen Sie kein weiteres Wort oder Sie tragen die Konsequenzen.‹«

»Es könnte ein Bluff sein.«

Möglich war es. Auch wenn Dupin nicht daran glaubte.

»Ist es das, was Sie vermuten, Monsieur le Commissaire?«

In der Frage lag Hoffnung. Er hätte nichts sagen sollen.

»Ich vermute gar nichts. Wir sollten bloß alles in Erwägung ziehen. Wurde der Brief wieder in den allgemeinen Briefkasten der Klinik geworfen?«

Dupin setzte voraus, dass der Kommissar aus Lannion den Eingang und den Briefkasten überwachen ließ, alles andere wäre grob fahrlässig.

»Nein. Dieser kam mit der Post. Abgestempelt gestern Abend im Postamt Trégastel. Die Polizei hat ihn schon zur Untersuchung an sich genommen.

»Was hat der Kommissar aus Lannion gesagt?«

»Ich habe Commissaire Desespringalle umgehend nach dem Erhalt des Briefes angerufen. Er hat lange geschwiegen. Nicht sehr beruhigend. Aber er hat gesagt, dass sie wahrscheinlich vor einem Durchbruch stünden.«

»Er hat gesagt, er stünde vor einem *Durchbruch*?«

»Ja.«

»Ist der Kommissar aus Lannion ungefähr einen Meter neunzig groß und hager? Ein ausgezehrtes Gesicht mit einer auffälligen Narbe?«

»Ja. Warum?«

Dann war er es gewesen. Vor Kurzem noch hatten seine Kommentare ganz und gar nicht nach einem Durchbruch geklungen. Entweder spielte er der Abgeordneten etwas vor oder es hatte sich in der kurzen Zeit eine überraschende Wendung ergeben, eine weitaus unwahrscheinlichere Annahme.

»Hat er gesagt oder angedeutet, warum?«

»Nein. Aber ich solle keine Angst haben. Er wird die Wachen vor meinem Zimmer und im Krankenhaus verstärken. Auch auf der Straße. Und auf der Wiese vor dem Krankenhaus. Mein Zimmer liegt im dritten Stock. Er hat extra noch weitere Verstärkung angefordert. Er will mich so lange hier in der Klinik behalten, bis die Situation geklärt ist und keinerlei Gefahr mehr besteht.«

Theoretisch keine schlechte Idee. Das war der sicherste Ort.

»Darf ich fragen, wo sich Ihr … ich meine, der Mann von Madame Guichard gerade aufhält?«

»Immer noch in Rennes. – Der Windpark.«

Das umstrittene Projekt.

»Desespringalle lässt ihn«, es schien ihr irgendwie peinlich zu sein, »überwachen.«

»Gut.«

Dupin meinte es ernst. Natürlich war es richtig, ihn zu überwachen. Schon um ihn als Verdächtigen völlig ausschließen zu können.

»Sie denken doch nicht, dass er etwas mit dem Steinwurf und den Drohungen zu tun haben könnte?«

»Es ist immer gut, alles in Betracht zu ziehen. – Ich war eben bei Ihrem Assistenten. – Was sehr wichtig ist, Madame Rabier: Laufen in Ihrem Büro außer den beiden Untersuchungen, die ich nun kenne, derzeit noch weitere? Gegen andere Personen? Wenn ja, sollten Sie es mir jetzt sagen.«

»Nein. Ich versichere es Ihnen.«

Sie klang überzeugend.

»Geht es bei den beiden noch um andere Dinge?«

»Ich würde es Ihnen sagen, wenn es so wäre«, es wirkte flehentlich. »Eigentlich müsste man Ellecs, wie soll ich sagen,

›Aktivitäten‹ gesammelt unter die Lupe nehmen. Da ist einiges faul. Das scheint bloß niemand zu wollen.«

»Es gibt also keinerlei Dokumente zu weiteren Vorkommnissen?«

Dupin musste es ganz genau wissen.

»Nein.« Auch diese Antwort klang entschieden und klar.

»Lassen Sie außer der Polizei und den Ärzten niemanden zu sich ins Zimmer, Madame Rabier. Niemanden.«

Dupin war sich bewusst, dass dies kein aufmunternder Satz war.

»Noch nicht mal meinen Assistenten?«

»Noch nicht mal ihn. Verzichten Sie auf Besuch. Besprechen Sie alles am Telefon.«

»Halten Sie Aiméric«, sie stockte, »für verdächtig? Commissaire Desespringalle hat gesagt, ich dürfe Personen sehen, denen ich vollkommen vertraue.«

»Ich verdächtige im Augenblick niemanden im Besonderen. Eine reine Vorsichtsmaßnahme.«

»Ich verstehe«, es klang ein wenig erleichtert. »Danke, Monsieur le Commissaire.«

»Halten Sie sich an meine Empfehlungen, Madame Rabier.«

»Das werde ich.«

Sie legte auf.

Dupin wandte sich augenblicklich um und ging ins Büro der Gendarmin zurück.

Was immer hier in Trégastel vor sich ging, wie viele verschiedene Fälle es am Ende auch wären – die Dinge spitzten sich zu.

Inès Marchesi tippte immer noch mit beeindruckender Geschwindigkeit. Von Dupins Rückkehr schien sie kaum Notiz zu nehmen. Er setzte sich wieder.

»Hier«, plötzlich hatte sie nach einer sehr dicken Mappe gegriffen, grauer Karton, und reichte sie Dupin. »Kopien der Untersuchungsakte zu der toten Frau im Steinbruch vor sieben Jahren. Aber«, sie blickte ihn streng an, »die bleiben hier.«

»Gut«, murmelte Dupin.

Die Gendarmin tippte weiter.

»Meinen Sie nicht, ich könnte …«

»Nein.«

Er war zu sehr auf Marchesi angewiesen, um einen Streit zu riskieren.

»Und Sie haben nichts Besonderes gefunden?«

»Alles unauffällig so weit.«

»Vielleicht kann ich ja noch einmal wiederkommen, um es mir genauer anzusehen, heute habe ich leider«, er schaute auf die Uhr, eigentlich sollte er um kurz nach sieben am Hotel sein, »keine Zeit. Morgen, am Vormittag?«

»Ganz, wie Sie meinen.« Schon tippte sie weiter.

»Kennen Sie den Assistenten von Madame Rabier, Aiméric Janvier?«

Sie blickte kurz hoch. »Ein wenig. Warum?«

»Wie lange arbeitet er schon mit der Abgeordneten zusammen?«

»Ich schaue schnell nach, was man über ihn findet.«

Wieder war das Tippen zu hören.

Dupins Blick fiel auf die Pinnwand. Aufrufe zur »Mithilfe der Bürger« bei lokalen Verbrechen. Ein Papierchaos aus teilweise zwei, drei Schichten, imposant, beinahe eine Installation. Die meisten der Aushänge waren alt, orange-braun von der Säure des Papiers, einige aus den Achtzigern, Neunzigern, ein Citroën 2CV war am 2. März 1983 mitten im Zentrum in Brand gesetzt worden, knapp ein Jahr später eine Scheune. Niemand schien sich systematisch um Ordnung an der Wand zu kümmern.

Ungefähr in der Mitte ein Aushang zum Tod der Angestellten im Steinbruch. Die »rosa Tote«. Dupin reckte den Kopf. Und las die wenigen Sätze. Ein verblichenes Foto der Angestellten. Ein verblichenes Foto des Steinbruchs. Die Aufforderung, alles zu melden, was »in irgendeiner Weise mit dem Ereignis in Verbindung stehen könnte«.

Auch das Verschwinden der Sainte-Anne-Statue hatte es auf die große Pinnwand geschafft, selbstverständlich ebenso Madame Durands Verschwinden und der Steinwurf auf Madame Rabier, offensichtlich die neuesten Aushänge, aus irgendeinem Grund ganz unten links. Die Pinnwand stellte die konkrete, wahrscheinlich vollständige Chronik der kriminalistischen Geschichte Trégastels der letzten Jahrzehnte dar. Dupin gefiel die Vorstellung.

»Also«, Marchesi riss ihn aus seinen Gedanken, »der junge Mann scheint unauffällig. Geboren in Perros«, sie betonte es wie: in der Arktis, »hat in Paris an der École Normale Supérieure Politikwissenschaften studiert, Abschlussarbeit über *Die europäischen Regionen im Prozess der fortschreitenden Einigung Europas*, dann zurückgekommen, die Anstellung bei Madame Rabier ist seine erste. Er hat im Januar vor drei Jahren begonnen. Eltern leben noch in Perros, Vater arbeitet bei der Stadt, im Tourismusamt, die Mutter ist Grundschullehrerin.«

Dupin war beeindruckt. So kompakt würden die Informationen nirgendwo stehen, sie musste sie blitzschnell zusammengesucht haben.

»Eine Freundin?«

»Ich habe ihn immer nur allein gesehen. Aber das heißt nichts.«

Einer ihrer Lieblingssätze offensichtlich. Womit sie völlig richtig lag.

»Irgendwelche Verbindungen zu Chastagner, Ellec oder der Landwirtin?«

Wahrscheinlich hätte es schon jemand erwähnt, aber er fragte dennoch vorsichtshalber. Hier, wo jeder mit jedem am Ende doch irgendwie verbunden oder gar verwandt war.

»Keine bekannt. – Denken Sie«, sie hob minimal die Augenbrauen, »er war es, der den Anschlag auf die Abgeordnete verübt hat? Der sie bedroht? Er selbst oder im Auftrag von jemandem?«

178

»Sie wissen von den Drohbriefen?«

Marchesi lächelte kaum merklich.

»Woher?« Dann war es dem Kommissar aus Lannion doch nicht gelungen, es geheim zu halten.

Wieder ein Lächeln. Sie würde nichts sagen, doch Dupin hatte keine Zweifel: Sie wusste von den Briefen. Inès Marchesi war mit allen Wassern gewaschen, egal, wie gleichmütig sie wirkte. Dupin hätte tatsächlich nicht sagen können, ob sie ihn mochte, aber eines stand fest: Er mochte sie.

»Was meinen Sie?«

»Ich meine gar nichts, wir sollten bloß ausnahmslos alle im Blick behalten.«

»Vielleicht haben die beiden das auch zusammen inszeniert und stecken unter einer Decke?«, auch diese Sätze sprach Marchesi beinahe ausdruckslos und schaute weiterhin auf den Bildschirm. »Und das Ganze ist nur ein Ablenkungsmanöver. Wovon auch immer. Oder sie will den Verdacht auf Ellec lenken, ihren Konkurrenten? Eventuell auch einfach ihre Nebenbuhlerin ausstechen? Für Maïwenn Guichard sieht es am schlechtesten aus. – Vielleicht ist die Abgeordnete ja auch selbst die Übeltäterin.«

»Und die ernste Verletzung, die sie sich bei dem Steinwurf zugezogen hat?«

»Ein unglücklicher Ausgang ihres Manövers.«

Dupin hatte selbst schon ein paarmal darüber nachgedacht, auch wenn er den Gedanken dann nicht weiter verfolgt hatte.

Eines wollte er noch wissen:

»Was meinen Sie damit, dass es für die Landwirtin am schlechtesten aussieht?«

»Na, wegen der Erdspuren am Stein.«

»Was für Spuren? Am Stein, mit dem das Fenster eingeworfen wurde?«

»Das habe ich vor einer Stunde«, sie schien nach dem richtigen Wort zu suchen, »erfahren. – Die Analyse der Erdreste am Stein hat ergeben, dass der Boden einen ungewöhnlich hohen organischen Anteil besitzt – wie es bei den Böden entlang des Traouïéro-Tals mit seiner üppigen Vegetation charakteristisch ist.«

»Was?« Dupin hatte nicht einmal gewusst, dass sie sich überhaupt noch mit dem Stein beschäftigten.

»Guichards Felder«, er sprach eher zu sich selbst, »liegen doch am Tal.«

»Am östlichen Rand des Tals. *Ker Gomar* heißt der Weiler, in dem ihr Hof liegt. Aber«, sie wiegte nachdenklich den Kopf, »das könnte natürlich auch ein gezieltes Manöver sein, um den Verdacht auf sie zu lenken.«

»Möglich.«

Marchesi fuhr heftig mit der Maus hin und her, Dupin hatte keine Ahnung, was sie damit bezweckte.

»Der Steinbruch liegt Luftlinie dreihundert Meter von ihrem Hof entfernt.«

»So nah?«

Dupin hatte die Karte hinten ins Notizbuch gelegt. Er faltete sie auf. Er hatte sich die Lage der verschiedenen relevanten Orte zwar markiert, aber das hatte er nicht im Blick gehabt.

»Tatsächlich.« Er hatte beides gefunden. Den Weiler und Chastagners Steinbruch. *Carrière Rose.* Eine gewisse örtliche Ballung war nicht zu leugnen.

Das Tal hatte sich schon auf der Liste der unbedingt zu unternehmenden Ausflüge befunden, das Vorhaben wurde nun immer dringlicher. Allerdings waren die Aussichten nicht allzu gut, Claire morgen dazu überreden zu können. Sie würde zum Strand wollen, das ungewöhnliche Hoch würde sich unverändert noch ein paar Tage halten, kündigten die Wettervorhersagen an. Aber, fiel Dupin ein, wahrscheinlich würde sie auch morgen wieder »Zeit für sich« brauchen. Vielleicht ließe sich also doch etwas bewerkstelligen.

»Ich …«

Erneut Dupins Handy.

Claire! Es war kurz vor sieben.

Dupin stand auf, warf Inès Marchesi, die andeutungsweise mit den Schultern zuckte, einen kurzen Blick zu und ging in den kleinen Flur. Theoretisch war er gerade auf dem Weg, seine Kreditkarte abzuholen.

»Salut Claire, ich bin gleich …«

»Georges, es ist großartig, die Massagen sind großartig. Ein wahrer Jungbrunnen«, ein Ausdruck, den sie sonst nie benutzte. »Wärst du mir böse, wenn ich noch etwas hierbliebe? Ich könnte mich noch mit heißen Steinen behandeln lassen. Die Physiotherapeutin hat es mir nachdrücklich empfohlen.«

»Na klar, mach das unbedingt. Böse? Ach was!«, er musste aufpassen, nicht zu überschwänglich zu antworten. »Wir sehen uns dann einfach später im Garten. Zum Voraperitif!«

»Und du wirst dich nicht langweilen?«

»Ich hole ja gerade meine Kreditkarte. Dann trinke ich vielleicht noch ein Bier in der Bar auf der Place Sainte-Anne.«

»Tu das. Unbedingt. – Ich freue mich schon auf das Abendessen. Und auf dich.«

»Ich mich auch.« Was ganz der Wahrheit entsprach.

»Bis gleich, Georges.«

Manchmal – nicht häufig, aber eben doch manchmal – liefen die Dinge wie am Schnürchen. Das Schicksal konnte großmütig sein. Zumeist mochte das Leben es andersherum: Aus dem Blauen heraus demolierte es willkürlich unbeschwerte Zeiten und schuf plötzlich vertrackte Komplikationen. Aber gerade: nichts als glückliche Fügungen.

Dupin war auf den Besucherstuhl zurückgekehrt.

»Gibt es etwas Neues zu der Toten im Steinbruch? Wird sie irgendwo vermisst?«

»Nein. Alle Angaben von ihr, die man überpüfen konnte, sind falsch.«

Es blieb mysteriös. Dupin wollte in diesem Zusammenhang noch etwas mit seinem Pariser Freund Jean besprechen, er durfte es nicht vergessen.

»Sie haben übrigens auch ihr Hotelzimmer auf den Kopf gestellt. Und nichts gefunden, das auch nur im Geringsten interessant wäre.«

»Und Chastagner? Was ist mit ihm?«

»Wegen des Anschlags? Oder der Toten im Steinbruch?«

»Beides.«

»Noch nichts Neues.«

»Sie ermitteln auch in diesen beiden Angelegenheiten aktiv, nehme ich an? Ich meine: unabhängig vom Kommissar?«

Eigentlich wusste er es ja bereits.

Sie schaute kurz vom Bildschirm auf.

»Natürlich. Ist alles Trégastel.« Es klang wie: »Ist alles meins.«

»Wissen Sie etwas über die Alibis, die Chastagner, Guichard und Ellec für Dienstagnacht haben? Für die Zeit, zu der Virginie Inard ermordet wurde?«

»Nein. Ich darf sie ja leider nicht direkt befragen«, die gleiche unbefriedigende Situation wie für Dupin, »und meine Quelle im Kommissariat von Lannion hat mir noch nichts dazu berichten können.«

Schon tippte sie weiter.

»Ich bin«, Dupin war unschlüssig, ob er fortfahren sollte, beschloss dann aber, dass es gut wäre, ein deutliches Zeichen seiner Kooperationsbereitschaft zu geben, zudem vertraute er ihr, »im Besitz von Dokumenten und Fotos, die beweisen, dass Chastagner seinen Steinbruch ausgeweitet hat, ohne eine Genehmigung zu besitzen.« Er legte die Mappe auf den Schreib-

182

tisch. »Hierin finden Sie auch die Kopie der aus dem Nichts aufgetauchten Sonderbaugenehmigung Ellecs für sein prachtvolles Meergrundstück. Es bestehen Zweifel an der Echtheit des Originals, man …«

Sie wendete sich Dupin direkt zu. »Ich weiß von dieser *Sondererlaubnis.* Wie ich Ellec einschätze, todsicher eine Fälschung, aber vermutlich schwer zu beweisen. Ich mache mir eine Kopie von allem.«

Während sie sprach, war sie aufgestanden. Sie ging zur rückwärtigen Wand des Raums, wo ein Kopierer älterer Generation stand; der giftige Toner des Gerätes, wurde Dupin klar, trug zur besonderen Geruchsmischung des Amtsraumes bei. Kurz waren die typischen Geräusche zu hören, und schon saß Marchesi wieder am Schreibtisch. Beim Zurücklegen der Mappe war immerhin ein beiläufiges »Danke« zu vernehmen gewesen.

»Wenn das mit der Ausweitung stimmt, wird es unmittelbar zu einer Anzeige kommen. Das ist eine ernste Sache. Die Landschafts- und Naturschutzgesetze sind äußerst streng.«

Dupin dachte nach. »Ich würde es erst einmal zurückhalten. Wir sollten Chastagner nicht voreilig aufscheuchen. Er würde sich noch mehr im Visier fühlen und womöglich sein Verhalten ändern. – Wenn der richtige Zeitpunkt kommt, können wir es immer noch aktivieren.« Es war immer gut, ein Ass im Ärmel zu haben.

Marchesi nickte kurz. Sie schien auch Dupins strategisch eingesetztes »wir« ohne Protest hinzunehmen.

»Ich habe übrigens versucht, einen Durchsuchungsbefehl für Chastagners Schloss zu bekommen. Vergeblich.«

»Weil Sie überprüfen wollten, ob sich Madame Durand dort aufhält?«

»Das auch.«

Wieder hatte sie den gleichen Gedanken wie er gehabt.

»Ich habe Chastagner in seinem Wagen gesehen, direkt vor

seinem Schloss. Ich glaube, ich habe die Kontur einer Person auf dem Rücksitz wahrgenommen, bin mir aber nicht sicher.«

»Verdunkelte Scheiben, ich weiß.«

»Eigentlich kommt Chastagner doch immer erst donnerstagabends aus Saint-Brieuc zurück. Heute war er schon am Nachmittag da.«

»Ich weiß. Er sagte, er habe einen Termin hier in Trégastel gehabt. Privat. – Wir können nichts tun.«

So war es leider.

»Bei der Autopsie der Toten im Steinbruch sind keine Spuren entdeckt worden, die eventuell Hinweise auf den Täter geben könnten?« Dupin fragte sicherheitshalber nach, auch wenn Marchesi davon – höchstwahrscheinlich – schon erzählt hätte. Aber: Alles, hatte er auch bezüglich der Erdreste am Stein gemerkt, erfuhr er nicht, zumindest nicht automatisch.

»Nein. Und man weiß auch noch immer nicht, wo der Mord passiert ist.«

Sie schaute nachdenklich auf den Bildschirm.

»Hat man etwas von irgendwelchen Verbindungen der Toten zu Rabier erfahren? Oder Chastagner, Guichard, Ellec?«

»Ich sehe bisher keine. Desespringalle und seine Mannschaft ebenfalls nicht. Aber das heißt gar nichts.«

»Und Sie wissen das ganz sicher? Dass der Kommissar in diesem Punkt gleichfalls noch im Dunkeln tappt?«

Sie nickte kurz, aber bestimmt.

»Zu der verschwundenen Madame Durand«, Dupin hatte noch ein paar andere offene Punkte auf seiner Liste: »Sie hat ihrem Onkel gegenüber eine ›beste Freundin‹ erwähnt, die …«

»Ich habe bereits mit Monsieur Durand darüber gesprochen. Und gestern mit der Freundin telefoniert. Ebenso mit zwei anderen Freundinnen, von denen Monsieur Durand wusste, er hat mir Namen und Nummern gegeben. Sie hatten alle schon von Alizée Durands Verschwinden gehört und behaupten, von nichts zu wissen. Sie können sich auch nicht vorstellen, wo sie sein könnte.«

Auch das hatten ihm weder der Friseur noch Bellet erzählt – es war nicht gut, wenn die Informationskette nicht ordentlich funktionierte.

»Monsieur Durand selbst hatte die Freundinnen gleich am Tag nach dem Verschwinden angerufen, sie haben es bestätigt. Sie sagten, er sei tief besorgt gewesen«, der Blick verdüsterte sich. »An sich sind ihre Aussagen natürlich völlig unbrauchbar.«

»Warum das?«

»Hielte Alizée Durand sich wirklich bei einer von ihnen auf, hätte die Freundin es gegenüber Monsieur Durand sowieso geleugnet, im Zweifelsfall auch mir gegenüber. Oder Madame Durand ist absichtlich nicht dorthin, wo ihr Mann sie gleich vermuten würde. Vielleicht hat Monsieur Durand auch nicht alle Freundinnen genannt. Vielleicht«, sie formulierte auch dies unaufgeregt, »will er ja gar nicht, dass man seine Frau findet. Oder – es verhält sich noch ganz anders.«

»Oder das«, bestätigte Dupin. »Was hat die beste Freundin noch gesagt?«

»Dass sie sich keinen Reim darauf machen kann. Sie sagte, die Streitereien zwischen Alizée und ihrem Mann seien völlig normal. Dass das schon immer so gewesen sei. Aber sie musste zugeben, dass sie im letzten Jahr etwas häufiger vorgekommen seien. Nur in den letzten Wochen vor den Ferien nicht – da seien sie sogar etwas abgeebbt, sodass sie glaubte, dass Madame Durand vielleicht doch schöne Ferien haben würde.«

Dupin hörte aufmerksam zu.

»Das hat sie genau so gesagt?«

»Genau so.«

»Meinen Sie, ich könnte die Telefonnummer haben?« Mit ihr könnte er selbst sprechen.

Inès Marchesi tat ein paar Mausklicks. Plötzlich sprang der Drucker neben ihr an und ratterte los.

»Name und Nummer. Hier.«

Sie legte Dupin ein Blatt hin.

»Danke.«

Er faltete es zusammen und steckte es ein.

»Sie werden sicher mit Monsieur Durand darüber gesprochen haben, was die beiden an den Tagen zwischen Donnerstag und Montag gemacht haben.«

Sie griff nach einem braunen Notizheft neben dem Bildschirm, das Dupin bisher nicht bemerkt hatte, und blätterte darin.

»Bitte sehr!« Sie schlug eine Doppelseite auf und schob Dupin das Heft zu.

Zu sehen war eine Art Stundenplan. Oben standen die Tage. Darunter die Aktivitäten der beiden. So winzig geschrieben, dass Dupin Mühe hatte, alles zu entziffern. Keine Schönschrift, aber auch kein unzumutbares Gekritzel wie sein eigenes.

»Können Sie sich notieren, wenn Sie wollen.«

Dupin wollte.

Nach Durands Angaben hatten sie Donnerstag und Samstag auf dem Zimmer gefrühstückt, Freitag, Sonntag und Montag auf der Terrasse. Am Donnerstag waren sie bei dem schlechten Wetter gegen halb zwei nach Morlaix gefahren, zum Shoppen (»zwei Jeans für Mme Durand« stand da) und Abendessen, gegen dreiundzwanzig Uhr zurück im Hotel. Freitagmittag waren sie in Saint-Brieuc gewesen, mit dem schlagartig einsetzenden Hochsommer am Freitagnachmittag hatten sie sich ein Boot gemietet (ein Motorboot, 6 Meter 80) und waren ein erstes Mal rausgefahren. An den nächsten Tagen ging es nach dem Frühstück zum Plage Grève Blanche und gegen halb zwei, zwei für einen Mittagssnack in unterschiedliche Restaurants. Am Nachmittag waren sie jeweils mit dem Boot zum Angeln raus, um dann gegen neunzehn Uhr zurück in ihrem Hotelzimmer zu sein. Monsieur Durand hatte in den Tagen zwischendurch arbeiten müssen, längere Telefonate, E-

Mails, eine Telefonkonferenz (Sonntag am frühen Nachmittag), Madame Durand war in dieser Zeit manchmal allein unterwegs gewesen. So hatte sie Sonntag nach dem Mittagessen auch einen *café* am Plage Coz Pors getrunken (wo sie Chastagner getroffen hatte). Zu Abend gegessen hatten sie gegen acht Uhr, bis auf Donnerstag und Samstag (Picknick auf dem Boot, Champagner, Hummer) im Hotel, hatte Marchesi notiert. Donnerstagvormittag (11 Uhr 30) und am Samstagmorgen (10 Uhr 30) die Friseurbesuche von Alizée Durand.

»Vielen Dank«, Dupin war fertig, er hatte mit seiner Schrift eine Seite für jeden Tag gebraucht und es war trotzdem eng geworden. »Ich …«

Ein höllischer Lärm brach los. So laut, dass es dauerte, bis Dupin es als Klingeln identifizierte.

Das Telefon auf Marchesis Schreibtisch. Ein schnurgebundenes Telefon, so eins gab es auch im Kommissariat von Concarneau, Dupin hatte die »Chefvariante« mit mehr Knöpfchen, die er allesamt noch nie benutzt hatte.

»Gendarmerie de Trégastel!« Marchesi nahm gelassen ab.

Eine weibliche Stimme. Laut. Leider nicht laut genug, um alles zu verstehen.

Marchesi hörte ruhig zu, ihr war keinerlei Regung anzumerken.

»Ein Einbruch. Ich verstehe, ja.«

Eine Antwort am anderen Ende.

»Gut. Ich komme.«

Wieder die Frauenstimme.

»Ich fahre sofort los, ja.«

Marchesi beendete das Telefonat. Und schien nicht vorzuhaben, irgendetwas zu erklären.

Dupin starrte sie an.

»Was ist passiert?«

»Amorette Abbott. Ein Einbruch. Der Mixer ist geklaut worden.«

»Nehmen Sie mich auf den Arm?«

»Das passiert alle paar Wochen. Dann wird bei ihr eingebrochen und etwas geklaut. Sie ist sechsundneunzig. Wohnt übrigens auch am Vallée des Traouïéro. Alleinstehend, ihr Mann ist vor drei Jahren gestorben.«

»Sie meinen, sie verlegt Sachen und denkt, jemand hätte sie gestohlen?«

»Nein. Sie weiß genau, wo ihre Sachen sind. Und es ist noch nie etwas geklaut worden. Und auch noch nie eingebrochen worden.«

»Das heißt?« Dupin war ratlos.

»Sie hat niemanden mehr. Sie ist einsam. Und wenn es ganz schlimm wird, ruft sie an und meldet einen Einbruch.«

»Und?«

»Ich fahre dann hin, und wir reden. Sie meldet den Einbruch immer am frühen Abend, damit ich auch Zeit habe. Meistens essen wir dann noch zusammen. Und ich gehe, wenn sie sich schlafen legt.«

Dupin rieb sich die Schläfe. Es war unfasslich. Und wunderbar. Eine dieser kuriosen – ganz und gar bretonischen – Geschichten, die ihn augenblicklich sentimental werden ließen. Geschichten wie in Filmen oder Büchern.

»Sie hat keine Kinder. Sie erzählt von früher, von ihrem Mann. Von ihren Freundinnen und Geschwistern. Die alle schon gegangen sind.«

Die Gendarmin berichtete die zutiefst berührende Geschichte trocken, wie alles andere.

»Manchmal ruft sie auch bei Desespringalle an.«

»Was?«, entfuhr es Dupin. »Auch er spielt das Spiel mit? Und verbringt Zeit mir ihr?«

»Das ist die einzige Sache, von der ich weiß, die für ihn spricht. Und vielleicht«, sie schien etwas abzuwägen, »die schwere Zeit, die er durchmacht.«

»Inwiefern?«

»Eine Scheidung. Übler Rosenkrieg.« Es ließ sich nicht teilnahmsloser formulieren.

Dupin hätte es lieber gar nicht gehört. Beides nicht. Wenn man jemanden nicht mochte – und Dupin hatte die allerbesten Gründe, den Kommissar nicht zu mögen –, war es schwer, einer solchen Person etwas »Menschliches« zuzugestehen. So etwas Rührendes zumal. Und so etwas Trauriges.

»Wie steht es eigentlich um die verschwundene Statue?«, fragte er, um auf andere Gedanken zu kommen.

»Wissen Sie schon von dem Kastenwagen?«

»Nein.«

Schon wieder eine Information, die ihn nicht erreicht hatte.

»Ich hatte es meinem Onkel erzählt. Die Krankenschwester, die die Kerze für ihren Cousin aufgestellt hat, hat sich später noch erinnert, draußen einen weißen Kastenwagen gesehen zu haben. Direkt vor dem Eingang. Wir haben ihr verschiedene Modelle gezeigt. Wahrscheinlich ein Citroën Jumper oder ein Renault Kangoo.«

»Direkt vor der Tür geparkt?«

»Ja.«

»Hat sie irgendeinen Hinweis darauf, dass es der Wagen des Diebes gewesen sein könnte?«

»Nein. – Ich denke, ich sollte mich jetzt um den Einbruch kümmern.«

Marchesi tippte ein paar letzte Befehle auf der Tastatur. Dupin hätte zu gern gewusst, was sie die ganze Zeit gemacht hatte, während er vor ihr gesessen hatte. Der Computer – ein älteres Modell – gab merkwürdige Geräusche von sich, vermutlich die Festplatte, und der Lüfter rauschte heftig. Die Gendarmin stand auf.

»Wie gesagt, die Kopien der Untersuchungsakte bleiben hier.«

Sie hatte gesehen, wie Dupin, der sich ebenso erhoben hatte, einen Blick auf die Mappe geworfen hatte.

Er überlegte, einen Überredungsversuch zu unternehmen, ließ es dann aber.

Es war insgesamt sehr gut gelaufen für ihn. Jenseits von Sympathiefragen hatte sich eine solide Arbeitsbeziehung entwickelt, er würde sie nicht aufs Spiel setzen.

»Ich komme wie besprochen morgen Vormittag wieder vorbei.«

»Wie Sie meinen«, stellte sie achselzuckend fest. »Dann wird mein Kollege Alan auch hier sein.«

Ein paar wichtige Telefonate standen jetzt noch aus.

Das erste hatte Dupin bereits nach einer halben Minute erledigt. Der Anruf bei der Besitzerin des *Tabac-Presse*, Madame Riou. Um sich für morgen früh anzukündigen. Er würde dort die Landwirtin abpassen. Und Dupin hatte nach Ellec gefragt, Dupins Wunsch, ihn einmal »kennenzulernen«, war mittlerweile akut. Ellec kam – »jeden Morgen pünktlich« – um neun in den Presseladen. Dupin war froh: Der Plan für den morgigen Tagesbeginn stand somit fest.

Er beschloss, nicht die Strecke durchs Dorf, sondern am Meer entlang zurückzugehen. Mit einem Schlenker über die Renote-Halbinsel. Es hieß, man habe vom östlichsten Zipfel eine gute Aussicht auf die Île de Costaérès, auf Chastagners Schloss, überhaupt ein fantastisches Panorama und einen perfekten Überblick über die gesamte Gegend. Es müsste so ungefähr hinkommen, er würde um acht, kurz nach acht am Hotel sein. Zum Voraperitif im Garten.

Dupin hatte die Gendarmerie verlassen, die Straßenseite gewechselt und war schon auf der Höhe der Kapelle Sainte-Anne, als er sich aus einem Gefühl heraus plötzlich umdrehte und den schäbigen weißen Peugeot entdeckte, der vorhin vor Ra-

190

biers Büro gestanden hatte. Rechts blinkend fuhr der Wagen zwanzig, dreißig Meter hinter Dupin, stockend, als würde er einen Parkplatz suchen.

Dupin blieb einen Augenblick stehen, so unauffällig wie möglich. Es war ohne Zweifel derselbe Wagen.

Natürlich konnte es Zufall sein. Aber Dupin glaubte nicht daran. Und das konnte nur heißen: Er wurde verfolgt, dieser Mann im Peugeot meinte *ihn.*

Dupin überlegte, einen Satz auf die Straße zu tun und direkt auf ihn zuzulaufen. Den Mann zu stellen.

Aber falls er sich täuschte, wäre es ein peinliches Schauspiel, zudem wäre es wahrscheinlich klüger, den Mann selbst heimlich zu beobachten. Herauszufinden, wer er war und was er wollte.

Dupin suchte den Bürgersteig mit den Augen ab, tat so, als hätte er etwas verloren, bückte sich, wandte sich wieder nach vorn und lief weiter. Bis zum Erreichen des Fußweges am Rand der Bucht blickte er sich nicht mehr um. Dort aber blieb er erneut stehen und tat so, als würde er die Landschaft bewundern. Drehte sich weit nach rechts, Richtung Ploumanac'h, weit nach links. Dabei warf er einen schnellen Blick über die Schulter.

Nichts.

Der Peugeot war nicht mehr zu sehen.

Er suchte die Gegend systematisch ab. Nach dem Auto oder einem Mann, der der Fahrer hätte sein können. Vergeblich.

Vielleicht hatte Dupin sich doch geirrt. Oder der Typ hatte mitbekommen, dass Dupin ihn bemerkt hatte, und das Weite gesucht. Oder er stellte sich jetzt geschickter an.

Dupin holte das Handy hervor.

Es dauerte ungewöhnlich lange, bis Nolwenn abnahm.

»Monsieur le Commissaire! Ich gehe davon aus, dass Sie gerade vom Strand kommen und die meditative Ruhe auf dem Handtuch genossen haben.«

Bemerkenswert, wie unschuldig sie tat.

Die Verbindung war nicht sonderlich gut.

»In vollen Zügen, Nolwenn. In vollen Zügen.«

Im Hintergrund waren Autos zu hören, jemand hupte. Das Ächzen eines Motors – Nolwenn saß selbst im Auto.

»Und wohin geht es an diesem wunderschönen Sommerabend?«

Dupin hatte einen für ihn untypisch beschwingten Ton angeschlagen. Er war begierig zu hören, ob ihr irgendetwas anzumerken wäre.

»Tun Sie nicht so, als würden Sie sich nicht erinnern! Ich rede seit Wochen davon!«

Dupin hatte keine Ahnung, was sie meinte.

»Das Festival.«

Er hatte es völlig vergessen.

»Ah ja.«

Le Festival des Vieilles Charrues. Nolwenn fuhr zum größten bretonischen Musik-Festival – wichtiger: Es war das größte Musik-Festival Frankreichs und eines der größten Europas, 300 000 Besucher, mit einem Ableger in New York; Woodstockartig, mitten in der bretonischen Einöde, mitten im Hochsommer, in Carhaix, jedes Jahr seit 1995. Bob Dylan, Sting, The Cure, Neil Young, Phoenix, Santana, Bruce Springsteen, Joan Baez, Blues Brothers, Patti Smith, ZZ Top, Bryan Ferry, Deep Purple, sie alle waren schon da gewesen – in der Bretagne! –, auch neue, junge Künstler. Und die Crème de la Crème der keltisch-bretonischen Musik.

»*Ah ja* scheint mir in diesem Kontext wenig angemessen, Monsieur le Commissaire. Ich werde Alan Stivell und The Celtic Social Club hören!«

Zwei von Nolwenns Lieblingsbands.

»Nächstes Jahr kommen Sie endlich einmal mit!«, Nolwenn wartete keine Antwort ab – es war auch keine Frage gewesen – und wechselte rasant das Thema: »Was steht heute Abend Köstliches auf dem Menü?«

Sie dachte anscheinend nicht im Traum daran, dass Dupin etwas von ihren verdeckten Recherchen bemerkt haben könnte. Dabei musste sie doch wissen, dass sie einen Fehler gemacht hatte. Sie hätte ihren Namen im Katasteramt nicht nennen dürfen, aber wahrscheinlich war es der einzige Weg gewesen, überhaupt an Informationen zu gelangen. Sie hatte bestimmt angegeben, in der Angelegenheit von vor einem Jahr zu ermitteln, sie würde sich etwas Kluges ausgedacht haben.

»Nolwenn, haben Sie«, Dupin kostete die Situation weidlich aus, »noch einmal darüber nachgedacht, ob wir uns nicht doch für Hugues Ellec interessieren sollten? Wir beide zusammen? Und ihm ein bisschen auf den Zahn fühlen. Vielleicht würde ja sogar die Abbaugenehmigung für die Düne anfechtbar werden.«

Dupin hatte keine Ahnung, ob das denkbar war.

»Sie machen Ferien. Punkt. Wir haben nichts damit zu tun.«

Er musste sich beherrschen, dass ihm nicht doch eine der vielen bissig-ironischen Bemerkungen rausrutschte, die ihm durch den Kopf gingen. Das war der Nachteil an seiner Strategie.

»Ich sollte mich jetzt wieder auf die Straße konzentrieren, vor mir fährt ein Traktor, und der Gegenverkehr ist heftig. Ich muss dennoch an dem Monster vorbei.«

Dupin hörte das Aufheulen des Motors, sie hatte einen Gang zurückgeschaltet, bereit zum Manöver. Bevor er etwas sagen konnte, hatte sie aufgelegt.

Er musste lächeln.

Und wählte die nächste Nummer. Jean, sein Pariser Polizeifreund, hatte inzwischen hoffentlich etwas in Erfahrung bringen können.

Es dauerte, bis Jean dranging.

»Georges, ich bin gerade nach Hause gekommen. Wir hatten noch ein kleines Problem in der Métro. Wir mussten …«

»Hast du schon etwas für mich?«

»Warte, ich zieh mir nur die Schuhe aus.«

Ein paar nicht zu interpretierende Geräusche, eine Art wohliges Grunzen, ein Schlurfen. Parkett knarzte.

Dupin hatte mittlerweile die Île Renote erreicht, die hier, im Südosten, Richtung der großen Bucht, über deren Meeresboden Claire und er heute spaziert waren, einen wunderschönen Strand besaß. *Ti Al Lia.* Die obligatorischen rosa Steinriesen, abenteuerlich getürmt, säumten ihn am Rand und befestigten die Halbinsel, die sich hier nicht mehr als eineinhalb Meter über dem Meer erhob. Hohe, mächtige windzerzauste Kiefern standen an der geschützten Seite, saftige, struppige Gräser um sie herum. Die meisten der harmonisch gerundeten Blöcke auf dem Meeresboden – eine interessante Variation, die Dupin bisher noch nicht gesehen hatte – waren von pechschwarzen Algen bewachsen.

»Hallo«, Jean war zurück. »Ich habe mir nur schnell noch ein Bier geholt. Und die Fenster geöffnet. Es ist irre stickig in der Wohnung. Weißt du, wie heiß es in Paris ist? Anne ist noch nicht da.« Seine wunderbare Frau. »Georges, wo bist du überhaupt?«

»Ich gehe spazieren.«

»Du gehst spazieren?«

Dupin unterließ eine Antwort.

»Egal. Also: *Visions. Agence Immobilière* heißt Durands Firma. Er hat sie 2003 gegründet. Er ist ziemlich groß im Geschäft. Vierundzwanzig Angestellte. Gehobene Immobilien, nur selten richtige Luxusimmobilien, dennoch. Er hat sich in den letzten Jahren auf Neubauprojekte spezialisiert und dafür, wie auch für Kernsanierungen von Altbauten, weitere Firmen gegründet. Komplizierte, wie es so schön heißt, steueroptimierte Konstruktionen. Es sind rund sechzehn, die Hälfte ist gegenwärtig auf seine Frau eingetragen. Die allerdings geschäftlich nie in Erscheinung tritt. – Frag nicht, wie ich das alles rausgefunden habe, ich …«

»Die meisten seiner Firmen gehören formal seiner Frau?«

Eine Verzögerung, ein Schluck Bier vermutete Dupin.

»Das gehört zu den legalen Tricks. Einer der simpleren, älteren Tricks.«

»Haben sie einen Ehevertrag?«

»Höchstwahrscheinlich, das haben sie bei solchen Vermögen doch alle.«

»Wie lange sind sie schon verheiratet?«

»Ich habe keine Ahnung.«

»Wo hat er sein Büro?«

»Im fünfzehnten Arrondissement. 33, Rue Frémicourt. Als Adresse des Ehepaars ist die Rue du Théâtre angegeben, gleich um die Ecke.«

Beste Adressen.

»Ich habe auch mit einem anderen Makler im Fünfzehnten gesprochen, der Durand ein wenig kennt. Er schuldete mir einen Gefallen.«

Das gute alte System der Gefallen, es gab nichts Verlässlicheres in der Polizeiarbeit.

»Hast du irgendetwas zum Zustand der Ehe gehört?«

»Ein äußerst schräges, streitsüchtiges Pärchen, hat der Makler gesagt, mehr nicht.«

Das half nicht weiter.

»Und speziell über Madame Durand?«

»Nichts. Es gibt auch keinerlei polizeiliche Vermerke, sie ist ein unbeschriebenes Blatt. Gilbert Durand übrigens ebenso. Er ist weder privat noch geschäftlich je aufgefallen. – So, mehr hab ich nicht für dich. Und mein Bier ist leer.«

»Könntest du irgendwie rauskriegen, ob die Firmen von Anfang an auf Madame Durand gelaufen sind? Und wie lange sie verheiratet sind?«

Inès Marchesi würde es vielleicht wissen, aber wenn, dann wahrscheinlich nur von Monsieur Durand. Dupin hätte gerne gesicherte Informationen.

»Wie soll ich das machen? Ich habe keinerlei Gründe, nach

diesen Informationen zu fragen, ich überschreite all meine Kompetenzen.«

Dupin reagierte nicht, es entstand eine längere Pause.

Jean seufzte. Er kannt Dupins Dickköpfigkeit. »Dann schuldest du mir etwas, Georges. Und ich weiß auch schon, was.«

»Was immer du möchtest!«

»Wir haben so einen absurden Fall. Eine Spur führt zu euch ans Ende der Welt. In den Forêt de Brocéliande. Da sind ein paar Gespräche zu führen. Und ich habe keine Lust, extra in die Provinz zu fahren.«

»Ich bin noch die ganze nächste Woche in den Ferien.«

»Das hat überhaupt keine Eile, Georges. Mach es danach!«

So aufwendig wäre es nicht, der legendäre Wald lag ungefähr auf der Hälfte der Strecke nach Rennes.

»Abgemacht.«

»Gut. Ich kümmere mich um deine Punkte. Und melde mich.«

»Eine Sache noch. Diese Tote, die hier in einem Steinbruch gefunden wurde – sie heißt Virginie Inard und soll aus Bordeaux kommen. Da ist sie aber nicht gemeldet. Ich möchte wissen, ob sie vielleicht in Paris vermisst wird.«

Das mit dem eventuellen Pariser Akzent, den das Zimmermädchen erwähnt hatte, war Dupin nicht mehr aus dem Sinn gegangen.

»Auf den Internetseiten von *Ouest-France* und *Télégramme* findest du ein rekonstruiertes Foto ihres Gesichts. Wahrscheinlich Mitte, Ende dreißig und circa eins siebzig groß, dunklere, längere Haare.«

»Gibt es noch andere Hinweise?«

»Nein.« Es war kümmerlich.

»Dafür verfasst du auch noch den Bericht zu den Gesprächen. Und ich habe zudem noch etwas gut bei dir.«

Dupin seufzte seinerseits.

»Einverstanden.«

»Ich hole mir jetzt noch ein Bier. Bis dann, Georges.«

Dupin steckte das Handy zurück in die Hosentasche.

Der rosa Sandstreifen des *Ti Al Lia*, über den er gelaufen war, war schmaler und schmaler geworden, nun endete er.

Dupin musste einen Weg durch die rosa Riesen finden, um auf die – hier sicher drei, vier Meter hohe – Inselkuppe zu gelangen. Sie lagen immer dichter und bildeten einen breiten Wall bis zur Böschung. Eigentlich sahen die Felsen harmlos aus, aber seit seinem Irrlauf im Aquarium heute Nachmittag war Dupin gewarnt. Die Sonne stand schon deutlich im Westen, zwar noch ein ganzes Stück über dem Horizont, dennoch ließ sie die Granitgiganten bereits lange Schatten werfen. Die sonnenbeschienene Seite der Riesen glitzerte und funkelte, Millionen Kristalle, ein grelles diamantenes Blitzen.

Dupin suchte den einfachsten Weg. Er lief einen der rosa Kolosse entlang. An dessen Ende gab es nur eine Möglichkeit: nach rechts. Dupin bewegte sich auf einen hohen unförmigen Stein zu. Der an der einen Seite eine Art Dach bildete, das an den nächsten scharfkantigen Stein anschloss und einen niedrigen Durchgang freigab. Dupin zögerte, dann näherte er sich. Bückte sich. Es sah aus wie ein Portal. Dahinter ging es weiter.

Er schlüpfte hindurch. Und stand, es war von der anderen Seite nicht zu sehen gewesen, inmitten einer großen steinernen Kammer mit steinernem Boden. Geradeaus ging es nicht weiter.

Dupin blieb stehen. Ihn überkam ein seltsamer Schauer. Auf einmal wirkte dieses Steinlabyrinth nicht mehr so harmlos. Er schüttelte sich. Es war vollkommen lächerlich. Was veranstaltete er hier für ein Theater! Er befand sich mitten in der realen Welt und musste nichts weiter tun, als um ein paar Granitblöcke herumzulaufen. Sie mochten imposant wirken, aber am Ende waren es bloß ein paar Steine, die auf dem Strand lagen, mehr nicht.

Mit einem Mal sah er einen schmalen Durchgang, schräg gegenüber – er hätte geschworen, dass er eben noch nicht da gewesen war. Ohne zu zögern, quetschte er sich hindurch – und befand sich auf einem sicheren erdigen Pfad, der durch dichtes Gestrüpp steil auf die Inselkuppe zuführte. Zehn Meter und er wäre oben.

Auf diesem nördlichen Teil der Insel wuchsen große struppige Büsche mit weißlichen Blättern, vor allem aber ausgedehnte Felder brusthoher Farne. In ihrer Mitte hellgrüne Gräser wie geheimnisvolle grüne Seen, in denen daumenkleine Elfen leben mochten. Rosa Steinrücken, die hier und dort aus dem Grün auftauchten.

Oben angelangt, blickte Dupin auf die Granitblöcke auf dem Strand, durch die er sich erfolgreich einen Weg gebahnt hatte.

Er atmete durch.

Im nächsten Moment hielt er inne. Zwischen den Blöcken hatte er etwas gesehen. Eine Bewegung. Etwas Weißes. Das hinter einen gewaltigen Felsen gehuscht war. Er hatte auch etwas gehört, wenn auch nur schwach.

Intuitiv griff er an seine rechte Hüfte. Umsonst. Er war im Urlaub. Ohne Dienstwaffe.

Dupin verharrte auf der Stelle und fixierte den Granitblock am Strand.

Eine halbe Minute verstrich. Eine ganze. Zwei. Drei. Er war sich sicher: Dort versteckte sich jemand. Er hatte es sich nicht eingebildet.

Der Mann aus dem Peugeot womöglich. Er hatte etwas Weißes getragen, ein Hemd oder T-Shirt.

Weitere Minuten verstrichen. Wenn es ums Ausharren ging: Dupin würde gewinnen. Oder aber: Die Person, der Mann, hatte sich bereits entfernt, war irgendwie nach links ausgewichen. Dann würde Dupin wie ein Idiot dastehen, bewegungslos auf den einen Felsen starrend – während sich sein Verfolger unter Umständen schon wieder von einer anderen Seite näherte. Er würde vielleicht durch das höchstens kniehohe Wasser waten, Richtung Inselspitze, und irgendwo dort über die Felsen klettern.

Dupins Blick löste sich, wanderte akribisch die Küste Richtung Inselende ab. Es bestand einzig aus einem kruden Felsenchaos. Dupin fand, eine der Formationen sah wie ein gigantischer Drachenkopf aus.

Er wartete noch ein paar Minuten.

Erst dann ging er weiter. Angespannt. Immer noch mit einem mulmigen Gefühl. Wenn ihm jemand etwas Böses wollte, gar bewaffnet wäre, wäre er ganz auf sich allein gestellt, weit und breit war niemand zu sehen. Aber vielleicht bildete er sich auch alles nur ein.

Dupin folgte dem Fußweg. Es sah aus, als würde dieser in einem Bogen am Steinchaos des Inselendes vorbeiführen und schließlich auf den Rundweg stoßen, auf dem er zu ihrem Strand gelangte.

Dupin ging entschlossenen Schrittes. Er wollte sich keine Unsicherheit anmerken lassen. Zudem war er durchaus in der Lage, einen Kampf zu bestehen. Er hatte Körpermasse und war überraschend schnell und geschickt.

Dupin fühlte sich mit jedem Schritt befreiter. Gleich würde er mit Claire im Garten sitzen.

Er holte sein Handy und den gefalteten Ausdruck mit der Nummer von Madame Durands Freundin hervor. Eine Handynummer.

Er versuchte, sich auf die Fragen, die er stellen wollte, zu konzentrieren, und beobachtete dabei aufmerksam die Umgebung.

Es nahm sofort jemand ab.

»Hallo?«

»Bonjour, Madame, Sie haben ja bereits gestern mit Gendarmin Marchesi gesprochen, und ich habe mich gerade mit ihr hier auf der Wache über Sie unterhalten.« Dupin machte durch diesen umständlichen Einstieg klar, dass er von der Polizei war, musste aber, wenn es gut ging, nicht sagen, wer er war. »Ich würde gerne noch ein paar Dinge über die verschwundene Madame Durand wissen.« Er hatte es so betont, dass es ein wenig barsch klang und sie hoffentlich auf Nachfragen verzichten würde.

»Von mir?« Sie hatte einen Moment verwirrt geklungen: »Ich habe der Polizei doch schon alles gesagt – was wollen Sie denn noch wissen?«

Dupins Taktik funktionierte.

»Ein paar Dinge nur. Zwischen Ihrer Freundin und deren Ehemann kam es, wie wir wissen, sehr häufig zu Auseinandersetzungen.«

Dupin war stehen geblieben und hatte sich einmal um die eigene Achse gedreht. Es war nichts Verdächtiges zu sehen.

»Darüber habe ich schon mit Ihrer Kollegin gesprochen. Das gehörte von Anfang an zu ihrer Beziehung. Aber das heißt nicht, dass sie sich nicht lieben.«

»Sie würden sagen, Alizée Durand liebt ihren Mann?«

»Auch wenn er ein Idiot ist und ich nicht weiß, warum – ja, sie liebt ihn.«

»Sie scheinen nicht viel von Monsieur Durand zu halten.«

»Ich kann ihn nicht ausstehen.«

»Denken Sie, dass er Ihre Freundin liebt?«

»Keine Ahnung. Ich sage Alizée immer, dass er nur an sich selbst interessiert ist. Aber ich habe ihn akzeptiert.«

»Sie hatten meiner Kollegin gesagt, dass es in den letzten Wochen zwischen den beiden zu weniger Streitereien gekommen sei. Obwohl es eigentlich in diesem Jahr noch schlimmer geworden war.«

»Kann sein.«

»Was meinen Sie damit?«

»Wir waren in letzter Zeit zweimal zusammen essen. Einmal

zu dritt vor vielleicht sechs Wochen, einmal zu viert vor zwei Wochen. Da kriegt man so was ja mit.«

»Und an diesen Abenden waren die Streitereien erkennbar weniger?«

Die Sache beschäftigte Dupin aus irgendeinem Grund.

»Irgendwie schon.«

»Hat sie Ihnen etwas dazu gesagt?«

»Nein. – Mit wem genau spreche ich eigentlich?«

Es hatte doch nicht funktioniert. Dupin musste improvisieren.

»Mit dem Kollegen von Inès Marchesi.«

»Und wie ist Ihr Name?«

Warum war sie plötzlich so misstrauisch geworden? Eilig zog er sein Clairefontaine heraus und blätterte.

»Alan Lambert. *Gendarmerie nationale de Trégastel.*«

Dupin hatte so formell wie möglich gesprochen. Auch so schnell wie möglich, damit sie sich den Namen bestenfalls nicht merken konnte. Und Dupin setzte gleich nach, es sollte keine Pause entstehen:

»Hat Alizée Durand ihren Mann jemals betrogen? Eine Affäre gehabt?«

Es war ein hochriskantes Manöver. Sich als Marchesis Kollege auszugeben. Aber ihm war nichts anderes eingefallen.

»Auch das habe ich Ihrer Kollegin bereits gesagt«, sie wirkte aufrichtig empört, schien sich aber doch mit Dupins Antwort zu seiner Identität zufriedenzugeben. »Nein! Sie ist nicht so«, sie zögerte kurz, »auch wenn sie anders wirken mag, ich meine, durch ihr Äußeres. Wie sie sich kleidet. Sie war ihm immer treu, sie ist anständig.«

»Flirtet sie ab und an? Spaßeshalber?«

»Nein.«

»Sie müssen uns die Wahrheit sagen, Madame«, Dupin sprach jetzt mit tiefer, durchdringender Stimme. »Könnte eine mögliche Affäre, ein möglicher Liebhaber, mit dem Verschwinden Ihrer Freundin zu tun haben?«

»Nein.« Sie hatte verzweifelt entschieden gesprochen, aber nicht verbergen können, dass eine gewisse Sorge mitschwang.

»Das ist eine äußerst ernste Angelegenheit. Sogar Mord ist denkbar. Sie machen sich mitschuldig, wenn Sie Informationen zurückhalten oder falsch aussagen.«

Dupin war sich bewusst, dass er zu extremen Mitteln griff. Aber es ging um zu viel. Vielleicht wollte sie ihre Freundin auch einfach nur schützen.

Dupin war inzwischen auf den Rundweg gelangt. Gleich würde er rechter Hand den Strand sehen, an dem Claire und er immer lagen.

»Alizée hat keine anderen Männer. Und legt es auch nicht darauf an.«

»Sie ist mit einem Playboy gesehen worden, in einer Bar, in der Nacht, bevor sie verschwand. Und sie haben heftig geflirtet.«

Ein längeres Schweigen.

»Sie hat keine Affäre«, erwiderte sie mit fester Stimme.

»Wissen Sie, wie lange die beiden verheiratet sind?«

»Seit fünf Jahren. Es ging Hals über Kopf, sie kannten sich erst ein paar Monate. Er hat sie einem seiner schärfsten Konkurrenten weggeschnappt. Einem schäbigen Immobilientyp aus dem Siebten, mit dem Alizée aber nur kurz zusammen war. Durand hat sie wie eine Trophäe betrachtet.«

»Wissen Sie, dass eine ganze Reihe von Gilbert Durands Firmen auf seine Frau laufen?«

»So etwas interessiert mich nicht.«

»Wissen Sie davon?«

»Wir sprechen nie über die Geschäfte ihres Mannes. Alizée interessiert sich nicht dafür. Und ich mich erst recht nicht.«

»Sie hat es nie erwähnt?«

»Nein.« Jetzt klang sie genervt.

Dupin würde in ein paar Minuten am Hotel sein. Die granitene Welt um ihn herum besaß heute Abend etwas flammend Oranges.

»Und Monsieur Durand – hat er Affären?«, auch so herum musste man denken. »Wissen Sie von anderen Frauen?«

»Davon hat Alizée nie etwas gesagt. Und, glauben Sie mir, das hätte sie. Wenn, dann hat sie davon nichts mitbekommen. Sie hätte ihn nämlich gekillt.«

»Gut«, beschied Dupin. »Ist Ihnen seit dem Telefonat mit meiner Kollegin Marchesi noch etwas eingefallen? Auch die scheinbar unbedeutendsten Details könnten von Belang sein.«

»Nein.«

»Dann danke ich Ihnen, Madame. Nur noch eine letzte Frage«, an dem Punkt hatte sie ihn eben aus dem Konzept gebracht. »Könnten Sie womöglich sagen, an wem der beiden es lag, dass sie sich in den letzten Wochen weniger gestritten haben? Von Ihrer Beobachtung an diesen beiden Abenden ausgehend?«

Sie schien nachzudenken. Es dauerte eine Weile, ehe eine Antwort kam.

»Vielleicht lag es an ihm. Er hat es weniger drauf ankommen lassen, womöglich. Aber ich bin mir nicht sicher. An den Abenden selbst habe ich nicht darüber nachgedacht.«

»Das ist sehr hilfreich. – Und dazu, wo sich Alizée Durand derzeit aufhalten könnte, ist Ihnen nichts Neues eingefallen?«

»Nein, gar nichts.«

»Noch einmal vielen Dank. – Bonsoir, Madame.«

»Bonsoir.«

Dupin lief auf die allmählich ansteigende Dünenkuppe, die die beiden Strände – »ihren« und den nächsten – trennte. Zuletzt bildete die Kuppe eine Art sandigen Wall, durch den man den Fußweg hinter den Stränden gegraben hatte. Die Bucht präsentierte einen feinen weißen Sand und war beinahe frei von rosa Steinen. Dafür wurde sie von umso imposanteren Formationen eingerahmt, dem berühmten Crêpes-Haufen zum Beispiel – der wirklich genau so aussah wie aufeinandergeschichtete Crêpes, Claire hatte sechs gezählt.

Es war kurz vor acht. Dupin wäre pünktlich.

Er beschleunigte seine Schritte. Auch, weil er an ein Glas wunderbar kühlen *Quincy* denken musste. Vor allem aber, weil er plötzlich spürte, wie hungrig er war. Claire würde es bestimmt ähnlich gehen.

Dupin war im Begriff, die kleine Bucht mit dem schönen Sandstrand zu verlassen, als ihm ein Einfall kam. Das Gelände würde sich hervorragend für ein solches Manöver eignen.

Er würde testen, ob seine Sinne ihm einen Streich gespielt hatten oder ob ihn doch jemand verfolgte. So gewänne er endgültig Gewissheit.

Mit einem gewaltigen Satz sprang er plötzlich los und lief mit hohem Tempo quer über den Strand auf den Crêpes-Haufen zu.

Außer Atem erreichte er ihn. Und verbarg sich dahinter. Von hier aus konnte man die Bucht perfekt beobachten.

Seine Augen waren starr auf den Hohlweg in der Düne gerichtet.

Und tatsächlich: Schon im nächsten Augenblick sah er ihn. Vielleicht siebzig Meter entfernt.

Einen Mann mit weißem T-Shirt, drahtiger sehniger Statur. Sehr kurze schwarze Haare. Der suchend nach vorn blickte, den Weg entlang, und, weil er niemanden mehr sah, fast zu laufen begann. Dupins letzte Zweifel waren verflogen: Der Mann verfolgte ihn.

Dupin wartete nicht länger, er stürmte los, auf den Mann zu.

Es dauerte einen Moment, ehe ihn der Mann bemerkte und ebenfalls lossprintete.

Dupin gab alles. Er musste ihn erwischen.

Aber der Abstand war zu groß.

Der Mann lief jetzt auf die Promenade von Coz Pors zu. Die Hotels, Bars, Restaurants, das Thalasso-Zentrum.

Dupin folgte dem Unbekannten atemlos.

Ein Stück hinter den vier Tickethäuschen blieb Dupin stehen, er hatte ihn verloren. Die Terrassen waren voller Men-

schen, die Promenade ebenso. Das Gelände war unübersicht-
lich. Es gab Dutzende Möglichkeiten, sich zu verstecken.

Dupin hatte keine Chance.

»So ein Scheiß.«

Ungehemmt hatte er laut geflucht. Zwei distinguierte ältere
Ehepaare, die, versunken in die wundervolle Abendstimmung,
die Promenade entlangschlenderten, zuckten zusammen und
sahen ihn entrüstet an.

Er wurde wirklich verfolgt, er hatte es sich nicht eingebildet.

Frustriert – und etwas leiser fluchend – machte Dupin kehrt.

Er konnte das Tor zum Hotelgarten schon sehen, als zwei
Männer vor ihm auftauchten. Dunkelbeige Goretex-Kluft, albern bunte Sonnenkappen und ebensolche Rucksäcke, ein Langer, ein Untersetzter, beide große Ferngläser um den Hals.

»Ah, welche Freude. Unser Ornithologen-Kollege. So ist das
in unserer kleinen Welt der gemeinsam geteilten Passion, man
trifft sich zwangsläufig immer wieder! Die Tour der Vogelpa-
radiese!«

Dupin lief der Schweiß über die Stirn, noch immer atmete er
heftig. Er hatte keine Ahnung, wovon der Mann – der kleinere,
der offensichtlich zu viel Sonne abbekommen hatte – sprach,
hatte aber das Gefühl, den beiden schon einmal begegnet zu
sein. Der Mann überschlug sich fast vor Begeisterung:

»Waren Sie schon bei den Basstölpeln? Das ist doch unglaublich! 16745 Paare! Alle wollen zu den Papageientauchern, dabei sind die Tölpel die wahren Stars hier! Eine ganze Insel voll
davon! Sie leben erstaunlicherweise monogam. Und sie können
sich mit einer Flügelspannweite von zwei Metern aus schwin-
delerregender Höhe ins Meer stürzen, sie tauchen bis zu fünfzehn Meter tief und greifen die Heringe von unten an! Von
unten! Wir empfehlen die *Fanfan*, ein kleines Boot, speziell«,
er zwinkerte konspirativ, »für uns Verrückte, sie fahren kurz
vor Sonnenuntergang rüber. Und bleiben, solange man will! –
Aber«, er lachte seltsam tief, »das wissen Sie natürlich.«

Eine Menge an übermäßig abstrusen Informationen.

Plötzlich fiel es Dupin ein. Der »Salz-Fall«. Bei seiner Ermittlung im Golfe du Morbihan war er ihnen begegnet. Schon damals hatten die beiden Ornithologen auf ihn eingeredet, über Regenpfeifer und Alkenvögel referiert. Ohne Punkt und Komma. Genau wie heute. Das waren sie, es bestand kein Zweifel.

Der Kleinere kratzte sich freudig an der Stirn. »Sie waren doch so auf die ›kleinen Pinguine‹ aus! Genau! Ich erinnere mich. Na dann haben Sie Ihre Lieblinge auf den Sept-Îles sicher längst besucht.«

»Wenn man nicht wüsste«, jetzt machte er ein ernstes Gesicht, »dass wir Vogelliebhaber sanfte, friedliche Menschen sind, würde man sich schon Gedanken darüber machen, dass Sie sich immer genau dort aufhalten, wo die größten Verbrechen begangen werden! Höchst verdächtig!«

Er brach in ein tiefes Lachen aus, sein Begleiter stimmte ein.

»Das wäre doch mal ein spannender Fall. Ein Vogelliebhaber, der seine Exkursionen nutzt, um Morde zu begehen! Die perfekte Tarnung.«

Die Augen des Mannes hatten sich mit einem Mal geweitet, so als hätte er sich vor seinem eigenen Gedanken erschreckt.

»Na gut! Wir müssen weiter«, er bemühte sich, sein Lachen zurückzugewinnen. »Heute stehen noch ein paar prächtige Haubenkormorane auf dem Plan!«

Der Lange nickte eifrig, sprach aber immer noch kein Wort.

Sie schienen es nunmehr eilig zu haben.

»Also, man sieht sich.«

Im Nu waren sie verschwunden.

Dupin musste sich einmal heftig schütteln.

Dann setzte er sich langsam in Bewegung. Er atmete tief ein und aus. Sammelte sich.

Gemessenen Schrittes ging er durch das Tor und folgte dem kurvigen Privatweg zum Hotel.

Seit dem Gespräch mit Nolwenn hatte ihm etwas keine Ruhe gelassen und war ihm gerade erneut ins Bewusstsein getreten: Hatte er sich täuschen lassen von ihr? War er naiv gewesen?

Es würde nur eine Minute dauern.

Er holte sein Handy heraus und lehnte sich an einen der großen Granitblöcke im Garten.

Es klingelte einige Male, bevor der Inspektor abnahm.

»Chef«, ein zerknirschter Tonfall, »Sie wissen doch, dass ich nichts für Sie tun kann.«

»Riwal, wo ist Nolwenn?«

»Nolwenn?«

»Ja, sie muss vor einiger Zeit aufgebrochen sein. Mit dem Auto. Wohin?«

»Das wissen Sie doch! Zum Festival, ihre Lieblingsbands treten auf ...«

»Und da fährt sie wirklich hin? Ganz sicher?«

»Ja. Meinen Sie, sie würde das verpassen wollen? Wie kommen Sie darauf?« Riwal wirkte aufrichtig konfus.

»Riwal, ich meine es ernst! Rücken Sie mit der Wahrheit raus!«

Eigentlich hatte der Inspektor glaubwürdig geklungen. Dennoch.

»Ich – ich sage die Wahrheit. Das ist alles, was ich weiß.«

»Aha«, triumphierte Dupin. »Dann wissen Sie vielleicht einfach nicht, was gerade wirklich vor sich geht!«

»Ich schwöre es«, in Riwals Ausdruck lag echte Verzweiflung, »ich weiß nur, dass sie unterwegs nach Carhaix ist.«

Dupin dachte nach. Er glaubte Riwal. Nolwenn handelte auf eigene Faust. So würde es sein. Sie war auf dem Weg nach Trégastel, ohne jemanden eingeweiht zu haben. Um zu recherchieren. Sie hatte eine Mission, und in diesem Zustand war sie zu allem fähig. Oder, auch das ging Dupin durch den Kopf, er übertrieb und litt inzwischen tatsächlich an Wahnvorstellungen. Aber den Verfolger hatte er sich auch nicht eingebildet!

»Und wie gefallen Ihnen die Ferien, Chef? Hatten Sie schon Zeit, sich mit den außerordentlichen Eigenheiten des Gesteins zu beschäftigen, das Sie dort überall umgibt? Es gibt Spannendes darüber zu berichten.«

Eine klassische Übersprungshandlung, vermutete Dupin. Riwal wusste nicht, was er sagen oder tun sollte. Und so brach sein ureigenster – urbretonischer – Reflex durch, Geschichten zu erzählen:

»Das gilt nicht nur für den rosa Granit, nein – Teile der Erde, über die Sie dort laufen, gehören zu den bei Weitem ältesten Gesteinen Frankreichs. Über zwei Milliarden Jahre alt. Der erste Boden Frankreichs war ein bretonischer! Mit der Bretagne hat alles begonnen«, natürlich, das war immer die Pointe. Dupin konnte nicht verhindern, dass ihn beim Zuhören beinahe sentimentale Gefühle überkamen, er vermisste seinen Inspektor bei diesen vertrackten Vorkommnissen, seine Unterstützung und auch – so aberwitzig es klingen mochte – seine langen Exkurse.

»Die fünf Stellen, an denen die Urerde hervortritt, befinden sich im Norden, Trébeurden-Trégastel ist eine von ihnen. Aber auch alles andere dort ist uralt. Das *Massif Armoricain*, das sich von der Normandie bis weit über die Bretagne erstreckt und mit über neuntausend Metern höher ist als der Himalaja, ist sechshundert Millionen Jahre alt! Vermutlich das höchste Gebirge aller Zeiten, bretonisch! Und an der Côte de Granit Rose hält es die spektakulärsten Phänomene bereit: Vor dreihundert Millionen Jahren schoben mächtige Magmazyklen drei gigantische Blöcke eines einzigartigen rosa Granits nach oben. Nachdem die Berge des Massifs erodiert waren, traten sie an die Oberfläche. Und da liegen sie nun. Der Granitblock von Ploumanac'h, der sich über acht Kilometer zieht, ist der bemerkenswerteste.«

Riwal machte eine Pause, als erwartete er Dupins Intervention, seine Stimme hatte ein wenig unsicher geklungen, sein Enthusiasmus bemüht gewirkt.

Dupin hatte von den Ausführungen hingegen nur wenig mitbekommen. Er dachte immer noch über Nolwenn nach. Ob er wohl recht hatte mit seiner Vermutung. Was er tun könnte, tun sollte, um es herauszufinden.

»Die exzeptionelle Farbe«, sprudelte es weiter aus Riwal hervor, »ergibt sich übrigens aus dem hohen, über fünfzigprozentigen Anteil von intensivrosa Feldspat-Kristallen, zumeist grobkörnig, der Rest besteht aus hell- oder dunkelgrauem Quarz und dunklem Glimmer, einem mafischen Mineral, was den Kontrast und die Wirkung des Rosa noch erhöht. Schauen Sie mal genau hin auf Ihren Spaziergängen, beachten Sie ...«

Riwal unterbrach sich, ganz von selbst.

»Nolwenn hat mir gesagt«, er klang jetzt betrübt, »ich soll Ihnen wortreiche Geschichten erzählen, wenn Sie wieder anrufen, um mich nicht unter Druck setzen zu lassen.« Eine Art beschämter Seufzer folgte. »Aber ich bin gerade nicht in der Stimmung. – Übrigens: Der Kommissar aus Lannion hat sich bei Nolwenn gemeldet und berichtet, dass Sie verbotenerweise eigene Ermittlungen durchführen. Dass er sich damit an die Präfektur wenden wird.«

Dupins Puls schnellte hoch.

»Er hat sich nur über mich beschwert? Nicht auch über Nolwenn? Hat sie Ihnen das gesagt? Ausschließlich über mich?«

Riwal hatte keine Chance, zu verstehen, was Dupin meinte.

»Ja. Und wenn ich Ihnen helfe, bringe ich Sie noch mehr in Schwierigkeiten, hat sie gesagt. Wir würden Sie am Ende noch verlieren, es könnte Ihre Suspendierung zur Folge haben.«

Das waren schwere Geschütze. Es war ungeheuerlich, wie Nolwenn den Inspektor unter Druck setzte – *sie*, nicht er. Aber unrecht hatte sie nicht mit der Erwägung der möglichen Folgen.

»Ist gut, Riwal. Ich verstehe.«

Er würde seinen Inspektor nicht weiter in die Bredouille bringen.

»Dann bis bald.«

»Bis bald, Chef. Und – seien Sie vorsichtig.«

Dupin löste sich von dem Stein, an dem er gelehnt hatte. Fünfzig Prozent Feldspat, wie er jetzt wusste.

Er schaute auf die Uhr. Zwanzig nach acht.

Jetzt war es doch spät geworden.

»Wie waren die heißen Steine, chérie?«

Claire lag auf dem gelben Liegestuhl. Auf einem kleinen Hocker daneben: ein leeres langstieliges Cocktailglas. Und zwei Schälchen mit Chipskrümeln.

Sie hatte die Augen geschlossen und atmete erkennbar tief. Ein wenig schreckte sie zusammen, als Dupin sie ansprach.

»Großartig. Die heißen Steine nach der Massage waren die richtige Empfehlung, so geschmeidig war mein Nacken noch nie.« Sie bewegte den Kopf demonstrativ langsam hin und her. Dupin sah knallrote Flecken links und rechts an Claires Nacken. Die Steinbehandlung hatte sie anscheinend tatsächlich gemacht, allerdings sicher nicht, ohne währenddessen mit der Klinik zu telefonieren.

»Was kann ich Ihnen bringen, Monsieur?« Eine der freundlichen Kellnerinnen war erschienen und räumte das leere Cocktailglas und die Schälchen ab.

»Eine Flasche sehr kalten *Quincy*. Und«, er schaute zum Hocker, »noch zwei Portionen Chips bitte. Und Oliven.«

»Gern, Monsieur.«

»Und etwas Baguette bitte.«

»Ich nehme noch einen *Manhattan*«, fügte Claire eilig an.

»Wir werden dann auch gleich zum Tisch gehen.«

Sie sah Dupin an und lächelte.

»Ich bin am Verhungern. – Hast du deine Kreditkarte wieder?«

»Meine …«, Dupin stockte. »Natürlich, ja, meine Kreditkarte. Sie ist wieder da.«

Ein gefährlicher Fauxpas. Wie konnte er sich nur so dumm anstellen?

»Und warst du noch etwas trinken in der Bar?«

»Ja. Die Bar ist herrlich, ich hatte einen *petit café*«, er schaute Claire direkt in die Augen, »und ein kleines Bier. Dann bin ich über die Île Renote zurückgelaufen. Ein Traum.«

Interessanterweise, verräterischerweise, fragte sie nicht weiter nach.

»Ich habe beim Warten auf die Massage in einer Zeitschrift einen Artikel über das Aussterben der klassischen Drinks gelesen und mich an den *Manhattan* erinnert, den ich früher immer so gern getrunken habe.« Claire streckte sich. »Das war ein wunderbarer Tag, findest du nicht auch? Wir haben viel gesehen. – Was für eine sagenhafte Gegend!«

Es hatte so geklungen, als würde noch etwas folgen. Claire ließ die Sätze eine Weile in der Luft hängen, erst dann fuhr sie fort.

»Aber morgen brauche ich wieder einen ausgiebigen Strandtag. Sonst arten die Ferien noch in Anstrengung aus.«

Raffiniert. Claire wusste nur zu gut, dass er es nicht lange auf dem Handtuch aushielt. Und sie somit viel Zeit allein am Strand hätte. Mit exzellentem Handyempfang.

»Das klingt doch gut«, spielte er mit.

»Dann kannst du wieder deine kleinen Ausflüge unternehmen. – Deinen Dingen nachgehen«, sie lächelte, ein tückisches Lächeln, bildete Dupin sich ein.

Jetzt war er doch etwas alarmiert. Was genau wusste sie wohl über die Dinge, denen er nachging? Und hatte sie das alles vielleicht bloß gesagt, damit sie Klarheit schafften? Auf beiden Seiten?

»Bitte sehr.« Die Bedienung hatte sich beeilt. Geschickt stellte sie ein kleines Tablett mit ihren Bestellungen ab.

Claire griff in beeindruckender Geschwindigkeit nach dem neuen Cocktail.

»Auf uns. Auf unsere Ferien! Auf die Erholung, Georges.«

Das Glas war eiskalt. Er konnte den ersten Schluck nicht erwarten.

»Auf uns. Auf unsere Ferien, auf die Erholung.«

Er wiederholte es Wort für Wort, völlig neutral.

Claire hatte also offenbar doch beschlossen, die Situation weiterhin konsequent in der Schwebe zu lassen. Er war damit sehr einverstanden.

Die Gläser klirrten leise beim Anstoßen. Leise und verheißungsvoll.

Claire lehnte sich zurück. Nippte an ihrem Drink.

Dupin tat es ihr gleich und machte es sich auf der Liege bequem. Der *Quincy* war eine Wucht. Wundervoll frisch, ein Hauch von Mandarine und Pistazie.

Beim nächsten großen Schluck schloss er die Augen.

Claire, der Wein, der paradiesische Garten – auch wenn die Aktion gerade heftig gewesen war, die Jagd nach seinem Verfolger, den er sich nicht einbildete –, in diesem Moment fühlte sich alles fern an.

Exakt zwölf Minuten später – genauer: zwei Schälchen Chips, ein Schälchen Oliven, einige Stücke Baguette und ein weiteres Glas *Quincy* später – saßen Claire und er an ihrem Tisch auf der fantastischen Terrasse. War das schier endlose Chaos der rosa Steine eben in der Verfolgungssituation noch eine dunkle Bedrohung gewesen, waren sie nun, das Hotel und der Garten mitten in ihnen, ein beruhigender Schutz, eine helle Festung. Und eine spektakuläre Kulisse. Ein jäher Wechsel der Wirkung, den Dupin nun schon wiederholt erlebt hatte – eine geheimnisvolle Eigenschaft, die den eigentümlichen Steinen innezuwohnen schien.

Auch die Menü-Ankündigung bot traumhafte Visionen: Terrine aus Blumenkohl und *Foie gras* als Vorspeise, *Crevettes roses* von der hiesigen Küste mit hausgemachter Mayonnaise als Zwischengang, gegrillte Wildentenbrust danach. Als Krönung *Profiterolles* mit frischen Himbeeren.

»Hat dich«, Dupin war es eben mit einem Mal durch den Kopf gegangen, »Nolwenn eigentlich angerufen? In den letzten Tagen, meine ich?«

Vielleicht hatte Nolwenn Claire eingeweiht. Auch, wenn Dupin es für unwahrscheinlich hielt.

»Et voilà.«

Die Kellnerin stand mit der Vorspeise vor ihnen.

Umgehend steckte Dupin die Gabel in die cremigen Schichten. Er erinnerte sich nicht, je solchen Hunger gehabt zu haben.

»Über das Haus am Meer, das du gefunden hast«, Claire war auf seine Frage nach einem Anruf Nolwenns nicht eingegangen, »reden wir noch, Georges. Wenn der richtige Moment da ist.«

Sie hatte die Bemerkung – zu dem für Dupin so wichtigen Thema – wie beiläufig eingestreut. Es war völlig offen, was das heißen sollte. Es konnte alles bedeuten. Er hatte die Gabel wieder sinken lassen.

»Machen wir«, Dupin schaute Claire aufmerksam in die Augen. »Ich wollte nur …«

»Monsieur Dupin! Monsieur Dupin!«

Bellet. Der vergeblich versuchte, ruhig und souverän zu wirken. Er stand keinen halben Meter von ihrem Tisch entfernt. Ein Déjà-vu.

Claire hatte das erste Stück Terrine im Mund, sie sah ihn an wie eine Erscheinung.

»Ein Anruf. Ein Anruf für Sie«, Bellet hatte sich immer noch nicht unter Kontrolle. »Ihre Mutter aus Tahiti.«

»Meine Mutter? Tahiti? Aus Jamaica, meinen Sie hoffentlich?«

Jetzt war es Bellet, der Dupin anstarrte, verwirrt: »Jamaica?«

Dupin musste dem schnell ein Ende bereiten. Er sprang auf.

»Ich komme. Ich habe mein Handy ausgeschaltet, deswegen wird sie auf dem Festnetz angerufen haben.«

Eine äußerst schwache Argumentation.

Claire wirkte nicht so, als würden sie Dupins vorsorgliche Erörterungen überhaupt interessieren.

»Los, sie ruft aus Jamaica an. Das kostet sicherlich ein Vermögen!«

Ein paar Momente später – Dupins bedauernder Blick hatte beim Verlassen des Tisches an der Terrine gehangen – befand er sich mit Bellet im schmalen Flur, Bellet zerrte ihn förmlich in den Rezeptionsraum.

»Tahiti, Jamaica, wo ist da der Unterschied! Sie haben Maïwenn Guichard verhaftet«, platzte es aus ihm heraus. »Vor einer halben Stunde.«

»Guichard«, murmelte Dupin.

Es überraschte ihn nicht. Wenn es um die Ermittlungen des Kommissars aus Lannion so stand, wie es sich heute Nachmittag angehört und Marchesi es bestätigt hatte, war das – im Hinblick auf die zugespitzte Bedrohungslage Rabiers – eine der wenigen Optionen, die dem Kommissar zur Verfügung standen. Eine primitive Maßnahme, ohne Zweifel, aber eine Maßnahme. So verschaffte er sich etwas Luft, natürlich erwarteten alle »Ergebnisse«. Dass er rasch »handelte«, Dupin kannte das. Es könnte allerdings auch sein, dass der Kommissar eine neue Information besaß, die ihn zu diesem drastischen Schritt bewogen hatte.

»Wohin bringt man sie? Nach Lannion?«

»Sie wird schon dort sein. Inès hat extra ihren Onkel angerufen und der dann mich – nur damit Sie es wissen.«

»Hat sie das so gesagt: ›Damit ich es weiß‹?«

»Ja.«

Sehr gut. Dupin war zufrieden.

»Was denken Sie, Monsieur le Commissaire?«

In Bellets Frage lag unumwunden Neugier.

»Ich denke gar nichts.«

Und er würde sich jede Spekulation verkneifen.

»Marchesi hat nicht gesagt, dass es eine neue Sachlage gibt?«

»Nein.«

Es war eine Kommunikation über Bande. Die immer einen Rest Unsicherheit behielt.

»Hm. Das war es schon? War das der ganze Anruf meiner Mutter?«

»Ja.«

Bellet wirkte enttäuscht. Er hatte offenbar auf eine andere Reaktion gehofft.

»Das ist doch eine spektakuläre Entwicklung, finden Sie nicht? – Und ich habe mit unseren Freunden vom Hotel *Castel Beau Site* gesprochen, es war nicht leicht, sie überhaupt an den Apparat zu kriegen. Die Tote, Madame Inard, hatte das Zimmer für acht Tage gebucht. Nicht für sieben. Dennoch sagt man ›eine Woche‹.«

»Alles regulär also?«

»Ja. Sie sollte Mittwoch abreisen. Gestern. Wozu es dann ja nicht mehr kam.« Eine trockene Bemerkung. »Zu Ihren anderen Fragen im Zusammenhang mit dem *Castel Beau Site:* Weder Monsieur Ellec noch Maïwenn Guichard noch Jérôme Chastagner haben in den letzten Wochen dort verkehrt. Auch nicht Madame Rabier. – Und sie sind Madame Inard nie bewusst begegnet, sagen die Besitzer. Insofern ist ihnen auch nichts Ungewöhnliches aufgefallen.«

»Ich gehe jetzt zurück zu meiner Terrine«, brummte Dupin. Er hatte gar nicht so unfreundlich klingen wollen. Der Hunger war es, der ihn bärbeißig werden ließ.

»Zu dumm auch«, Bellet schien ernsthaft besorgt, »dass Sie Maïwenn Guichard nun doch nicht morgen früh sehen können.«

Dupins Anruf bei der Presseladen-Besitzerin hatte sich ebenfalls herumgesprochen. Dupin hatte längst aufgehört, sich darüber zu wundern.

Eine halbe Minute später saß er wieder am Tisch.

»Was hat deine Mutter gesagt? Ist etwas passiert?«

»Alles in Ordnung. Ihr geht es gut«.

Dupin konnte endlich die Vorspeise genießen. Er war nicht unbedingt ein Blumenkohl-Freund, aber die Kombination war hervorragend.

»Und warum hat sie angerufen?«

»Nur, um zu sagen, dass es ihr gut geht.«

»Eigentlich wollte sie sich doch gar nicht mehr melden.«

Verdammt. Noch ein Fauxpas. Dupin nahm einen großen Schluck Wein. Gab der Kellnerin ein Zeichen, dass sie eine neue Flasche bräuchten.

»Wie auch immer! Hauptsache, es ist alles in Ordnung!«, schloss Claire überraschenderweise.

Dupin lehnte sich zurück, bei den ersten Bissen hatte er noch ganz vorn auf dem Stuhl gesessen. Seine Gesichtszüge entspannten sich allmählich. Und er spürte die Wirkung des Weins. Deutlich.

»Ein Monsieur Quilcuff hat heute Abend nach dir gesucht«, sagte Claire plötzlich. »Hat Madame Bellet mir eben erzählt, er ist extra vorbeigekommen, um den ›Kommissar‹ zu sprechen. Wegen der Baguettes in der Boulangerie an der Feuerwache. Seit Jahren werden sie immer kleiner und die Preise immer höher, was der dortige Bäcker bestreitet. Deswegen will er ihn des Betrugs überführen. Du sollst den Fall übernehmen.«

Nun musste sie laut lachen. Zu Beginn des Satzes hatte sie sich noch um Ernsthaftigkeit bemüht. »Er wird noch einmal vorbeikommen, hat er gesagt.«

Jetzt musste auch Dupin lachen.

»Monsieur Dupin!«, wieder Bellet, wieder stand er unmittelbar vor ihrem Tisch.

»Noch einmal Ihre Mutter!«

Jetzt wurde es etwas zu abstrus.

»Sehr merkwürdig«, kommentierte Dupin und war auch schon aufgestanden. Claire schaute fragend.

Sie waren noch nicht an der Rezeption, als Bellet ihm bereits aufgeregt zuflüsterte: »Sie werden Guichard nicht dabehalten. Nur verhören. Die erste Meldung, die Marchesi bekommen hat, war falsch. Ich meine, sie haben sie nicht richtig verhaftet, sondern nur für eine offizielle Aussage auf die Wache gebracht.«

»Ich verstehe.«

Sie hatten die Rezeption erreicht.

»Ist das alles?«

»Eine wichtige Nachricht, finden Sie nicht?«

»Allerdings, Monsieur Bellet.«

Natürlich war eine Befragung auf der Wache etwas grundsätzlich anderes als eine Verhaftung.

»Nicht, dass Sie denken, ich berichte ungenau, Monsieur le Commissaire. Marchesi selbst ging nach ihrer ersten Information von einer Verhaftung aus und hat erst jetzt erfahren, dass die Landwirtin nach dem Verhör wieder auf freien Fuß gesetzt wird.«

»Alles klar.«

»Das Gute ist, dass Sie Maïwenn Guichard jetzt morgen früh doch treffen können!«

Dupin wandte sich zum Gehen. Er brauchte noch Wein.

»Schließen Sie das Hotel heute Nacht gut ab, Monsieur Bellet.«

Dupin hatte sich nicht einmal mehr umgedreht. So war ihm Bellets banges Gesicht entgangen.

Zurück am Tisch, setzte er sich wortlos und griff so entspannt wie möglich zu seinem Glas.

»Du willst es nicht wissen«, murmelte er.

Ihm war nichts eingefallen, keine gute Geschichte. Bloß völlig kuriose, der Wein war ihm zu Kopf gestiegen. Er hatte vor Kurzem einen Film über den jamaikanischen Dschungel gesehen, kecke Papageien und übermütige Affen. Nun sah er sie im Geiste auf den Schultern seiner Mutter umherturnen, die es ihnen heftig untersagte …

Claire hielt ihr Weinglas hoch.

»Auf unsere Ferien, Georges! Auf einen weiteren entspannten Tag!«

Sie lächelte.

Dupin gab sich aufrichtig Mühe: »Auf einen weiteren entspannten Tag!«

Es war nicht zu fassen, wie Claire das fertigbrachte. Man war sofort bereit zu glauben, es wäre nichts gewesen, gar nichts! Es nötigte ihm tiefen Respekt ab.

»Übrigens findet Sonntagabend die 37. *Nuit de la saucisse* statt. In Plestin-les-Grèves, hier in der Nähe. Eine Nacht der Würste! Sie präsentieren Wurstspezialitäten des Nordens. Man kann alles probieren! Es gibt auch Musik.«

Das klang durchaus interessant.

»Und weißt du noch, der Whisky, den wir vorgestern getrunken haben? Dieser bretonische. *Armorik.* – Erinnerst du dich? Er war so gut. – Das Lebenswasser der Kelten.«

»Unbedingt.«

»Die Destillerie liegt in Lannion. Es ist der erste Whisky, der überhaupt in der Bretagne gebrannt wurde. Er hat vor ein paar Jahren die Auszeichnung *Best European Single Malt* bei den *World Whiskies Awards* gewonnen.«

Dupin war nicht klar gewesen, wie groß Claires Interesse an Whisky war. Egal. Doch sie war auf den »zweiten Anruf seiner Mutter« nicht mehr eingegangen. Und das war die Hauptsache.

»*Warenghem* heißt die Destillerie, ich habe die Broschüre mitgebracht, die im Thalasso auslag. Sie nehmen nur reinstes Wasser aus ihrer eigenen Quelle. Zudem stellen sie *Elixir de Bretagne* her und den traditionellen *Chouchen.* Den hast du mir noch nie serviert! Du bist ein schlechter Bretone! Wasser, Honig und viel Zeit braucht es dazu, steht hier. Das Getränk wird seit 1500 Jahren nach demselben Rezept gebraut – das keltische Urgetränk, die Druiden haben es erfunden!«

Dupin musste zugeben, dass er *Chouchen* – ein schlimmer Makel auch in Nolwenns Augen – noch nie versucht hatte, gegorenes Honigwasser, klang gewöhnungsbedürftig. Bei Claires Vortrag bekam man jedoch beinahe Lust dazu.

»Am besten legen wir heute Abend gleich los und probieren alles!« Claire war nicht zu stoppen.

Der Abend würde albern enden. Wunderbar. Dupin war ganz und gar einverstanden. Es würde ihnen guttun: Sie hatten heute beide hart gearbeitet.

FREITAG

Es war 6 Uhr 17.

Erschöpft und glücklich waren sie um halb eins ins Bett gefallen. Dupin war augenblicklich in einen tiefen Schlaf gesunken – am Ende hatten sie fast drei Flaschen *Quincy* getrunken, ein paar *Fines de Bretagne* und *Elixirs d'Armorique* –, aber um drei Uhr wieder aufgewacht, um sich unruhig hin und her zu wälzen. Gegen fünf hatte er überlegt, einfach aufzustehen, war dann aber doch noch mal eingeschlafen.

Undeutliche Geräusche hatten Dupin geweckt.

Er saß im Bett und versuchte sich zu orientieren. Die Dämmerung hatte zaghaft eingesetzt.

Ein verhaltenes Klopfen an der Tür. Eindeutig. Dupin meinte, ein gedämpftes »Hallo, Hallo« zu hören.

Noch einmal.

Träumte er?

»Commissaire!« Ein ganzes Stück lauter.

Es war kein Traum. Es war Bellet. Dupin hatte die Stimme erkannt.

Vorsichtig stieg er aus dem Bett. Claire bewegte sich kurz.

Auf Zehenspitzen lief er durchs Zimmer.

Er hoffte nur, dass Bellet einen guten Grund besaß, sie so früh am Morgen zu stören.

Er öffnete die Tür leise einen Spalt. Der Flur war dunkel, Bellet war immerhin so vorausschauend gewesen, das Licht auszulassen.

»Was gibt es denn so Dringendes?«, knurrte Dupin leise.

»Noch ein Mord.«

»Was?«

Dupin war augenblicklich hellwach. Die ruppige Nachfrage war viel zu laut gewesen. Er blickte sich intuitiv nach Claire um. Die sich nicht rührte.

»Ein Mann. Ein Taxifahrer.«

»Ein Taxifahrer?«

»Er lag neben seinem Taxi.«

»Wo?«

»Auf einem einsamen Waldweg, der vom Chemin des Kergoumar abgeht. Am Ende des Traouïéro-Tals. Ein Bauer war mit seinem Traktor zu einem seiner Felder am Rande des Tals unterwegs. Bei Anbruch der Dämmerung. Er hat sofort die Polizei verständigt.«

Das Traouïéro-Tal, schon wieder.

»Wie wurde er ermordet?«

Bellet hielt sich diskret an der Wand und blickte höflich an Dupin vorbei, der nur spärlich bekleidet war.

»Mit einem Stein erschlagen. Er lag unweit des Toten.«

Das war das zweite Mal, dass ein Stein eine entscheidende Rolle spielte. Was nicht weiter verwunderlich war in dieser Gegend.

»Wann ist es geschehen?«

Eine noch unmöglich zu beantwortende Frage, wusste Dupin, sie war ihm rausgerutscht.

»Ich weiß es nicht. Ich meine, die Polizei weiß es noch nicht. Inès hat mich vor zwei Minuten angerufen. Sie war eben erst eingetroffen, Desespringalle noch nicht.«

»Ich will selbst mit ihr sprechen.«

»Tun Sie das.«

Es klang ein wenig beleidigt.

»Danke für die schnelle Information.«

»Das ist doch selbstverständlich.« Bellet wirkte versöhnt.

»Ich ziehe mich nur rasch an.«

Dupin schloss leise die Tür und streifte sein Polohemd und die Jeans über.

Keine Minute später stand er vor Bellet im Flur.

»Sie haben ja die Handynummer.«

»Habe ich«, Dupin ging zur Treppe, Bellet folgte.

Im Nu war Dupin auf der Terrasse und über die Treppe im Garten. Bellet hielt sich mit behänder Schnelligkeit dicht hinter ihm.

Eigentlich hatte Dupin allein telefonieren wollen. Aber er sollte Bellet nicht zu sehr vor den Kopf stoßen, er war weiterhin auf ihn angewiesen, und Bellet hielt das hier nun offensichtlich für ihre gemeinsame Sache.

Dupin stellte sich an die Hortensieninsel. Drückte die Nummer.

»Ja.« Marchesi klang knapp angebunden.

»Dupin hier. Ich wollte nur wissen, ob es schon Neuigkeiten gibt?«

»In den letzten zwölf Minuten?«

»Wie sah die Leiche aus? Frisch?«

»Nein.«

»Was ist Ihre Einschätzung?«

»Ich habe zuvor noch keine Leiche gesehen, das ist meine erste.«

»Und?«

»Ich würde sagen, die liegt schon ein wenig.«

»Woraus schließen Sie das?«

»Die Hautfarbe. Der Gesamteindruck. Alles, was ich darüber gelernt habe. Auf keinen Fall ist es gerade erst passiert.«

»Ist der Kommissar mittlerweile eingetroffen?«

»Ja. Und die Spurensicherung. Und der Gerichtsmediziner.«

»Hat er schon etwas gesagt?«

Eine müßige Frage. Das taten sie fast nie, da würde auch der Kollege hier im Norden keine Ausnahme sein.

»Gar nichts. Er macht gerade ein paar Tests und will die Leiche so schnell wie möglich in sein Labor in Morlaix bringen.«

Noch eine Standardformel der Gerichtsmediziner.

»Der Kommissar hat den Fall übernommen?«

»Natürlich.«

Es war nicht anders zu erwarten gewesen.

»Ich habe ihm übrigens mitgeteilt«, fuhr sie fort, »dass ich über Beweise verfüge, die Chastagners illegale Ausweitung des Steinbruchs dokumentieren. Desespringalle will die Beweise haben.«

Auch wenn es Dupin missfiel, Marchesi hatte richtig gehandelt.

»Kannten Sie den Taxifahrer?«

Eine der naheliegendsten Fragen.

»Nicht persönlich. Pierre Séchard. Alleinstehend. Anfang sechzig. Ein bisschen kauzig. Sein eigener Wagen. Er lebte abgelegen, Richtung Guingamp.«

»Und niemand hat ihn bisher vermisst?«

»Anscheinend nicht.«

»Was wissen Sie noch über ihn?«

»Eigentlich nichts. Man hat ihn ab und zu in Trégastel gesehen.«

»Trégastel hat sein eigenes Taxiunternehmen, vermute ich?«

»Zwei sogar. Mit jeweils einem Wagen.«

Bellet stand keinen halben Meter von ihm entfernt und lauschte aufmerksam. Was Dupin die Zusammenfassung ersparen würde.

»Wie weit ist der Fundort vom Steinbruch entfernt?«

»Luftlinie vierhundert Meter, fünfhundert.«

»Dann ist es auch nicht weit zum Hof von Guichard?«

»Nein.«.

Das konnte kein Zufall sein. Auch die Nähe zum Steinbruch

nicht. Er würde ihn sich ansehen müssen. Die ganze Gegend dort. Ebenso den neuen Tatort, so gut es ging. Trotz der Polizeipräsenz, er würde einen Weg finden.

»Wir müssen vor allem den Todeszeitpunkt wissen.«

»Ich rufe Sie an, sobald ich etwas Neues habe.«

»Auch wenn der Gerichtsmediziner nur eine erste vage Vermutung äußern sollte, unbedingt schon dann.«

»Wir werden sehen.«

Die Gendarmin hatte das Gespräch beendet.

»Das nimmt ja unglaubliche Dimensionen an.« Bellet nickte anerkennend. »Es hat alles so harmlos begonnen. Und jetzt das!«

Wenn man das ungewollt Makabere wegließ, hatte Bellet natürlich recht. Es war ungeheuerlich.

»Kannten Sie den Taxifahrer, Monsieur Bellet?«

Er zuckte mit den Schultern: »Er ist nicht von hier. – Was werden Sie jetzt tun?«

Dupin warf einen Blick auf die Uhr.

»Noch einmal ins Bett gehen.«

»Sie können doch jetzt nicht ins Bett gehen. In Trégastel ist ein weiterer Mord geschehen.«

»Ich habe Kopfschmerzen.«

Er hatte wirklich Kopfschmerzen, er hatte es eben erst bemerkt. Der Wein war zwar gut verträglich gewesen, die Mengen dennoch zu üppig.

»Ich brauche eine Tablette.«

Dupin hatte eigentlich nicht vor, sich noch einmal hinzulegen. Aber er wollte allein sein. Und vor allem: Er brauchte einen *café*.

Er ging auf die Terrassentreppe zu.

»Na gut«, Bellet war sofort wieder neben ihm. »Sie haben ja den ersten Termin um halb neun. – Übrigens«, die Stimme veränderte sich, seine Stirn legte sich in Falten, »warum sollte ich gestern Nacht gut abschließen? Ich meine, ich habe es getan, doppelt gut, aber warum? Befürchteten Sie etwas Konkretes?

Sind wir in Gefahr? Ich habe meiner Frau lieber nichts davon erzählt. Sie hätte kein Auge zugetan«, er hielt inne, »*ich habe kein Auge zugetan.*«

»Sie haben alles richtig gemacht! Es ist nichts passiert, sehen Sie!«

Sie hatten die Terrasse erreicht. Den Flur.

Energisch erklomm Dupin die Treppe.

»Bis später, Monsieur Bellet.«

»Ich melde mich, wenn es Neuigkeiten gibt.«

»Tun Sie das.«

Bellet wirkte immer noch konfus.

Vor der Zimmertür blieb Dupin stehen.

Er würde die kommenden zwei Stunden nutzen, um über die neueste brutale Entwicklung nachzudenken. Und um all seine Notizen systematisch durchzugehen. Dabei würde er, das hatte er gestern schon gewollt, war aber nicht dazu gekommen, eine genaue zeitliche Abfolge der Ereignisse erstellen. Der ganzen letzten Tage, seit dem ersten »Vorkommnis« hier in Trégastel. Aber wo würde er jetzt einen *café* herbekommen?

Die Maschine im Zimmer würde Claire aufwecken, im Hotel unten würde sich Bellet zu ihm gesellen.

Das *Ty Breizh*! Die Bar, von der er Claire gestern schon erzählt hatte. Von dort waren es zudem nur ein paar Meter bis zum Presseladen.

Dupin schlich ins Zimmer, nahm sein Portemonnaie, sein Clairefontaine und verließ es wieder.

Claire schlief tief und fest.

»Einen *café*, einen *grand crème* und zwei *pains au chocolat* bitte.«

Ein zerzauster, nach kaltem Zigarettenrauch riechender

Mann stand vor ihm, abgetragene Jeans, ein schwarzes T-Shirt. Er hatte Dupin einen höchstens ansatzweise erstaunten Blick zugeworfen.

Den *café* würde er als Erstes trinken, schnell und vorab, dann die *pains au chocolat* in den Milchkaffee tunken. Dupin hatte in der Kindheit damit begonnen und tat es, wenn er sich unbeobachtet fühlte, immer noch: Er tunkte das *pain au chocolat* genau so lange ein, bis die beiden Schokoladenstreifen ein wenig zu schmelzen begannen. Die Vermengung von Kaffee, Milch, dem weichen, buttrigen Teig und der dunklen Schokolade waren himmlisch.

Dupin mochte diese Stimmung am frühen Morgen. Die Luft war großartig, frisch und doch mild. Es waren vielleicht 17 Grad, tiefer war die Temperatur in der Nacht nicht gesunken. Die frühen Sonnenstrahlen wärmten sanft. Von überall her waren die Geräusche des beginnenden Tages zu hören. Am Tresen drinnen stand bereits ein Dutzend Menschen, es herrschte ein reges Kommen und Gehen, sie kamen vor der Arbeit und den täglichen Verrichtungen, um auf die Schnelle einen *café* zu trinken. Die meisten legten Kleingeld für die Zeitung auf den Tresen, die sie sich aus einem Stapel daneben nahmen. Auch Dupin hatte sich *Ouest-France* und *Télégramme* gekauft. Draußen waren nur zwei weitere Tische besetzt – eine ältere Dame und ein junges verschlafenes Pärchen –, die Menschen, die sich um diese Zeit hier aufhielten, blieben für gewöhnlich nicht lang. Das waren sie, die Orte, die Dupin so mochte. Die Orte, an denen sich das wahre Leben abspielte.

Er hatte sein Notizheft herausgeholt und neben die Zeitungen auf den Tisch gelegt. Er schlug es auf. Über die Hälfte war bereits vollgeschrieben. Vollgekritzelt. Er begann, sich neue Notizen zu machen. Zum zweiten grausamen Mord. Eine Entwicklung, die allem ohne Zweifel ein anderes Format gab. Was immer hier vor sich ging, es hatte noch ein Menschenleben gekostet.

Der zerzauste Mann von der Bar mochte nicht gesprächig sein, aber er war schnell, was viel wichtiger war. Wortlos stellte er Dupins Bestellung sowie ein kleines abgegriffenes Schälchen mit der Rechnung auf den Tisch. Dann war er wieder weg.

Der *café* war köstlich. Dupin legte das Notizheft zur Seite und schlug die Zeitung auf.

Die heutigen »Bist du ein Bretone?«-Selbsttest-Fragen schienen Dupin durchaus anspruchsvoll: »Du erkennst, dass du ein Bretone bist, wenn: *du die drei entscheidenden bretonischen Wörter kennst: Bara = Brot, Gwin = Wein und Bizh = Küsschen / du weißt, was ein ›chemin des lapins‹ ist: die Straße, die man nach dem nächtlichen Kneipenbesuch nimmt, an der nie Polizeikontrollen stehen / du die Zahl der bretonischen Dörfer kennst, die mit ›Plou‹ beginnen (was ›Gemeinde‹ heißt)* – 179.«

Dupin hatte das erste *pain au chocolat* gerade in der Hand, als das Telefon klingelte.

Inès Marchesi.

»Ja?«

»Mindestens achtundvierzig Stunden.« Dupin wusste sofort, was sie meinte. »Er liegt seit mindestens achtundvierzig Stunden dort vor seinem Taxi. Natürlich ist das nur eine, ich zitiere, ›vorläufige, unverbindliche‹ Auskunft. Die Leiche ist auf dem Weg ins Labor. Desespringalle hat die Vermutung dem Gerichtsmediziner abgeluchst, er hätte ihn sonst nicht fahren lassen.«

Das hatte der Kommissar aus Lannion gut gemacht.

»Und wie lange höchstens?«

»Dazu hat er nichts gesagt.«

»Hat die Spurensicherung etwas gefunden?«

»Sie werden den Stein, mit dem der Taxifahrer erschlagen wurde, genauestens untersuchen. Der Weg, auf dem das Taxi steht, ist steinig und grasig, alles ganz vertrocknet. Bisher haben sie keine aussagekräftigen Spuren finden können. Auch im

Auto nicht. Selbstverständlich fehlt das Handy. – Zwei Kollegen sind schon unterwegs zu seinem Haus, um sich dort umzusehen.«

»Was hat der Mann dort am Ende des Tals gemacht? Hat er jemanden gefahren? Oder wollte er jemanden abholen?« Dupin dachte laut nach. »Und warum zum Teufel immer dieses Tal?«

»Ich weiß es nicht, aber ich vermute, er liegt seit Dienstagnacht dort.«

Das war auch Dupins erster Gedanke gewesen. Marchesi führte das Szenario aus:

»Virginie Inard hat das Hotel um circa zehn Uhr abends verlassen. Niemand weiß, wohin. Sie wurde gegen 22 Uhr 30 ermordet und anschließend in den Steinbruch geworfen, der nicht mal einen halben Kilometer von der Stelle entfernt ist, wo der tote Taxifahrer liegt. – Sie könnte das Taxi gerufen haben und mit ihm zu einem Treffen mit der Person gefahren sein, die ihr zum Verhängnis werden sollte.«

Marchesi trug die mutigen Rekonstruktionen mit restloser Nüchternheit vor. Es klang äußerst stringent. Die Zuspitzung folgte:

»Aus irgendeinem Grund hat die Person dann auch den Taxifahrer ermordet. – Vielleicht, weil der Taxifahrer etwas gesehen hat.«

»Oder der Mörder ist mit dem Taxi gekommen. Weil er nicht mit seinem Wagen gesehen werden wollte.«

»Und Virginie Inard?«

»Zu Fuß vielleicht. Oder mit einem Auto, das der Täter nach dem Mord weggeschafft hat.«

»Sie hatte kein Auto, soviel wir wissen. Zumindest hat niemand vom Hotel eines gesehen. Und keine Autovermietung in der Gegend hat einen Wagen an sie vermietet, ich habe mit allen gesprochen. Die ganze Strecke zu Fuß? Theoretisch möglich, es wären um die dreißig Minuten; aber im Dunkeln? Das sind unbeleuchtete Wege.«

228

Dupin war die Frage, wie Inard sich fortbewegt hatte – überhaupt nach Trégastel gekommen war –, natürlich schon ein paarmal durch den Kopf gegangen.

»Und wenn der Taxifahrer selbst irgendwie in die Geschichte verwickelt war?«

Sie durften es zumindest nicht prinzipiell ausschließen.

»Könnte sein. Was wir ebenfalls nicht außer Acht lassen sollten, ist die Möglichkeit, dass Virginie Inard es war, die den Taxifahrer ermordet hat.«

Dupin hatte es auch schon kurz erwogen, aber er hielt es nicht für sehr plausibel.

»Na, gut. Bis dann also.« Die Gendarmin beendete das Gespräch für Dupins Empfinden äußerst abrupt.

Er faltete die Hände im Nacken.

»So ein Scheiß.«

Es war völlig rätselhaft.

Der neue Mord hatte mit einem ihrer Fälle zu tun, dessen war er sicher, nur: mit welchem und wie? Und: Dupin hätte immer noch nicht sagen können, wie viele Fälle es eigentlich waren. Handelte es sich am Ende um einen einzigen? Was bedeuten würde, dass die verschwundene Madame Durand nicht nur etwas mit dem Steinwurf auf die Abgeordnete und der toten Frau im Steinbruch zu tun hätte, sondern auch noch mit dem ermordeten Taxifahrer. Es klang zu grotesk. Das wiederum sprach für mehrere unabhängige Geschehen.

Wie auch immer: Es gab unbestreitbar ein weiteres Opfer. Die Bilanz wurde immer drückender. Zwei Morde, an einer unbekannten Frau von außerhalb und einem Taxifahrer aus der Region; ein Anschlag, vielleicht sogar ein vorsätzlicher Mordanschlag, auf eine Abgeordnete, zwei anonyme Drohbriefe gegen sie; eine verschwundene Frau aus einem Ferienhotel; ein Verdacht auf gravierende Urkundenfälschung; eine tragische Affäre inklusive einer tragischen Trennung; die illegale Ausweitung eines Steinbruchs; der Diebstahl einer historischen

Statue aus einer Kapelle; ein Verfolger, der Dupin seit gestern Nachmittag auf den Fersen war – um nur die gröbsten Vorkommnisse zu nennen.

Immerhin hatte Dupin den Verfolger heute Morgen nicht mehr entdeckt. Er hatte es auf seinem Weg zur Bar an strategisch günstigen Punkten auf geübte Weise kontrolliert. Entweder hatte der Mann die Verfolgung aufgegeben oder er war nach dem Ereignis gestern Abend noch umsichtiger geworden. Unsichtbar für Dupin.

Dupin tunkte das Schokocroissant in den Milchkaffee, auch wenn er ihm nicht die gebührende Aufmerksamkeit schenken konnte.

Es war immer noch sehr früh, er könnte vor seinem Besuch im Presseladen noch bei der Gendarmerie vorbeigehen. Was er eigentlich für den späteren Vormittag geplant hatte. Alan Lambert würde dort die Stellung halten und Dupin sich in Ruhe in die Akte der »rosa Toten« vertiefen können. Das war eine gute Idee. Und er durfte nicht vergessen, sich später, zum richtigen Zeitpunkt – der gar nicht leicht zu bestimmen war – bei Claire zu melden. Durch die günstigen Fügungen am gestrigen Abend, die ihm eine Zeit lang schönste ermittlerische Freiheiten gelassen hatten, und seinen frühen Einsatz heute Morgen hatte er beinahe das Gefühl, sich in einer regulären Untersuchung zu befinden. Aber dem war keinesfalls so, er durfte nicht übermütig werden und es nicht zu weit treiben. Sie machten Ferien, und zwar gemeinsam, das durfte er niemals vergessen.

Dupin warf einen Blick auf die Uhr. Er würde noch rasch die genaue zeitliche Abfolge der Ereignisse erstellen können, die er sich vorgenommen hatte.

Fünfzehn Minuten später war er fertig.

Er hatte sich den Ablauf der Geschehnisse auf einer einzigen Doppelseite skizziert. Mit dem Ankommen der Durands beginnend. Rein chronologisch. Ganz unabhängig von möglichen Fallzusammenhängen, Ereignis für Ereignis in einer strengen zeitlichen Reihung. Er hatte mit Kürzeln gearbeitet, in seiner Minischrift und so unleserlich, dass nur er wissen würde, was auf dem Papier stand.

Auch wenn diese Übung zu keinen unmittelbaren Ergebnissen geführt hatte und er so klug war wie zuvor, fühlte er sich besser.

Er hatte sich zwischendurch einen dritten Kaffee bestellt, der gerade gebracht wurde.

Dupin lehnte sich zurück und trank einen Schluck.

Der Verkehr hatte in der letzten halben Stunde deutlich zugenommen. Der Place Sainte-Anne war der Knotenpunkt des Ortes.

Auf einmal stutzte Dupin.

Das Auto dahinten, der kleine blaue Citroën C3 mit dem verbeulten Kotflügel. Er kannte es!

Dupin sprang auf. Der Wagen stand nun vor dem Kreisverkehr, von dem aus die Hauptstraße aus dem Ort führte. Zwanzig Meter entfernt. Er konnte nicht erkennen, wer am Steuer saß.

Dennoch.

Mit einem Satz stürmte er los.

Und zwar in dem Moment, in dem der Wagen resolut in den Kreisverkehr einfuhr und dann sofort abbog.

Wenn es so war, wie Dupin vermutete – war es ungeheuerlich.

Es machte keinen Sinn, weiterzulaufen, es wäre kindisch. Dupin blieb stehen. Das Fahrzeug beschleunigte. Dupin lief zur Bar zurück, griff nach dem Handy und drückte die Nummer.

Es dauerte einen Augenblick.

»Bonjour, Mon…«

»Vorsicht! Sie kommen jetzt gleich an den zweiten Kreisverkehr. Bloß nicht versehentlich nach Perros-Guirec abbiegen.«

Eine Weile herrschte Stille. Dann:

»Gut, Sie wissen es. Was soll's?«, sie klang – es war unglaublich – tatsächlich aufgebracht, von Schuldbewusstsein keine Spur. »Monsieur Bellet hat gesagt, Sie hätten sich noch einmal hingelegt.«

»Sie sind gerade an mir vorbeigefahren.«

»Und Sie sitzen sicher in dieser Bar auf dem Hauptplatz und geben sich Ihrer Sucht hin.«

Die kleine Attacke verriet nun vielleicht doch einen Hauch von Schuldbewusstsein.

»Erzählen Sie, Nolwenn.«

Dupin schwante Übles.

»Ich überführe einen kriminellen Politiker, der es nicht anders verdient, es ist überfällig«, auch jetzt klang es nach Angriff, nicht nach Verteidigung. »Es ist geradezu meine Pflicht, er …«

»Was haben Sie getan?«

»Nach dem Auftritt von Alan Stivell bin ich von Carhaix nach Perros-Guirec gefahren und habe im *Les Costans* geschlafen, ein wunderbares, familiär geführtes Hotel«, plauderte sie in provozierend heiterem Ton, »sehr zu empfehlen. Da müssen Sie einmal mit Claire …«

»Weiter, Nolwenn.« Es war bodenlos.

»Ein guter Freund von Bellet ist Hausmeister in der Mairie. Als er heute Morgen um kurz vor sieben Uhr seine erste Tour machte, bin ich, wie soll ich sagen, hineingehuscht und in die Abteilung des Katasteramtes. Binnen kürzester Zeit befand sich das vermeintliche Originaldokument der Ellec'schen Sonderbaugenehmigung in meiner Handtasche. Ich habe in Concarneau einen unabhängigen Experten aufgetan, der es untersuchen wird.«

Dupin hatte an einigen Stellen dieser kleinen Zusammenfassung heftig einschreiten wollen, aber er hatte es nicht fertiggebracht – zum einen war es *zu* unfasslich, zum anderen hatte er die Geschichte erst zu Ende hören wollen. Die allem, was Nolwenn je an »unkonventionellen« Aktionen unternommen hatte – und das waren einige gewesen –, die Krone aufsetzte. Aber er durfte sich nicht wundern, es handelte sich um Nolwenn. Und vor allem: Er selbst hatte es losgetreten. Außerdem verspürte er gewaltige Genugtuung: Er hatte recht gehabt. Er hatte sich doch nicht vertan! Nolwenn *hatte* angebissen. Wenn es auch ganz anders gelaufen war, als er es geplant hatte. Sie hatte gar nicht anders gekonnt, als anzubeißen. Der Köder war zu attraktiv gewesen.

»Hat Sie jemand gesehen, Nolwenn?«

Das war faktisch das Wichtigste. Wenn ja, wäre alles Nachdenken darüber, was er jetzt tun sollte, hinfällig.

»Niemand. Es lief alles glatt«, triumphierte sie gut gelaunt.

Und Bellet – auch das war infam –, Bellet hatte es nicht nur gewusst, sondern erst möglich gemacht. Er hatte diese vollends illegale Aktion mitinitiiert. Und der Hausmeister ebenso. Wenn sie aufflögen, würde es für alle verheerende Konsequenzen mit sich bringen. Dupin durfte gar nicht daran denken.

»Irgendjemand wird Sie gesehen haben.«

»Ich habe meinen Wagen weit entfernt geparkt, am Strand. Ich hatte einen langen Mantel an, eine Perücke und eine Sonnenbrille. Ich bin durch den Hintereingang rein und raus. Niemand hat mich bemerkt.«

Dupin war beeindruckt.

»Zudem habe ich mit dem Hausmeister abgesprochen, dass ich alleine alles minutiös geplant habe und es mir gelungen ist, unbemerkt reinzuschleichen. – Nur für den Fall.«

Dupin war sich nicht sicher, ob das wirklich helfen würde.

»Alles in bester Ordnung«, schloss Nolwenn, »wir haben das Dokument. Und kriegen Ellec dran. – Vielleicht ist er sogar noch für mehr verantwortlich, wer weiß?«

»Ich …«, was sollte er sagen, es blieb eine hochbrisante Aktion. »Großartig!«

Ehrlich gesagt hätten sie das Dokument anders nie in die Finger bekommen. Zudem war Dupin der Letzte, der Nolwenn maßregeln durfte ob irgendwelcher ermittlerischen Aktivitäten in »Grauzonen«.

»Danke!« Er hörte den unverblümten Stolz in ihrer Stimme.

»Aber warum haben Sie mich nicht eingeweiht?« Das setzte ihm immer noch zu.

»Sie machen Ferien!«, rief Nolwenn empört.

Es war lächerlich. Damit musste Schluss sein.

»Ich schlage einen Deal vor: Wir vergessen die, sagen wir, *bedenklichen* Umstände, unter denen Sie an das Dokument gelangt sind, und arbeiten dafür von nun an zusammen. Sie bekommen alle Informationen, die ich über Ellec besitze und noch erhalten werde. Und wenn Sie wollen, auch über alles andere, was hier vorgeht.«

Es war ihm ein wenig verrutscht. Es hatte geklungen, als wären sie verfeindete Privatdetektive, die sich notorisch in die Quere kamen. Und auf einmal gemeinsame Sache machten.

Ein längeres Schweigen, sehr ungewohnt für Nolwenn. Sie schien mit sich zu ringen.

»Abgemacht.«

Sie hatte es ohne Emotion formuliert. Dabei war es, fand Dupin, ein großer Moment.

»Aber«, nun kamen Nolwenns Bedingungen, »es bleibt alles unter uns. Sie erzählen niemandem davon. Nicht Riwal und Kadeg, nicht Bellet, nicht Docteur Garreg. Nicht einmal Claire! Niemals. Ich habe mich dafür verbürgt, dass Sie Ferien machen und nichts als Ferien.«

»Ich mache Ferien, nichts als Ferien«, erwiderte Dupin zufrieden.

Er verstand ihre Position. Es würde in vielerlei Hinsicht ein absurdes Theaterstück. Aber das war die ganze Situation ohnehin schon.

»Na gut. Dann erzählen Sie mal, Monsieur le Commissaire. – Ich habe meine Freisprechanlage an und zwei Stunden Zeit. Ich denke, ich werde heute etwas später als üblich im Büro sein. Aber schließlich war ich ja auch bei den *Vieilles Charrues*.«

Bellet hatte ihr also nur in dieser einen Sache geholfen. Und Nolwenn ansonsten nichts verraten. Immerhin.

»Um halb neun muss ich im Presseladen sein, um Madame Guichard, die Landwirtin, abzupassen, deren Mann eine ernsthafte Affäre mit der Abgeordneten hat. Ich will irgendwie mit ihr ins Gespräch kommen. – Und davor muss ich noch bei der Gendarmerie vorbei und eine Akte einsehen. Es geht um einen Unfall von vor sieben Jahren. Da ist eine Angestellte von Chastagner in seinen Steinbruch gestürzt.«

»Ich verstehe.«

Davon, dass er vorhatte, auch Ellec zu begegnen, sollte er besser nichts erzählen, Nolwenn brächte es fertig und käme mit.

»Gut. Dann bringen Sie mich auf den Stand der Dinge. Das Wichtigste zuerst. Vor allem alles, was Sie über Ellec wissen.«

Ein Grinsen erschien auf Dupins Gesicht. Er war froh. Sehr froh. Jetzt war alles wieder, wie es immer war. Wie es sein musste. Nolwenn war mit von der Partie. Unter diesen Umständen könnten die Ferien noch eine Weile andauern.

Der knappe Bericht Dupins – in strenger Konzentration auf das Wichtigste und Aktuelle – hatte vierzehn Minuten gedauert. Nolwenn hatte tatsächlich (fast) nur zugehört. Es wäre noch vieles zu besprechen gewesen, aber Dupin hatte losgemusst, und sie hatten sich auf ein weiteres baldiges Telefonat geeinigt.

Die Akte über die »rosa Tote« hatte sich als durch und durch langweilig entpuppt. Es waren viele, sehr viele Dokumente, Dupin hatte die meisten nur überflogen und sich lediglich in einige wenige richtig vertieft. Das für Dupin einzig Interessante wäre gewesen, selbst ein Gespräch mit dem Ehemann des Opfers führen zu können. Und natürlich mit Chastagner. Obwohl es keinen Hinweis darauf gab, dass sich die Tote in irgendeiner Weise für Chastagners Geschäfte interessiert hatte, zum Beispiel für die illegalen Ausweitungen des Steinbruchs.

Dupin hatte sich rechtzeitig auf den Weg gemacht, um ein paar Minuten vor halb neun im Presseladen zu sein. Marchesi hatte sich noch einmal gemeldet. Die Kollegen aus Perros hatten das Haus des Taxifahrers ein erstes Mal durchsucht und auch schon die letzten Gesprächsverbindungen seines Handys und Festnetzes ermittelt. Dienstag um 21 Uhr 30 war ein Anruf auf seiner offiziellen Taxinummer eingegangen. Von einer unterdrückten Nummer. Das war der letzte angenommene Anruf. Was für die Annahme sprach, dass sich alles am Dienstagabend abgespielt hatte. Die Morde an Virginie Inard und ihm. Immerhin, die Rekonstruktion des Abends kam voran. Wer den Taxifahrer angerufen hatte, das Opfer oder der Mörder, war dagegen immer noch offen. Wichtig: Weder auf dem Festnetz noch auf dem Handy waren je Anrufe von Ellec, von Chastagner, Guichard oder Rabier eingegangen.

Dupin öffnete die Tür zum Presseladen. Er begrüßte Madame Riou, die ihm einen verschwörerischen Blick zuwarf und dann rasch in den hinteren Teil des Ladens verschwand. Willkürlich blieb er vor einem Regal stehen. Er nahm eine der Zeitschriften in die Hand. *La pêche et les poissons.*

Es war genau 8 Uhr 30.

8 Uhr 35.

8 Uhr 40.

Er war mittlerweile bei der sechsten Zeitschrift über Angeln angekommen: *Toute la pêche.* Daneben *Pêche record* und *Partir pêcher.* Es würde knapp mit Guichard, wenn Ellec pünktlich um neun Uhr käme.

8 Uhr 45.

Madame Riou näherte sich und machte ein Zeichen, ihr zu

236

folgen. Sie öffnete eine extrem schmale Tür, die zu einem kleinen Lager führte, an den Wänden standen übervolle Metallregale, auf dem Boden waren Kisten gestapelt.

»Ich habe gerade bei Madame Guichard angerufen. Und sie gefragt, ob ich die Zeitungen zurücklegen soll. Ob sie später noch kommt. – Sie kommt heute gar nicht. Hat sie gesagt«, ihre typischen kurzen Sätze. »Das Verhör gestern Abend hat ihr doch etwas zugesetzt. Hatte ich den Eindruck. Tja, so ein Pech. – Aber Ellec kommt bestimmt. Und Bellet hat für Sie angerufen: Monsieur Durand hat angekündigt, dass er heute nach Paris zurückfährt. Und es gab einen Vorfall in der Klinik, die Abgeordnete ...«

Dupin zuckte zusammen.

»Madame Rabier? Was ist passiert?«

»Ines hat versucht, Sie anzurufen, doch es war immer besetzt. – Nichts Schlimmes. Zumindest vielleicht nichts Schlimmes, sagt Ines.«

»Was soll das heißen?«

»Etwas scheint gegen die Scheibe des Zimmers geflogen zu sein.«

»Was genau? Ist sie verletzt?«

»Es geht ihr gut. Man weiß noch nicht, was. Vielleicht ein Stein. Oder auch nur ein Vogel. So was kommt vor.«

Das hätte sehr unterschiedliche Implikationen. Riou fuhr fort:

»Als es passiert ist, war auch eine Pflegerin im Raum. Es ist also keine hysterische Einbildung Rabiers.«

Jemand musste sehr kräftig und präzise werfen können, um im dritten Stock eine bestimmte Scheibe zu treffen. Aber möglich war es.

»Die Scheibe ist ganz geblieben?«

»Wie es aussieht, ist an der Scheibe nicht einmal ein Kratzer zu entdecken. Aber der Kommissar hat die Abgeordnete sofort in ein anderes Zimmer verlegen lassen. Und die Spurensicherung ermittelt. – Das ist auch schon alles, was ich weiß.«

Madame Riou wirkte zufrieden.

»Ich muss zurück.« Im nächsten Augenblick entschwand sie in den Laden.

Dupin sammelte sich einen Moment und verließ den Lagerraum.

Unvermittelt stieß er mit einem Mann zusammen, der schnellen Schrittes von rechts gekommen war.

»Pardon, Monsieur. Das tut mir …«

Dupin brach ab.

Chastagner. Der Inselherr, Steinbrucherbe, Maschinenfabrikbesitzer. Der Begleiter von Madame Durand in der Nacht vor ihrem Verschwinden. Und derjenige, der sein Gelände illegal ausgeweitet hatte. – Der doch eigentlich nur samstags in den Presseladen kam.

»Ah, der Querulant von gestern, aber ohne die hübsche Freundin, wie bedauerlich«, Chastagner lächelte süffisant. »Ich weiß ja, dass Touristen denken, sie könnten sich alles erlauben, aber ein wenig sollten Sie die Menschen hier schon respektieren. – Sie sollten aufpassen, dass …«

Dupin fuhr ihm kurzerhand ins Wort:

»Aufpassen ist ein gutes Stichwort: *Sie* sollten aufpassen«, Dupins Stimme wurde leise und schneidend – ein Zeichen äußerster Warnung –, »dass es nicht bald zu einer Anklage kommt wegen der illegalen Ausweitungen Ihres Steinbruchs. Diese Ausweitungen sind dokumentiert worden. Die Fotos liegen vor.«

Die Gesichtsfarbe Chastagners hatte mehrere Male zwischen Rot und Blass gewechselt. Er biss die Zähne aufeinander, die Adern an den Schläfen traten hervor, zugleich aber wirkte er völlig konfus und fassungslos darüber, dass ein dahergelaufener Wildfremder offen – und öffentlich – darüber sprach.

Dupin legte noch einmal nach:

»Schon aufgrund dieser einen gravierenden Straftat gehören Sie bei dem Anschlag auf die Abgeordnete Rabier zu den ersten Verdächtigen. Ihnen war klar, dass sie von den Ausweitungen wusste. Außerdem sind Sie auch bei den beiden Morden ein Hauptverdächtiger. Ein Mordopfer wurde in Ihrem Steinbruch aufgefunden, genau wie die Frau vor sieben Jahren, das andere ganz in der Nähe. Darüber hinaus haben Sie mit Madame Durand in der Nacht vor ihrem Verschwinden in einer Bar gesessen und heftig geflirtet. – Vielleicht hält sie sich gar immer noch bei Ihnen auf?«

»Wer zum Teufel sind Sie?«

Auch in dieser Frage schwangen gleich mehrere Gefühle mit: Wut, Zorn, Verzweiflung, Fassungslosigkeit und – darum war es Dupin gegangen – Angst.

»Sind Sie von der Polizei?«

Chastagners Souveränität war restlos kollabiert.

Dupin tat es manchmal: auf brutal direkte Art ohne irgendeine Rücksichtnahme und die Spur diplomatischen Kalküls – wohl aber mit kalter ermittlerischer Berechnung – geradewegs auf den neuralgischen Punkt zu kommen. Scheinbar völlig untaktisch. Aber in solchen Momenten war er normalerweise offiziell der ermittelnde Kommissar in einem Fall, der ganz und gar seiner war. Diese Situation jedoch war anders. Auch wenn er mit dieser Technik zuweilen verbüffende Erfolge erzielte, fragte er sich plötzlich, ob der Schachzug klug gewesen war. Aber wenn er schon mal begonnen hatte, konnte er auch weitermachen und maximale Unruhe erzeugen. Wenn Chastagner die Figur war, um die es ging – eventuell wirklich in mehrerer Hinsicht –, würde er unruhig werden. Panisch bestenfalls. Und Fehler machen. Und je ausdrücklicher und offener Dupin es tat, desto geringer war die Gefahr, dass Chastagner zur Polizei ging, um sich über einen infamen Touristen zu beschweren.

»Was meine Person anbelangt, gilt bloß«, Dupin war beinahe

nicht mehr zu hören, so leise sprach er, was Chastagner zwang, regungslos zuzuhören, »je mehr Sie sich für mich interessieren, desto gefährlicher wird es für Sie.«

Von den viefältigen Gefühlsregungen Chastagners war eine einzige geblieben: die völlige Entgeisterung.

Dupin lagen weitere Sätze auf der Zunge. Er unterdrückte sie. Seine »Intervention« hatte ihre Wirkung erzielt. Brüsk wandte er sich um und steuerte auf den Ausgang zu.

Dann überquerte er die Straße Richtung Kapelle und stellte sich in einen Hauseingang, sodass Chastagner ihn nicht sehen würde, wenn er den Laden verließ.

Er schaute kurz auf die Uhr und behielt dann den Presseladen fest im Blick.

9 Uhr 02.

Jetzt war er leider nicht Madame Guichard begegnet. Aber Dupin hatte bereits eine Idee, wie es später doch noch klappen könnte. Es würde gut mit seinem geplanten Ausflug zum Steinbruch zusammenpassen.

Er sah, wie Chastagner durch die offene Tür ins Freie trat und sich umschaute. Rechts, links, wieder rechts. Er wirkte immer noch angeschlagen. Sehr gut.

Schließlich bog er nach links ab und lief schnellen Schrittes davon.

Dupin nahm das Handy und trat aus dem Eingang hervor.

Drückte Marchesis Nummer.

Er sprach sofort los:

»Dupin hier. Wir aktivieren die Dokumente zu Chastagner. Sofort. Geben Sie sie dem Kommissar.«

Dupin würde ihr nichts von dem Zusammenstoß mit dem Steinbruchbesitzer erzählen. Es blieb auch keine Zeit dazu.

»Gut«, wie immer klang sie erstaunlich gleichmütig. »Desespringalle hat ihn ohnehin für zehn Uhr ins Kommissariat einbestellt. Auch wenn Chastagner schon genug belastet ist, wird der Kommissar sich über die Dokumente freuen. Sie haben übrigens«, fuhr sie fort, »vor dem Klinikfenster Rabiers keinen Stein gefunden. Und auch bei der genaueren Betrachtung der Scheibe keine Kratzer oder Spuren entdecken können. – Vielleicht doch ein falscher Alarm.«

»Wir werden sehen.«

»Und noch etwas. Mein Kontakt von *Ouest-France* rief an. Jemand hat der Zeitung anonym die Affäre zwischen Guichards Ehemann und der Abgeordneten gesteckt. Ich habe gesagt, sie sollen es unter Verschluss halten.«

Von wem kam das jetzt? Und was sollte es?

»Werden sie sich daran halten?«

»Ich denke schon.«

»Gut.«

Dupin hatte sich ein Stück vom Eingang des Presseladens entfernt mit dem Rücken an eine Hauswand gestellt.

»Der Stein, mit dem der Taxifahrer erschlagen wurde«, berichtete Marchesi, »befindet sich im Labor, zusammen mit Proben vom Tatort. Auch wenn sie noch keine genaue Analyse vorgenommen haben, halten sie es für das Wahrscheinlichste, dass er aus der unmittelbaren Umgebung stammt. Und zuletzt«, sie sprach schnell, aber nicht gehetzt, »weder Chastagner noch Rabier noch Ellec besitzen ein hieb- und stichfestes Alibi für Dienstagabend. Der Assistent von Madame Rabier ebenfalls nicht«, auch der letzte Satz hatte keinerlei Tendenz besessen, eine trockene Feststellung. »Ich lasse ihn überwachen.«

Dupin fand es nicht verkehrt.

Hugues Ellec. Da war er. Er kam von links.

Dupin hatte ihn sofort erkannt, er hatte ihn sich im Internet angesehen, offenbar ließ er sich gern ablichten, es waren beeindruckend viele Fotos gewesen.

»Ich muss los. Ich …«, Dupin rieb sich die Schläfe, ihm war eine Idee gekommen. »Eine Sache noch: Stellen Sie jemanden an der Mairie auf und schauen Sie, ob Ellec Einblick in seine Dokumente beim Katasteramt nehmen will.«

»Warum?«

»Ich erkläre es später. Aber tun Sie es!«

Dupin legte auf.

In exakt diesem Augenblick klingelte es.

Nolwenn.

Es ging nicht. Sie musste ein paar Minuten warten.

Er tippte »ablehnen«.

Dann eilte er zurück zum Presseladen, sammelte sich und trat ein.

Ellec stand bei den politischen Magazinen.

Entspannt, soweit Dupin das sehen konnte.

Auf einer Ablage hatte er bereits einen kleinen Stapel gebildet, gerade legte er *Le Point* dazu. Von den Menschen um ihn herum schien er keine Notiz zu nehmen. Dupin stellte sich ihm genau gegenüber, auf die andere Seite des Zeitschriftenständers.

Beobachtete ihn eine Weile.

Durchschnittlich groß, Bauchansatz, aber nicht dick, ein eleganter dunkelblauer Anzug, dunkelbraune, auffallend glänzende Schuhe, weißes Hemd, silberne Manschettenknöpfe, blaue Krawatte, ein Stück heller als der Anzug, der Knoten etwas nachlässig gehalten, ein kleiner Makel bloß, der die ordentliche Gesamterscheinung aber nicht infrage stellte; kurze, gepflegte dunkle Haare, hellgraue Koteletten, leicht abstehende Ohren. Markante Falten auf der Stirn, aber ansonsten geschmeidige Gesichtszüge. Dupin hatte schon so viel gehört. Alles passte. Was er sah, war eine machtbewusste, arrogante Inszenierung.

Ellec hatte den *L'Observateur* aufgeschlagen.

Dupin stellte sich neben ihn.

»Die Sondergenehmigung, sie ist eine Fälschung, Monsieur Ellec. Wir wissen es. Und wie bei vielen Ihrer Angelegenheiten: Dahinter steckt ein kardinaler Fall von Manipulation und Vorteilsnahme«, Dupin hatte beinahe heiter gesprochen und die Stimme dabei gedämpft.

Die Methode hatte schon bei Chastagner funktioniert, warum es also nicht noch einmal versuchen? Ein echtes Ermittlungsgespräch konnte er ohnehin nicht führen.

Ellec hatte, so schien es, regungslos weitergelesen, als Dupin zu sprechen begonnen hatte. Nur bei dem Wort »Fälschung« war er ein klein wenig zusammengezuckt und hatte den Kopf Dupin zugewandt. Auch in Ellecs Augen war keine Regung zu erkennen, auf seinem ganzen Gesicht nicht. Dann widmete er sich wieder dem Magazin, als wäre nichts gewesen. Dupin war beinahe beeindruckt, Ellec musste über ein enormes Maß an Selbstkontrolle verfügen.

»Madame Rabier war Ihnen auf der Spur. Was Sie bemerkt haben.« Dupin musterte ihn unverhohlen, auf jede mögliche Gemütsregung konzentriert.

Immer noch keine Reaktion.

Ellec legte den *Nouvel Observateur* in aller Seelenruhe auf den Stapel. Madame Riou starrte viel zu auffällig zu ihnen herüber und schien den älteren Mann an der Kasse, der bezahlen wollte, vergessen zu haben.

»Ich weiß nicht, wer Sie sind«, hob Ellec plötzlich an, »und es interessiert mich auch nicht. Vor allem aber interessiert mich kein Wort von dem, was Sie sagen. – Ich wünsche Ihnen ein angenehmes Wochenende.«

Er nahm seinen Stapel Zeitschriften und wandte sich zur Kasse.

Ellec war gut. Zweifelsohne war er harte Wortgefechte gewohnt. Aber es war nicht allein die Erfahrung. Er war eiskalt.

»Das wünsche ich Ihnen ebenfalls.« Auch Dupin spielte die Rolle bis zum Ende.

Mit angedeutetem Gruß lief er an Ellec vorbei und verließ zu ganzer Größe aufgerichtet den Presseladen.

Die Dinge spitzten sich zu. Es war zu spüren. Dupin kannte diese nervös-fiebrige Phase in einer Ermittlung.

Sein Vorgehen brauchte jetzt eine Systematik. Er musste *ganzheitlich* denken. Alles im Blick behalten.

Claire würde wahrscheinlich immer noch schlafen. Und es wäre keine gute Idee, sie zu wecken. Mit einer Ausrede, die er selbst noch nicht kannte. Er musste sich überlegen, was er ihr erzählte. Er brauchte unbedingt noch etwas Zeit für sich. Das Dumme war: Sein Ausflug konnte durchaus bis zum Mittag dauern. Wenn Claire heute – auch das kam vor – bis elf schlief, würde es vielleicht reichen, zu sagen, dass er gerade aufgebrochen war, um Zeitungen und Proviant zu besorgen. Anders wäre es, wenn sie bald anriefe. Dann würde er kurzerhand improvisieren müssen.

Dupin orientierte sich. Er war nach links gelaufen, Richtung Bucht.

Eigentlich war es ganz einfach – er hatte dennoch kurz die Karte hervorgeholt, die hinten in seinem Clairefontaine steckte –, er musste der Bucht nur Richtung Ploumanac'h folgen, bei dem Landvorsprung zwischen Trégastel und Ploumanac'h auf der Straße bleiben, bis die Straße wieder ans Meer führte. Genau dort – unter einer Brücke – floss der Traouïéro-Bach in den Atlantik und bildete auf der Landseite der Brücke einen kleinen See. Dort begann es: das legendäre Tal.

Dupin würde den Weg entlang der östlichen Seite des Tals nehmen. Der geradewegs zu Maïwenn Guichards Hof führte.

Er marschierte los.

Als Allererstes musste er noch einmal Inès Marchesi sprechen. Er wählte ihre Nummer.

»Ja?«

»Haben Sie jemanden an der Mairie platziert? Ich hatte eben eine Art Gespräch mit Ellec.«

»Alan steht da, unauffällig. Was soll er eigentlich tun, wenn er Ellec kommen sieht?«

Eine gute Frage.

»Sich einfach bei Ihnen melden – und Sie sich bei mir. Dann …« Dupin brach ab. In der Eile hatte er vorhin nicht darüber nachgedacht: Eigentlich wäre es notwendig, Marchesi einzuweihen. Das hieße, dass Dupin ihr von Nolwenns – was wäre das richtige Wort? – »Entwendung« des Dokumentes erzählen musste. Und Marchesi würde es dem Kommissar aus Lannion nicht verheimlichen können. Der Nolwenn in ernsthafte Schwierigkeiten bringen würde. Zudem würde er als Beweis natürlich das Originaldokument sehen wollen. Das sich gerade im Auto von Dupins Assistentin auf dem Weg zu einer Untersuchung bei einem Experten in Concarneau befand.

»Ich bin – es spielt keine Rolle, wie – in den Besitz des Originaldokumentes gekommen. Es dürfte«, Dupin schaute auf die Uhr, »jeden Moment bei einem Experten in Concarneau eintreffen, der uns dann hoffentlich sagen kann, ob es tatsächlich eine Fälschung ist. Meine Assistentin hat alles organisiert.«

Zum allerersten Mal überhaupt zögerte Marchesi, bevor sie antwortete.

»Okay.« Es hatte einigermaßen neutral geklungen.

»Sie müssten dem Kommissar versichern, dass Sie selbst an das Dokument gelangt sind. Durch ein bemerkenswertes ermittlerisches Manöver.« Es war die einzige Lösung, die Dupin eingefallen war, auch wenn sie Marchesi viel zumutete.

»Ihre Assistentin hat es über den Hausmeister geschafft, habe ich recht? Den ihr Bellet vermittelt hat!«

Sie hatte alles durchschaut.

»Ich hätte es genauso gemacht. Ich …«, sie setzte ab. »Alan klopft an, ich gehe besser ran.«

Dupin hatte noch »Unbedingt« erwidern wollen, da war sie schon weg gewesen.

Er hatte den schmalen Strandstreifen am Ende der Bucht erreicht.

Er lief über den Sand. Das war eine Ermittlung ganz nach

seinem Geschmack, draußen, an Ort und Stelle, bei den Menschen, in der Natur. Die Flut stand beinahe am höchsten Punkt. Das Wasser drängte herein. Gigantische Massen und Gewalten, auch wenn das Meer auf der Oberfläche glatt war. Aber die Kiele und Rumpfe der Segelboote spürten es, unruhig schaukelten sie hin und her, was gar nicht zur Gelassenheit des Hochsommertages passte. Hinter dem Strand sah man die knallbunten Beiboote, mit denen die Besitzer zu ihren Segelbooten gelangten.

Es dauerte nicht lange, bis Marchesi sich meldete.

»Ellec hat gerade die Mairie betreten. Genau wie Sie erwartet haben.« Ein minimaler Hauch Aufregung war ihr anzuhören. »Das ist ja selbst schon ein Indiz. Warum sollte er nach Ihrem Gespräch das Orginaldokument sehen wollen, wenn es echt wäre? Vermutlich will er es vernichten.«

»Auf alle Fälle bedeutet es eines: Ellec wird feststellen, dass es fehlt.«

»Ich denke nicht, dass er es bei der Polizei melden wird. Nicht mal im Amt, er wird einen Teufel tun, die Aufmerksamkeit darauf zu lenken. Was soll er schon machen?« Marchesi sprach wieder gewohnt emotionslos.

Sie hatte mit allem recht.

»Ich bin auf dem Weg zu Fabien Delroux, einem jungen Bauern, der mich angerufen hat. Er will mich dringend sprechen.«

Vielleicht auch ein einsames Herz.

»Gut, dann bis später.«

Dupin liebte es, wenn ein Plan funktionierte.

Natürlich war das ein Indiz. Das Dokument, die Sondergenehmigung, musste eine Fälschung sein. Wahrscheinlich ein Gefallen für irgendetwas. Nolwenn würde sich darin verbeißen wie ein Terrier, bis sie alles restlos aufgedeckt hätte. Dupin musste grinsen.

Und genau sie würde er jetzt anrufen.

»Ich wollte mich gerade bei Ihnen melden, Monsieur le Commissaire, das Dokument wird bereits analysiert. Seit fünf Minuten. Ich habe auch schon geschaut, welche gewichtigen regionalen politischen Entscheidungen in die Zeit fallen, in der diese Sondergenehmigung plötzlich ›auftauchte‹, ich …«

»Ich muss Sie rasch à jour bringen.«

Dupin fasste die neueste Entwicklung mit Ellec zusammen.

»Verstehe. – Warum ich vorhin angerufen hatte: leider eine unangenehme Sache. Der Präfekt der Côtes d'Armor hat versucht, Locmariaquer zu erreichen. Wegen Ihnen. Er ist bei Locmariaquers Assistentin gelandet. Die sich wiederum inoffiziell bei mir gemeldet hat. Der Präfekt hat heute Vormittag einen Arzttermin.«

Der Kommissar aus Lannion hatte es also wirklich getan. Alle Anflüge von Mitgefühl waren im Nu verflogen.

»Hat er die Dienstaufsichtsbehörde verständigt?«

Dupin wusste gar nicht, was schlimmer wäre.

»Bisher nicht.«

Immerhin.

Dupin hatte das Ende des Strandstreifens erreicht. Hier begann der Landvorsprung, der sich in die Bucht zog. Er ging auf den Fußweg neben der Straße und folgte ihr.

»Locmariaquers Assistentin und ich sind nach einigen Verhandlungen wie folgt verblieben: Sie wird ihn auch in diesem Ausnahmefall nicht anrufen, sondern ihm nur eine E-Mail schreiben mit der Bitte, sich bei seinem Kollegen zu melden.«

Viel würde es nicht helfen.

»Sie meint nämlich, er würde seine E-Mails frühestens zwischen eins und zwei lesen.«

Jetzt hatte Dupin verstanden. Nolwenn war genial. Das verschaffte ihm etwas Zeit. Wertvolle Zeit, hoffentlich.

»Und bis dahin wird uns noch etwas einfallen.«

Es war herrlich, Nolwenn wieder an seiner Seite zu wissen.

»Sehr gut. Dann bis später.«

Dupin legte auf.

Und fuhr zusammen, als das Telefon unmittelbar erneut klingelte.

Jean.

»Was gibt's?«

»Wir wissen, wer deine tote Frau wirklich ist.«

Dupin blieb abrupt stehen, wie vom Blitz getroffen.

»Sie heißt in Wahrheit Marlène Mitou. Pariserin. Sechsunddreißig Jahre. Sie ist gestern vermisst gemeldet worden. Der Besitzer der Bar, in der sie seit vier Jahren arbeitet, hat sich bei der Polizei gemeldet, sie ist einfach Mittwoch und Donnerstag nicht zur Arbeit erschienen. Und sie war nirgends zu erreichen. Ich habe eben mit ihm telefoniert, er macht einen seriösen Eindruck. Und mit einer Freundin von ihr, der Besitzer hatte die Nummer. Wir haben ihr Foto mit dem der Toten abgeglichen. Sie ist es.«

Dupin musste an das Zimmermädchen denken, das den Pariser Klang erwähnt hatte. Es war tatsächlich eine Fährte gewesen.

»Was weißt du noch?«

»Sie hat eine Ausbildung als Schauspielerin begonnen, aber vorzeitig abgebrochen. Sie hat sich mit unterschiedlichen Jobs über Wasser gehalten. Ab und an hatte sie noch Castings, vergeblich. Sie lebte in einer winzigen Wohnung in Sèvres, im Südwesten, viel Geld hatte sie nicht. Die Freundin sagt, sie selbst sei der einzige enge Kontakt Mitous, von dem sie wüsste. Sie haben sich alle paar Wochen gesehen. Mitou sei ziemlich vereinsamt gewesen. Sie hat aber auch nicht ausgeschlossen, dass es Menschen in Mitous Leben gab, von denen sie nichts wusste. Über Männergeschichten hat Mitou nie ein Wort verloren, einen festen Freund gab es offenbar nicht. Ein Kollege von mir fährt gleich in die Bar, *Aux Folies*, zwei andere sind auf dem Weg in ihre Wohnung. Und bevor du fragst: Ich fahre auch noch einmal persönlich zu ihr.«

Das klang alles nicht danach, ging Dupin als Erstes durch den

Kopf, als könne sie sich eine Woche in einer Suite im *Castel Beau Site* leisten. Auch keine teuren Klamotten.

»Hast du den Barbesitzer und die Freundin nach Verbindungen Mitous in die Bretagne gefragt, insbesondere nach Trégastel?«

»Nichts. Beide wussten von keiner Verbindung, sie hat auch nie irgendetwas von der Bretagne erwähnt. Sie ist manchmal in den Süden gefahren, in die Nähe von Béziers. Da kommt ihre Familie her, die Eltern sind aber bereits tot. Die Freundin wusste von einer Schwester, die irgendwo in den Cevennen lebt, zu der sie aber keinen Kontakt hatte.«

Es war verflixt. Jetzt gab es eine neue überaus gewichtige Erkenntnis, aber sie brachte kein Licht ins Dunkel, sondern machte die Dinge noch rätselhafter. Was bedeutete das alles?

»Ich werde die Freundin und den Barbesitzer gleich gezielt nach den Personen fragen, um die es dir geht. Vielleicht sagt ihnen einer der Namen etwas. – Nach Bordeaux gibt es jedenfalls keine Verbindungen.«

»Weiß die Freundin schon, dass sie tot ist?«

»Noch nicht.«

Dupin hatte sich wieder in Bewegung gesetzt.

»Wann hat sie sie das letzte Mal gesehen?«

»Vor vier Wochen.«

»Hat Mitou dem Barbesitzer oder der Freundin erzählt, dass sie eine Reise plante?«

»Nein. Sie hatte sich nur für eine Woche freigenommen. Der Freundin hatte sie eine SMS geschrieben, dass sie mal etwas ausspannen müsse.«

»Verstehe.«

»Ich werde mich übrigens gleich bei dem Kommissar in Lannion melden. Das kann ich nicht für mich behalten. Es ist sein Fall.«

So wenig Dupin den Gedanken mochte, es ließ sich nicht verhindern.

»Nenn mir die Personen, um die es deiner Meinung nach geht, Georges. Nach denen ich fragen soll.«

Dupin nannte die Namen, die er für relevant hielt.

Die möglichen Verbindungen konnten natürlich äußerst verschlungen sein, so war es meistens. Aber auf irgendeine Weise musste Marlène Miltou in das tödliche Spiel gelangt sein. Über irgendjemanden.

»Okay. Notiert.«

»Noch schnell die gewünschten Infos zu den Durands. Also: Standesamtlich verheiratet seit fünf Jahren. Schon sechs Wochen nach der Hochzeit sind die ersten zwei Firmen auf Alizée Durand überschrieben worden. Dann in den nächsten Jahren sechs weitere Immobilienfirmen. Acht gehören also formal ihr. Die letzte ist vor zwei Jahren auf ihren Namen eingetragen worden, dann keine mehr.«

»Gibt es einen Ehevertrag?«

»Das weiß ich nicht. Ich habe nichts von einem Vertrag gehört. – So, Georges, ich habe alle Informationen geliefert. Mein Teil des Deals ist erledigt.«

Dupin wusste, worauf er anspielte.

»Und jetzt muss ich den Kommissar aus Lannion anrufen. Ich melde mich, sobald ich Neues zu Mitou in Erfahrung bringe. – Immer zuerst bei dir selbstverständlich!«

»Danke, Jean.«

Dupin steckte das Handy ein. Es waren noch mehr Telefonate zu führen. Doch jetzt musste er erst einmal verschnaufen.

Sie wussten, wer die Tote war. Aber es ergab keinen Sinn. Ihm fiel keine auch nur irgendwie mögliche Konstellation der Figuren ein, mit denen sie es bislang zu tun hatten, die sie einer Lösung näher brächte.

Dupin hatte die Brücke über den Traouïéro erreicht, links die malerische Bucht, man blickte auf Ploumanac'h und den gemütlichen Hafen, rechts der Brücke der kleine See, in den bei Flut das Wasser lief.

Die Straße, die er nehmen musste, würde gleich rechts abgehen. Und dann parallel zum Tal verlaufen, bis er zu Guichards Hof käme. Zwei Kilometer, schätzte Dupin.

Hinter dem See versperrte ein dichtes, dschungelartiges Grün den Blick, dort begann das Tal.

Zunächst hatten noch ein paar Häuser die Straße gesäumt, dann war die Landschaft immer einsamer geworden, wilder und wilder. Die Straße – rechter Hand das verwunschene Tal – führte abwechselnd durch kleine Wälder und karge, mit rosa Granit durchsetzte Landschaften voller Farne, hoher, versengter Gräser, dornigem Gestrüpp und üppig blühenden lila Heideinseln, aus denen große Fingerhüte emporwuchsen. Landschaften, die mit dem nahen Meer nichts mehr zu tun hatten.

Es war erst zehn Uhr, aber die Sommersonne schien schon jetzt unerbittlich, die Temperaturen schickten sich an, auf neue Rekordwerte zu klettern, nicht die kleinste Brise, die Erleichterung verschafft hätte.

Auch die Luft veränderte sich, je weiter Dupin ins Land hineingelangte. Sie roch nach rissiger Erde, trockenem Wald, nach Staub, der in diesen heißen Tagen auf allem lag. Ab und an, für Momente bloß, wenn die sich schlängelnde Straße dem Tal sehr nahe kam, gelangte ein Schwall Talluft von unten empor, feucht, modrig, schwer, eine eigenartige Mischung.

Bald lief Dupin der Schweiß von der Stirn, jetzt hätte er seine Kappe gebraucht und die Sonnenbrille.

Viel nahm er von der Landschaft nicht wahr. Er befand sich, das war die Idee des Spaziergangs gewesen, im Zustand intensivsten Nachdenkens.

Die gescheiterte Schauspielerin und Kellnerin aus Paris, mit wahrem Namen Marlène Mitou, war offensichtlich eine

Schlüsselfigur, sie musste in das Geschehen – in eines oder gar mehrere – involviert sein. Aber war auch der Taxifahrer selbst in eine der Geschichten verwickelt oder bloß ein zufälliges unschuldiges Opfer? Am falschen Ort zur falschen Zeit?

Es waren endlos viele Gedanken, und sie sprangen unentwegt hin und her, sodass Dupin schwindelig wurde. Mal kam er bei einem Punkt zu tollkühnen Ideen und Verbindungen, war einen Moment euphorisch, dann wieder passte nichts zusammen. Das Unbehaglichste aber war, dass sich irgendwann am heutigen Morgen, er konnte dummerweise nicht ansatzweise sagen, wann und in welchem Zusammenhang, ein eigentümliches Gefühl eingestellt hatte, so als hätte er, ohne es wirklich zu realisieren, mit einem Mal eine dunkle Ahnung gehabt. Die Schemen eines Einfalls, der die Dinge anders ordnete. Einen Moment lang nur. Es war zum Verrücktwerden. Er nahm sich vor, dem nicht weiter nachzuhängen, sondern seine Gedanken auf die benennbaren Aspekte zu richten. Aber was, wenn die Lösung schon vor ihm lag? Eigentlich schon zu sehen war? Von einer Idee aus, die alles anders zusammenbrachte?

Hin und wieder hatte Dupin sich beim Gehen plötzlich umgedreht und Ausschau gehalten. Ob der Verfolger zurück wäre. Der mysteriöse Mann im weißen T-Shirt. Allein darüber hätte man genauer nachdenken müssen: Wer konnte es sein? Was war die wahrscheinlichste Hypothese? Und schon sprangen seine Gedanken zum nächsten Punkt. Dupin fühlte sich wie im steinernen Irrgarten des Aquariums. Verloren – und wo immer er ansetzte, ging er erneut verloren.

Rechts und links der Straße erstreckten sich jetzt Felder. Er wäre bald da. Der Hof müsste auf der linken Seite auftauchen.

Im Gehen holte er sein Clairefontaine hervor. Er hatte sich vorhin ein paar der lokalen landwirtschaftlichen Spezialitäten notiert – in den letzten Tagen hatte er sie alle mindestens einmal gegessen –, er musste vorbereitet sein für seinen Auftritt.

Plötzlich war ein Auto zu hören. Es näherte sich mit großer

Geschwindigkeit und kam hinter einer Scheune hervor, die er jetzt, in einer Kurve, sehen konnte, vielleicht hundert Meter entfernt.

Ein Polizeiwagen. Ein Peugeot.

Dupin blieb am Straßenrand stehen.

Kurz vor ihm bremste der Wagen heftig ab. Hinter dem Lenkrad saß Ines Marchesi.

Energisch stieg sie aus.

»Ein kleiner Spaziergang zum Hof von Guichard?«

Bevor Dupin etwas antworten konnte, fuhr sie fort:

»Ich komme gerade von Fabien Delroux, dem Bauern, der mich angerufen hat. Sein Hof liegt gleich da vorne«, sie machte mit dem Kopf eine vage Geste. »Er hat gestanden, dass er den Stein geworfen hat. Er habe die Rabier nicht verletzen wollen, er habe gar nicht gesehen, dass sie hinter dem Fenster saß. Er ist vollkommen verängstigt. Er hat gehofft, dass sich einfach alles legt und Rabier schnell wieder gesund wird. Als ihm gestern Abend zu Ohren kam, dass Maïwenn Guichard verhaftet wurde, hat er beschlossen, sich zu stellen.«

»Was?«

Die Nachricht erwischte Dupin auf dem falschen Fuß.

»Halten Sie es für möglich, dass er jemanden deckt?«

»Ich kenne Delroux. Ich halte es für unwahrscheinlich«, Marchesi hielt inne, »es ist trotzdem nicht ausgeschlossen.«

So war es.

»Hat er den genauen Hergang erzählen können?«

»Völlig realistisch, es passt zu allem, was wir wissen. Und auch zu der Analyse der Erdreste am Stein. Seine Felder liegen ebenfalls am Tal, ein Stück weiter oben«, sie deutete erneut mit dem Kopf in die Richtung, aus der sie gekommen war. »Er hat auch genau die Stelle nennen können, wo er die Steine für die Traktor-Aktion aufgesammelt hat.«

»Warum«, Dupin fuhr sich mit der Hand über den Nacken, »hat er sich nicht eher gemeldet?«

»Er wusste, dass es schwerwiegende Folgen haben würde, wenn er sich stellt. Er hat sich – wenn es stimmt – unendlich dumm verhalten. Aber das tun die allermeisten Menschen. Fast immer.«

»Dann wäre es nichts als ein tragischer Unfall.«

»Und die Drohbriefe?«, fragte Marchesi. »Denn von Fabien Delroux kämen sie sicher nicht. Sie hätten dann nichts mit dem unglücklichen Steinwurf zu tun. Jemand könnte sich die Situation zunutze gemacht haben. Um Rabier unter Druck zu setzen. Vielleicht, weil jemand von ihren Recherchen weiß. – Oder einfach, um Verwirrung zu stiften.«

Es wurde immer komplizierter. Oder, je nach Blickwinkel, auch einfacher. Natürlich, auch so konnte es sein, Marchesi hatte ein gutes Gespür. Und: Auch ohne Steinschlagattacke blieben die möglichen Szenarien mehr oder weniger dieselben. Dann hätte jemand die Gunst der Stunde – den Steinwurf und den Tatbestand, dass sich niemand dazu bekannt hatte – kaltschnäuzig genutzt, um Rabier zu drohen. Womöglich, um weitere Recherchen zu Ellec oder Chastagner zu verhindern. Diese Annahme würde auch erklären, warum der Brief mit solcher Verspätung nach dem Steinwurf eingetroffen war. Die Bedrohung Rabiers durch die Briefe bliebe in diesem Szenario gleich akut, auch wenn die Attacke ein Unfall gewesen war.

»Ich muss weiter.«

»Eine Sache noch«, Dupin war unsicher, wie er es formulieren sollte. »Ich habe eben über meine – – – Kontakte erfahren, dass man die wahre Identität der Toten kennt. Sie wird in Paris vermisst. Ihr Name ist Marlène Mitou.«

Dupin fasste kurz zusammen, was Jean berichtet hatte. »Die Pariser Polizei wird sich umgehend mit dem Kommissar aus Lannion in Verbindung setzen.«

»In Ordnung.«

Marchesi machte auf dem Absatz kehrt und lief zum Wagen zurück.

Kurz drehte sie sich noch einmal um:

»Ach, und Desespringalle hat Chastagner auf die Wache holen lassen, sie sind mit einem Polizeiboot zu seinem Schloss und haben ihn mitgenommen, er war gerade erst aus Trégastel zurück. Sie haben auch einen Durchsuchungsbefehl für das Schloss und für die Zentrale seiner Firmen erwirkt.«

Für eine mit einem lakonischen »Ach« begonnene Nachricht war es eine ziemlich gewichtige Mitteilung.

Mit einer raschen Bewegung öffnete sie die Fahrertür und sprach dabei weiter:

»Desespringalle hält die illegalen Ausweitungen für ein hinreichendes Motiv für den Anschlag – den es nun vielleicht ja gar nicht gab. Wie auch immer. Es ist sicher nicht falsch, Chastagner ordentlich zuzusetzen.«

Eine pragmatische Haltung.

Das Vorgehen des Kommissars war für Dupins Empfinden nicht sehr elegant. Etwas vorschnell zudem. Aber im Prinzip nicht verkehrt.

»Weiß der Kommissar schon von dem Geständnis des Bauern?«

»Nein. – Aber gleich.«

Es würde den Kommissar in eine noch größere Verwirrung und Bedrängnis stürzen als Dupin. Vor allem jetzt, nachdem er Chastagner mit einer aufsehenerregenden Aktion aufs Revier gebracht hatte.

Marchesi hatte sich hinters Steuer gesetzt und ließ den Wagen an; im Stil eines Rallyestarts machte er einen Satz nach vorn und stob davon.

Für den Bruchteil einer Sekunde hatte Dupin den Eindruck, jemanden aus den Augenwinkeln auf der Talseite zwischen den Bäumen gesehen zu haben. Als er die Stelle unmittelbar fixierte, konnte er nichts Verdächtiges erkennen.

Entschieden wandte er sich um und ging weiter auf die Scheune zu.

Links kam ein wunderschönes altes Steinhaus in den Blick, umgeben von Feldern, die von dichten Wäldchen, struppigen Gebüschen und moosbewachsenen Steinmauern begrenzt wurden. Das musste es sein, Guichards Haus. Ein schlichter länglicher Riegel vom Grundriss her, heller rosa Granit, mit viel Fingerspitzengefühl restauriert und penibel gepflegt, ein dunkles Schieferdach.

Neben dem Haus ein stattliches Gemüsebeet, fast ein Feld, sicher doppelt so groß wie die Fläche des Hauses, das von einer hüfthohen Mauer geschützt wurde; am Ende des Beetes zwei Schuppen mit Schieferdach. Vor dem Haus drei buschige Palmen, typisch bretonisch.

Dupin sah eine gebückte Gestalt, die an irgendetwas zupfte. Lange, glänzende kastanienbraune Haare, zu einem Zopf gebunden, der in der gebückten Haltung fast den Boden berührte.

Dupin näherte sich, öffnete ein hölzernes Törchen, in lichtem Grau gestrichen

Die Frau hatte ihn immer noch nicht bemerkt.

»Madame Guichard?«

Jäh fuhr sie hoch. Eine dunkellila Karotte in der Hand.

»Sie können einen aber erschrecken!« Der Satz war in ein liebenswürdiges, einnehmendes Lächeln übergegangen. Trotzdem war ihr eine gewisse Anspannung anzumerken.

»Entschuldigen Sie vielmals, Madame.«

Es stimmte alles, was Dupin gehört hatte: Madame Guichard war eine ausnehmend schöne Frau. Das genaue Gegenteil des klischeehaften Bildes, das man sich von einer »Landwirtin« machte: Sie besaß feine Gesichtszüge, elegant gebräunt, sodass ihre lebendigen hellgrünen Augen umso mehr leuchteten. Sie trug roten Lippenstift, schien ansonsten aber ungeschminkt. Dupins Blick war auf ihre Hand gefallen, mit der sie ihren Zopf von der rechten auf die linke Schulter legte, zierlich und voller Erde. Die zerschlissenen, deutlich zu großen Jeans und das tieforangene T-Shirt sowie die grünen kniehohen Gummistiefel waren voller Dreck und sahen gleichzeitig aus wie das extravagante Arrangement eines Modemachers. Der Kontrast war bezaubernd: die zarte Erscheinung – beinahe wie eine Künstlerin aus einem Salon – in dieser bodenständigen Montur. Und dennoch passte es auf eine eigene Weise zusammen.

Guichard hatte Dupins Blick bemerkt, was ihm ein wenig unangenehm war.

»Ich hasse Handschuhe. Ich muss die Erde und meine Pflanzen fühlen können.«

»Ich verstehe. Natürlich.«

Eine vollkommen unsinnige Antwort. Von Erde und Pflanzen hatte er keine Ahnung. Dupin war aus dem Konzept gebracht.

»Ich bin vom *L'Île Rose*, ich meine, ich bin Gast im *L'Île Rose*, ich mache Ferien. Monsieur Bellet hat erzählt, dass man bei Ihnen Obst und Gemüse kaufen kann, hier auf dem Hof, alles bio.«

Dieses Mal hatte er sich eine Geschichte ausgedacht für das Gespräch, er musste sie jetzt bloß noch glaubwürdig rüberbringen.

»Wir fahren morgen nach Hause zurück. Und wollten etwas aus der Region mitnehmen«, Dupin stockte, und ein wenig leiser, als er es vorgehabt hatte, schloss er: »Meine Frau und ich.«

»Und zum Gemüsekaufen kommen Sie zu Fuß? Ohne Tasche oder Rucksack?«

Ein misslicher Schwachpunkt in seiner Geschichte.

»Wir kommen später mit dem Wagen. Ich mache gerade einen Spaziergang ins Tal und wollte schon einmal schauen, was Sie so anbieten.«

»Passen Sie gut auf sich auf, wenn Sie ins Traouïéro-Tal absteigen. Vor allem, wenn Sie zur Wassermühle gelangen. *Mauseschwanz. Lost Logoden.*« Guichard lachte über das ganze Gesicht. Jetzt schien sie entspannt. Sie hielt ihn offenbar für einen harmlosen Kauz.

»Eine der vielen Residenzen des Teufels. Der den armen Müllern böse Streiche gespielt hat. Kennen Sie die Geschichte von den fliegenden Granitbrocken?«

Viele Leute hatten ihm in den letzten Tagen viele Geschichten erzählt – diese noch nicht. Dupin schüttelte den Kopf.

»Einem Draufgänger waren die haarsträubenden Berichte über den Teufel und die Mühle zu Ohren gekommen. Trotzig bezog er sie, um den Spuk zu entlarven. Schon in der ersten Nacht wurde er um Mitternacht von einem höllischen Lärm geweckt. Ihm standen die Haare zu Berge. Gewaltige Steine flogen durch die Luft und krachten gegeneinander, als spielten sie Bockspringen. Sie trafen auch die Mühle, die sofort einstürzte. Der Unglückliche landete mitsamt seinem Bett auf einem Nachbarhügel. Er nahm die Beine in die Hand und setzte nie wieder einen Fuß in die Gegend.«

»Verkaufen Sie auch«, Dupin fiel nichts Besseres ein, als auf den Vorwand seines Besuchs zurückzukommen, »diese kleinen lila Artischocken? Wir haben sie im *L'Île Rose* gegessen.«

»Die Artischocken baue ich hinten auf den Feldern an, auch die *Petits violets*. Hier im Garten ziehe ich nur alte, fast verschwundene Gemüsearten, die bretonischen Böden bieten dafür beste Voraussetzungen. Verschiedene Rüben, Pastinaken, Knollenziest, seltene Karottenarten«, sie hielt die Karotte in ihrer Hand hoch. »Diese hier wird seit fünftausend Jahren angebaut. Die gelben und lilafarbenen Sorten sind randvoll mit Polyphenolen, Carotinoiden, Vitamin A, K und Folsäure – die ordinäre orange Karotte, die man überall bekommt, ist eine künstliche industrielle Züchtung und besteht nur aus Wasser.«

»Die nehmen wir auf alle Fälle.« Claire wäre begeistert. Nur, fiel Dupin ein, würde er eine gute Erklärung benötigen, warum er allein hier gewesen war. Aber damit würde er sich später beschäftigen.

Auf einmal ertönte ein lautes, merkwürdiges Geräusch, Dupin fuhr zusammen. Noch einmal. Eine Art Grunzen. Im nächsten Moment tauchten einen halben Meter neben ihm zwei stattliche Schweine auf. Rosa. Sehr rosa, so als wollte die Natur hier alles den Granitriesen angleichen. Dupin trat intuitiv einen Schritt zur Seite, was ihm im nächsten Augenblick unangenehm war. Guichard hatte es bemerkt:

»Keine Angst, die tun nichts. Das sind Louis XVI. und Marie Antoinette. Meine Hausschweine.«

Dupin wusste nicht, was er sagen sollte, am besten gar nichts. Schweine besaßen in der ländlichen Bretagne seit Jahrhunderten einen äußerst speziellen Stellenwert, ähnlich wie Pferde, manche wurden gar wie Familienmitglieder behandelt. Dupin fühlte sich trotzdem unwohl in ihrer Gegenwart. Es waren Kolosse. Und sie rochen. Er bevorzugte sie eindeutig als Würste, Koteletts oder Pâtés.

Eines der beiden machte, als hätte es Dupins Gedanken geahnt, ein paar erstaunlich schnelle Trippelschritte auf ihn zu und schnüffelte an seinem Hosenbein.

»Genug, Marie, zurück auf eure Wiese, hopp, hopp! Ihr gehört nicht ins Gemüsebeet. Raus mit euch!«

Die beiden Schweine wandten sich ohne Eile ab und trotteten Richtung Tor, das Dupin aufgelassen hatte, die Nase immer am Boden. Dabei stießen sie ein lautes und, so schien es Dupin, ärgerliches Grunzen aus.

»Ich habe auch eine kleine Schweinezucht. Ich produziere herrlich cremige Rillettes, Schulter, Brust und Schinken, im besten Fett stundenlang eingekocht. Meine Pâté mit Algen besitzt einen leichten Jodgeschmack mit atlantischer Frische.«

Maïwenn Guichard lachte wieder und warf dabei ihren Zopf auf die andere Seite.

»Die nehmen wir ebenso. Beide. Die Pâté und die Rillettes.« Ihm war das Wasser im Munde zusammengelaufen.

»Was interessiert Sie noch?«

Dupin zögerte.

»Ich meine, welches Gemüse, welches Obst?«

»Ach. – Stellen Sie uns doch von allem etwas zusammen, eine kleine Auswahl.«

Er musste später nur anrufen, um den Termin für die Abholung zu verschieben.

»Sie haben einen sehr schönen Hof«, Dupin sah sich demonstrativ um.

»Danke.«

»Und wunderbar gelegen«, er beobachtete sie aufmerksam bei den nächsten Worten, »direkt am märchenhaften Tal, direkt an dem berühmten Granitsteinbruch.«

Nichts. Kein Zusammenzucken, kein Blinzeln, sie erwiderte seinen Blick, schaute ihm direkt in die Augen.

»Da ist doch vorgestern diese Frau gefunden worden«, sagte Dupin schnell, er würde den Blick nicht lange halten können. Wieder blieben ihre Züge unverändert ruhig.

»Im *Carrière Rose,* ja. Tragisch. Und ausgesprochen mysteriös.«

»Mysteriös?«

»Man weiß noch gar nichts. Die Polizei tappt im Dunkeln.«

Das Lächeln war verschwunden.

»Was, denken Sie, ist da passiert?«

»Ich weiß es nicht.«

Ein ernster, resignativer Ausdruck. Sie war aufgewühlt, es war ihr anzumerken.

»Hier gehen in diesen Tagen einige seltsame Dinge vor sich. Da war doch auch der Anschlag auf die Abgeordnete.«

Wieder haftete Dupins Blick auf Guichards Gesicht.

»Eine fürchterliche Tat.«

Es hatte aufrichtig geklungen. Aber vielleicht war sie einfach eine gute Schauspielerin.

»Kennen Sie sich persönlich?«

Noch ein Versuch. Noch eine Zuspitzung.

»Ja, natürlich.« Zum ersten Mal lag Argwohn in ihrer Stimme. Auch ihr Blick hatte sich verändert.

260

»Gut, Monsieur. Ich werde Ihnen also eine Kiste zusammenstellen. Wann wollen Sie sie abholen kommen?«

»Als Feriengast ist man schon etwas beunruhigt wegen all der Vorkommnisse.«

Dupin hatte sich bemüht, einigermaßen unbedarft zu klingen. Er versuchte, das Misstrauen abzubauen.

Ein wenig funktionierte es.

»Das verstehe ich. Die schönsten Tage des Jahres«, ein Lächeln, »und dann das.«

Dupin hatte den Satz nur halb gehört.

Es war wieder passiert: Etwas gerade Gesagtes – oder Gedachtes – hatte den schemenhaften, nebulösen Gedanken von vorhin berührt. Den eventuellen »dunklen Einfall«, der ihm verflixt noch mal nicht zu Bewusstsein kommen wollte. Dupin kannte dieses obskure Denken ganz hinten in seinem Hinterkopf. Mehr ein seltsames Ahnen. Das ihm viele Male geholfen hatte, einen Fall zu lösen. Das Dumme war bloß, dieses Mal kam er kein Stück heran an das wankelmütige Rumoren in seinem Kopf.

»Ich werde mich jetzt weiter um meine Karotten kümmern.«

»Tun Sie das. Davon auf alle Fälle viele«, beeilte er sich zu ergänzen, »für die Kiste, meine ich.«

»Au revoir, Mons…«

Eine Sirene unterbrach sie. Eine laute Sirene.

Im nächsten Moment waren zwei Polizeiwagen zu sehen, die auf den Hof zuschossen. Kurz vor der Zufahrt bremsten sie, dass die Reifen quietschten.

Es bestand kein Zweifel. Sie wollten zu Maïwenn Guichard.

Und das bestimmt nicht, um Gemüse zu kaufen.

Dupin wusste nur eines: Er sollte sich tunlichst aus dem Staub machen.

»Ich …«, Madame Guichard klang betrübt, »wenn Sie mich entschuldigen würden. »Und rufen Sie morgen vorsichtshalber an, bevor Sie Ihre Kiste abholen kommen.« Sie ging langsam auf die Polizeiwagen zu.

Dupin steuerte schnell auf einen Weg zu, der zu einem der Schuppen führte und von dort weiter über ein Feld.

»Haben Sie vielen Dank. Ich melde mich,« rief er noch über die Schulter.

Er machte ein paar große Schritte auf den Schuppen zu. Guichard schien sein merkwürdiges Verhalten nicht aufzufallen, sie war zu sehr mit der Polizei beschäftigt.

Was hatten sie vor? Madame Guichard jetzt tatsächlich zu verhaften? Mit diesem übertriebenen Aufgebot? Und das, obwohl sie eben erfahren haben mussten, dass sich jemand ausdrücklich zu dem Steinwurf auf Rabier bekannt hatte? Ignorierte der Kommissar aus Lannion die Aussage des Landwirts oder hielt er sie für unglaubwürdig? Gekauft? Von Guichard? Oder hatte er Hinweise, gar Beweise, dass Guichard mit einem oder beiden Morden zu tun hatte? Solche, von denen auch Marchesi nichts gewusst hatte? Was nicht zu leugnen war: Guichard und Rabier befanden sich in einer dramatischen persönlichen Fehde. Voller tiefster Verletzungen und Affekte. Die prinzipiell alles möglich machten.

Dupin verbarg sich so hinter dem Schuppen, dass er das Geschehen beobachten konnte, ohne selbst gesehen zu werden.

Mehrere Polizisten – vier an der Zahl – stiegen eilig aus.

Und der hochgewachsene ausgezehrte Mann mit der Narbe auf der linken Wange, den Dupin gestern in Ploumanac'h gesehen hatte. Der Kommissar aus Lannion.

Er schritt entschieden auf Guichard zu. Die übrigen Polizisten hatten sich hinter ihm formiert.

Es war eine lächerliche Szene.

Der Kommissar blieb direkt vor Guichard stehen und redete auf sie ein. Bedauerlicherweise konnte Dupin nicht hören, was er sagte.

Dann drehten sich der Kommissar und die vier Polizisten um

und warteten, bis Madame Guichard auf den ersten der beiden Wagen zuging.

Dann hielt sie inne.

Ein kurzer Schlagabtausch folgte, dann nickte der Kommissar.

Die Landwirtin bewegte sich zügig auf ihr Haus zu. Der Kommissar folgte ihr, ebenso zwei der vier Polizisten, denen er ein Zeichen gegeben hatte.

Sie würde noch etwas aus dem Haus holen. Ihr Handy vielleicht, ein paar Sachen.

Es sah wirklich sehr nach einer Verhaftung aus, einer richtigen dieses Mal. Eben Chastagner, jetzt Guichard.

Dupin holte sein Telefon hervor.

»Marchesi?«

»Ja.«

»Maïwenn Guichard wird gerade verhaftet. Wissen Sie von neuen Erkenntnissen, über die der Kommissar verfügt?«

»Nein. Nur dass er nicht an die Aussage des jungen Bauern glaubt. Er hält sie für ›Humbug‹. – Sind Sie am Hof Guichards?«

»Bin ich. Sie haben von der Aktion im Vorfeld nichts gehört?«

»Nein.«

»Halten Sie mich auf dem Laufenden«, Dupin war im Begriff aufzulegen, fügte aber noch schnell hinzu: »Ich meine, wir halten uns gegenseitig auf dem Laufenden!« Aber da hatte Marchesi das Gespräch bereits beendet.

Im nächsten Moment, Dupin hatte das Handy fast noch am Ohr, rief Nolwenn an.

Dupin nahm sofort ab.

»Wir haben ihn!«

Ein ungehemmt euphorischer Ausruf.

»Wir haben ihn! Es ist definitiv eine Fälschung, jetzt nageln wir ihn fest. Das Papier ist zwar alt, rund zwanzig Jahre, aber es wurde erst vor circa ein bis zwei Jahren mit der Schreibmaschine bedruckt. Der Experte will diese Vermutung noch einmal mit einer zweiten Analysemethode bestätigen, aber er ist sich eigentlich sicher.«

»Eigentlich sicher?«

»Sie kennen die Wissenschaftler. Natürlich ist es eine ›vorläufige Aussage‹. – Ob der Präfekt davon gewusst hat oder nicht, werden wir nicht herausfinden, aber das ist auch egal. Die Sondergenehmigung ist eine Fälschung. Aus. Ende. Ich werde nicht eher ruhen, bis wir Ellec nachweisen können, dass bei seinem Engagement für den Abbau der Sanddüne ebenfalls Gefälligkeiten im Spiel waren. Vielleicht ja sogar in Form der stillschweigenden Akzeptanz dieses gefälschten Dokumentes. Oder er hat es als ›Honorar‹ erhalten und gar nicht selbst gefälscht!«

Ellec hatte den erbarmungslosesten Gegner am Hals, den man sich vorstellen konnte. Er würde nicht davonkommen.

»Nolwenn, könnten Sie das Inès Marchesi mitteilen? Der Experte kann sein vorläufiges Urteil doch sicher auch in knapper Form schriftlich formulieren. Und Sie schicken es an die Gendarmin. Sie wird es an den Kommissar weiterleiten.« Dupin fiel noch etwas Wichtiges ein: »Und wenn Sie dafür sorgen könnten, dass keine Adresse aus Concarneau auftaucht? Als Kopf nur der Name und der Titel des Experten.«

»Mache ich. Irgendwann wird dennoch herauskommen, wo der Experte sitzt. Spätestens im Zuge des ausführlichen Gutachtens. Aber«, Nolwenn frohlockte, »bis dahin werden wir den Fall schon abgeschlossen haben!«

Das war auch Dupins Hoffnung. Er machte sich keine Illusionen: Irgendwann würde alles auffliegen, sein »Vorgehen«, seine Ermittlungen – zu viele Leute wussten Bescheid. »Überhaupt: Mit Marchesi können Sie alles besprechen. Ich vertraue ihr ganz und gar. Sie hat mir sehr geholfen. Lassen Sie sich nicht von ihrem wortkargen Gleichmut täuschen.«

»Sie haben jetzt ja auch wieder mich.«

Es war sehr nett gemeint, aber auch, Dupin hatte es unmissverständlich gehört, eine klare Ansage.

»Gut, Nolwenn, ich muss …«

Er spürte etwas an seinem linken Bein.

Louis XVI. Neben ihm. Und nun an seinem rechten: Marie Antoinette.

»Weg mit euch. Los, auf eure Wiese, hopp, hopp!«, allzu laut konnte Dupin nicht sprechen, zur Unterstützung hatte er mit dem linken Arm in Richtung der Wiese gezeigt.

»Bitte?«, fragte Nolwenn irritiert.

»Zwei Schweine. An meinen Hosenbeinen.«

Die sich keinen Deut um Dupins Anweisung scherten. Neugierig schnüffelten sie weiter.

»Verstehe. – Zwei …«

»Bis später, Nolwenn.«

Er legte auf.

Mittlerweile waren Guichard, der Kommissar und die beiden Polizisten zurück am Wagen. Die Landwirtin trug eine Tasche über der Schulter.

Sie stiegen ein, und schon setzten sich die beiden Polizeiautos in Bewegung. Sie bogen auf der Straße nicht nach rechts ab, Richtung Ploumanac'h und Trégastel, sondern nach links, Richtung Lannion.

Dupin wartete, bis sie sich entfernt hatten. Dann erst traute er sich hinter dem Schuppen hervor.

Hinter ihm marschierten Louis XVI. und Marie Antoinette.

»Los! Auf eure Wiese!«

Dieses Mal war die Anweisung laut gewesen. Dennoch blieben die Schweine völlig unbeeindruckt. Dann würden sie wohl mitkommen.

Dupin wollte gerade in Richtung Straße gehen, als er innehielt. Wenn er richtiglag, musste der Feldweg, auf dem er sich befand, in der entgegengesetzten Richtung zum Steinbruch führen, zum *Carrière Rose*. Und eigentlich dürften es nur ein paar Hundert Meter sein. Der an einem Steinmäuerchen entlanglaufende Weg endete an einem Wäldchen. Von dort müsste man auch zum Fundort der Leiche des Taxifahrers kommen.

Dupin hatte sich den Steinbruch anders vorgestellt. Irgendwie organisierter.

Er war – mithilfe der Karte – an der richtigen Stelle aus einem Wäldchen herausgetreten, mit zwei zerkratzten Handrücken, die ihm eine widerspenstige Brombeerhecke zugefügt hatte. Wiederholt hatte er laut geflucht. Louis XVI. und Marie Antoinette waren ihm noch ein Stück des Weges gefolgt, vergnügt und entspannt. Irgendwann waren sie dann einfach von allein abgezogen.

Der Steinbruch hatte mit einem Mal vor ihm gelegen, keine Absperrungen, keine Zäune. Dupin hatte zumindest irgendwelche Markierungen erwartet. Eine große, leere, staubige Fläche, auf der eine völlig verrostete Wellblechhütte stand. Um die Hütte herum, in einem weiten Kreis verteilt: rostige Stahlteile, Überbleibsel irgendeiner Maschine; es sah aus, als wäre sie hier vor Jahren explodiert. Kein Mensch schien den Ort seitdem betreten zu haben. Die Sonne hatte eine unerbittliche Kraft. Es war seltsam still. Sengende, flirrende Hitze. Kein Lüftchen. Kein Baum, nur Staub und Steine. Er wischte sich den Schweiß von der Stirn. Eine Stimmung wie in einem Western. Nur in einiger Entfernung waren in regelmäßigen Abständen laute, krachende Geräusche zu hören, der Betrieb des Steinbruchs lief trotz des Leichenfundes weiter. Einzig der abgelegene Bereich, wo sie die tote Frau gefunden hatten, war abgesperrt worden. Wahrscheinlich befand er sich ganz in der Nähe.

Dupin ging auf ein großes Wasserbecken zu, das mit einer auffälligen türkisen Folie ausgelegt war. Struppiges, staubtrockenes Gras. Auf einmal tauchten rechts von ihm imposante Granitblöcke auf, vielleicht zweieinhalb Meter lang und einen Meter fünfzig hoch. Dutzende. Nebeneinander aufgereiht, in jeweils einem Meter Abstand. Es sah beeindruckend aus.

Dupin lief an ihnen entlang. Jetzt wusste er genau, wo er war. Das Steinlager war auf der Karte eingezeichnet, eines von mehreren, aber dies hier war genau zu identifizieren, weil die Steine in einem Halbkreis angeordnet waren. Er müsste um zwei Kurven, dann ein wenig geradeaus, und schon wäre er an der Stelle, an der Marlène Mitou in den Steinbruch geworfen worden war. Er hatte zufällig den idealen Weg gewählt, er war von der hinteren Seite des Geländes gekommen, die Chancen standen nicht schlecht, dass er unentdeckt bliebe.

Auch hier staubig-trockener Boden, manchmal war ein Krahn zu sehen. Der Arbeitslärm hatte aus irgendeinem Grund ausgesetzt. Dupin lief auf eine hohe, lang gezogene Hecke zu, die hier und dort eine Lücke freigab. Dahinter musste er liegen: der Teil des Steinbruchs, um den es ging.

Er ließ seinen Blick über die Hecke wandern. Ein Stück weiter entdeckte er die Stelle, die mit dem Absperrband der Polizei markiert war. Eilig lief er darauf zu.

Er duckte sich unter dem Band hindurch. Fast direkt vor ihm tat sich ein Abgrund auf. Ein Abgrund mit einer äußerst scharfen Kante. Der Boden hörte jäh auf, und es ging unversehens und ungeschützt hinab. Fünfzig Meter, hieß es, sei Marlène Mitou hinabgestürzt. Es sah noch viel tiefer aus.

Spektakulär. Und Furcht einflößend. Ein klaffender Abgrund. In schimmerndem Rosa.

Vorsichtig trat Dupin etwas näher heran. Jetzt war es nicht mal mehr ein Meter bis zum Nichts.

Er blieb stehen und blickte sich um.

An der linken Seite des Steinbruchs befand sich der Zugang

für die Arbeiter und Lastwagen, dort waren mehrere Plateaus zu sehen und ein Weg, der in engen Serpentinen bis nach unten führte. Der Boden war uneben, es gab noch tiefere Stellen als die, wo Marlène Mitou aufgeschlagen war. Direkt unter Dupin war das rot-gelbe Absperrband ebenso zu sehen. Bewacht wurde die Stelle nicht mehr.

Auf der Karte hatte er eben noch zwei Feldwege entdeckt, über die man auch mit dem Auto zu diesem Teil des Steinbruchs gelangte. Der Täter hatte das Gelände also ohne Probleme erreichen können – und bei den extrem trockenen Bodenverhältnissen nicht einmal verwertbare Spuren hinterlassen.

Die Wirkung seines Klingeltons in dieser gespenstischen Stille war gewaltig. Dupin zuckte zusammen.

Jean.

»Ja?«

»Ich habe gerade persönlich mit Marlène Mitous Freundin gesprochen. Sie wohnt am Gare de l'Est. Der Verkehr dahin war höllisch.«

»Und?« Der Verkehr in Paris war immer höllisch.

»Also: Das mit dem Urlaub hat sie sehr überrascht. Mitou hätte gar nicht das Geld gehabt, wegzufahren, meint sie. Und wenn sie etwas Geld gehabt hätte, hätte die Freundin eher vermutet, dass sie es für den Umzug verwendet hätte. Mitou hatte ihr bei ihrem letzten Treffen erzählt, dass sie eine neue Wohnung gefunden habe, etwas zentraler, und im September umziehen wolle.«

»Was ist mit Verbindungen in die Bretagne?«

»Die Namen haben ihr nichts gesagt. Gar nichts. Keiner.«

»Vielleicht weiß die Freundin nicht alles.«

»Möglich. Sie haben sich nicht täglich gesehen oder gesprochen.«

»Und Mitou hat wirklich nie irgendeinen Mann erwähnt?«

»Nein. Die Freundin hat zwar mitbekommen, dass es ab und

zu, sagen wir, flüchtige Beziehungen gab. Aber sie kennt weder Namen noch Details.«

Das war alles äußerst mager. Es brachte Dupin kein bisschen weiter.

»Wie gesagt«, fasste Jean zusammen, »die Freundin kann sich auf nichts einen Reim machen. Gelohnt hat sich der Ausflug nicht.«

»Trotzdem danke.«

Es wäre ja auch zu schön gewesen.

»Ich habe übrigens mit diesem Desespringalle gesprochen. Ein unangenehmer Zeitgenosse.«

»Nicht ganz so schlimm, wenn man mehr über ihn weiß.«

Der Satz war Dupin herausgerutscht. Er ärgerte sich. Auch wenn der Kommissar in seinem Herzen einen verborgenen guten Fleck besitzen mochte und sich in einer noch so schwierigen persönlichen Situation befand – er war gerade dabei, Dupin in echte Schwierigkeiten zu bringen.

»Hat er dir etwas zu seinen Ermittlungen gesagt? Ob er eine konkrete Vermutung zur Rolle von Marlène Mitou hat?«

»Kein Wort. Er hat alles quasi kommentarlos aufgenommen, und zwar so, als wäre ich sein Inspektor. – Meine beiden Kollegen haben sich ein erstes Mal die Wohnung von Mitou angesehen. Sie haben dort nichts gefunden, was in irgendeiner Weise interessant wäre. Nichts, das auf ihre Reise hindeutet oder auf Beziehungen in die Bretagne. Die Wohnung ist in einem chaotischen Zustand. Ziemlich heruntergekommen und offenbar winzig. Einen Kalender, ein Tagebuch oder Ähnliches haben sie auch nicht gefunden. Nicht mal einen Computer.«

»Ist ausgeschlossen, dass jemand vor euch in der Wohnung war, um Spuren und Hinweise zu vernichten?«

»Soweit die Kollegen es beurteilen konnten, ja. Wenn, dann ist jemand äußerst umsichtig vorgegangen.«

»Vielleicht besaß sogar jemand einen Schlüssel.«

»Möglich.«

»Und in der Bar? Hat Mitou den Leuten dort etwas Interessantes erzählt?«

»Ich habe meinen besten Mann in die Bar geschickt. Er hat mit dem Besitzer und mit den insgesamt vier Bedienungen gesprochen, Frauen im Alter zwischen neunzehn und sechsundfünfzig. Nur mit einer von ihnen hat sie ab und an ein paar Worte gewechselt, später abends eine Zigarette geraucht, einen Whisky getrunken. Nichts Relevantes. Auch sie hat nichts von einer Reise gewusst.«

Jean ging gründlich vor, so kannte Dupin ihn.

»Es gibt im Augenblick«, fuhr Jean fort, »auch noch keinen Hinweis darauf, wie sie gereist ist. Wie sie in die Bretagne gekommen ist. Alleine, in Begleitung, mit dem Zug, mit einem Leihwagen. – Desespringalle geht davon aus, dass sie mit dem Zug von Paris gekommen ist und von Guingamp aus den Bus genommen hat. Aber auf ihren Namen ist am Dienstag letzter Woche keine Reservierung für einen TGV zu finden, auch nicht in den Tagen zuvor. Auch nicht auf den Namen Virginie Inard.«

»Sie kann jeden beliebigen Namen benutzt haben.«

»So ist es. – Na gut. Wir werden sehen, ob wir noch etwas finden. Ich melde mich.«

»Auch bei Kleinigkeiten.«

»Ich weiß, ich weiß. Auch bei allerkleinsten Kleinigkeiten.«

Jean hatte das Gespräch beendet.

Das nichts, aber auch gar nichts Verwertbares gebracht hatte. Es blieb restlos schleierhaft, was Mitou in der Bretagne gewollt haben könnte. Und warum sie mit jemanden hier Kontakt gehabt haben sollte. Vielleicht waren sie alle, auch Dupin, auf der völlig falschen Fährte.

Dupin kam sich in jeder Hinsicht mehr und mehr vor, als hätte er sich in einem dieser gigantischen Steinlabyrinthe verloren. Mal gab es einen Weg, ein paar Meter, dann wieder war er versperrt und es gab keinen Anhaltspunkt, wie man weiterkam.

Dupin erwischte sich dabei, wie er fasziniert und gebannt in den Abgrund starrte.

Er bewegte sich noch näher auf ihn zu. Zentimeter für Zentimeter, er blieb erneut stehen. Ein verstörender Taumel überkam ihn. Er musste sich zusammenreißen.

Er würde den Steinbruch jetzt verlassen und sich zum Tatort des zweiten Mordes – womöglich ja auch des ersten – begeben. Angenommen, Marlène Mitou hätte sich wirklich dort vom Taxi absetzen lassen, wäre sie höchstwahrscheinlich zwischen dort und genau der Stelle hier erwürgt worden. Wäre es dort geschehen, hätte der Täter einen Wagen gebraucht, um die Leiche hierherzubringen.

Dupin löste sich endgültig vom Abgrund.

Exakt in diesem Moment war ein lautes Knacken zu hören.

Jemand war auf einen Stock getreten. So hatte es sich angehört. Genau so.

Augenblicklich begab sich Dupin in Angriffshaltung. Wie schon gestern auf der Île Renote war seine Hand reflexhaft zur rechten Hüfte geschnellt, wo er, wenn er im Dienst war, die SIG Sauer trug.

Blitzartig hatte er sich umgedreht und suchte die Umgebung ab.

Da war jemand. Hinter der Hecke.

Er war nicht allein.

Und er befand sich in einer äußerst unguten Position. Nur einen kleinen Schritt von einem fünfzig Meter tiefen Abgrund entfernt.

Dupin musste handeln.

Er drehte sich wieder zurück, als würde er erneut den Steinbruch beobachten wollen. Und holte sein Handy hervor. Umgehend begann er ein Gespräch. Mit gut hörbarer Lautstärke.

»Nolwenn«, es musste ganz natürlich klingen.

Eine kurze Pause.

»Ich bin jetzt im Steinbruch, alles so weit in Ordnung. Ich

gucke mich nur noch etwas um. Ich wollte wissen, ob Sie den Bericht von Docteur Garreg schon haben?«

Es musste alles echt wirken. Wieder eine Pause.

»Sehr gut, das ist wichtig. Können Sie ihn mir vorlesen, da ist jedes Wort entscheidend. – – – Sehr gut, ich höre zu.«

Während er sprach, hatte er sich langsam nach links bewegt.

In der nächsten Sekunde sprintete er los. So leise wie irgend möglich.

Es würde um Sekunden gehen.

Die Hecke entlang. Die nächste Lücke war nicht weit.

Nach einigen Metern erreichte er sie.

Dupin blieb stehen. Blickte vorsichtig um die Hecke. Gegenüber Steinblöcke, dahinter Büsche und ein paar Bäume.

Er hielt gespannt Ausschau.

Es war niemand zu sehen. Verdammt.

Er pirschte an der Hecke entlang, wieder auf das Absperrband zu.

Dann sah er ihn.

Den Verfolger von gestern.

Es ging rasend schnell. Dupin stürzte auf ihn zu.

Erschrocken fuhr der Mann herum und ergriff panisch die Flucht.

Er sprintete auf den Abgrund zu, dann drehte er scharf nach links.

Dupin war schneller. Mit einem mächtigen Satz warf er sich auf ihn.

Der Mann ging zu Boden. Dupin lag auf ihm. Eine dichte weiße Staubwolke um sie herum. Sie rollten über spitze Steine auf den Abgrund zu. Dumpfe Geräusche. Dupin spürte einen reißenden Schmerz am Hals und an der rechten Wange.

Der Kampf war kurz.

Dupin hatte den Mann auf den Bauch gedreht und seine Arme hinter dem Rücken in einen sicheren Polizeigriff gebracht.

272

Allzu sehr hatte sich der Mann nicht gewehrt. Egal, Dupin war zu allem bereit. Wenn man sich entschied zu kämpfen, musste man den Gegner, so schnell es ging, kampfunfähig machen.

»Stopp, Stopp«, keuchte der Mann, »ich bin Polizist.«

»Wer sind Sie?«

Dupin blieb völlig unbeeindruckt.

»Thomas Lemercier.« Er zögerte. »Ich«, ein Stöhnen, Dupin hatte den Griff noch verstärkt. »Ich beschatte Sie im Auftrag von Commissaire Desespringalle. Ich gehöre zu seinem Team.«

»Desespringalle?« Dupin hatte den Namen ganz ohne Stottern herausgebracht. »Der Kommissar hat mich beschatten lassen?«

Die Stimme des Polizisten zitterte jetzt beinahe. »Ich befolge nur seine Anordnungen.«

Das war infam. So weit hatte es der Kommissar aus Lannion getrieben?

»Seit wann?«

»Seit gestern Mittag.«

Dann hatte er Dupin bei einigen Aktionen beobachtet.

Dupin lockerte den Griff minimal.

»Zeigen Sie mir Ihren Ausweis.«

Dupin gab den rechten Arm frei.

Der Mann fasste in seine hintere Hosentasche und zog etwas heraus.

»Legen Sie ihn vor sich auf den Boden.«

Der Mann tat, wie ihm geheißen.

Ein eingeschweißter Dienstausweis, eindeutig, mit Foto.

Dupin ließ auch den anderen Arm los und erhob sich. Die Augen starr auf den jungen Mann geheftet.

»Schön langsam.«

Sie befanden sich immer noch am Rande des Abgrunds. Eine falsche Bewegung könnte verhängnisvolle Folgen haben.

»Die Hände hinter den Kopf.«

Dupin stellte sich mit dem Rücken zur Hecke.

Der Mann stand jetzt aufrecht. Und blickte Dupin fragend an. Dupin ließ eine quälend lange Weile verstreichen. Der Mann verharrte bewegungslos.

»Ist gut!«

Der Polizist bewegte sich, schüttelte sich, klopfte sich den Staub vom T-Shirt, das an der Schulter gerissen war.

Dupin bemerkte, dass etwas Warmes seine Wange entlangrann. Er fasste hin. Es war Blut. Nicht weiter schlimm, er musste sich nur eine gute Geschichte für Claire ausdenken.

»So«, Dupin sprach mit scharfem, beherrschtem Ton. »Sie werden jetzt Folgendes tun: Sie werden zu Ihrem Chef gehen und ihm von mir ausrichten: Ich erwarte, dass er seine Beschwerde in beiden Präfekturen augenblicklich zurücknimmt. Und die Meldung bei der Dienstaufsichtsbehörde auf der Stelle vergisst. – Hören Sie mir aufmerksam zu?«

Eine rhetorische Frage, der Mann stand wie angewurzelt.

»Ja!«, sagte er kleinlaut.

»Gut. Ansonsten werde ich das hier eskalieren lassen. Ich werde sagen, ich sei bei meinem Spaziergang im Steinbruch durch Ihre Bedrängung beinahe in den Abgrund gestürzt. Überhaupt, die ganze Beschattungsaktion, die Verletzung meiner Privatsphäre – all das ist äußerst gravierend!«

Das war es wirklich. Vor allem jedoch war es eines: fantastisch! Der Kommissar aus Lannion hatte einen Fehler gemacht. Er war zu weit gegangen in seinem Affekt. Und Dupin war mit einem Schlag alle Sorgen los!

»Ich – aber Sie haben doch …«

»Sie werden sich jetzt umgehend zu Ihrem Chef begeben. Wenn er nicht unverzüglich tut, was ich gesagt habe, lege ich sofort los. Ohne Pardon.«

»Ich richte es ihm aus.«

»Dann los. Verschwinden Sie.«

Der junge Polizist huschte gebückt davon. Er tat Dupin beinahe leid.

Dupin atmete tief ein und aus. Ging ein paar Meter. Vom Abgrund weg.

Wieder klingelte das Telefon.

Im Moment konnte jeder Anruf entscheidend sein. Dupin fingerte es aus seiner Hosentasche. Das robuste »Outdoor-Modell« hielt einiges aus.

Es war Claire.

Ungünstiger konnte der Moment nicht sein. Er musste dennoch rangehen.

»Georges?«

»Chérie?«

»Wo bist du?«

Eine – soweit Dupin es beurteilen konnte – neutral klingende Frage.

»Am Presseladen. Ich habe einen *café* in der Bar getrunken. Ich war schon früh wach, habe gefrühstückt und im Garten gelesen. Ich bin eben erst los. Ich hole noch ein paar Magazine und Proviant.«

Alles klang einigermaßen plausibel, fand Dupin, und er hätte auf diese Weise zudem noch ein paar zeitliche Flexibilitäten.

»Ich …«

»Hetz dich nicht, Georges. Es sind Ferien! Nimm dir Zeit. Ich habe richtig ausgeschlafen. Und sitze gerade erst beim Frühstück. Ich gehe dann einfach gleich zum Strand, und du kommst nach, wenn du fertig bist.«

Der Strand – wie unwirklich das Wort in diesem Augenblick klang. Wie weit das alles weg war. Der Strand, das Handtuch, das Nichts-tun-Müssen …

Claire reagierte erstaunlich gelassen. Vermutlich hatte sie eine weitere Fernoperation vor sich.

»Nimm dir vielleicht schon etwas zu trinken mit. Und ein Croissant oder einen Apfel, nur zur Sicherheit …«

»Gute Idee.«

»Dann bis später, Claire.«

»Bis später, Georges.«

Es war eine groteske Situation. Aber großartig.

Dupin warf einen letzten Blick in den Steinbruch und machte sich auf den Weg.

Er hatte hier genug gesehen.

»Es ist definitiv, sagt der Gerichtsmediziner, der Taxifahrer ist ebenfalls Dienstagabend ermordet worden. Gegen 22 Uhr 30, genau wie Marlène Mitou also, plusminus der einen unvermeidlichen Stunde. Der Gerichtsmediziner will es zwar noch einmal überprüfen, erwartet aber nur eine Bestätigung.«

Das war wichtig. Wenn auch keine Überraschung. Genau so hatten sie es im Prinzip angenommen. Aber es war dennoch gut, das Szenario endgültig bestätigt zu bekommen. Die Morde hatten sich also beide am Dienstagabend gegen halb elf abgespielt. Und zwar höchstwahrscheinlich irgendwo dort, wo sich Dupin gerade befand.

»Sehr gut.«

»Ansonsten nichts Neues. Sie haben immer noch keine Spuren des möglichen Täters entdeckt.«

Er war äußerst vorsichtig und geschickt vorgegangen, das war längst klar.

»Ihre Nolwenn hat angerufen«, Marchesis Tonfall machte deutlich, dass es ihr nicht ganz recht war. »Ich habe das vorläufige Gutachten von dem Experten in Concarneau erhalten. Ohne Adressangabe. Ich habe es dem Kommissar schon weitergeleitet. Er hat«, ein Zögern, »nicht nachgefragt.«

»Und was hat er zur Sache selbst gesagt?«

»Er hat gesagt, egal ob es für die konkreten Ermittlungen von

Bedeutung sei oder nicht, es sei eine ›Bombe‹. Und wir sollten extrem umsichtig sein. Und eine zweite Expertenmeinung einholen.«

»Eine zweite Expertenmeinung? Das ist doch Schwachsinn.« Wut war in Dupin aufgestiegen.

»Nolwenn findet es richtig.«

»Was?«

»So gerät der Gutachter aus Concarneau aus dem Fokus. Ich habe einen Gutachter in Paimpol gefunden. Das Dokument ist schon auf dem Weg dorthin, Nolwenn hat einen Kurier beauftragt.«

»Und der Kommissar zieht nicht in Erwägung«, es war nicht zu glauben, »dass diese ›Bombe‹ mit dem Fall zu tun haben könnte? Es wäre doch ein hinreichendes Motiv.«

»Dazu hat er nichts gesagt.«

»Was gibt es sonst noch?«

»Chastagner hat auf dem Kommissariat jetzt doch von der Nacht mit Madame Durand erzählt.«

Chastagner konnte auch nicht mehr anders. Er war zu stark belastet.

»Und?«

»Es sei nichts passiert, gar nichts. Obwohl er, wie er zugegeben hat, sich durchaus etwas erhofft hatte. Er habe Alizée Durand vorgeschlagen, noch aufs Schloss zu fahren. Zuerst, in der Bar, habe sie zugestimmt, dann aber, nachdem sie die Bar verlassen hatten, habe sie nichts mehr davon wissen wollen. Und sei einfach in ihrem Wagen weggefahren. Das war's.«

»Glaubt der Kommissar ihm?«

»Ich denke schon.«

»Hat er sonst noch etwas gegen Chastagner in der Hand?«

»Außer den illegalen Ausweitungen des Steinbruchs und der Absicht, dies unter allen Umständen geheim halten zu wollen?«

»Genau.«

277

»Ich denke nicht.«

Das klang nicht nach großen neuen ermittlerischen Erkenntnissen. Aber vielleicht hatte er es Marchesi auch einfach
nicht gesagt. Dupin zumindest weihte in den entscheidenden
Lösungsmomenten eines Falles in der Regel auch niemanden
ein. Wenn ausnahmsweise doch, dann höchstens Nolwenn oder
Riwal.

»Und gegen Maïwenn Guichard?«

»Sie meinen, ob er etwas in der Hand hat, von dem wir nichts
wissen?«

Wie immer verstand Marchesi sofort.

»Genau.«

»Ich vermute, nicht.«

»Etwas Neues von dem jungen Bauern?«

»Nein. Warum auch?«

Dupin wusste es selbst nicht. Wenn er tatsächlich den Stein
geworfen hatte, würde er die Aussage, zu der er sich durchge-
rungen hatte, nicht plötzlich widerrufen. Und wenn es eine ge-
kaufte Aussage war, erst recht nicht.

»Wir haben inzwischen mit sämtlichen Bekannten und
Freunden des Taxifahrers gesprochen. Auch hier: keinerlei Hinweise, dass er etwas mit den infrage kommenden Personen zu
tun hatte.«

»In Ordnung.«

»Mein Kollege versucht, den Absender der anonymen Mail
zu ermitteln, die an *Ouest-France* ging. Zu der Affäre zwischen Monsieur Guichard und Madame Rabier.«

»So was kann er?«

»Privat ist er Hacker. Ein Hobby von ihm, schon seit Langem.«

»Alan – der Polizist?«

»Genau.«

Kurios.

»Und wie steht es um Madame Rabier?«

»Keine neuen Vorkommnisse. Sie befindet sich immer

noch in der Klinik, die mittlerweile geschützt wird wie der Élysée-Palast. Mit ähnlich hohen Kosten vermutlich!«

»Und keine neuen Erkenntnisse zu …«

Dupin hielt plötzlich inne.

Ihm war etwas in den Sinn gekommen. Bei dem Wort »Kosten«. Nicht das, was ihn die ganze Zeit beschäftigt hatte, der undeutliche Gedanke im Hinterkopf – der vielleicht ja nur ein Phantom war –, nein, etwas anderes, Konkretes. Aus dem Gespräch mit Jean.

»Ich melde mich später noch einmal, Marchesi.«

Mit der letzten Silbe hatte Dupin schon aufgelegt.

Er stand auf einer von Kastanien gesäumten Allee. Schon vorn, an der Abzweigung von der Straße, hatte sich eine Absperrung – das obligatorische rot-gelbe Band – befunden. Bis zum Taxi waren es noch einmal rund hundert Meter, der Weg führte vor ihm nach rechts, in ein dichtes Eichenwäldchen hinein. Das Taxi wurde von zwei Polizisten bewacht, Dupin hatte einen vorsichtigen Blick um die Ecke geworfen. Sie durften ihn auf keinen Fall sehen.

Dupin scrollte durch die Anrufliste und drückte eine Nummer.

»Jean?«

»Ja?«

»Nur eine Sache. Dieser Umzug, den die Freundin von Mitou erwähnt hat – hat sie noch mehr dazu gesagt?«

»Der Umzug?«

»Ja. Marlène Mitou wollte bald umziehen.«

»Was meinst du damit?«

»Ist es nicht etwas seltsam? Die Suite, die teuren Klamotten, und so ein Umzug ist auch ziemlich kostspielig«, das machte die Frage, die sich Dupin eben schon gestellt hatte, noch akuter. »Zudem, wenn es eine zentralere Wohnung ist, wird die Miete höher sein. – Warum sollte sie plötzlich mehr Geld zur Verfügung haben? Woher hatte sie das?«

»Du meinst«, Jean schien laut zu denken, »sie wurde für etwas bezahlt? Etwas, das mit den Vorkommnissen in deinem aufregenden bretonischen Ferienort zu tun hat?«

»Exakt.«

»Ich rufe die Freundin gleich noch mal an.«

»Das wäre großartig.«

»Bis dann.«

Dupin steckte das Handy zurück in die Hosentasche.

Er versuchte – ohne sich zu sehr den Polizisten zu nähern –, den Dienstagabend so genau wie möglich zu rekonstruieren. Die mutmaßlichen Szenarien, und davon gab es einige. Zudem schaute er, ob er etwas Besonderes entdecken würde.

Dupin verließ den Weg und lief über eine wilde Wiese an dem Eichenwäldchen entlang. Das Wäldchen war dicht genug, um nicht gesehen zu werden. Er würde in einem weiteren Bogen einmal um den Standort des Taxis laufen.

Zehn Minuten später hatte Dupin den halben Kreis geschafft: ergebnislos. Er hätte sich nicht sagen können, welche Art von Spuren er gehofft hatte zu entdecken. Zumal die Spurensicherung alles systematisch abgesucht hatte. Wahrscheinlich tat er es nur in der Hoffnung, sich besser zu fühlen. Was nicht der Fall war. Aus irgendeinem Grund war ihm seine Ermittlungslage seit dem Verlassen des Steinbruchs immer misslicher vorgekommen. Er war nie unmittelbar dabei. Was er gerade auf sinnlose Weise zu kompensieren versuchte. Seine Laune verdüsterte sich, die Euphorie vom Morgen war wie weggeblasen. Er fühlte sich wie ein Narr. Zudem hatte er den Eindruck, alle Möglichkeiten ausgeschöpft zu haben, die ihm überhaupt zur Verfügung standen. Und er war dem Kern der Geschichte keinen Schritt näher gekommen.

Mitten in Dupins Depression hinein brummte das Telefon. Er hatte es auf Vibration gestellt, als er sich auf Spurensuche begeben hatte.

Nolwenn.

»Ja?«

»Ein Wunder ist geschehen.«

Sie klang gelöst, fröhlich.

»Die Assistentin von Commissaire Desespringalle hat angerufen; der Kommissar wünscht nicht länger, Locmariaquer zu sprechen. Sie hat unserem Präfekten eben eine Mail geschrieben, dass sich das Thema erübrigt habe. Und sie hat mich nachdrücklich gebeten, Ihnen dies so rasch wie möglich mitzuteilen«, eine effektvolle Pause. »Was mag da geschehen sein, frage ich mich.«

Eigentlich war es eine gute Nachricht. Aus der Sache hätte ein regelrechtes Debakel werden können. Dupins Kalkül war wunderbar aufgegangen. Doch selbst diese Mitteilung vermochte seine Stimmung nicht aufzuhellen.

»Ein kleiner Zwischenfall, nennen wir es mal so. Ich berichte später.«

»Sie klingen äußerst verdrießlich.«

»Ich habe mich – wie soll ich sagen? – im Labyrinth verloren.«

»Sie brauchen nur ein wenig Abstand, Monsieur le Commissaire! Trinken Sie einen *café*! Gehen Sie schwimmen. Etwas essen. Lachen Sie mit Claire! Oder machen Sie einen langen Spaziergang. – Und dann gehen Sie in Ruhe noch einmal alles durch.«

Er war schon mehrere Male in Ruhe alles durchgegangen. Und hatte schon mehrere Spaziergänge gemacht. Gerade eben erst.

»Mache ich, Nolwenn«, seufzte er.

»Sie wissen, wie es in der Bretagne heißt: *Gant pasianted hag amzer – e veura ar mesper.* Mit etwas Geduld und Zeit reift die Mispel. Und«, Dupins Verfassung schien auch Nolwenn so ernst, dass ein zweites Sprichwort hermusste: »*A van da van – e vez graet e vragoù da Yann.* – Auch Yanns Hose wurde erst nach und nach fertig.«

»Danke. – Für die Unterstützung. Ich weiß es zu schätzen.«

Nolwenn liebte Sprichwörter. Bevorzugt zitierte sie diese zur Aufmunterung in kritischen psychischen Situationen. Sprichwörter, die immer ein wenig obskur blieben.

»Und vergessen Sie nicht Ihr Clairefontaine! Vielleicht steht dort längst die Lösung!«

Er hatte auch das nicht vergessen, im Gegenteil: intensiv konsultiert.

»Ich muss weiter, Nolwenn.«

»Kopf hoch, Monsieur le Commissaire. Sind Sie ein Bretone oder nicht? Sturheit ist die nobelste aller bretonischen Tugenden.«

Mit diesem Satz hatte Nolwenn das Telefonat beendet, als würde sie sichergehen wollen, dass er angemessen nachhallte.

Dupin fuhr sich durch die Haare.

Er stand neben einem großen, ovalen Granit, der fast senkrecht aus dem Boden kam und aussah wie ein Menhir. Mit gelben, grünen, lila Flechten überzogen. Es war, als hätte Nolwenn ihn hierhergezaubert, um Dupin zu ermahnen: aufrecht stehen! Beharrlich sein! Stur weitermachen!

Leider entsprach das seinem Innersten in keiner Weise.

Vielleicht sollte er einfach zum Strand gehen. Sich zu Claire aufs Handtuch legen. Schwimmen. Ferien machen. Einen *café* trinken, den er tatsächlich unbedingt benötigte. Der letzte lag Stunden zurück, und das bei der Beanspruchung. Kein Wunder, dass sein Verstand nicht funktionierte. Er hatte das Gefühl, dass er als Ganzes nicht funktionierte. Auch die heftige physische Auseinandersetzung mit seinem Verfolger hatte Kraft gekostet.

Er würde die unsinnige Spurensuche genau hier und jetzt abbrechen.

Dupin hatte auf der Karte nachgeschaut: Der einfachste und kürzeste Weg zurück wäre der durchs Tal. Er musste es nur geradeaus durchqueren, dann den Weg an der Bucht entlang nehmen, den er gekommen war, als er zu Guichard gegangen war.

Dupin war quer über ein Feld gelaufen, bis zu einem Wäldchen, das schon zum Ausläufer des Tals gehörte.

Jean hatte die Freundin von Marlène Mitou umgehend noch einmal erreicht. Zum Umzug hatte sie leider nicht viel mehr sagen können, nur dass sie den Eindruck gehabt hatte, dass es um eine schönere Wohnung gegangen war. Zentraler auf jeden Fall. Was Dupins Frage nach dem Geld noch akuter werden ließ.

Auf der Karte war an dem Wäldchen, wo er sich jetzt befand, ein Zugang zum Tal verzeichnet, ein bisschen weiter nördlich nur. Sieben gab es insgesamt, erinnerte sich Dupin. Von links kam ein Feldweg, der Zugang musste einfach zu finden sein.

Und tatsächlich: Schon nach ein paar Minuten hatte Dupin den dunklen erdigen Weg erreicht, der im Tal verschwand. Buchstäblich. Jäh wurde es stockfinster; es ging beinahe senkrecht hinunter. Man stolperte in die Tiefe. Wie durch ein magisches Portal.

Je tiefer Dupin hinabstieg, desto wundersamer wurde die Welt. War sie draußen unendlich trocken, herrschte hier drinnen eine dumpfe Feuchtigkeit. Boden, Bäume, Steine, alles schien sie zu umhüllen. Und still war sie, diese andere Welt hier unten. Eine weiche, wattige Stille, als würden sämtliche Geräusche geschluckt. Vom Waldboden, von den Meeren an Farnen – auch den großen Königsfarnen, wie Dupin gelernt hatte –, von den Moosen, von den nach mythischen Urgestalten aussehenden Buchen, Kastanien, Eichen, Erlen, Eschen, wild durcheinander, von den herabgefallenen Ästen und dem Unterholz, von den hellgrünen lianenartigen Pflanzen, vom Efeu, von den Misteln weit oben, von den vielen kleinen Blumen in satten Farben unten am Boden. Alles wucherte, überlagerte sich, es gab keine Grenzen.

In der Mitte des Tals: ein – erstaunlich klarer, ja heller – Bach wie aus einem Märchen, der sich abenteuerlich zwischen den Steinen, Farnen und Bäumen hindurchschlängelte, durch verschachtelte Steinhöhlen und über umgestürzte Bäume und ihre offen daliegenden wilden Wurzeln floss und dabei gedämpft gluckerte. An manchen Stellen fürchtete man, er verschwände für immer in einem Stein. Dann kam er unversehens wieder hervor.

Der Pfad verlief einigermaßen parallel zum Bach; ab und zu musste man über Baumstämme und Äste klettern.

Dupin war nach links abgebogen, Richtung Meer.

Alles hier war außergewöhnlich, selbst die gigantischen Granitblöcke, die er eigentlich schon zur Genüge kannte und die eine sondersame Verbindung zu der Welt da draußen schufen: Hier schienen sie noch chaotischer herumzuliegen als auf der Île Renote, bildeten geheimnisvolle Höhlen. Es waren die gleichen Steine, und doch wirkten sie hier noch bizarrer, noch mysteriöser. Ganz und gar magisch. Belebt, wie ruhende Wesen, mächtige Riesen, die im nächsten Moment aufwachen und sich erheben könnten.

Vom Himmel war nichts zu sehen, nur indirektes, vielfach gebrochenes Halblicht fiel ins Tal. An manchen Stellen führte der Pfad unter einem der Granitgiganten hindurch.

Ein eigenartiger Geruch lag in der Luft, der sich aus den unterschiedlichsten grünen und braunen Aromen zusammensetzte. Dem feuchten, schweren Waldboden, den Moosen auf den Steinen, dem Bach.

Es war schwer zu sagen, wie warm es war, vor allem war es feucht. So stellte sich Dupin den amazonischen Dschungel vor.

Das Tal variierte in seiner Breite, es gab Stellen, da schnürte es sich zu, an anderen weitete es sich, schien auszuatmen und war zehnmal so breit wie kurz zuvor.

Dupin würde noch einmal Marchesi anrufen. Nolwenn hatte recht: Sie mussten unbeirrt weitermachen, egal wie mühsam es war.

Auf dem Handydisplay war kein Balken zu sehen.

Ein morscher Holzsteg führte über den Bach, es war das dritte Mal, dass der Pfad die Seite wechselte. Hier wurde er kritisch schmal, ein gigantischer rosa Fels in Form eines Fisches lag waagerecht auf dem Boden. Eine Dorade vielleicht; der Kopf, der dicke Bauch, die Schwanzflosse, man hätte schwören können, ein Künstler hätte sie gestaltet. Dupin war sich sicher, dass Claire sie bei ihrem Spiel zuerst entdeckt und damit einen Punkt gemacht hätte. Schon das zweite Mal war ein Pfad abgegangen, einmal nach rechts, einmal nach links, wahrscheinlich zwei der weiteren Zugänge zum Tal.

Jetzt tat sich links eine Höhle auf. Man konnte ein paar Meter hineinsehen, dann verschluckte die Dunkelheit alles. Vielleicht die »Höhle der Banditen«, von der Bellet einmal raunend erzählt hatte. Oder die der »Leprakranken«. Die der »Piraten«. Oder »Sirenen«. Es gab sie alle. Dutzende Höhlen und Dutzende Legenden zu jeder einzelnen.

Ein Stück weiter kam Dupin an einen lang gezogenen, mäandernden Teich. Er hatte ihn erst spät entdeckt. Eigentlich erst, als er direkt vor ihm stand. Denn es war kein Wasser zu sehen, sondern nur gespiegelter Wald; Teile gespiegelter Stämme, Äste, Blätter, Farne – die ganze eigentümliche Welt hier unten. Aus irgendeinem Grund reflektierte das Wasser viel stärker als gewöhnlich. Es verwirrte einem die Sinne, ein ähnlicher Schwindel überkam Dupin wie vorhin am Abgrund des Steinbruchs.

Erst am Ende des Teiches sah man, dass er gestaut war. Beschlagene Steine, längst überwachsen. Hier musste die uralte Wassermühle gestanden haben, von der Guichard erzählt hatte. Die verrückte Geschichte.

Das Tal war ein durch und durch verwunschener Ort, Dupin hatte sich in der Bretagne bereits an vielen fantastischen Orten aufgehalten, an denen man nicht verwundert gewesen wäre, Feen, Gnome oder Elfen umherwandeln zu sehen – hier aber, in diesem Tal, verhielt es sich noch einmal anders: Die fantastischen Wesen fehlten geradezu, so selbstverständlich erwartete man sie, jedes Übernatürliche hätte hier unten restlos natürlich gewirkt.

Dupin tat der Spaziergang gut. Es fühlte sich an, als würde sich die Art und Weise des Nachdenkens hier unten verändern, auch die Gedanken verselbstständigten sich wie in einem Traum.

Sogar die Zeit schien sich anders zu verhalten. Dupin hätte nur schwer sagen können, wie lange er schon unterwegs war. Er hatte nicht auf die Uhr geschaut, als er hinabgestiegen war. Aber er müsste bald am Meer sein.

Er blieb stehen und holte die Karte heraus. Suchte nach eingezeichneten Markierungen, an denen er sich orientieren konnte. Dem Teich zum Beispiel, den Ruinen der Mühle, den Höhlen. Außer dem großen geschwungenen Schriftzug *Vallée des Traouïéro* war nichts eingezeichnet.

Aber eigentlich war alles ganz einfach. Dupin konnte sich nicht verlaufen.

Das Tal endete bei der Brücke am Meer, dort, wo er vorhin gewesen war.

Es sei denn, eine der Abzweigungen eben war der eigentliche Weg, natürlich hatten auch dort keinerlei Schilder gestanden. Parallel zum Traouïéro-Tal, ein wenig weiter westlich, lag ein weiteres Tal – vielleicht war der Weg, den er genommen hatte, eine Abzweigung dorthin gewesen? Durchquerte er das falsche Tal? Es war schlicht unmöglich, dazwischen verlief die Straße, über die er eben zu Guichards Hof gekommen war. Oder war er in die falsche Richtung unterwegs? Aber auch das war Blödsinn.

Er steckte die Karte zurück und ging weiter. Festen Schrittes.

Nach zehn Minuten blieb er noch einmal stehen, als rechts erneut ein Weg abzweigte. Der Weg durch das Tal führte der Karte nach immer nur geradeaus. Er konnte sich nicht verirrt haben.

Aber, er war schon zu lange unterwegs. Etwas stimmte nicht. Er schüttelte sich heftig.

Das Dumme war: Alles in diesem Tal sah sich ähnlich, Dupin hatte den Eindruck: sogar immer ähnlicher, je länger man hier unten verweilte. Es war eine Vorstellung wie aus einem Horrorfilm: ein Tal, das man einmal betrat und nie wieder verließ, weil es sich immer weiter ausdehnte, egal, wie weit man lief.

Dupin schüttelte sich erneut.

»Das kann doch nicht wahr sein!« Seine Worte wurden vom Tal geschluckt. Dennoch hatte es gutgetan, so laut zu sprechen. Es hatte ihn in die Realität zurückgeholt.

»Ich werde jetzt einfach weiter geradeaus …«

Dupin fuhr zusammen. Als hätte er einen Stromschlag bekommen.

Das war es! *Ähnlich. Sich ähnlich sehen.*

Das war der Schlüssel. Der Schlüssel zu dem undeutlichen Ahnen, das ihn schon mehrmals überkommen hatte, aber trotz aller Anstrengungen nie weiter ins Bewusstsein vorgedrungen war. Plötzlich war es zu einem blendend hellen Gedanken geworden.

Er hatte sie. Die Lösung des Falls.

Er war sich vollkommen sicher. Auch die anderen Wörter, die mit dem dunklen Ahnen assoziiert waren, fielen ihm ein. Sie fügten sich zusammen wie Puzzleteile.

Wenn er recht hatte, war es atemberaubend bösartig, was hier vor sich ging. Die kaltschnäuzige, abgebrühte Inszenierung eines genau ausgeklügelten Plans. Es ging um eine regelrechte Exekution.

Dupin würde nicht viel Zeit haben. Er musste sich beeilen. Vielleicht war es sogar schon zu spät.

Hastig holte er sein Handy hervor. Noch immer war kein Empfangsbalken zu sehen.

Ohne nachzudenken, stürmte er los.

Er sah nichts mehr, nahm nichts mehr wahr, so sehr war er damit befasst, die ganze letzte Woche noch einmal durchzugehen, alles Geschehene mit der neuen Erkenntnis durchzuspielen, und immer kam er zu demselben Ergebnis: Es passte. Alles. Er war nicht einmal erstaunt, als sich beinahe umgehend ein freier Blick auf die Brücke auftat und der verhängnisvolle Märchenwald jäh endete.

Erst auf der Brücke hielt er inne. Auch die Autos nahm er nicht wahr.

Augenblicklich hatte er das Handy in der Hand.

Eilig drückte er die Nummer. Sprach nur wenige Sätze.

Eine Minute später zeigte sich ein diabolisches Lächeln auf seinem Gesicht.

Dupin blickte sich um, orientierte sich und stellte sich heftig gestikulierend mitten auf die Straße. Das nächste von rechts kommende Auto, ein Peugeot 105, bremste scharf und kam nur Zentimeter vor ihm zu stehen. Eine alte weißhaarige Dame blickte ihn zu Tode erschrocken an.

Er lief zur Beifahrerseite, riss die Tür auf, und bevor die alte Dame auch nur ein Wort sagen konnte, war er eingestiegen.

»Polizei. Ein Notfall. Sie müssen mich mitnehmen.«

Dupin kam vor Desespringalle an. »Ich sehe keinerlei Anlass, mich mit Ihnen zu treffen«, hatte der Kommissar aus Lannion geschimpft, als Dupin ihn von der Brücke aus angerufen hatte.

Dupin hatte noch einen zweiten Anruf getätigt. Er käme nicht zu spät; es wäre knapp, aber nicht zu spät. Die alte Dame, deren Aufregung sich – als Dupin einmal im Wagen saß – verblüffend schnell gelegt und in eine Art freudige Erregung verwandelt hatte, hatte ihn in halsbrecherischem Tempo bis zur Hotelzufahrt gebracht und ihn mit *Bon courage* entlassen. Dupin war über den kurvigen Weg zwischen den Granitblöcken gesprintet. Dann hatte er sich zwischen den Hortensien und dem Salbeibusch, den Bellet so liebevoll pflegte, postiert, den Hoteleingang und die Zufahrtsstraße im Blick.

Er musste nicht lange warten, bis ein Polizeiwagen das Sträßlein entlanggepprescht kam, der große Renault.

Zügig stieg der Kommissar aus Lannion aus und schritt auf Dupin zu, mit hochrotem Kopf, das hagere Gesicht zornverzerrt.

Umgehend hob er zu einer Tirade an, die wilde Dezibel erreichte.

»Wenn Sie denken, dass Sie mich derart vorführen können, einen Narren aus …«

»Seien Sie still und kommen Sie mit.«

Dupin hatte keine Lust auf Geplänkel. Es gab Wichtigeres.

Er hatte sich bereits in Bewegung gesetzt, das Gesicht des cholerischen Kommissars war von Rot in Lila übergegangen.

»Hier entlang.«

Dupin öffnete die Tür zum Hotel. Dabei wäre er fast in Monsieur und Madame Bellet hineingelaufen, die aus der Rezeption geeilt kamen.

»Schnell wie die Feuerwehr«, nickte Monsieur Bellet anerkennend, »es muss ja wirklich …«

Er brach ab, als er Desespringalle erblickte.

Dupin lief wortlos an den Bellets vorbei. Geradewegs den schmalen Flur entlang, auf die Treppe zu.

»Was haben Sie vor, Monsieur le Commissaire?«

Desespringalle blickte sich irritiert um.

»Nicht jetzt, Bellet, später.« Dupin nahm die erste Stufe.

»Zweiter Stock«, wies er Desespringalle an. Und nahm zwei Stufen auf einmal. Ohne sich umzudrehen, rief er: »Bellet, behalten Sie die Feuertreppe im Auge. Rufen Sie uns, falls jemand zu sehen ist.«

Noch einmal knurrte Desespringalle: »Ich will jetzt auf der Stelle wissen, was hier gespielt wird …«

»Kommen Sie.«

Ein paar Augenblicke später stand Dupin vor dem Zimmer. Er wartete, bis Desespringalle heftig atmend hinter ihm stand.

»Wir gehen jetzt da rein, ich rede, und Sie hören zu. So läuft das Spiel. Und jetzt los.«

Dupin klopfte, laut, heftig.

Drinnen waren Geräusche zu hören.

Dupin klopfte erneut, noch heftiger.

»Machen Sie auf!«

Im nächsten Moment öffnete sich die Tür. Dupin drängte hinein.

Monsieur Durand war zur Seite getreten. Der Blick noch stechender als sonst, herrisch. Er schloss gerade den oberen Knopf seines dunkelblauen Sportsakkos.

»Was soll das? Was wollen Sie?« Er sprach schneidend.

»Wir werden uns jetzt unterhalten, Monsieur Durand.«

Durand reckte das Kinn nach vorn.

»Ich werde gar nichts tun. Ich …«

»Das ist Commissaire Desespringalle aus Lannion. Er arbeitet mit Inspecteur général Odinot aus Paris zusammen.«

Die Betonung hatte Dupin auf das Wort Paris gelegt.

Das Zimmer war vollgestellt mit Gepäck. Eine stattliche Menge an Schuhkartons. Jacken, Taschen, Koffer, Angeltaschen. Durand hatte Bellet gebeten, die Sachen in Kürze zum Wagen bringen zu lassen. Das war vor sieben Minuten gewesen, direkt vor Dupins Anruf bei Bellet. Es war eine bizarre, höchst angespannte Situation. Sie standen immer noch halb im Türrahmen.

»Kommen Sie mit auf den Balkon«, herrschte Dupin ihn an. »Wir setzen uns dorthin.« Um die Mittagszeit waren die anderen Balkone leer, die Gäste saßen beim Essen oder waren am Strand.

Desespringalle blickte äußerst missmutig, aber es war ihm anzusehen, dass er sich zusammenriss.

Dupin ging entschieden voraus. Auf dem Balkon – der dop-

pelt so groß war wie der von Claire und ihm – stand ein Bistro-
tisch in altlantischem Blau, zwei passende Stühle, am rechten
Ende zwei Liegestühle.

Dupin stellte sich an das Geländer. Es war ein ungewöhn-
licher Ort für ein solch wichtiges Gespräch – aber er hatte
schon wichtige Gespräche an noch ungewöhnlicheren Orten
geführt.

»Ich bin«, begann Durand aufs Neue, »in keiner Weise verpflichtet, irgendwelchen Anweisungen zu folgen.«

»Nein, das sind Sie nicht. – Aber wenn Sie es nicht tun, wird
Commissaire Desespringalle Sie augenblicklich aufs Kommissariat verfrachten.«

»Könnten Sie mir«, Durand setzte sich, seine Stimme hatte
sich verändert, er schien die Taktik wechseln zu wollen, »zumindest freundlicherweise mitteilen, worum es bei dieser Unterhaltung geht? Ich habe um fünf einen Termin in Paris, ich
wollte gerade aufbrechen.«

Auch Desespringalle setzte sich. Der Kommissar und Durand saßen so, dass ihre Blicke auf Dupin gerichtet waren.

»Also gut. Beginnen wir ganz am Anfang der Geschichte.«

Dupin löste sich vom Geländer und ging ein paar Schritte auf
dem Balkon hin und her.

»Ich versuche mich kurz zu fassen. Monsieur Durand – Sie
haben vor Jahren diese attraktive, temperamentvolle, etwas ge-
wöhnliche, aber im Grunde liebenswerte junge Frau kennengelernt und einem Konkurrenten ausgespannt. Vielleicht haben
Sie wirklich etwas für sie empfunden, wer weiß, aber das ist
auch gleichgültig. Sie haben sie kurz darauf geheiratet. Sie haben angefangen, Firmen auf sie zu überschreiben. Simple Steu-
ertricksereien. So weit, so gut. Eines Tages, als der erste Reiz für
Sie verflogen war, wurde die junge Frau Ihnen lästig, Sie verloren jegliches Interesse. Sie hätten sich trennen können, ja, aber
das hätte eine solche Frau nicht ohne Weiteres mitgemacht. Es
wäre ein Drama geworden, zudem enorm kostspielig. Es hätte

Sie ruinieren können. Ihre Frau war nun dummerweise an einem Teil Ihres Vermögens beteiligt, eine Reihe Ihrer Firmen gehörte ihr.«

Auf Durands Gesicht war ein verächtliches Lächeln erschienen. Er blieb durch und durch souverän.

»Ich habe keine Ahnung, worauf Sie hinauswollen. Ihre Geschichte ist schon jetzt lächerlich.«

»Wie auch immer: Eine Scheidung kam nicht infrage. Also brauchten Sie einen anderen Plan. Sie sind ein pragmatischer Mann, ein Macher. Eines Tages trafen Sie, ich vermute, in einer Bar, vielleicht sogar im *Aux Folies*, zufällig eine andere junge Frau, eine Kellnerin, die – warten Sie«, Dupin unterbrach sich, »einen Moment bitte …« Er holte sein Clairefontaine aus der hinteren Hosentasche und begann zu blättern. »Ich habe es gleich.«

Es dauerte ein wenig.

»Hier – hier ist es: Der Gendarm, der Marlène Mitou als Erstes im Steinbruch sah«, Dupin verlangsamte sein Sprechen, er wollte den Moment, so unangebracht es auch war, ein wenig genießen, »hat sie trotz der Verletzungen und der dunklen Haare zunächst für Alizée Durand gehalten – und zwar, *weil* er ihr Vermisstenfoto gesehen hatte.«

Dupin blieb vor Monsieur Durand stehen und blickte ihm in die Augen.

»Genau so habe ich es mir notiert, als die Nachricht vom Fund der Toten kam: ›Gendarm meint, Madame Durand erkannt zu haben‹.«

Es war verrückt: Dupin hatte die Lösung des Falls bereits am Mittwochabend, also schon mit dem Fund der Leiche, in seinem Heft festgehalten. Genau wie Nolwenn es gesagt hatte: Es hatte die ganze Zeit in seinem Clairefontaine gestanden!

»Ich fahre fort: Sie trafen also die junge Frau in der Bar, die trotz anderer Frisur, Haarfarbe und Aufmachung eine erstaunliche Ähnlichkeit mit Ihrer Frau besaß. Ungefähr die gleiche Figur, die gleiche Größe. Eine gescheiterte Schauspielerin. – Und da war er: der Plan.«

»Schauspielerin«, das war ein anderes Schlüsselwort gewesen, das etwas in Dupin ausgelöst hatte. Es hatte gleich mehrere Male in den letzten Tagen eine Rolle gespielt.

Durands Lächeln hatte sich zu einem fratzenhaften Grinsen verzerrt: »Der Commissaire, ein Märchenonkel – wer hätte das gedacht? Sie sind ein begnadeter Geschichtenerzähler! Aber so amüsant es auch ist, Ihnen zuzuhören, ich muss dieses kleine spontane Event jetzt leider verlassen.«

Er erhob sich.

Desespringalle schnellte hoch und versperrte Durand den Weg. Zwischen die Gesichter der ungefähr gleich großen Männer passte keine Handbreit. Sie fixierten einander.

Desespringalle sagte kein Wort. Durand schien zu überlegen, was er tun sollte.

»Ich möchte meinen Anwalt anrufen.«

»Das werden Sie«, erwiderte Dupin ruhig. »Später. Aber erst einmal hören Sie weiter zu.«

Erneut schien Durand nachzudenken. Dann setzte er sich wieder. Desespringalle mit einer kleinen Verzögerung ebenso.

»Zurück zu unserer Geschichte«, Dupin begann erneut hin und her zu laufen. »Sie erfuhren, dass die Frau aus der Bar bislang nicht allzu viel Glück im Leben gehabt hatte. Sie erfuhren von ihren gescheiterten Träumen und von ihren Geldsorgen. Nicht, dass Sie das scherte. – Das Schicksal spielte Ihnen in die Hände. Alles schien perfekt. Vor Ihren Augen entstand die Möglichkeit eines perfekten Mordes. Der die Lösung all Ihrer Probleme verhieß. So würden Sie die Firmen und das Geld für sich behalten können«, Dupin wischte sich den Schweiß von der Stirn, der Balkon lag mitten in der Sonne. »Die Freundin Ihrer Frau hat uns erzählt, dass Sie sich in den letzten Wochen vor den Ferien weniger gestritten hätten als sonst. Ich vermute: weil Sie das Ziel fest vor Augen hatten.«

Durands Gesichtsausdruck wurde immer leerer, er starrte regungslos auf einen vagen Punkt irgendwo am Horizont.

»Diese Kellnerin, die der Himmel geschickt hatte, würde Ihre Ehefrau spielen«, wieder stoppte Dupin, wandte sich dieses Mal aber zur Seite, zum Meer hin, als würde er das Panorama betrachten wollen. »Und zwar, nachdem Sie Ihre Ehefrau ermordet hätten.«

Durand saß regungslos.

»An keinem anderen Ort können Leichen unbemerkter für immer verschwinden als im Meer. Und genau das war Ihr Plan«, jetzt kam der spekulativste Teil, Dupin sprach trotzdem so, als wäre er sich sicher: »Ich stelle es mir ungefähr so vor: Sie sind am Mittwoch letzter Woche mit Ihrer Frau angekommen. Unter dem Vorwand, angeln zu wollen, hatten Sie geplant, ein Boot zu mieten. Unglücklicherweise herrschte die ersten zwei Tage ein Unwetter. Freitagnachmittag aber schlug das Wetter um, schönster Hochsommer, Sie mieteten das Boot und fuhren ein erstes Mal aufs Meer. Um alles genau auszuloten. Samstagnachmittag war es dann so weit, Sie kündigten ein romantisches Picknick auf dem Boot an, Champagner und Hummer.«

So hatte es in Marchesis Tabelle gestanden; wenn man genau hinsah, war die Rekonstruktion keine Zauberei, man musste die Teile nur gewissenhaft zusammensetzen.

»Sie sind weit aufs Meer hinausgefahren, vermute ich. Und haben sie dort über Bord gehen lassen, vielleicht erwürgt, wie später Marlène Mitou. Es hat niemand gesehen. – Nun hat Marlène Mitou begonnen, die Rolle Ihrer Frau zu übernehmen. Sie mussten sie nur ein bisschen ausstatten. Eine exakte Perücke lässt sich einfach herstellen«, Nolwenns Perücke bei ihrer verrückten Aktion in der Mairie war Dupin durch den Kopf gegeistert. »Und Sie waren schlau, sehr schlau. Sie haben so viele Vorkehrungen wie möglich getroffen, Marlène Mitou umfassend instruiert. Sie haben ihr gesagt, sie soll ein bisschen flirten hier und da, sodass das Bild einer flatterhaften Ehefrau entsteht. Dabei hat Marlène Mitou vielleicht etwas übertrieben.«

Dupin erinnerte sich, wie er sich ein paarmal den Kopf darüber zerbrochen hatte, dass am Verhalten Alizée Durands am Sonntag und Montag etwas merkwürdig gewesen sein sollte. Wenn auch nur ein Hauch. Das war die Erklärung: Sie war es gar nicht selbst gewesen.

»Sie haben in den Tagen, seit Sie mit Ihrer Frau im Hotel angekommen waren, mutwillig die öffentlichen Streitereien forciert. Damit alle es mitbekamen. – Und nun«, Dupin war erneut vor Durand stehen geblieben, »kommen wir zum Höhepunkt: Am Montagabend haben Sie dann ein brillantes Theaterstück mit der falschen Madame Durand aufgeführt: die aufsehenerregende Zuspitzung eines Streits beim Abendessen, vor aller Augen. Vielleicht, so sollten die Leute später denken, wegen der Flirtereien, dem Barbesuch mit Chastagner. Es endete mit dem theatralischen Abgang Marlène Mitous als Madame Durand. So inszeniert, dass jeder sehen konnte, dass Sie Ihrer Frau nicht gefolgt sind und die ganze Zeit auf der Terrasse saßen. Ein verlassener Ehemann, der auf die Rückkehr seiner Frau wartete. Ritterlich, beinahe.«

»Lächerlich. Völlig lächerlich.« Die vorhergehenden Kommentare Durands waren ausführlicher gewesen.

»Ach ja – was ich vergessen habe«, Dupin stellte sich wieder ans Geländer. »Mitous Motiv. Das Motiv, in Ihren Plan einzusteigen. Sie haben ihr, vermute ich, als Entlohnung eine Wohnung geschenkt, eine schöne, komfortable Wohnung, die Sache war Ihnen etwas wert. Sie hat ihrer Freundin gegenüber einen Umzug erwähnt. Das war der Deal. Die sollte sie nach Erledigung des Jobs beziehen. In Paris ist eine eigene Wohnung ein Lottogewinn.«

So jedenfalls hatte es Dupin sich bei seinem Gang durchs Tal zusammengereimt.

»Was ich natürlich nicht weiß: ob Sie schon von Anfang an

geplant hatten, Marlène Mitou umzubringen, oder ob es eine Wendung in diesen Tagen gab, die es nötig machte? Vielleicht war ihr die Wohnung auf einmal nicht mehr genug, oder sie wollte Sie erpressen. Ich weiß auch nicht, ob Sie Madame Mitou überhaupt in den Mordplan an Ihrer Frau eingeweiht hatten? Ich vermute, ja. – Wie dem auch sei: Sie haben sie ebenfalls umgebracht.«

Dupin hielt inne. Er war erneut bis zum Ende des Balkons gelaufen. Zum ersten Mal seit seinem Gang durch das Tal nahm er wieder etwas bewusst von der Welt wahr. Man konnte bis zum Strand sehen. Dort, wo Claire bereits lag. Er musste unwillkürlich lächeln.

Dupin wendete sich wieder Durand zu:

»Doch etwas ging gründlich schief. Eine Katastrophe, die Sie dennoch nicht aufgehalten hat. Marlène Mitou rief ein Taxi, um zum verabredeten Ort zu gelangen. Das war sicher nicht geplant. Oder der Taxifahrer hat Sie gesehen, Ihren Wagen vielleicht«, Dupin fixierte Durand. »Auf alle Fälle blieb Ihnen in der Situation keine andere Wahl, als auch ihn umzubringen, mit dem nächstliegenden Mittel.«

Nichts. Nicht einmal ein Blinzeln, kein Zucken, überhaupt keine Regung auf Durands Gesicht. Und auch keine Entgegnung mehr. Dupin wartete eine Weile. Es zog sich unerträglich in die Länge.

Desespringalle war es, der die quälende Stille durchbrach:

»Was ist mit dem Steinbruch? Warum hat er Marlène Mitou in den Steinbruch geworfen?«

Der Kommissar redete, als wäre Durand gar nicht anwesend. Seine Stimme war jetzt frei von allen Ressentiments Dupin gegenüber, aus ihr sprach nur die ermittlerische Neugier.

»Auch hier meinte es der Zufall gut mit Durand«, Dupin wandte sich Desespringalle zu, als wären sie allein auf dem Balkon. »Am Morgen nach dem Verschwinden seiner Frau saß er in der Gendarmerie von Trégastel. – Ich habe auf demselben

Platz gesessen, genau gegenüber von Inès Marchesis Schreibtisch. Dort ist sein Blick wie meiner auf die Pinnwand gefallen, auf den Bericht von der Toten im Steinbruch vor sieben Jahren. Als er sich gezwungen sah, Marlène Mitou umzubringen, ob von Anfang an geplant oder nicht, kam ihm ein Geistesblitz. Ein tückischer Schachzug. Er würde die Leiche nach dem Mord einfach in den Steinbruch werfen, in dem man die ›rosa Tote‹ gefunden hatte.«

Desespringalle nahm den Faden auf: »Durand wusste, dass man einen Zusammenhang erwägen *musste*. Es konnte kein Zufall sein. – Die perfekte Verwirrung.«

»Genau wie das mit den Drohbriefen an die Abgeordnete, vermute ich«, das angeregte Gespräch der beiden Kommissare setzte sich fort. »Auch hier nutzte er die Gunst der Stunde: Nachdem sich niemand zu dem Vorfall bekannt hatte, schrieb er einen völlig vagen Drohbrief, der auf jeden beliebigen Politiker passen würde. Er verursachte eine heillose Konfusion. Natürlich würde man sofort bestimmte Leute verdächtigen, die mit Madame Rabier Konflikte hatten, offene Rechnungen. So kam es auch, und wir sind alle darauf reingefallen! Chastagner, Maïwenn Guichard und Ellec gerieten ins Visier, große Zusammenhänge wurden konstruiert, dunkelste Machenschaften erwogen. Er konnte damit rechnen, dass bei irgendjemandem wirklich etwas faul war. – – – Er hat alle an der Nase herumgeführt.«

Alles – *alles* war nur ein einziger Fall gewesen. Der Fall des Monsieur Durand. Es war verrückt. Und die Aufdeckung der Vergehen Ellecs und Chastagners war reiner Zufall gewesen. Ein Nebeneffekt, Beiwerk.

»Sie delirieren doch, alle beide!«, in Durand war plötzlich Leben gekommen. »Das werden Sie nie beweisen können.« Er versuchte ein spöttisches, überlegenes Lachen.

Durand hatte recht. Erst einmal waren es nichts weiter als Indizien – und eine daraus abgeleitete große Hypothese. Aber sie war lückenlos, vollendet gewissermaßen.

»Machen Sie sich keine Sorgen, Monsieur Durand«, Dupin lächelte. »Jetzt kennen wir die Geschichte, und wir wissen exakt, wo wir suchen müssen. Wir werden irgendetwas über eine Wohnung finden, die Sie für Marlène Mitou vorgesehen hatten, selbst wenn Sie nie vorhatten, ihr wirklich eine zu überlassen.«

»Wir werden Ihr Auto auseinandernehmen«, machte Desespringalle seelenruhig weiter, »die Rückbank, den Kofferraum, Marlène Mitou hat sich, tot oder lebendig, in Ihrem Wagen befunden, als Sie zum Steinbruch gefahren sind. Wir werden die Sitze un den Kofferraum Millimeter für Millimeter unters Mikroskop legen und etwas finden, darauf können Sie sich verlassen. Sie glauben nicht, was heutzutage alles möglich ist. – Und bis dahin reicht die Indizienkette, um Sie in Untersuchungshaft zu nehmen.«

»Allerdings«, pflichtete Dupin bei. »Und Commissaire Desespringalle wird Sie jetzt mit aufs Kommissariat nehmen und augenblicklich einen Haftbefehl erwirken.«

Dupin wandte sich von Durand ab und demonstrativ dem Kommissar aus Lannion zu, mit einem offenen Lächeln: »Sie haben brillante Arbeit geleistet. Dank größter Beharrlichkeit haben Sie die gesamte widerliche Geschichte aufgedeckt.« Ja, und es war eine absolut widerliche Geschichte. Dupin kannte diesen Typ Menschen, der alle anderen für dumm hielt und glaubte, mit allem davonkommen zu können. Der ganz selbstverständlich um jeden Preis seine Interessen verfolgten und alles für gerechtfertigt hielt. »Und darüber hinaus werden Sie en passant Jérome Chastagner und Hugues Ellec drankriegen«, Dupin lächelte immer noch. »Und das ohne großes Aufheben, höchst wirkungsvoll und in beeindruckend kurzer Zeit. Das reicht für eine Beförderung oder zumindest für eine Auszeichnung.«

Es wäre das Beste so, hatte Dupin sich überlegt, *das Beste für alle*, wenn er sich an diesem Punkt verabschiedete, sich in Luft auflöste gewissermaßen, wie bei einem Zaubertrick. Auch für ihn wäre es das Beste – er wäre fein raus.

»Ich ziehe meinen Hut, Commissaire!«, fügte er vergnügt hinzu.

Desespringalle stand der Mund offen. Sein Gesicht zeigte Fassungslosigkeit. Durand starrte wieder abwesend vor sich hin.

»Aber …«, wollte Desespringalle widersprechen, »ich …«

»Stellen Sie Ihr Licht nicht unter den Scheffel. Ich habe alles genau beobachtet. Und glauben Sie mir, ich bin ein leidenschaftlicher Beobachter. Das war außerordentliche Ermittlungsarbeit.«

Dupins Lächeln wurde zu einem Strahlen.

»Ich muss jetzt zum Strand. Die Ferien rufen. Meine Frau wartet. Leckere Sandwiches. Ein kalter Rosé. – Wenn Sie mich also entschuldigen würden, Monsieur le Commissaire – Monsieur Durand.«

Mit diesen Worten war er auf die Balkontür zugesteuert. Die beiden saßen wie angewurzelt, auch Desespringalle war immer noch zu perplex.

Dupin drehte sich noch einmal um:

»Es war mir ein Vergnügen, Messieurs.«

Dann war er weg.

»Und? Was ist passiert? Hat Durand etwas mit den Morden zu tun? Was haben Sie besprochen?«

Dupin hatte gerade die letzte Treppenstufe genommen, als Madame und Monsieur Bellet auf ihn zugestürzt kamen; ein Wunder nur, dass sie nicht an Durands Zimmertür gelauscht hatten.

Ohne eine kurze Erklärung würde er die beiden nicht zurücklassen können.

»Commissaire Desespringalle hat den Fall gelöst. Er nimmt Monsieur Durand fest.«

Es war die kürzestmögliche Fassung.

»Monsieur Durand?« Madame Bellet war indigniert. »Unser Gast? Monsieur Durand – ein Krimineller? Ein Mörder?« Sie runzelte die Stirn: »Das Böse – direkt unter unserem Dach?«

»So ist es, Madame Bellet.«

»Na ja«, es wirkte, als würde Madame Bellet konzentriert nachdenken, »er kommt aus Paris.«

Mit diesem entscheidenden Hinweis schien sie sich selbst ein Stück weit beruhigt zu haben. Dupin fand, es hatte ein wenig geklungen wie: »Das war dann aber auch der letzte Gast aus Paris, der je hier gewohnt hat.«

»Welcher Verbrechen wird Monsieur Durand beschuldigt?« Monsieur Bellet ging die Situation etwas sachlicher an. »Hat er die Frau aus Paris ermordet? Den armen Taxifahrer? Hat er mit der Attacke auf die Abgeordnete zu tun?«

Erwartungsvoll blickte er Dupin an. »Sogar seine Frau? Ist sie gar nicht bloß verschwunden?«

»Sie werden es alles bald hören, Monsieur Bellet.«

Die gute Laune, die Dupin verspürte, ließ ihn hinzufügen: »Ich denke, genau so war es. Aber das bleibt«, er zwinkerte Bellet zu, »streng unter uns.«

Die Bellets hatten es verdient, Bescheid zu wissen. Sie hatten ihm geholfen. Auf ihre eigene, zuweilen eigensinnige Weise, ja, aber sie hatten ihm geholfen. Ihn unterstützt. Vor allem: ihn gedeckt.

»Wie hat Durand …«

Auf der Trepppe waren Schritte zu hören. Schwere Schritte. Bellet hatte intuitiv abgebrochen.

»Wir haben noch genug Zeit, zu reden«, sagte Dupin mit gesenkter Stimme. »Ich muss nun dringend zu meiner Frau. Entschuldigen Sie mich – Madame, Monsieur.«

Die Blicke der Bellets machten klar, dass sie verstanden hatten. Eilig wandten sie sich ab; sie wirkten, wie sollte es anders sein, immer noch verstört, aber nicht unzufrieden.

Dupin steuerte Richtung Terrasse, er würde den Weg durch den Garten nehmen. So lief er keine Gefahr, jemandem zu begegnen.

Er ertappte sich dabei, wie er auf dem sagenhaften Weg am Meer entlang beinahe ein wenig schlenderte. Es fehlte bloß, dass er zu pfeifen begonnen hätte. Kurze Zeit später stand er bei Rachid vor einer Auswahl köstlichster Speisen. Dupin entschied sich für die klassischen *Pans bagnats*, vier Stück. Er war hungrig, und Claire würde es ebenso gehen. Kaltes Wasser, Rosé.

Auf dem Weg zum Strand steigerte sich Dupins gute Laune noch.

Es war so ein schöner Tag. An diesem – man musste es wieder und wieder sagen – außerordentlichen Fleckchen Erde. Dupins Blicke schweiften umher. In der Bucht, wo er gestern noch seinen Beschatter gejagt hatte, war eine Kinder-Segelschule unterwegs. Dupin liebte dieses Schauspiel, das überall an der Küste zu bestaunen war: ein kleines Motorboot mit dem Lehrer vorweg und dahinter ein Dutzend Miniatur-Segelboote, wie Spielzeugmodelle, alle miteinander vertaut. Wie Perlen aufgezogen an einer Schnur. Weiter draußen die großen Segelboote, majestätisch weiß und elegant über das Wasser fliegend. Die Sept-Îles, gestochen scharf. Heute schienen sie so nah, dass es wirkte, als könnte man mit einem Fernglas vom Land aus die »kleinen Pinguine« beobachten. Es kam äußerst selten vor – aber in manchen Momenten bedauerte Dupin es sehr, so wenig für das Bootfahren geeignet zu sein. Er war den »kleinen Pinguinen« so nahe. Und doch konnte er sie nicht besuchen.

Claire hatte ihn schon von Weitem gesehen. Und – ein gutes Zeichen – gewunken. Dupin war sich nicht sicher, aber er meinte, kurz das Telefon an ihrem Ohr gesehen zu haben. Das sie mit einer schnellen Bewegung weggelegt hatte.

»Endlich. Ich habe Heißhunger.«

Dupin war noch einige Meter entfernt. Aber sie war schon zur Seite gerutscht, sodass die Hälfte des Handtuchs frei war.

»Alles da.«

Dupin stellte die beiden Papiertüten und den Kühler auf den Rand des Handtuchs.

Es wirkte nicht so, als würde Claire darüber sprechen wollen, womit sie beide in den letzten Stunden beschäftigt gewesen waren. Aber er hatte es auch nicht erwartet.

»Komm, los, setz dich.«

Claire war ungeduldig.

»Einen Moment.«

Dupin holte seine Badehose aus der Strandtasche.

Es waren schließlich Ferien.

»So, jetzt«, Dupin setzte sich neben Claire, die bereits die Sandwiches auspackte.

Sie nahm eines der *Pans bagnats* und biss herzhaft zu. Kaute versonnen. Noch einen Bissen. Auch Dupin griff zu.

Schweigend blickten sie auf die Bucht, das famose Panorama.

»Ist das nicht ein wundervoller Tag?« Jetzt war das vollkommen unwiderstehliche, typische Claire-Lächeln auf ihrem Gesicht zu sehen. Entspannt. Gelassen.

Glücklich.

»Du hast dich an der Wange verletzt, ein tiefer Kratzer.«

Dupin hatte es völlig vergessen. Jetzt schnellte sein Puls doch ein wenig hoch.

»Na ja, das kann vorkommen.« Sie konnte sich ein Grinsen nicht verkneifen. »Heute Nachmittag wird Pierre übrigens zurück in der Klinik sein. Habe ich eben erfahren.« Sie sprach beschwingt, gänzlich arglos.

»Und ich will die nächsten Tage nur noch eines: ausspannen! Auf dem Handtuch liegen, lesen, schwimmen, essen, schlafen.« Dupin hatte den Satz zu seiner eigenen Verblüffung nicht nur dahergesagt, er war tief aus seinem Innern gekommen.

Es war verrückt. Der ganze Fall, die brutalen Ereignisse, waren nach dem Gespräch auf dem Balkon in weite Ferne gerückt. Natürlich würde ihn das Geschehen noch länger beschäftigen, er würde sich mit Desespringalle austauschen, bis sie stichhaltige Beweise besäßen und Durand hinter Gitter wanderte – das Gleiche galt für die Weiterverfolgung der Angelegenheiten mit Chastagner und Ellec –, dennoch: In seinem Innern war es vorbei. Der Furor war verflogen. Er konnte sich endlich aus ganzem Herzen auf die Ferien einlassen.

»Aber wir müssen auch noch ein paar Ausflüge machen. Wir haben so viel noch nicht gesehen. Und nicht zu vergessen«, Claire lachte auf, »Bellets Broschüre! Erinnerst du dich? Das Hai-Eiersammeln, die Tattoos, die Destillerie ...«

»Ich bin zu allem bereit«, sagte Dupin vergnügt.

»Und wir müssen weitere Felsformationen jagen. Ich glaube, ich führe.«

Die bizarren, geheimnisvollen, schweigenden rosa Riesen, die sie umgaben. Überall um sie herum. Unverrückbar, unbesiegbar, solange die Erde bestände.

ZURÜCK IN CONCARNEAU

Es war genau zwanzig Uhr, als Dupin den Motor seines alten – uralten – Citroëns abstellte, der dabei seit ein paar Jahren stets bedenklich stotterte. Dupin hatte direkt am Quai geparkt, in der ersten Linie am Wasser, am alten Hafen, zwischen der mittelalterlichen Ville Close auf der Moros-Insel und dem *Amiral*.

Alle Quais waren wild geschmückt, Hunderte blau-weiße Wimpel, auch an vielen der Bootsmasten waren sie zu sehen. Auf dem langem Quai links standen große Zelte, eins eng am anderen. Die *Transat* würde morgen starten. Die verrückteste, raueste Segelregatta über den Atlantik. Ein Mythos. Mit nur zwei Skippern in jedem der kleinen Segelboote – zehn Meter, *Classe Figaro Bénéteau II* – ging die Tour von Concarneau direkt nach Saint-Barthélemy. Fast vier Wochen unentwegter Wettkampf auf tosender See. Es war nicht, wie bei anderen Regatten, eine Frage der Überlegenheit des Materials – wer das meiste Geld investieren konnte –, sondern lediglich ein Wettkampf der maritimen Fertigkeiten des Einzelnen. »Être à armes égales« war das Motto, mit gleichen Waffen kämpfen.

Am Abend vor der *Transat* herrschte immer eine ganz besondere Stimmung. Es waren die letzten Stunden vor dem Start, eine heitere, lebendige Anspannung lag in der Luft. Die fünfzehn Wettkampfboote harrten nebeneinander am Quai aus, die

Skipper erledigten die letzten Vorbereitungen. Einheimische und Touristen bewunderten die Boote, plauderten und tranken ein Glas an einem der Verkaufsstände.

Claire und Dupin waren um Viertel nach sechs in Trégastel aufgebrochen und gut durchgekommen. Madame und Monsieur Bellet hatten sie an der Ausfahrt des Hotels winkend verabschiedet.

Was Durand – der nach seiner Verhaftung zunächst weiterhin alles arrogant geleugnet hatte – als Erstes das Genick gebrochen hatte, war die Perücke gewesen. Desespringalle und Jean waren in den letzten sieben Tagen klug und systematisch vorgegangen bei der Suche nach unwiderlegbaren Beweisen. Durand hatte für sein mörderisches Stück eine absolut professionelle Perücke gebraucht, die den echten Haaren seiner Frau – ihrem vielleicht auffälligsten Merkmal – pedantisch genau nachgebildet war. Dafür gab es nicht allzu viele Hersteller. Doch Durand, gerissen wie er war, hatte sogar hier Vorkehrungen getroffen und eine Adresse im Ausland ausfindig gemacht, einen traditionellen spanischen Perückenmeister. Hätte nicht jemand genau dort gezielt nachgefragt – sie hatten eine europaweite Liste erstellt –, es wäre nie herausgekommen. In Durands Büro und Wohnung sowie auf seinem Computer und Handy waren zunächst keinerlei belastende Spuren zu finden gewesen. Durand hatte alles sorgfältig vernichtet. Genau wie er alles andere extrem sorgfältig durchdacht und geplant hatte.

Das Zweite, das Durand zum Verhängnis geworden war – und nun völlig ausreichte für eine Anklage –, war die Wohnung für Marlène Mitou. Wahrscheinlich hatte Durand es nicht gewollt, aber Marlène Mitou hatte darauf bestanden: Am 2. Juni hatte er mit einer »Frau mit dunklen Haaren« ein schickes Apartment im achten Arrondissement, in der Nähe des Boulevard Haussmann, besucht. Jean und sein Team hatten mithilfe zweier Mitarbeiter alle freien Immobilien seiner Firma gesichtet und die infrage kommenden Objekte sondiert. Natürlich hatte es keinen Miet- oder Kaufvertrag mit Marlène Mitous Namen in den Akten gegeben. Aber Jean und sein Team hatten sie allesamt inspiziert, vor Ort. Es waren sechs Wohnungen gewesen. Sie hatten mit den Concierges, allen Bewohnern, sogar mit – wenn vorhanden – benachbarten Ladenbesitzern gesprochen. Es war ein älteres, gesetztes Ehepaar gewesen, das Durand mit Marlène Mitou gesehen hatte – als sie die Wohnung gemeinsam verlassen hatten. Die Polizisten hatten dem Ehepaar das Foto Mitous gezeigt, und sie hatten sie eindeutig erkannt. In Durands Büro hatte niemand von der Besichtigung gewusst, um die besseren Objekte in den besseren Lagen hatte er sich ohnehin meist selbst gekümmert.

Vorgestern hatte der Staatsanwalt Durands Anwalt mit den Fakten konfrontiert. Und nach einem Tag Bedenkzeit hatte Durand – auch auf dringliches Anraten seines Anwalts – ein Geständnis abgelegt. Jean hatte Dupin berichtet, was der Staatsanwalt zum Geständnis notiert hatte: »sachlich, gefühllos, kalt, vorbereitet und durchgeführt wie ein aufwendiges Immobilienprojekt«. Und: »Der Angeklagte gab zu Protokoll: ›Eines Tages wollte ich Alizée nur noch loswerden. Aber die Firmen gehörten ihr.‹« So hatte Dupin es sich vorgestellt. Dennoch hatte ihm für einen Moment der Atem gestockt. Das waren sie, die ganz gewöhnlichen kaltblütig kalkulierenden Täter. Es waren keine Psychopathen. Und trotzdem Monster. Und es gab sie in großer Zahl.

Durand hatte in der Folge dann ohne Skrupel alles erzählt, jede Kleinigkeit, beinahe pedantisch. Die Geschichte hatte im Großen und Ganzen erstaunlich genau Dupins Annahmen entsprochen, den Ausführungen, wie er sie Desespringalle und Durand – im Nachhinein, musste er zugeben, auf kühne Weise – auf dem Balkon vorgetragen hatte. Sie waren, auch das bestätigte sich, keine genialen Eingebungen aus dem Blauen heraus gewesen, sondern hatten sich Punkt für Punkt als korrekte

Aneinanderreihung kleinteiliger Beobachtungen und Schluss-folgerungen erwiesen. Plus das nötige bisschen Intuition.

Durand war es tatsächlich gewesen, der die Drohbriefe ge-schrieben hatte.

Auch die Morde waren im Prinzip so vor sich gegangen, wie Dupin kombiniert hatte. Es war der Samstag gewesen, an dem Durand mit seiner Frau weit mit dem Boot hinausgefahren war, zu einem Picknick auf dem Meer, ein gutes Stück westlich der Sept-Îles. Dort hatte er sie mit einem Halstuch gewürgt, bis sie bewusstlos war, und dann über Bord gleiten lassen. So war sie »technisch gesehen« ertrunken. Die Strömung machte sie un-auffindbar. Auch Marlène Mitou hatte er mit einem Tuch er-würgt, und zwar genau am Ende des Tals. Womit Dupin nicht recht gehabt hatte: Durand hatte Marlène Mitou nicht in seine Pläne eingeweiht, sie hätte es sich denken können – und müs-sen –, aber sie hatten nie darüber gesprochen. Kein einziges Wort. Durand hatte außerdem zugegeben – ein blinder Fleck in Dupins Rekonstruktion –, dass er von Beginn an geplant hatte, auch Mitou loszuwerden.

Vor dem Mord an Mitou war es tatsächlich zu einer – wie Durand es ausdrückte – »Komplikation« gekommen: Der Taxi-fahrer war, nachdem er Marlène Mitou an dem mit ihr verab-redeten einsamen Ort in der Dunkelheit abgesetzt hatte, noch einmal zurückgekehrt. Vermutlich hatte er das Ganze seltsam gefunden. Der Taxifahrer hatte Durand gesehen und gedroht, die Polizei zu rufen, und Durand hatte sich seiner »entledigen müssen«.

Allzu große Risiken hatte es für Durand in der Tat nicht ge-geben, er war einem »perfekten Mord« ziemlich nahegekom-men. Er hatte einfach Pech gehabt. Und Dupin Ferien.

Womit Durand nichts zu tun hatte, war der Diebstahl der Sainte-Anne-Statue. Aber auch dieses Vorkommnis hatte sich aufgeklärt, wenn auch auf sehr bretonische Weise. Die Figur hatte gestern Morgen plötzlich wieder an Ort und Stelle gestanden. Unversehrt. Oder genauer: vollkommener als zuvor. An der linken Schulter der Statue war es nämlich vor ein paar Monaten bei einem Sturz zu einer tiefen Schramme im Holz gekommen, sodass eine Reparatur notwendig geworden war. Ein Restaurator aus Paimpol, der die Kirche und die Kapelle in Trégastel seit Jahrzehnten betreute, ein über siebzig Jahre alter Mann, hatte den Auftrag erhalten und die Abholung der Figur zunächst für Anfang August angekündigt. Dies, vollkommen regulär, in einer E-Mail an die Gemeindesekretärin. Da diese jedoch danach in Urlaub gefahren war, es keinen Vertrag gab und sie auch keine Vertretung hatte, las niemand die E-Mail des Restaurators, in der er eine kurzfristige verfrühte Abholung für den Freitagnachmittag ankündigte. Der Restaurator kam also mit seinem weißen Kastenwagen, den er – genau wie es die Zeugin gemeldet hatte – mitten vor der Kapelle parkte. Gestern Morgen dann hatte der Restaurator die Figur zurückgebracht.

So absurd die Geschichte sich auch anhörte – so gewöhnlich war sie für die Bretagne. »Siehst du, ich habe es doch gesagt, du erfindest die Fälle!«, hatte Claire – halb ernst, halb lachend – kommentiert, als Marchesi Dupin angerufen hatte, während sie beim Voraperitif im Garten saßen. »Alles Einbildung. Nur ein Produkt deiner überhitzten Fantasie!«

Dupin hatte sehr vieles antworten wollen – dann aber gar nichts gesagt.

Die Sache mit dem Abgeordneten Ellec und seiner gefälschten Sondergenehmigung zog weite Kreise; die Medien waren sofort darauf eingestiegen und untersuchten nun – zusätzlich zur Polizei – jede größere Entscheidung Ellecs in den letzten Jahren nach einem »vorteilhaften Deal«. Noch hatte man keinen direkten Zusammenhang mit der Entscheidung zur genehmigten Zerstörung der Unterwasserdüne in der Bucht von Lannion gefunden, aber Dupin war sich gewiss, dass dieser Traum Nolwenns noch in Erfüllung gehen würde.

Chastagner kam in der Öffentlichkeit milde davon, was schlicht daran lag, dass Durand und Ellec so viel Aufmerksamkeit auf sich zogen. Doch der Richter, der am Ende über die illegale Steinbruchausweitung befinden musste, würde es ganz bestimmt nicht als Lapalie einstufen.

Sämtliche Verdächtigungen gegen Maïwenn Guichard hatten sich in Luft aufgelöst. Direkt nach der Verhaftung Durands war sie nach Hause gebracht worden. Claire und Dupin hatten bei ihr auch noch die Kiste mit Biogemüse abgeholt. Die hinterhältige Aktion, die Affäre zwischen Guichards Mann und Rabier der Presse zu stecken, ging auf Ellec zurück. Er hatte »zurückschießen« wollen gegen Rabier; Marchesi hatte dafür gesorgt, dass der Artikel nie erscheinen würde.

Was niemanden mehr interessierte, war die Attacke auf Rabier. So wie es – nach der Auflösung des Falls – aussah, hatte den Stein tatsächlich der wütende Bauer geworfen. Ohne sie treffen oder verletzen zu wollen. Es war ein Unfall gewesen. Madame Rabier war vorgestern aus dem Krankenhaus entlassen worden.

Zwei Tage nach dem entscheidenden »Gespräch« und der Verhaftung Durands hatte eine Postkarte – der rosa Felsen *Napoleons Hut* prangte darauf – für Dupin im Hotel gelegen. Ein einziges Wort hatte darauf gestanden: »Danke«, gezeichnet Pierrick Desespringalle.

Dupin wiederum hatte sich persönlich vor seiner Abreise bei Inès Marchesi bedankt. »Wofür denn?«, hatte ihre Entgegnung gelautet – eine echte Marchesi-Antwort.

Eigentlich – ein trauriges Fazit – war es ein schrecklich banaler Fall gewesen. Ein raffiniert ausgeheckter, kompliziert gelagerter, äußerst scheußlicher Fall, ja. Aber banal.

Claire lief ein paar Schritte auf die Kante des Quais zu. Verweilte dort einen Augenblick. Dupin stelle sich neben sie und umarmte sie. Der Wind wehte die Bässe der Musik aus den Zelten zu ihnen herüber. Dupin mochte den Abend vor dem Start der Regatta, er hatte die letzten Jahre immer selbst zu den Flaneuren gehört.

Claire wandte sich zu ihm um.

»Los! Unsere Entrecôtes warten.«

Dupin musste lachen.

Sie hatten Paul Girard schon während der Fahrt Bescheid gegeben.

Sie machten – immer noch Arm in Arm – kehrt.

Eine Minute später betraten sie das *Amiral*.

Intuitiv wanderte Dupins Blick zu ihrem Stammplatz, an dem zwei Männer saßen.

Seine Inspektoren, Kadeg und Riwal. Beide strahlten, als sie Dupin und Claire sahen.

»Chef, hier!«

»Keine Sorge, ich habe Sie erkannt.«

Dupin stand schon fast vor dem Tisch.

»Wir haben gedacht«, unglaubliche Worte aus Kadegs Mund, »wir kommen und begrüßen Sie. Ich meine, Sie waren jetzt immerhin zwei Wochen lang weg.«

Es hatte geklungen wie »zwei Jahre«, mindestens.

»Sie haben ja ganz schön kurze Haare«, Kadegs Augen hafteten prüfend auf Dupins Kopf. Dupin würde nicht darauf eingehen. »Und eine Schürfwunde an der Wange«, ergänzte der Inspektor. Auch dazu würde Dupin nichts sagen. »Und wie braun Sie geworden sind!«

Riwal unterbrach Kadegs Reigen der Beobachtungen:

»Nolwenn kommt auch gleich, sie hat nur noch zwei Anrufe zu erledigen. In der Ellec-Sache«, Riwal schien es für nichts Besonderes zu halten.

Er war aufgestanden und begrüßte Claire mit den obligatorischen Bisous. Kadeg hatte sich immerhin erhoben und – er war wirklich in Form heute Abend – ein ausgesprochen freundliches *Bonsoir* hervorgebracht.

Claire setzte sich.

Eigentlich hatte Dupin an ein Abendessen zu zweit gedacht. Aber es war nun nicht mehr zu ändern. Glücklicherweise hatten sie Abendessen zu zweit ja gerade vierzehn Mal in Folge gehabt. Und er freute sich auch, seine Truppe zu sehen.

»Bei Ihnen war ja echt was los, Chef«, Riwal formulierte behutsam. Natürlich waren die Inspektoren von Nolwenn mittlerweile eingeweiht worden. Aber Riwal konnte nicht wissen, was Claire von Dupins »Anteil« an der Lösung des Falls wusste. Dupin wusste ja selbst nicht, was Claire genau wusste. Sie hatte auch in den letzten sieben Tagen keine einzige Bemerkung gemacht, die verraten hätte, was und wie viel sie von Dupins Ermittlungen tatsächlich mitgekriegt hatte. Selbst als sie beide, wie alle Welt in Trégastel, sich über die neusten spektakulären Nachrichten unterhalten hatten, über die Verhaftung Durands, die Sache mit Ellec und Chastagner und die Aufklärung des Steinwurfs. Dupin hatte sich aufs Äußerste bemüht, doch Claire war beim besten Willen nicht zu lesen gewesen. Dupin wiederum hatte keine einzige Bemerkung zur Klinik und den Fernoperationen fallen lassen, nicht mal eine leiseste Andeutung gemacht. Er war sehr einverstanden gewesen mit dem unausgesprochenen »Arrangement« – wenn es denn überhaupt eins war.

»Das kann man wohl sagen.« Dupin hatte sich gesetzt.

»Aber glücklicherweise gab es einen brillanten Kommissar!«, lachte Claire. Laut und beschwingt.

»So ist es«, pflichtete Riwal erleichtert, wenn auch etwas verwirrt bei, »glücklicherweise.«

»Sie haben sich sehr gut erholt, hat Nolwenn berichtet.«

Dupin war nicht klar, was Kadeg mit diesem Satz bewirken wollte. Es war egal.

»Ich habe mich außerordentlich gut erholt.«

Es stimmte.

Es stimmte voll und ganz. Die zweite Woche war eine »echte« Ferienwoche gewesen. Und: schlicht wunderbar. Dupin war bis knapp ans Nichtstun gekommen, manchmal hatte er sogar eine ganze Stunde auf dem Handtuch geschlafen. Aber das musste er ja niemandem erzählen.

»Na, Docteur Garreg wird froh sein! Seine Therapie war ein voller Erfolg!«

»Wir stecken voller neuer Kräfte.« Claire lächelte plötzlich auf sonderbare Weise. »Die werden wir für den Umzug auch brauchen.«

Sie hatte den letzten Satz völlig beiläufig formuliert. Als hätte sie über das Wetter gesprochen. Die gesamte letzte Woche über hatte sie kein Wort zu der Sache mit dem Haus gesagt. Und Dupin nicht nachgefragt.

»Umzug?« Riwal schaute fragend. Und höchst alarmiert.

»Wir ziehen in den Boulevard Katherine Wylie. Georges und ich. Zusammen.«

Jetzt hatte sie sich an Dupin gewandt. Der einen Augenblick brauchte, um sich zu sammeln.

»Hat Georges Ihnen das denn nicht erzählt?«, fragte sie tadelnd. – »Schon bald. Ich habe den Möbelwagen bereits bestellt.«

»Das ist ja großartig«, in Riwals Stimme schwang echte Freude. Sogar Kadeg stimmte ein:

»Darauf müssen wir anstoßen.«

Dupin und Claire hatten nicht zugehört. Dupin hatte sich zu ihr gebeugt. Und sie geküsst. Dabei etwas geflüstert. Woraufhin auch sie etwas geflüstert hatte.

Paul Girard, der Besitzer des *Amiral*, erschien mit einem Mal neben ihrem Tisch. »Ich habe vier Entrecôtes für euch reserviert, alle 350 Gramm – sie sind sofort fertig.«

In der Hand trug er eine Magnumflasche Champagner.

»Zur Feier des Tages!«

Es war großartig. Und Paul konnte nicht einmal ahnen, *was* es alles zu feiern gab.

»Wie waren die Ferien?«

»Herrlich«, antwortete Dupin aus tiefstem Herzen, »einfach herrlich. – La vie en rose!«

Machen Sie Urlaub in der Bretagne mit Kommissar Dupin

Jean-Luc Bannalec.
Bretonische Verhältnisse.
Ein Fall für Kommissar Dupin.
Klappenbroschur. Verfügbar
auch als E-Book

Jean-Luc Bannalec.
Bretonische Brandung.
Kommissar Dupins zweiter Fall.
Klappenbroschur. Verfügbar
auch als E-Book

Jean-Luc Bannalec.
Bretonisches Gold.
Kommissar Dupins dritter Fall.
Taschenbuch. Verfügbar auch
als E-Book

Jean-Luc Bannalec.
Bretonischer Stolz.
Kommissar Dupins vierter Fall.
Taschenbuch. Verfügbar
auch als E-Book

Jean-Luc Bannalec.
Bretonische Flut.
Kommissar Dupins fünfter Fall.
Klappenbroschur. Verfügbar
auch als E-Book

Kiepenheuer
&Witsch

Ar Men Du
Relais du Silence et Restaurant Gastronomique

47 Rue des Îles
29920 Névez
0033 2 98 06 84 22
www.men-du.com
contact@men-du.com

Ein Lieblingsort von Kommissar Dupin

»Die Terrasse des Ar Men Du war ein magischer Ort.
Und nicht nur die Terrasse. Die Landspitze, auf der das
formidable Restaurant mit dem hübschen Hotel lag,
war nach Westen und Osten mit zwei Fensterseiten
zum Atlantik ausgestattet. Man sah den weiten Horizont
mit den beiden kleinen vorgelagerten Inseln ...«
Aus: »Bretonischer Stolz«

Das **Ar Men Du** liegt in einem Naturschutzgebiet gegenüber der sagenumwobenen Glénan-Inseln. Das Hotel besitzt drei
Sterne, das Restaurant wurde 2010 mit einem Michelin-Stern
ausgezeichnet.

Direkt am Meer erbaut, bietet das Restaurant einen einzigartigen
180°-Panoramablick auf den Atlantik. Auch die schönen, im
maritimen Stil frisch renovierten Zimmer und neuen Suiten
verfügen allesamt über Meeresblick, viele zudem über eine
eigene Terrasse.

Zu beiden Seiten des Hotels beginnen atemberaubende Wander-
wege, alte Schmugglerpfade. Sowohl nach Concarneau als auch
nach Pont-Aven wie zu den meisten anderen Orten der Dupin-
Kriminalromane ist es nicht weit. Fragen Sie nach den aktuellen
Angeboten – ich freue mich auf Ihren Besuch!

Ihr Pierre Yves Roué und sein Team

Hôtel de charme et bonne table

Plage Saint-Jean
29100 Douarnenez Tréboul
0033 2 98 74 00 53
www.hoteltymad.com
info@hoteltymad.com

Ein Lieblingsort von Kommissar Dupin

»Auf der Terrasse des Ty Mad blühte ein Meer von
Blumen in verschiedenen Farben, betörende wild vermischte
Düfte, kleine Reihen zartgrüner Bambusse, filigrane, hoch-
wachsende Gräser, verschwenderische weiße Rhododendren,
dunkelgrüne Kübel mit Olivenbäumchen. Tische,
Stühle und Sonnenliegen überall im Garten verteilt.
Eine verzauberter Ort. Eine Oase.«
Aus: »Bretonische Flut«

Ty Mad bedeutet auf bretonisch »gutes Haus« und genau das ist es:
ein kleines, geschmackvoll eingerichtetes Hotel in der magischen Bucht
von Douarnenez. Es liegt gegenüber der mythischen Île Tristan und an
dem legendären Küstenweg, auf dem Sie bis zur Pointe du Raz wandern
können. Hier erleben Sie die konzentrierte Bretagne.

Bereits in den Zwanzigerjahren wohnten hier berühmte Künstler wie
Pablo Picasso, André Breton und Max Jacob. Ein ruhiger, meditativer
Ort mit einer besonderen Aura. Die meisten Zimmer besitzen einen
fantastischen Blick aufs Meer. Das Hotel verfügt über ein Schwimm-
bad mit Spa-Bereich; Massagen, Yoga, Musiktherapie können Sie auf
Anfrage buchen.

Im Restaurant mit großen Panoramafenstern verwöhnt Sie Didier
Lecuisiner mit frischen regionalen Produkten aus biologischem Anbau.

Wir tun alles, um in Ihrem Herzen ein kleines Glücksgefühl zu hinterlassen!

Ihre Armelle Raillard und ihr Team

BR☰TAGN☰ 🅑🄴

| Reisen Sie
mit Kommissar Dupin
in die Bretagne

Wie ein Bilderrahmen führt der Fernwanderweg „Zöllnerpfad"
entlang ihrer schmalen Buchten und wilden Landspitzen einmal
rings um die Bretagne. Von den Austernbänken in Cancale über
die Rosa Granitküste, die Halbinsel Crozon und die Pointe du
Raz, von Concarneau und Pont-Aven bis zum Golf von Morbihan können Sie den weiß-roten Schildern folgen und Kommissar
Dupins Lieblingsorte am Meer entdecken – ob als kurze Spaziergänge oder mehrwöchige Wanderung.

**Eine Landkarte mit allen Lieblingsorten Kommissar Dupins
sowie weitere Tipps für Ihren Urlaub in der Bretagne finden
Sie auf der offiziellen Internetseite des Tourismusverbands
unter**

www.**bretagne-reisen**.de